SUPERBESTSELLER
1049

BARBARA TAYLOR BRADFORD

Una stella splende a Broadway

SPERLING & KUPFER *economica*

Traduzione di Grazia Maria Griffini
The Triumph of Katie Byrne
Copyright © 2001 by Beaji Enterprises, Inc.
All rights reserved including the rights of reproduction
in whole or in part in any form
© 2003 Sperling & Kupfer Editori S.p.A.
I edizione «Superbestseller» Paperback giugno 2006

ISBN 978-88-6061-289-2
86-I-08

III EDIZIONE

Questo libro è per mio marito, Bob,
con il mio amore e un grazie
per rendere sempre ogni cosa tanto speciale.

PARTE PRIMA

Il bacio della morte

Connecticut, 1989

...interrompi questo ultimo lacrimoso bacio, che succhia due anime, e le fa dissolvere entrambe lontane.
John Donne

Il vigliacco lo fa con un bacio.
Oscar Wilde

1

AL centro del palcoscenico, la ragazza sedeva su una panca, il corpo chino in avanti, un gomito appoggiato al ginocchio, una mano a sorreggere la testa. Un pensatore profondamente assorto nelle sue riflessioni: questo era il messaggio che il linguaggio del suo corpo trasmetteva.

Era vestita in modo semplice, quasi da giovanetto, con una tunica grigia di maglia a tubino, stretta in vita da una cintura di cuoio nero, collant neri e ballerine. I capelli lunghi, di un color oro rossiccio, erano raccolti a trecce, avvolte intorno alla testa. Katie Byrne aveva diciassette anni e recitare, per lei, era la vita.

Stava per offrire quell'interpretazione al suo pubblico preferito, un pubblico composto di due persone: le sue migliori amiche, Carly Smith e Denise Matthews. Loro sedevano su seggiole di legno dallo schienale dritto e duro, di fronte a quella specie di palcoscenico improvvisato nel vecchio granaio di proprietà di Ted Matthews, lo zio di Denise. Le spettatrici avevano la stessa età di Katie ed erano sue amiche fin dall'infanzia; tutte e tre facevano parte del gruppo di attori dilettanti della scuola superiore nella zona rurale del Connecticut dove abitavano.

Per la recita natalizia, Katie aveva scelto di interpretare un pezzo di una tragedia di Shakespeare, e aveva solo da poco cominciato a studiare e provare la parte. Carly e Denise stavano dando gli ultimi tocchi ai brani che avevano scelto per quella stessa recita, e venivano a provarli con lei nel granaio quasi ogni giorno.

Finalmente Katie rialzò la testa, rimase con lo sguardo fisso nel vuoto per un attimo, e poi mise a fuoco gli occhi azzurri sulla parte di fondo, come se vi fosse qualcosa che era visibile soltanto a lei. Respirando a fondo, cominciò.

«Essere o non essere, qui sta il problema: è più degno patire gli strali, i colpi di balestra di una fortuna oltraggiosa, o prendere armi contro un mare di affanni, e contrastandoli por fine a tutto? Morire...» S'interruppe bruscamente.

Con un movimento improvviso si alzò di scatto dalla panca e si avvicinò alle amiche. Scrollò la testa come se si sentisse inaspettatamente insicura, lei che aveva sempre tanta fiducia e tanto autocontrollo.

«Non mi viene bene», si lamentò.

«E invece sì, e sei splendida!» gridò Carly, alzandosi dal suo posto e facendosi sotto il palcoscenico. «Nessuno recita Shakespeare come lo fai tu. Sei il massimo, Katie.»

«Carly ha ragione», confermò Denise. «È il modo in cui interpreti le parole, il modo come le dici. Riesci a trarre un senso compiuto da ciascuna di loro, e non c'è mai stato un altro Amleto come te.»

Katie scoppiò in una risata. «Grazie del complimento, Denny, ma prima di me c'è stato qualcun altro... Laurence Olivier e Richard Burton, tanto per citarne un paio... i più grandi attori classici del teatro inglese, né più né meno come Christopher Plummer è il più grande attore, oggi, che sappia recitare i classici. E poi non faccio che ripeterlo: tutto si riduce a capire il significato delle parole, la motivazione e l'intento che ci sono dietro. Ma c'entra anche il ritmo della recitazione, cioè sapere quando le parole vanno dette senza pause e quando interrompersi per prendere fiato...» Lasciò la frase in sospeso perché capiva che quello non era il momento giusto per dare a Denise un'altra lezioncina di recitazione.

Tornò alla panca, sedette, assunse la posizione assorta e pensierosa di poco prima, nella quale si sentiva particolarmente a proprio agio, e rimase immobile a riflettere per qualche attimo.

Indipendentemente da quello che dicevano le amiche, per quanto alte fossero le lodi di cui la colmavano, Katie capiva che, quel giorno, la sua interpretazione era un po' sotto tono. Non riusciva a concentrarsi come al solito, e non sapeva spiegarsi il perché. A meno che non c'entrasse il fatto che si sentiva in colpa per essere lì, con loro, quel pomeriggio. Sua madre non stava bene, e a casa c'era bisogno di lei, per dare una mano. Eppure, egoisticamente, aveva deciso di rubare quel tempo per provare quel pezzo dell'*Amleto*, e aveva persuaso le ragazze a venirci con lei dopo la scuola.

E allora prova, le ordinò una vocina nella sua testa. Respirò profondamente, schiarì la voce, si accorse che il silenzio del palcoscenico la avviluppava, la placava.

Nel giro di pochi minuti si sentì pronta e si lanciò nel monologo con l'innata, naturale, fiducia a lei consona.

Mentre l'ascoltava con attenzione, Carly si lasciò trasportare dalla voce di Katie, come sempre le accadeva. Aveva una sonorità calda, ricca di sfumature e di sentimento. E non c'era da meravigliarsene, Carly si disse, pensando a come Katie si esercitava, si impegnava a tenere in esercizio la voce. Tutte loro sapevano quanto fosse serio il suo impegno a voler recitare. Era scrupolosa, disciplinata, e assolutamente decisa ad arrivare al successo. Chissà come, sapeva interpretare le parti che si era scelta senza aver preso molte lezioni, mentre Denise e lei tiravano avanti alla meno peggio. Per fortuna stavano migliorando grazie all'incoraggiamento dell'amica.

Avevano cominciato a recitare insieme sette anni prima; a quell'epoca ne avevano compiuti dieci e i loro occhi splendevano di passione e di entusiasmo. Ted, lo zio di Denise, aveva dato loro il permesso di servirsi del vecchio granaio in fondo alla proprietà ed erano riuscite a ricavarne una specie di teatro. Era stato allora che si erano scambiate l'un l'altra una promessa solenne: un giorno sarebbero andate a New York e avrebbero dato inizio alla loro carriera di attrici. Arrivare a calcare le scene nei teatri di Broadway era stato il loro grande sogno. Katie continuava a promettere che, una volta finiti gli studi, si sarebbero trasferite nella metropoli e sarebbero diventate stelle nella Great White Way, il quartiere di New York intorno a Times Square. Carly si augurava che tutto questo si sarebbe avverato, che loro tre avrebbero veramente visto splendere i loro nomi sulle insegne luminose dei teatri più famosi, ma qualche volta si sentiva cogliere da un'infinità di dubbi.

Denise invece non aveva dubbi, di nessun genere, e mentre osservava Katie sul palco, apprezzandone profondamente l'interpretazione, si convinse che i loro sogni presto sarebbero diventati realtà. Katie era brillante, su questo non c'era da discutere. Una volta a New York, avrebbero trovato insieme un appartamento, frequentato una scuola di recitazione e sarebbero diventate attrici professioniste.

Katie si alzò in piedi, mosse qualche passo in avanti, e

continuò. «Morire, dormire... Non altro, e con il sonno dire che si è messo fine alle fitte del cuore, a ogni infermità naturale alla carne: grazia da chiedere devotamente. Morire, dormire... Dormire? E poi sognare forse...»

Impeccabilmente, e senza dimostrare incertezza anche una sola volta, continuò portando alla fine il monologo con la voce modulata che si alzava e si abbassava a mano a mano che dava enfasi a certe parole ed evitava di porre l'accento su altre. Anche il livello della sua gestualità risultò superbo; dopo quell'esitazione iniziale, quell'apparente calo improvviso della sua solita sicurezza, aveva proceduto decisa, a passo sicuro.

Quando ebbe finito, rimase immobile, gli occhi azzurri come i fiordalisi ancora concentrati su qualcosa di molto lontano; poi sbatté le palpebre più volte prima di allungare un'occhiata al suo pubblico. Infine rivolse un largo sorriso a tutte e due, persuasa di esser riuscita a interpretare la parte, finalmente, nel modo giusto. Le amiche cominciarono ad applaudire, a gridare, e si precipitarono sul palcoscenico ad abbracciarla e a congratularsi.

«Grazie», disse lei. «Ma secondo voi non dovrei provare questo pezzo anche domani, di nuovo, più che altro per essere sicura?»

Sia l'una sia l'altra si tirarono indietro e la fissarono a bocca aperta, sbalordite.

Denise gridò con voce stridula: «Ma non è a te che occorre un'altra prova! A noi, piuttosto. Domani ti toccherà aiutarci. Altrimenti io non saprò mai come recitare nel modo migliore quel lungo brano di Desdemona, e Carly continua ancora adesso ad avere qualche problema con la sua Portia, dico bene, Carly?»

«Sì.» Carly sembrava afflitta. Poi la sua voce cambiò,

assunse un timbro più leggero mentre soggiungeva: «Quanto a te, Katie Byrne, sei semplicemente grandiosa».

«Domani non ti permetteremo di fare la parte del leone su questo palcoscenico», annunciò Denise con un sorriso e, con una voce che voleva essere minacciosa aggiunse: «Se domani non ci aiuti potresti ritrovarti ad andare a Broadway a fare l'attrice tutta sola!»

«Mai. Sarete con me, tutte e due», dichiarò, attirandole contro di sé in una stretta più forte, rivolgendo a Denise un'occhiata colma di ammirazione. I suoi dolcissimi occhi castani, carichi di profondità segrete, erano splendenti. Denise era sempre serena, felice, di ottimo umore, festosa e spumeggiante. Pareva che la circondasse un alone dorato, che faceva risaltare i suoi lunghi capelli biondi e la pelle di porcellana. Era una bellezza tipicamente americana, sinuosa, slanciata. Carly, che era stata l'amica del cuore di Katie fin da quando erano tanto piccole che cominciavano appena a camminare, era molto diversa. Quieta, con un carattere più introspettivo, a volte appariva strana e bizzarra, e la sua bellezza seducente, ma anche con qualcosa di vagamente drammatico, smentiva il suo vero io, dolce, gentile e schivo. Scrutandola, Katie constatò che perfino in quel momento, con addosso la divisa della scuola, aveva un che di voluttuoso. Con quella figura splendida, i corti riccioli scuri e quegli occhi di un azzurro tanto intenso da sembrare viola, aveva qualcosa di Elizabeth Taylor da giovane.

Sopraffatta da un impeto improvviso di commozione Katie si sentì travolgere come da un'ondata, dalla forza dell'intensa amicizia e dell'amore che provava per loro...

«O si va tutte e tre insieme o non se ne parla neanche!» esclamò. «E sarò felice di provare con voi domani.

Ma statemi un po' a sentire, voi due! Siete molto meglio di quel che credete. E cercate di non dimenticarvelo.»

Carly e Denise erano raggianti per quei complimenti, ma nessuna delle due aprì bocca e, sottobraccio, scesero dal palcoscenico tutte insieme.

Come sempre, si dedicarono a un rito ormai consolidato da tempo: sedersi al tavolo a scolarsi una bottiglia di Coca-Cola. Quel giorno la conversazione fu incentrata soprattutto sul modo in cui Katie aveva recitato e sulle parti delle altre due. Ma fu Carly a cambiare argomento quando chiese all'amica: «Credi che tua zia Bridget ci troverà un appartamento a New York? Sei realmente convinta che ce la faremo?»

Katie fece segno di sì con la testa. «Senz'altro. Assolutamente. E poi ha detto che possiamo rimanere con lei nel suo loft a TriBeCa per tutto il tempo che vogliamo.»

«La signora Cooke è convinta che riuscirà a farci entrare all'American Academy of Dramatic Arts», intervenne Denise. «Ha detto perfino che ci aiuterà». Si allungò e diede un pizzicotto a Carly. «Non stare sempre a tormentarti!»

Carly si lasciò sfuggire un lungo sospiro, si rilassò contro lo schienale della seggiola e con voce assorta disse: «Ma ci pensate? L'anno prossimo a quest'ora saremo nella grande città, a frequentare le lezioni di arte drammatica, accampate nel lussuoso loft di zia Bridget».

«Ehi, guarda che non è quella favola che credi», esclamò Katie, sorridendole. «Ma è comodo e accogliente, questo sì.» Si alzò e si avviò verso la tenda dietro alla quale avevano messo il camerino. «Devo sbrigarmi, sono già in ritardo per aiutare la mamma a preparare la cena.» Occhieggiò i costumi di Desdemona e Portia e altri capi di vestiario buttati qua e là a casaccio, e poi scrollò la testa. «Non ho proprio il tempo di aiutarvi a mettere un po' d'ordine, mi spiace.»

«Non è un problema», la rassicurò Carly. «E in ogni caso, che importanza vuoi che abbia se qua dentro c'è un gran disordine? In questo granaio non viene mai nessuno all'infuori di noi.»

«Lo zio Ted dice che dopo tutti questi anni è nostro.» Denise passò con gli occhi da Carly a Katie e scoppiò a ridere. Poi si allungò verso la copia di *Otello* che c'era sul tavolo e cominciò a sfogliare le pagine della tragedia cercando il brano che stava imparando.

Katie scomparve dietro la tenda; Carly aprì il *Mercante di Venezia*, perché voleva ripassare la sua parte di Portia.

Poco dopo Katie riemerse dal camerino con addosso la divisa della scuola. «Ci vediamo in classe domani», salutò mentre si precipitava verso la porta.

Denise le rivolse il lampo del suo splendido sorriso e Carly, alzando gli occhi, le chiese: «Per favore, domani potresti portare la parrucca nera, quella con i capelli lunghi? Credo che dovrebbe andar bene per la mia Portia».

«Sì. Sarai fantastica con quella. Certo.» Senza voltarsi, abbozzò con noncuranza un gesto di saluto mentre lasciava il granaio.

2

KATIE si chiuse alle spalle la massiccia porta del granaio e si sistemò meglio la giacca, stringendosela addosso. Faceva freddo mentre saliva a passo lesto su per la collina che portava alla strada maestra e fu scossa da un brivido. Pensava ancora alle amiche. Erano migliori di quanto pensassero: buone attrici, studiose e preparate, e sapevano quel che stavano facendo. Ma le sembravano troppo modeste; avevano solo bisogno di acquistare maggior fiducia, ecco il vero problema.

La signora Cooke, la loro professoressa, che dirigeva anche il gruppo di arte drammatica e insegnava recitazione alle superiori, pronosticava per loro un grande avvenire, per il talento, la dedizione e l'impegno a lavorare duro che dimostravano.

Mentre s'inerpicava per il ripido pendio, cercò d'immaginare come sarebbe stata la loro vita a New York. Non vedeva l'ora che arrivasse quel giorno.

All'improvviso, con la coda dell'occhio, notò un rapido movimento accanto alla massa di cespugli di rododendro che crescevano a profusione sul fianco della collina. Si fermò, voltandosi per metà, e rimase immobile, a fissare la folta macchia di arbusti. Ma ogni cosa era di nuovo immobile e silenziosa e non c'era segno di vita.

Stringendosi nelle spalle, riprese a salire per il sentiero riflettendo che la chiazza scura appena intravista doveva essere stata un cervo. Ce n'erano moltissimi lì, sulle colline intorno a Litchfield, e stavano diventando sempre più sfacciati.

Nel giro di pochi minuti, il pendio della collina si trasformò in una distesa di terreno arido e nudo che si allungava verso la strada maestra e tagliava verso New Milford, per poi salire fino a Kent e alle piccole località più oltre.

Katie si soffermò sul ciglio della strada per lasciar passare un camion, poi attraversò di corsa. Ancora pochi attimi, ed eccola sul viottolo in terra battuta che s'inoltrava fra i grandi prati dietro Dovecote Farm, una costruzione talmente caratteristica – con i suoi pittoreschi granai rossi e i silos e, d'estate, i campi lussureggianti dove ondeggiava il grano maturo – da essere diventata un ben preciso punto di riferimento dell'intera zona.

Il cielo aveva assunto il colore del ferro vecchio: sembrava gelido, remoto, e minaccioso. Stava calando il crepuscolo e i prati cominciavano a riempirsi di ombre. Voleva arrivare a casa il più in fretta possibile. Affrettò il passo, ma una nebbia sottile la costrinse a rallentare. Alberi e siepi stavano trasformandosi rapidamente in forme offuscate e confuse, incombendo tutt'intorno a lei come strane sagome dai contorni sfuggenti. Poiché aveva percorso quel viottolo fin dalla prima infanzia, i suoi piedi lo conoscevano bene. Nonostante questo, si ritrovò a muoversi a passo di lumaca, diventando sempre più guardinga, con la paura di inciampare e cadere in quella bruma sempre più densa.

12

In lontananza, si sentiva il muggito delle mucche e, ancor più sperduto, l'abbaiare di un cane. Questi suoni remoti erano rassicuranti perché avevano qualcosa di familiare; eppure le sembrò ugualmente che una sensazione di solitudine pervadesse i campi deserti – e uno strano senso di malinconia – e si accorse di provare un certo disagio. Faceva anche più freddo. Si strinse la giacca addosso e riaffrettò il passo, rendendosi conto che il tempo passava e si era fatto tardi. Come al solito, era preoccupata per sua madre.

Poco dopo, giunse alla fine del viottolo in terra battuta e imboccò la strada più larga che portava nella zona in cui abitava con i genitori e i due fratelli, Niall e Finian.

Malvern era stata fondata nel 1799 e la chiamavano città anche se, a conti fatti, non la si poteva considerare neanche un piccolo borgo. C'erano soltanto un pugno di case, un paio di negozi, un cimitero, una chiesa bianca con la sua guglia appollaiata in cima al colle, e un circolo. A Katie, la chiesa aveva sempre dato l'impressione di una piccola sentinella coraggiosa che facesse la guardia per difendere le case piacevolmente annidate più sotto, nella piccola valle fra le colline.

Sulla strada principale provò un senso di sollievo, era ben contenta di aver lasciato indietro i campi velati di nebbia. C'era qualcosa di strano, spettrale, in quella verde distesa deserta.

Al curvone prima della chiesa rallentò e cominciò a marciare a passo lento e regolare. Una volta in cima, si voltò a guardare giù, verso Malvern. Poteva distinguere le luci dietro le finestre delle case sparpagliate per il fianco della collina, e riusciva perfino a percepire l'odore di legna e foglie marce. L'autunno sembrava arrivato prima del solito. Era la sua stagione preferita, quando le

13

foglie diventavano d'oro, ruggine e rosse, la nonna cuoceva in forno le torte alla cannella e le crostate di mele, e l'intera famiglia cominciava a prepararsi per la Festa del Ringraziamento e Natale. L'autunno segnava anche l'inizio delle vacanze, che alla mamma piacevano tanto. Mentre passava lungo il bosco, sul lato destro della strada, le sue narici ebbero un fremito, assalite di colpo dall'aroma aspro e pungente dei pini. Com'era rassicurante ogni cosa, adesso che si era allontanata dai campi umidi. Presto sarebbe arrivata a casa, dove la mamma la stava aspettando. Insieme avrebbero preparato la cena e apparecchiato la tavola. Un tenero sorriso colmo d'affetto aleggiò sul viso pallido di Katie, facendolo diventare radioso e illuminandole gli occhi azzurri. Per quanto Katie volesse bene alle amiche, l'unica persona veramente speciale nella sua vita era la mamma: quella a cui si sentiva più vicina, quella che idolatrava. Quando pensava a lei la vedeva come una principessa da fiaba dell'Irlanda. Indubbiamente era molto bella, con i lunghi e fluenti capelli rossi e gli occhi azzurrissimi che Katie aveva ereditato. E la voce della mamma era per lei qualcosa di morbido e caldo, soave e argentino, con una leggera sfumatura di cadenza dialettale.

Queste riflessioni la galvanizzarono e ricominciò a correre: le sembrò di avere le ali ai piedi mentre scendeva rapida giù per la collina.

3

APPENA fu in vista della casa, Katie si sentì travolgere da un'improvvisa ondata di calore, dalla piacevole sensazione di tornare a un luogo accogliente, e continuò a correre affrettandosi giù per la strada, più in fretta che poteva. Di medie dimensioni, la struttura compatta, era situata in cima a un piccolo poggio un po' arretrato rispetto alla strada maestra, ed era l'unica dimora che Katie avesse mai conosciuto. L'amava moltissimo, come i genitori e i suoi due fratelli.

Le vivide luci splendevano ad alcune delle finestre del pianterreno e i pennacchi di fumo grigio che salivano a spirale dai comignoli parevano richiamarla. Katie salì la rampa di gradini di pietra, tagliati nel prato verde in leggera pendenza, che dalla terrazza fronteggiava la strada.

Nello stile coloniale del New England, l'edificio aveva la facciata di assicelle di legno pitturate di bianco, le imposte verde scuro e il tetto nero dalla ripida pendenza.

La costruzione originaria risaliva al 1880 circa e, benché la sua solida struttura fosse stata interamente conservata, alcune delle stanze erano state restaurate o ristrutturate da suo padre.

Michael Byrne era orgoglioso della propria conoscenza approfondita dell'architettura coloniale americana; gli era sempre piaciuta molto tanto da trasformare una passione dell'adolescenza in un'impresa dai solidi profitti, appena pochi anni dopo aver lasciato la scuola. Era uno dei pochi imprenditori edili locali che avesse una competenza ad alto livello in questo campo, e proprio per questo aveva trovato molti incarichi importanti sia di restauro sia di nuove costruzioni, subito dopo essere riuscito a farsi un nome.

Il padre di Katie e il fratello maggiore, Niall, tenevano la casa nel migliore dei modi e dedicavano buona parte del loro tempo libero alla manutenzione. Katie non ricordava di averli mai visti senza un pennello o un martello in mano. Perfino suo fratello più piccolo Finian, l'intellettuale di famiglia che aveva il naso perennemente nei libri, di tanto in tanto li metteva da parte a favore di un barattolo di vernice bianca.

Raggiunta la terrazza, piegò a destra diretta a una porta laterale, ed entrò in casa. Nella piccola anticamera sul retro, una vampata di aria piacevolmente calda la colpì in piena faccia. Si richiuse la porta alle spalle e, dopo aver appeso la giacca a uno dei pioli dell'attaccapanni a muro, imboccò il corridoio che portava alla grande cucina. Quella stanza era sempre stata il fulcro della casa, il luogo dove tutti si riunivano, ed era calda e accogliente. Quella sera era illuminata dal riverbero rosato che irradiavano le antiche lampade di vetro in stile vittoriano, disposte strategicamente, e dalla pila di ciocchi che ardevano nel grande camino in pietra. La luce guizzante delle fiamme strappava barbagli e scintillii da pentole di rame e di ottone, e tutta la stanza pareva viva, piena com'era di suoni allegri e giocondi: il fuoco che crepitava nel focolare, il bricco dell'acqua che fischiava sul fornello, l'orologio che levava il suo tic–tac dalla mensola del camino e, in sottofondo, la musica della radio.

Perfino l'aria stessa aveva un che di speciale, tanto erano intensi gli aromi che la inondavano: quello, quanto mai appetitoso al punto di far venire l'acquolina in bocca, di una torta di mele posata a raffreddare su un tagliere vicino al lavello, e quello delle pagnotte che erano nel forno e si confondeva con lo squisito profumino di uno stufato all'irlandese, che cuoceva a fuoco lento in un'enorme marmitta dalla quale salivano ondate fragranti di vapore.

Per un attimo Katie rimase ferma nell'ombra vicino alla porta, aspirando intensamente e crogiolandosi nella gioia pura e autentica che le dava quell'atmosfera familiare. E apprezzò la sensazione di sicurezza – di avere un suo posto preciso – che nasceva dalla consapevolezza di essere un componente della famiglia amato e protetto.

Le sue amiche più care non erano altrettanto fortunate, lo sapeva molto bene. Carly tornava quasi sempre in una casa vuota perché sua madre lavorava in una clinica per persone anziane e aveva un orario sempre imprevedibile; quanto al padre, era morto da molto tempo.

Denise si trovava più o meno nella stessa situazione. Suo padre e sua madre, proprietari di un piccolo bar-ristorante nella località vicina, Kent, erano sempre impegnati in cucina e a servire i clienti a ogni ora del giorno e della notte. Eppure, per quanto vi si dedicassero anima e corpo, secondo Denise i profitti non corrispondevano a tanta fatica. Katie si era chiesta spesso per quale motivo continuassero a voler tenere aperto il locale; d'altra parte c'era da supporre che non sapessero fare nient'altro per guadagnarsi da vivere.

Già da molto tempo Katie si era resa conto di come, fra tutte e tre, fosse lei la più fortunata. Per quanto anche sua madre lavorasse, lo faceva a casa propria perché si occupava della contabilità e sbrigava tutte le pratiche d'ufficio per l'azienda famigliare dei Byrne. Svolgeva il suo lavoro in una stanzetta in cima alla casa e quindi era sempre lì, a disposizione, per Katie e Finian. Niall, che aveva diciannove anni, lavorava già con il padre nell'impresa edile.

Katie fece un altro passo avanti ed entrò in cucina. La mamma era in piedi davanti ai fornelli con una spatola in mano, e si raddrizzò allungando un'occhiata dietro di sé.

Alla vista della figlia, la faccia di Maureen s'illuminò. «Bene, eccoti qui, Katie Mary Bridget Byrne! Ma tardi di nuovo, come ormai sappiamo benissimo.»

«Mi spiace, mamma, mi spiace davvero. Ma sono stata trattenuta da un'altra prova.» Attraversando di corsa la cucina, abbracciò la madre e la strinse forte. Maureen Erin O'Keefe Byrne era la persona migliore del mondo. In senso assoluto.

Con la bocca contro i capelli della madre, sussurrò: «Ma rimedio subito, mamma. Finisco io di cucinare e apparecchio la tavola. Poi laverò i piatti. Basta che tu dica che non sei arrabbiata con me».

Tirandosi indietro, Maureen fissò la figlia nei luminosi occhi azzurri, che assomigliavano in modo tanto incredibile ai propri, e disse con una risatina: «Oh, non fare la sciocca, certo che non sono arrabbiata con te. E non preoccuparti, non rimane molto da fare, è tutto pronto. Puoi apparecchiare, questo sì, è un'ottima idea».

«Non sai quanto mi dispiace, mamma!» esclamò.

«Hai dovuto fare tutto da sola e non stai ancora bene. Dovevo tornare a casa prima.» Si morsicò un labbro, oppressa dal senso di colpa, perché sapeva fino a che punto la mamma fosse rimasta debilitata da un attacco di bronchite che durava da un mese e mezzo.

«Oh, non farla lunga, Katie, non è poi così importante, oggi mi sento molto meglio. A parte il fatto che Finian mi ha aiutato.» E la sua risata squillante si levò di nuovo. «Insomma, quel ragazzino sta diventando un aiutante perfetto, te lo assicuro.»

Katie rise con lei, poi si guardò intorno e le domandò: «E dov'è il nostro piccolo studioso?»

«Ho il vago sospetto che sia in sala a guardare la televisione. Gli ho dato io il permesso; prima però doveva pulire la verdura, mettere fuori la spazzatura e lavare le pentole che c'erano già a bagno nel lavello. È proprio un bravo ragazzo.»

Pensando ad alta voce, Katie mormorò: «Sai, mamma, mi stavo domandando per quale motivo Finian abbia deciso di diventare un simile modello di virtù. Non potrebbe esserci sotto qualcos'altro?»

«Lo penso anch'io, Katie. Dev'esserci una ragione.» Sorrise piena d'indulgenza. «Tanto caro e bravo, ma decisamente scaltro. Non riesco a immaginare quali possano essere i motivi, ma non è importante, tesoro.»

«No, credo di no», ammise la figlia, sapendo perfettamente che sua madre non sbagliava giudicando Finian un ragazzo brillante e intelligente. Aveva un cervello straordinario per i suoi dodici anni e sotto certi aspetti era molto più maturo della sua età.

Maureen, intanto, aveva riportato la sua attenzione sui fornelli e cominciato a rimescolare le cipolle che stava facendo saltare in padella. «Voglio aggiungerle allo stufato di montone per dargli più sapore, poi ti aiuto ad apparecchiare la tavola. E poi possiamo...» Non concluse la frase perché fu colta da un violento accesso di tosse. Posando in fretta la spatola, affondò una mano nella tasca del grembiule per tirar fuori un fazzoletto di carta e coprirsi la bocca.

L'attacco si prolungò a tal punto che Katie cominciò ad allarmarsi e la scrutò con apprensione. «Ti senti bene, mamma? Devo prenderti qualcosa? Cosa posso fare?»

Maureen non era in grado di rispondere; si limitò a girare la testa dall'altra parte.

Katie gridò: «Perché non ti siedi un momento? Penso io a finire».

Gradatamente Maureen si calmò e riuscì a mormorare: «Sto bene, tesoro. Non agitarti».

«Adesso cerca di metterti tranquilla, mamma. Ce la faccio da sola ad apparecchiare», rispose Katie con un tono di voce più energico e si diresse verso la credenza gallese nell'angolo. Dopo aver preso i piatti bianchi di tutti i giorni, li portò alla larga tavola quadrata vicino alla grande finestra panoramica. Sopra c'era una tovaglia a quadretti rossi e bianchi e, una volta che ci ebbe depositato i piatti, tornò a prendere tutto il resto.

Maureen nel frattempo si era ripresa completamente, e stava aggiungendo le cipolle nello stufato. Senza alzare gli occhi ribatté: «Quando hai finito di apparecchiare, sarebbe una bella cosa se preparassi una tazza di tè per tutte e due, Katie. Quella la gradirei».

«Sì, mamma, lo faccio subito.»

Maureen si accostò al camino e, voltando le spalle alle fiamme, osservò la figlia che andava e veniva rapida per la cucina. Era il suo orgoglio e la sua gioia. L'adorava, la coccolava, ma nello stesso tempo sapeva temperare il suo amore con grande disciplina. Era una maestra severa, specialmente su certi argomenti come la scuola, i compiti, e le faccende di casa.

Come ci assomigliamo, soprattutto fisicamente, pensò, eppure non abbiamo né lo stesso carattere né la stessa personalità. In quello, siamo totalmente diverse. Lei è più ambiziosa, e s'impegna per ottenere quello che vuole. Non solo, ma vuole anche talmente tanto di più di quello che io posso aver desiderato! Katie vuole stringere fra le braccia il mondo. Vuole il palcoscenico, le luci splendenti, l'emozione, gli applausi, il successo e la fama. Sì, vuole tutto questo e, naturalmente, lo otterrà. Non ho dubbi in proposito.

Per qualche momento pensò alla propria vita. Io ho ottenuto ciò che volevo, grazie a Dio, e allora perché non dovrebbe riuscirci anche lei? I suoi sogni e desideri, le speranze e le aspirazioni, sono molto diverse da quelle che erano le mie ma, in fondo, sono reali né più né meno come le mie. Io volevo a tutti i costi il matrimonio e una famiglia, e sono stata fortunata perché ho trovato un uomo buono, un uomo che mi amava, che ancora mi ama, e che io amo. E adesso ho dei bei figli, sani e responsabili, che non sanno neanche cosa sia la droga, una casa comoda e accogliente, un bellissimo giardino, e un'esistenza felice in campagna con la mia famiglia. Quella è stata la mia più grande ambizione, il sogno che facevo sempre e che è diventato realtà. Quante sono state le mie fortune dal giorno in cui sono arrivata in America!

Era il 1960 e aveva la stessa età di Katie, diciassette anni. Sua sorella Bridget, invece, ne aveva diciannove. Erano arrivate come emigranti con i genitori, Sean e Catriona O'Keefe, e si erano sistemati a New York. Avevano anche avuto fortuna perché erano stati tutti capaci di trovare un lavoro relativamente in fretta. Bridget aveva optato per una carriera in campo immobiliare ed era entrata a far parte di una società piccola ma prestigiosa, e Maureen era diventata indossatrice per le sfilate che la grande stilista Pauline Trigère organizzava nel salone della sua casa di moda. Una volta che aveva visto Maureen, la Trigère aveva deciso che la sua figura alta, snella e slanciata era ideale per le mise eleganti, dal taglio raffinato, che lei creava.

Anche la mamma, Catriona, aveva trovato un lavoro nel mondo della moda, per quanto in un settore diverso; era diventata venditrice al piano dei designer da *Bloomingdale*. Papà, Sean, era un artigiano di grande perizia e gli avevano offerto un impiego presso un fabbricante di mobili che li progettava e produceva su ordinazione, nella Decima Strada Est, e si era fatto rapidamente un nome.

Solo ora Maureen si rese conto di quanto fossero dolci i ricordi dei tempi in cui abitavano in un appartamento a Forest Hills. Conducevano una vita piacevole e non avevano mai rimpianto il giorno in cui avevano preso coraggiosamente la decisione di venire in America per ricominciare tutto da capo. Tuttavia, a mano a mano che gli anni passavano, si erano stancati della città e avevano sentito una gran voglia di fuggire da tutta quella confusione e da quel trambusto. Desideravano trovare un posto tranquillo che gli ricordasse la loro amata campagna irlandese. Era stato durante una visita ad alcuni amici trasferitisi da poco nella zona nordoccidentale del Connecticut che avevano dovuto ammettere di aver scoperto quella che poi avevano chiamato la Terra di Dio. «Eccola! È questa!» aveva esordito sua madre quel giorno, e tutti si erano trovati d'accordo con lei. Così avevano preso una decisione sui due piedi: questo era il posto che faceva per loro.

C'era voluto più di un anno, ma alla fine lei e i suoi genitori si erano trasferiti a New Milford dove avevano trovato una casa confortevole e non eccessivamente cara. Bridget, ormai prigioniera di un mondo avvincente come quello immobiliare, aveva preferito rimanere in città durante la settimana e li raggiungeva nel Connecticut per il weekend.

Maureen aveva ventitré anni quando si erano trasferiti in campagna e pochi mesi dopo il suo arrivo a New Milford aveva conosciuto Michael Byrne. Per tutti e due era stato amore a prima vista. Michael era il tipo di uomo che lei aveva sempre immaginato, quello che aveva riempito le sue fantasticherie da ragazzina: alto, bruno, di bell'aspetto, dolce e gentile, con un carattere affettuoso. Si erano sposati quando lei aveva venticinque anni, e Michael ventisette, e il loro matrimonio aveva funzionato. Anzi, funzionava ancora.

Mi sono sposata vent'anni fa, pensò all'improvviso, mentre corrugava la fronte accostando le sopracciglia alla radice del naso tanto da farle sembrare un'unica, sottile, linea scura. Com'era volato il tempo! Non riusciva a capacitarsi di avere già quarantacinque anni. Non se li sentiva e sapeva di non dimostrarli. Sospirò perché le erano venute in mente tutte le cose che voleva ancora fare nella vita. Devo farle prima di essere troppo vecchia, prima che Michael sia troppo vecchio, soggiunse, prendendo nota mentalmente di parlargli di quel viaggio in Irlanda che da troppo tempo continuava a rimanere una promessa.

Allungando un'occhiata in fondo alla cucina, Maureen vide che Katie era ai fornelli, e riempiva una teiera marrone. Potevano anche avere un carattere e una personalità diversi, ma sul fatto che fossero madre e figlia non c'erano dubbi. Erano praticamente identiche nell'aspetto, avevano la stessa figura e lo stesso colorito, la stessa pelle e gli stessi capelli.

Accomodandosi nell'ampia bergère vicino al focolare, Maureen si appoggiò allo schienale con gli occhi sempre fissi su Katie, la seconda dei suoi figli e l'unica femmina. In fondo alla sua anima celtica, aveva sempre saputo fino a che punto Katie fosse diversa dagli altri due. La personalità e il carattere della figlia erano già netti, decisi e chiaramente plasmati fin dal giorno in cui aveva visto la luce. Fin da quando era ancora una bimbetta di tre anni, Katie aveva saputo esattamente chi era e cosa voleva, e aveva mostrato di capirlo con determinazione. Maureen aveva parlato spesso con Michael di quella serietà e sensibilità insolite, che si manifestavano soprattutto in una stupefacente fiducia in se stessa. Ma lui l'aveva già capito senza che gli venisse detto: era diversa dalle altre bambine. Eppure Katie non era mai stata la classica marmocchia presuntuosa né tantomeno si era rivelata precoce. C'erano stati momenti in cui Maureen osservando la figlia di appena tre anni aveva già visto in lei la donna che sarebbe diventata, tanto erano ben definite le sue caratteristiche, e la sua indole.

Magari siamo tutti un po' così, solo che forse non è altrettanto evidente in ognuno di noi. Provò a ripensare all'infanzia di Niall, come a quella di Finian, ma sia l'uno sia l'altro erano stati... be', bambini qualsiasi come tanti altri e, di sicuro, non si erano mai mostrati particolarmente padroni di sé o decisi e risoluti come la sorella.

Queste riflessioni vennero interrotte da Katie che la

raggiunse accanto al fuoco con due tazze di tè. Dopo avergliene consegnata una, prese posto nell'altra poltrona.

«Grazie, tesoro», disse, e bevve un sorso. «È buono», mormorò, rivolgendole un sorriso. «Dunque, sei stata giù al granaio a provare, dico bene?»

Katie fece segno di sì con la testa. «Comincio a pensare che finalmente il mio Amleto viene fuori nel modo giusto. Ho sempre creduto che il suo famoso monologo fosse facile; e invece no, mamma, proprio per niente, se vuoi interpretarlo come si deve.» Sospirò e fece una smorfia. «Dico che mi sono impadronita della parte, ma ci sono ancora molte possibilità di miglioramento. C'è sempre spazio per migliorare, e la perfezione è dura da conquistare.»

Maureen sorrise, chiedendosi di chi fosse la citazione che Katie le stava facendo. A volte aveva qualcosa della vecchia e saggia signora, soprattutto quando si buttava con entusiasmo nelle citazioni dei classici. Le domandò: «E cosa mi racconti delle altre? Come se la cavano Carly e Denise?»

«Sono brave, mamma, io lo so. Il guaio è che non lo sanno loro. Però comincio a pensare che a poco a poco riuscirò a ottenere che credano sempre di più in se stesse. È tutta una questione di fiducia.»

Che a te non è mai mancata, pensò, ma disse: «Avresti dovuto portarle qui a cena, Katie. C'è sempre cibo in abbondanza per tutti, specialmente quando abbiamo lo stufato irlandese. Tuo padre dice che io ne cucino talmente tanto che potrebbe bastare a sfamare l'esercito di Cox!»

«Ci avevo pensato, e avrei voluto invitarle, ma poi ho deciso che sarebbe stato troppo per te. Sei stata così male.»

«Adesso sto molto meglio, tesoro.»

La porta sull'altro lato della cucina si spalancò e Finian entrò rumorosamente. «Ehi, ciao, Katie!»

«Ciao, Fin.»

«Preferisco Finian», annunciò il dodicenne.

«Oh, scusami», rispose Katie, cercando di nascondergli fino a che punto fosse divertita. Questa era una novità.

«Figurati. A ogni modo il mio nome è Finian.» Scoccò un'occhiata a sua madre. «Hai bisogno che ti aiuti ancora, mamma?»

«No, Fin... ehm, Finian. Ma grazie ugualmente di avermelo chiesto. Vuoi una tazza di tè?»

«No, grazie.» Fece segno di no con la testa e si diresse verso il frigorifero. «Una Coca andrà benone.»

«E i compiti, Finian?» gli chiese sua madre.

Lui si voltò di scatto e la guardò fisso. «Fatti.»

Sconcertata, Maureen gli domandò: «Quando?»

«Poco fa. Quando ero in tinello.» Si strinse nelle spalle con noncuranza e spiegò: «Non avevo molto stasera. Soltanto matematica».

Katie si alzò di scatto nella poltrona. «Sono proprio una stupida!» strillò. «Ho lasciato la sacca della scuola al granaio! Oh, mamma! I compiti! E adesso cosa faccio?» E già mentre parlava, si era diretta alla porta. «Devo assolutamente tornare a prenderli.»

«Non ora, Katie!» esclamò Maureen. «È troppo buio, e sai benissimo che non ti permetto di passare da sola attraverso quei campi. Quindi scordatelo!»

«Ma io ho bisogno dei miei libri, mamma», piagnucolò con aria afflitta.

«Sì, lo so. Non ti resta che aspettare che Niall torni a casa. Verrà lui con te. Anzi, meglio ancora: ti porterà giù fino al granaio con il camioncino. Così farete più in fretta. Fin, vai a spegnere lo stufato, per favore, e intanto sarà meglio che io tiri fuori il pane dal forno.»

«Finian, mamma», bofonchiò il ragazzino. «Il mio nome è Finian, come in *L'arcobaleno di Finian*. È un musical.»

Maureen lo guardò con tanto d'occhi, chiedendosi che cosa sarebbe saltato fuori a dire la prossima volta.

4

KATIE taceva, completamente immobile, seduta di fianco al fratello a bordo del camioncino. Era convinta che Niall ce l'avesse con lei perché doveva portarla fino al vecchio granaio per recuperare i libri di scuola.

Quando era arrivato a casa dal lavoro poco prima, non aveva dato l'impressione che la richiesta della mamma lo mettesse di cattivo umore e aveva acconsentito senza troppe storie ad accompagnarla. Ma da quando erano partiti da casa, puntando in direzione della strada maestra, si era chiuso nel più assoluto silenzio.

Più di una volta Katie lo aveva guardato, domandandosi se fosse il caso di mettersi a chiacchierare. Di solito era loquace, discuteva di tutto e si confidava con lei, e la cosa era reciproca. Aveva appena due anni di più e, crescendo, c'era sempre stata una grande intimità fra loro, proprio come fra i migliori amici. Anzi, si erano coalizzati nel trattare Finian come il piccolo di casa mostrandosi indifferenti oppure condiscendenti nei suoi confronti. Fino a che lui era diventato troppo intelligente per non capirlo, e aveva mangiato la foglia. Però, anche se a un certo punto lo avevano accettato trattandolo amichevolmente, lo avevano sempre tenuto un po' in disparte e – con loro grande sorpresa – lui non aveva dato l'impressione che questo gli dispiacesse in modo particolare.

Katie e Niall si conoscevano a fondo e adesso, lei si era accorta che il fratello sembrava preoccupato. La sua faccia, di solito sorridente, era seria e turbata mentre guidava a velocità regolare, tanto che si chiese che cosa gli passasse per la testa in quel momento. Forse c'erano guai in vista con la sua ragazza, Jennifer Wilson. Le donne sentivano una grande attrazione per Niall, e di solito gli si gettavano ai piedi. Non c'era da meravigliarsene. Era molto bello, come papà, con i capelli neri, gli occhi verdi e la faccia angolosa, mascolina. Anche i lineamenti di Niall erano netti e decisi, e quel loro aspetto così maschio andava fatto risalire agli antenati Byrne, arrivati dall'Irlanda nel diciannovesimo secolo per stabilirsi nel Connecticut.

Alla fine, fu Niall a spezzare il silenzio e a interrompere le sue riflessioni quando disse: «Sei molto quieta stasera, Katie».

Lei trasalì e si mise a sedere più dritta esclamando con una risatina: «Potrei dire la stessa cosa di te, Niall! Hai un'aria talmente seria. C'è qualcosa che non va?»

«No, no, niente... stavo solo pensando a te.»

«A me? E in che senso?»

«Più che altro stavo pensando al tuo progetto di andare a New York l'anno prossimo. Credi sul serio che papà e mamma te lo permetteranno?»

«Sicuro!» Si voltò leggermente sul sedile, fissando il fratello nella penombra, e continuò, pronta: «Ti hanno forse detto qualcosa in proposito? Forse non intendono lasciarmi andare? Dai, Niall, dimmelo. Fra noi non ci sono mai stati segreti».

Lui rimase in silenzio, e Katie lo pregò in tono ancora più dolce, supplichevole: «Per favore, dimmelo».

«Non hanno detto una sola parola, giuro», rispose lui, e la sua voce era sincera. «Ma io so che non sono contenti di questa idea.»

«E perché?»

«Su, Katie, non fare la sciocca, non è da te. Ma è evidente. Pensano che tu sia troppo giovane per andartene così, da sola, come se niente fosse, in una metropoli.» Le allungò di soppiatto uno sguardo con la coda dell'occhio, poi si affrettò a riportare l'attenzione sulla strada. «Sono sicuro che vogliono che tu rimandi tutto di un paio di anni.»

«La mamma non mi ha mai detto niente del genere, e neanche papà. E mi vuoi spiegare come mai, tutto d'un tratto, stasera tiri fuori questo argomento?» Di colpo il suo tono di voce lasciò capire che stava riscaldandosi.

«Credo che non ti avrei detto niente se tu non mi avessi domandato se c'era qualcosa che non andava. Io mi sono soltanto limitato a essere onesto con te, perché è proprio quello a cui stavo pensando... Tu, che te ne parti per New York. E suppongo che mi sia venuto in mente perché stiamo per andare al granaio, dove passi la maggior parte del tuo tempo a giocare a fare l'attrice.»

«Capisco. Ma, ehi, senti un po', Niall. A New York sarò con Carly e Denise. E non dimenticarti che in città c'è anche la zia Bridget, e che staremo da lei.»

«Già, ma per quanto tempo? La zia Bridget ha un lavoro impegnativo in campo immobiliare, e ha anche la sua vita. Non credo che abbia voglia di trovarsi voi tre fra i piedi, o perlomeno non vorrà avervi a casa sua fino a chissà quando, ti pare?»

Alle labbra di Katie salì, pronta, una risposta negativa, ma poi preferì non pronunciarla ad alta voce. Respirò a fondo, invece, e si sistemò più comodamente contro lo schienale, domandandosi se, per caso, papà e mamma avessero davvero discusso la questione con lui. Ma se così fosse stato, perché Niall non era disposto ad ammetterlo? In passato non le aveva mai nascosto niente! Così, alla fine, gli domandò a voce bassa: «Dimmi la verità, come hai sempre fatto, Niall. Papà e mamma ti hanno parlato della mia partenza per New York?»

«No, per niente, Katie. Te lo giuro sulla mia testa, non me ne hanno mai neanche accennato. Ti sto dicendo solamente quella che è la mia opinione. So come sono fatti. Sono molto protettivi nei tuoi confronti, e hanno ragione di esserlo. È la stessa sensazione che provo anch'io.»

«Traditore», mormorò Katie. «Non me ne avevi mai accennato prima; e hai sempre detto che, una volta preso il diploma delle superiori, sarei dovuta andare alla scuola di recitazione. Adesso, di punto in bianco, canti una canzone differente. Tutto quello che ho sempre desiderato al mondo è recitare. Sai che è la mia vita.»

Niall si lasciò sfuggire un sospiro. Avrebbe dovuto immaginarlo, che il suo atteggiamento sarebbe stato questo; stava cominciando a pentirsi di averle parlato in modo così diretto e pensò che avrebbe fatto meglio a non esprimere mai apertamente i propri pensieri. «Vediamo di non litigare, cara», provò a dirle in tono persuasivo, dolcemente. «Senti, mi spiace di aver tirato fuori l'argomento. Scordalo. Dimenticati che io abbia mai aperto bocca su questa storia. Quando arriverà il momento, sono sicuro che saranno d'accordo a lasciarti partire, specialmente se la zia Bridget ti dà man forte. E poi sarai con Denise e Carly, e anche quello ti aiuterà. In fondo, non è come se tu andassi a New York sola soletta.»

«No, per niente, e mi auguro che papà e mamma acconsentiranno», rispose Katie, e cominciò a quietarsi. Non solo, ma accorgendosi che sarebbe stato meglio lasciar perdere quella discussione, si affrettò abilmente a cambiare soggetto. «Come sta Jennifer? È un po' che non te ne sento più parlare.»

«Diciamo che mi sto un po' raffreddando», borbottò lui, e poi scoppiò in una strana risata. «Se vuoi che ti dica la verità, Katie, sta diventando una peste. Ci credi se ti dico che vuole sposarsi?»

«Con te?» domandò Katie, alzando di colpo la voce.

«E con chi altri?»

«Sei troppo giovane, Niall.»

«Puoi scommetterci. A ogni modo, Jennifer è abbastanza carina e simpatica, non fraintendermi, solo che non voglio cominciare a far le cose sul serio con lei, ecco. Non è la ragazza giusta per me. Quella, non esiste ancora.»

Per un attimo Katie rimase in silenzio, e poi mormorò: «Strano, credevo che ci fosse stato un momento in cui l'avevi trovata, invece».

Niall non rispose, ma le sue mani si contrassero sul volante. Dopo un po' Katie si decise a continuare: «Avevo finito per convincermi che Denise ti piacesse alla follia l'anno scorso. L'espressione della tua faccia era... fin troppo chiara. Non potevano esserci dubbi. E mi sono sentita sicura che ti fossi preso una sbandata formidabile per lei. Ero pienamente convinta che, alla fine, tu avessi visto la luce, scoperto come è lei realmente, che persona speciale sia».

«Credo che sia stato proprio così. Ma era Denise ad avere un problema, non io. Si è incaponita a diventare attrice, vuole fare quella carriera, andare a New York con te e Carly. Ecco quello che desidera, non me o un altro ragazzo qualsiasi, a quanto mi par di capire. Quando uscivo con lei l'anno scorso ha mai parlato di me? Ti ha mai raccontato niente?»

Katie scrollò la testa. «No, e te l'ho già detto anche prima. Diceva soltanto che tu eri simpatico. E a suo tempo, è stato quello che ho ripetuto anche a te.»

Niall mormorò: «Mi pare di sì. Denise non vuole un innamorato, o perlomeno non adesso. Quello che vuole è la FAMA, a lettere maiuscole. Il suo nome tutto composto da lampadine scintillanti sulla facciata di un teatro».

«È quello che credo anch'io», ammise lei, pienamente d'accordo. «Ma Denise è così bella e dolce, e Jennifer Wilson non può assolutamente reggere il confronto...»

«Lo so benissimo.»

Niall rallentò, mentre arrivavano all'entrata della proprietà di Ted Matthews. L'oltrepassò e procedette su quel tratto di terreno piano e deserto, poi scese lentamente giù per la collina fino alla valletta in fondo. Il granaio era lì, annidato contro uno sfondo di alberi.

Quando il camioncino si avvicinò un poco di più all'edificio, Niall disse: «Denise e Carly devono esserci ancora, Katie. Le luci sono accese».

Katie non ne fu meravigliata, e gli spiegò: «Spesso rimangono qui anche molto dopo che io me ne vengo via. A loro piace provare, lavorare insieme, e a volte fanno anche i compiti, qui. A casa, non c'è molto per loro, con tutti che lavorano».

«Sì, lo so.» Niall guidò il furgoncino fino di fronte al granaio e si fermò. Katie aprì la portiera e scese con un salto. Faceva freddo e rabbrividì, stringendosi meglio nella giacca mentre si metteva a correre. Ma quando

33

raggiunse la porta del granaio si stupì, vedendo che era aperta.

Spingendola per farla spalancare completamente, entrò ed esclamò: «Carly! Denise! Cosa sta succedendo? Come mai c'è la porta aperta in una serata fredda come questa?»

Nessuna risposta.

Sconcertata, Katie si fermò sulla soglia, impietrita. I suoi occhi frugarono rapidamente per la stanza: C'era un disordine pazzesco. Due seggiole erano state rovesciate. Il paralume sulla vecchia lampada di ceramica era sbilenco, e a guardarlo si sarebbe detto che fosse stato urtato con forza, mentre il panno azzurro sul tavolo dove bevevano la loro Coca, tirato da una parte, era rimasto penzoloni. Mentre continuava a scrutare il granaio, notò i cappotti appesi ai pioli di legno, sul muro, e poco distante, sul pavimento, le loro sacche con i libri di scuola. C'era anche la sua per quanto non ricordasse di averla messa lì. Era sicura di averla scaraventata in un angolo. Adesso, invece, tutte e tre erano ben allineate, a fianco a fianco. Che strano, pensò.

Improvvisamente Katie si sentì cogliere dalla paura.

Girò di scatto la testa mentre Niall entrava.

«Dove sono Denise e Carly?» domandò, afferrandola meccanicamente per un braccio e accorgendosi subito delle sedie rovesciate e degli altri segni di disordine.

«Non lo so.» Si morse il labbro. «Devono essere da qualche parte, qui fuori...»

«Senza il cappotto?»

Per un momento non riuscì a parlare. La paura dentro di lei crebbe al punto che si sentì le gambe cedere come se non riuscissero più a sorreggerla. Con tutti i suoi istinti all'erta e con la voce che le tremava, disse lentamente: «C'è qualcosa che non va, Niall».

«Già.» Respirò a fondo e aggiunse: «Sarà meglio andare fuori a cercarle. Devono essere qua intorno. Ormai è buio fitto, ma io ho una torcia elettrica nel camioncino».

«Ce n'è un'altra nel cassetto del tavolo. Ce la tengo per i casi di emergenza», spiegò.

«Prendila, Katie, e andiamo.»

5

Fuori faceva un gran freddo, c'era umido e il buio sembrava più fitto che mai. Nuvole enormi oscuravano una luna opaca e pareva che nell'aria aleggiasse qualcosa di sinistro. Era addirittura palpabile, e Katie ebbe l'impressione di poterlo toccare. Bastava che allungasse una mano.

Si sentiva tesa, contratta e impaurita. Aveva il cervello in tumulto; pensieri tetri e foschi le si affollavano nella mente e le pareva di non riuscire a controllarli. Non c'era più niente che fosse normale e l'istinto le diceva che era successo qualcosa di brutto. Una strana sensazione di morte, un presentimento, che persistevano per quanto si sforzasse di scacciarli.

L'umidità, filtrando sotto la giacca, le era penetrata fino alle ossa; rabbrividì mentre aspettava il fratello. Niall era andato a prendere la torcia elettrica dal camioncino e lei stava stringendo convulsamente quella presa nel granaio. La mamma gliel'aveva data molto tempo prima, e adesso era contenta di aver pensato a sostituire le batterie.

Imprevedibilmente, i fari di Niall lampeggiarono e Katie sussultò per la sorpresa. Tutta la zona di fronte al granaio, dove era ferma in piedi, venne illuminata di colpo; così, perlomeno, ci si vedeva qualcosa. Niall stava correndo verso di lei, agitando la torcia elettrica; quando la raggiunse, la prese per un braccio in un gesto di protezione. Poi disse, impetuosamente: «Stammi a sentire, Katie. Da questo momento in poi rimarremo vicini. Insieme, ma sul serio. Non voglio che tu vada a girovagare qua intorno per conto tuo. Capito?»

«Sì. E in ogni caso, sarebbe l'ultima cosa al mondo che farei», gli rispose Katie a voce bassa, accostandosi un poco di più al fratello. C'era un po' di esitazione nella sua voce quando si azzardò a dire: «Le possibilità sono soltanto due, Niall. O se ne sono andate di qui in fretta e furia, o sono state portate via».

«Portate via», ripeté lui incupito. E i suoi occhi verdi apparvero improvvisamente turbati. «Chi potrebbe averle portate via? E dove?»

«Non lo so. Quel che è certo è che c'è stato un intruso, o magari più di uno, perché là dentro qualcosa è stato spostato e messo in disordine.» Accennò a voltarsi e piegando la testa gli indicò il granaio. «Potrebbe essere perfino successo che Carly e Denise non siano più qui, capisci. A quest'ora potrebbero essere molto lontano. Se sono state... portate via. Rapite.»

«Gesù benedetto, ma cosa stai dicendo, Katie?» Mormorò Niall e quando pronunciò quell'esclamazione a Katie parve di sentire parlare il nonno Sean, al quale lui voleva un gran bene e cercava di assomigliare. «E perché qualcuno potrebbe aver voluto portar via Denise e Carly? Si può sapere cosa stai cercando di farmi capire?»

«Ci sono un mucchio di tipi strani qua in giro, lo sai bene come lo so io. Drogati fuori di testa. Maniaci del sesso. Matti. Serial killer.»

Niall la guardava a bocca aperta, visibilmente sconcertato da quelle parole, e intanto, la sua faccia aveva preso un'espressione in cui la paura e l'ansietà si confondevano. «Vediamo di non sprecare altro tempo. Per prima cosa andiamo a dare un'occhiata dietro il granaio.» E già mentre parlava, aveva cominciato ad avviarsi a passo lesto trascinandola via di lì, verso il folto boschetto che faceva ombra sul lato nord della decrepita costruzione.

«Potrebbero aver cercato di raggiungere la casa di Ted Matthews».

«Certo, anche questa è una possibilità.» Insieme, raggiunsero il retro dell'edificio, cominciarono a spostare di qua e di là il cono di luce delle loro torce e poi provarono a dirigerlo verso gli alberi e i cespugli, chiamando: «Carly! Denise!»

Nessuno rispose, e non videro niente di diverso dal solito. Né erba calpestata o ramoscelli spezzati, né arbusti con le fronde schiacciate o impronte sul terreno. Ma non c'era neanche il minimo segno delle due ragazze.

A un certo punto Niall si arrestò, costringendo Katie a voltarsi verso di lui e a guardarlo in faccia. La fissò negli occhi. «Siamo convinti, tutti e due, che qualcuno è entrato nel granaio. Inaspettatamente. Non invitato. Chiunque sia stato, ha portato via le ragazze con la forza o le ha spaventate al punto da farle scappare. Giusto?»

Katie annuì. «E se sono uscite correndo dal granaio, dovevano essere terrorizzate. Quindi, la cosa più probabile è che si siano dirette verso la fattoria di Ted. Non è che sia così vicina, ma è sempre meno lontana della nostra casa o di una delle loro.»

Niall sembrava perplesso. «E perché non avrebbero dovuto correre su per la collina verso la strada maestra?»

«No, no, non lo avrebbero mai fatto», si affrettò a rispondere Katie scrollando la testa. «Si fa fatica a correre in salita. Probabilmente si sono precipitate fuori e hanno cominciato a correre dritto davanti a loro, infilandosi nel bosco che c'è di fronte alla porta del granaio. Una volta uscite dal bosco, dall'altra parte c'è un terreno piano, che porta alla fattoria di Ted. È facile correre attraversando in fretta i campi; è il modo più veloce per arrivarci.»

«Forse hai ragione; vuol dire che adesso ci mettiamo a frugare nel bosco. Magari Denise e Carly sono nascoste lì, fra gli alberi, e hanno paura di venir fuori. Se non le troviamo, possiamo chiamare Ted dal telefono pubblico che c'è sulla strada maestra.»

Katie cercò la mano del fratello e gliela strinse forte. Era nervosa; e in cuor suo si sentiva piena di agitazione. Improvvisamente, la invase uno strano senso di timore; si sentiva persino la nausea. Ormai era convinta che fosse successo qualcosa di brutto dopo che se n'era andata e pregò che Carly e Denise fossero sane e salve, e al sicuro.

Niall ricambiò con fermezza la stretta della mano mentre tornavano davanti alla costruzione dove era parcheggiato il camioncino e poi procedevano verso il bosco. Non era esteso, ma fitto di alberi folti e molto buio. Il sentiero che l'attraversava era talmente stretto che bisognava procedere in fila indiana e Niall insisté perché Katie camminasse davanti a lui in modo da poterla sempre avere sotto gli occhi. Non si sentiva preparato a correre rischi di nessun genere.

Dopo essersi incamminati di buon passo, Katie cominciò a chiamare: «Carly! Denise? Sono io, Katie! Siete qui?»

Alla voce della sorella Niall unì la propria e gridò ancora più forte. «Denise? Carly? Dove siete?»

Ma non ebbero risposta.

Non abbandonarono il sentiero, scrutando tutt'intorno alla fievole luce delle torce elettriche. A un certo momento Katie si fermò di colpo e alzò la mano. Poi disse a bassa voce, girando appena la testa oltre la spalla: «L'hai sentito, Niall?»

«Cosa?»

«Un rumore, una specie di fruscio proprio davanti a noi.»

«No, non ho sentito niente. Sarà stato un animale. Un cervo.»

A Katie morì il fiato in gola mentre rimaneva completamente immobile perché in quel momento le era tornata in mente quella specie di macchia scura notata con la coda dell'occhio qualche ora prima, quel giorno stesso. Nei pressi dei cespugli di rododendro sul pendio della collina mentre stava tornando a casa. Non dovevo lasciarle sole nel granaio, avrei fatto meglio a convincerle a venir via con me, pensò. D'altra parte ci rimanevano spesso fino a tardi, non era una novità. Fintanto che stavano lì, si tenevano compagnia reciprocamente invece di trovarsi a casa sole.

C'era stato davvero qualcuno nascosto, in agguato, vicino ai cespugli di rododendro? Aveva la gola chiusa e si accorse che faceva fatica a deglutire. D'un tratto si sentì la bocca arida mentre si chiedeva se qualcuno, che non voleva farsi vedere, si fosse trovato sulla collina quel pomeriggio. In tal caso, lei gli era passata molto vicino. E forse erano più di uno. Fu scossa da un brivido.

«Adesso anch'io sento qualcosa», mormorò Niall, facendosi più vicino alla sorella, posandole la mano sulla spalla.

A Katie, quel rumore che spezzava il silenzio, chiunque fosse a provocarlo, sembrava molto più forte e molto più nitido: si sarebbe detto quello di qualcuno che correva a precipizio fra la vegetazione del sottobosco, impetuosamente, e faceva stormire le foglie, e spezzando i ramoscelli. Se si trattava di un animale, doveva essere grosso.

«Chi è là?» urlò Niall.

«Carly, Denise, sono io! C'è Niall con me», Katie si mise a gridare portando le mani a coppa intorno alla bocca.

Nessuno rispose, ma il rumore cessò all'istante.

E non si udì più nulla. Soltanto il silenzio.

Fratello e sorella non si mossero per qualche attimo. Rimasero ad aspettare, tendendo le orecchie. Tutto era immobile, non si sentiva muovere neanche una foglia. Il bosco era avvolto dal silenzio più totale.

Katie respirò a fondo e fece un passo avanti. Niall la seguì, più inquieto e turbato. Ma non voleva allarmarla ancora di più e preferì mormorarle, rassicurante: «È stato un cervo, cara. Sì, ma uno grosso, un maschio. Proprio così, ecco la spiegazione, e nient'altro, Katie. Un animale». Per quanto, a sentirlo, sembrasse sicuro di sé, non era affatto convinto di poter credere alle proprie parole.

Katie, in ogni caso, non ci riuscì; si era già fatta ben altre idee. Dopo aver respirato a fondo più di una volta, radunando tutto il suo coraggio, riprese la marcia con decisione.

La prima che vide, fu Carly. Stava spostando da un lato all'altro del sentiero il cono di luce della torcia elettrica quando quel gelido raggio candido cadde sul suo corpo. La sua amica si trovava in una piccola radura a fianco del sentiero, presso un ciuffo di arbusti. Era distesa sul dorso e giaceva completamente immobile.

«È Carly!» gridò Katie e si precipitò in avanti di corsa, spinta dall'angoscia, puntando la luce della torcia sulla faccia dell'amica. Ma subito si tirò indietro inorridita. Il suo viso era talmente ricoperto di sangue che i suoi lineamenti si distinguevano appena.

Katie urlò, gridò il nome di Niall, e rimase lì dov'era, impietrita, senza riuscire a muovere un solo passo.

Quando il fratello la raggiunse, gli si aggrappò addosso, mettendosi a gridare con una voce talmente irriconoscibile che non sembrava neanche la sua: «*Carly è coperta di sangue*, oh Dio! Non può essere morta! Chi le ha fatto questa cosa terribile?» Si appoggiò a lui, scossa da un tremito che non riusciva a controllare. Poteva a malapena a reggersi in piedi, e appoggiò la faccia contro la spalla di Niall, con un desiderio disperato di cancellare dalla propria mente l'immagine del volto insanguinato dell'amica.

Niall puntò la luce della torcia su Carly e girò subito gli occhi dall'altra parte, nauseato e inorridito come la sorella.

Dopo un istante, disse piano: «Voglio guardarla meglio, più da vicino. Te la senti di rimanere qui sola un momento, Katie? Lascia che ti accompagni là, puoi appoggiarti a quell'albero. Va bene?»

«Va bene», rispose Katie fra i singhiozzi. Niall fu praticamente costretto a trascinarla via di lì, portandola fino all'albero quasi di peso, ma, dopo averla appoggiata al tronco si precipitò attraverso la radura verso Carly. Quell'orribile odore di sangue lo assalì e fu costretto a girare di nuovo la faccia, a respirare a pieni polmoni fino a che capì di potersi controllare di nuovo. Finalmente trovò il coraggio di chinarsi su di lei e si rese subito conto che il sangue sgorgava da una ferita lungo l'attaccatura dei capelli e continuava a uscirne a fiotti, scorrendole sulla fronte e sulle guance. Di colpo gli balenò il pensiero che i danni, alla sua faccia, dovevano essere minimi, se non addirittura inesistenti. Era chiaro che l'avevano colpita alla testa, e più di una volta. Aveva gli occhi chiusi, ma in quel momento notò un debole pulsare nel collo e si accorse che respirava, anche se in modo appena percettibile. Era viva, di questo era sicuro. A tentoni, le prese il polso. Batteva, sia pure debolmente.

Tirandosi su, Niall raggiunse di nuovo il sentiero. Voltandosi verso Katie, sempre aggrappata all'albero, disse: «Carly è viva. Adesso voglio cercare Denise».

«Dio sia ringraziato.» Katie ricominciò a singhiozzare, ma stavolta per il sollievo.

Nel giro di pochi secondi Niall trovò anche l'altra ragazza. Era a meno di quindici metri, e giaceva supina su una chiazza di erba secca, a poca distanza dal sentiero.

«Denise», mormorò, inginocchiandosi di fianco a lei, illuminandola con la torcia. La tirò indietro immediatamente e si sentì la gola chiusa, mentre le lacrime che gli salivano agli occhi. Un tremito lo dominava, adesso; e si rese conto senza neanche tastarle il polso che era morta. Quei dolci occhi nocciola, che parevano di velluto e lui conosceva tanto bene, erano sbarrati e fissavano il vuoto senza un palpito di vita.

Un involontario singhiozzo gli gorgogliò in gola mentre si rialzava di scatto, sentendosi travolgere da un dolore che, improvvisamente, gli sembrò insopportabile. Le lacrime gli scendevano a fiotti sulle guance senza che cercasse di controllarle anche se provò ad asciugarsele con il dorso della mano, in un gesto meccanico. Quando si volse di nuovo a guardare Denise, vide per la prima volta che aveva la gonna arrotolata fino alla cintola, e collant e mutandine in brandelli. Niall chiuse gli occhi di scatto e si portò una mano alla bocca premendola con forza, pieno di furore. Era stata violentata. Bastardo. Figlio di puttana, mormorò sottovoce. Poi si abbandonò ai singhiozzi. Chi poteva averle fatto una cosa tanto vile, tanto odiosa e inqualificabile? Chi l'aveva violentata e uccisa? L'incantevole, innocente Denise. A soli diciassette anni. Tutta una vita da vivere che era stata spenta, come la fiammella di una candela. Così, come se niente fosse. *Bastardo*.

Niall avrebbe voluto tirarle giù la gonna, coprirla con la giacca, offrirle un po' di rispetto e di dignità, almeno nella morte. Ma sapeva di non doverlo fare. Tentando con ogni mezzo di controllarsi perché si sentiva vacillare e gli pareva di non essere più neanche in grado di ragionare, tornò indietro lungo il sentiero, con le gambe che gli tremavano, domandandosi come dare la notizia a Katie.

Pacatamente, cercando di dominare la propria commozione, Niall disse: «Denise... se n'è andata, Katie. È stata... uccisa». Aveva la faccia deformata dalla disperazione e la sua voce vibrava di una rabbia terribile.

A Katie sfuggì un singhiozzo straziante mentre gli si aggrappava. «No, Niall! No! Non è possibile. Oh Dio, no!»

La prese fra le braccia e la tenne stretta.

Dopo un momento Katie sussurrò: «Voglio vederla».

«No.»

«Sì. Devo.» Si divincolò, liberandosi dalla stretta delle sue braccia, e imboccò il sentiero correndo, mentre il cono di luce della sua torcia ondeggiava e sussultava tutt'intorno a lei nel buio. Non si fermò fino a quando non ebbe raggiunto il corpo di Denise. Sbarrò gli occhi che, improvvisamente, si erano offuscati di dolore. Rimase a fissare a lungo l'amica e poi tornò indietro, curva, stringendosi forte le braccia contro il petto, consumata da un dolore lacerante. Con le lacrime che le scendevano sulle guance, urlò: «Non Denise, oh Dio, non Denise! Non è giusto! Oh, non è giusto, no!»

6

KATIE si fermò impetuosamente, accompagnata da uno stridio di gomme, tirò il freno a mano e con un salto scese dal camioncino. A scatti, di corsa, raggiunse il telefono pubblico a gettone nella piazzola dei servizi, afferrò il ricevitore staccandolo dal gancio e compose il 911. Le rispose subito il centralino che riceveva le chiamate per i casi di emergenza e pregò che le passassero il pronto soccorso e le ambulanze.

In un batter d'occhio eccola a parlare con l'incaricata per gli incendi e il servizio di ambulanza della contea di Litchfield, che serviva l'intera zona.

«Ho bisogno di un'ambulanza! La mia amica è ferita! È una questione di vita o di morte!» esclamò Katie con una voce che vibrava di ansia e di urgenza. «L'hanno colpita alla testa. Perde sangue. Ma è ancora viva. *Appena appena*. Per favore, mandate un'ambulanza. Il più in fretta possibile.»

«Da dove sta chiamando?»

«Sono a un telefono pubblico sulla Route 7. Più sopra di Malvern, fra New Milford e South Kent», rispose con prontezza. Poi si affrettò a fornire dettagli più particolareggiati sulla località in cui si trovava.

«Il suo nome, prego?» le chiese l'incaricata del servizio.

«Katie Byrne. Di Malvern.»

La donna le fece qualche altra domanda a cui Katie rispose con tutta la precisione possibile, date le circostanze, e infine, con un tremito nella voce, soggiunse: «L'altra mia amica, Denise... Ecco, lei è morta». E la frase finì in una tempesta di singhiozzi.

«Rimani in linea, Katie», disse la donna, cominciando a darle del tu, in tono gentile. «E fatti forza. Non mollare. Adesso ti metto in comunicazione con la polizia di Stato. Riferisci tutti i particolari anche a loro, racconta tutto quello che sai. L'ambulanza arriverà immediatamente.»

Katie rimase dove si trovava con il ricevitore stretto convulsamente in mano e un minuto più tardi una voce d'uomo annunciava: «Qui la polizia di Stato, gruppo L, Litchfield. Dimmi con esattezza quello che è successo».

«Una delle mie amiche è stata ferita gravemente. L'altra è... morta», rispose piano, cercando di essere il più calma e concisa possibile. «Mio fratello e io le abbiamo trovate poco fa. All'incirca un quarto d'ora fa. Ma non sappiamo cosa è successo. Né come è successo. Abbiamo bisogno di un'ambulanza per Carly.»

«È già partita. Adesso cerca di darmi un'indicazione del posto esatto dove ti trovi, Katie.»

Katie ubbidì, rabbrividendo sotto le sferzate di vento freddo, persuasa che quello che stava vivendo fosse un incubo. Non riusciva a convincersi che era lei, proprio lei, a parlare al telefono con la polizia di Stato del Connecticut, a raccontare quelle cose di Carly e Denise. Appena poche ore prima, alle quattro di quel pomeriggio erano insieme nel granaio, loro tre, a ridere e a fare progetti per il futuro a New York.

Il centralinista disse: «Per favore, Katie, aspetta lì. Rimani dove sei. Non andartene. Arriveranno degli agenti appena possibile. Ce ne sono parecchi di pattuglia nella zona. Non ci vorrà molto prima che qualcuno di loro ti raggiunga».

«Aspetterò sulla strada maestra. Allo sbocco di quella che porta giù al granaio», gli rispose Katie, e riagganciò. Si appoggiò in avanti, con la testa contro l'apparecchio, e chiuse gli occhi per un momento, costringendosi a essere forte. Imponendo, quasi, a Carly di fare uno sforzo di volontà, e di vivere. Ti prego, Signore, non farla morire, mormorò tra sé. Lasciala vivere. Combatti, Carly, combatti.

Sempre scossa dai brividi, dopo aver rialzato il colletto della giacca tornò di corsa al camioncino e vi montò; ma scese subito di nuovo, con un salto, e tornò correndo a precipizio al telefono pubblico perché si era ricordata che Niall le aveva detto di chiamare anche la mamma.

Lasciando cadere nella fessura dell'apparecchio un quarto di dollaro, compose il numero di casa. «Sono io, mamma», disse quando Maureen venne a rispondere.

«Dove siete tutti e due?» le domandò, e dal suo tono di voce si sarebbe detto che fosse sconcertata, forse addirittura seccata. «Vostro padre rientrerà da un momento all'altro, e io vorrei servire la cena. Finian muore di fame.»

«Mamma, è successo qualcosa», Katie cominciò, e la sua voce ebbe un tremito. Si accorse di non riuscire ad andare avanti.

«Cosa c'è, Katie? Qualcosa che non va?» domandò,

subito sul chi vive, pensando a un problema serio, perché Katie non era il tipo abituato alle esagerazioni.

«È qualcosa... di terribile, mamma. Carly è stata ferita gravemente, e Denise...» S'interruppe. Deglutì a fatica perché aveva la gola chiusa ma si accorse che le mancava la voce... e riuscì solo a dire in un bisbiglio: «Mamma, Denise è morta. Qualcuno l'ha violentata e poi l'hanno ammazzata... e anche Carly è stata ferita, gravemente. È successo dopo che io ero venuta via dal granaio questo pomeriggio».

«Oh mio Dio! Oh mio Dio! No, Katie! Quelle povere creature. Oh mio Dio, e tu dove sei? Stai bene? Non ti è successo niente? Dov'è Niall? Fammi parlare con lui!» Maureen gridò con una voce che era diventata improvvisamente stridula e acuta perché adesso lo choc e il panico cominciavano ad avere il sopravvento anche su di lei.

«Niall non è qui, mamma. È rimasto con Carly nel bosco. Perché è lì che è successo... è lì che... le ragazze... sono state aggredite.» Katie si portò una mano alla bocca per soffocare i singhiozzi ma non ci riuscì molto bene.

«Ascoltami, Katie», bisbigliò Maureen, ma era un bisbiglio rauco, il suo. «Mandami Niall al telefono.»

«Non posso, mamma! È vicino a Carly, per assisterla. Te l'ho appena detto. È rimasto con lei casomai il suo aggressore tornasse indietro. Mi ha mandato al telefono pubblico, alla cabina che c'è sulla strada maestra per chiamare un'ambulanza e loro mi hanno messo in comunicazione con la polizia e adesso verranno tutti, a portare aiuto.»

«Katie, Katie ascoltami. Voglio che tu torni a casa. E subito. Non voglio che tu rimanga lì. Forse non è sicuro. Non sappiamo se questo... se questa persona è ancora lì, nei dintorni. Ti pare? Magari sta perfino cercando te.

Eravate sempre insieme, voi tre. Lo sanno tutti. E forse lo sa anche lui. Torna a casa subito. Tuo padre sta per arrivare, andrà giù lui a prendere Niall. Quanto a te, sali sul camioncino, e torna immediatamente a casa. Mi hai sentito, Katie Byrne?»

«Sì, mamma, ti ho sentito. Ma non posso. Mi piacerebbe, ma devo rimanere qui. Dalla strada non si può vedere il granaio, lo sai, e così devo aspettare l'ambulanza e la polizia. Tornerò a casa appena Carly sarà caricata sull'ambulanza e la porteranno all'ospedale.»

«Ti prego, torna a casa», insisté.

«Sto bene, mamma. Giuro. Tornerò a casa presto», le promise.

Katie, dopo essersi messa al volante, guidò il camioncino giù per la discesa, parcheggiò di fronte al granaio e si avviò di buon passo verso il bosco stringendo convulsamente in mano la torcia elettrica. Dopo aver percorso pochi metri sullo stretto sentiero, respirò a fondo. «Niall! Niall! Sono tornata!» si mise a gridare con tutto il fiato che aveva in gola, cercando di rendere la propria voce più forte e alta possibile, impostandola nel tono giusto come si era addestrata a fare per il palcoscenico. In distanza, fievolmente, udì la sua risposta. «Va bene, Katie. Va bene, ti ho sentito.»

Girando sui tacchi, lei raggiunse di nuovo il camioncino e risalì il pendio fino alla strada maestra per aspettare la polizia e l'ambulanza. Adesso provava un dolore sordo alla testa e quel vago senso di nausea di poco prima, come se fosse lì lì per vomitare da un momento all'altro. Respirò a fondo, lentamente, più di una volta, come faceva spesso fra le quinte, imponendosi di scacciare il classico panico da palcoscenico. Ma stavolta il problema era un altro: una paura genuina, pura e semplice. Perché non pensare che l'assassino fosse proprio lì, sulle sue tracce, come aveva insinuato la mamma? In fondo, non era da escludere.

Rimase ad aspettare sulla strada maestra ma per fortuna la sua attesa non fu lunga. Nel giro di cinque minuti le arrivò alle orecchie il suono di una sirena e un minuto più tardi un'auto della polizia comparve in lontananza. Correva a rotta di collo.

Poiché arrivava sulla Route 7 dalla direzione di Gaylordsville, l'autista dovette parcheggiarla su lato opposto della strada; scese subito, e si avvicinò di corsa al camioncino. Katie abbassò il finestrino e guardò fuori con la faccia tesa, gli occhi smarriti per l'angoscia.

«Sei Katie Byrne?» le domandò.

«Sì, sono io. Sta arrivando, l'ambulanza?»

«Dovrebbe essere qui da un momento all'altro. Io mi trovavo nelle vicinanze più immediate e ho risposto subito alla chiamata radio. Dove è esattamente la scena del delitto?»

«Glielo faccio vedere.» Katie aprì la portiera, scese d'un balzo e precedette l'agente attraverso un breve tratto di terreno deserto. Poi, indicando qualcosa in fondo al pendio della collina, soggiunse: «Nel bosco, immediatamente di fronte a quel vecchio granaio che c'è laggiù. E, sempre nel bosco, c'è mio fratello Niall ad aspettare. Ha pensato che era meglio se rimaneva con Carly, per proteggerla. Più che altro in caso il suo aggressore sia ancora qui nei dintorni». Katie s'interruppe. Aveva la voce tremula, rotta dall'emozione, e di nuovo le lacrime le riempivano gli occhi.

«Cerca di calmarti, Katie», disse l'agente.

Deglutendo a fatica, lei fece segno di sì con la testa mentre tentava di riprendere tutto il suo autocontrollo. «Devo aspettare l'ambulanza intanto che lei scende fin laggiù? Per mostrare la strada anche a loro?»

«Non sarà necessario. Sta per arrivare», rispose l'uomo, che aveva piegato la testa sulla spalla come per ascoltare meglio l'ululato sempre più vicino delle sirene. La strada presto si illuminò della luce rossa dei fari che lampeggiavano e, intanto, l'ambulanza, che era arrivata a gran velocità, veniva a fermarsi dietro l'auto della polizia.

Katie raggiunse il camioncino di Niall, e vi salì. Si sentiva gelata fino alle ossa ed esausta. Rimase a guardare l'agente che, correndo, raggiungeva l'ambulanza e parlava con l'autista, indicava il fondo della collina e poi raggiungeva la propria auto e saliva a bordo. Il veicolo cominciò a muoversi.

Katie lo seguì.

L'agente le venne immediatamente dietro, al volante della sua auto, dopo aver acceso il lampeggiatore rosso mentre la sua sirena levava un suono stridulo, alto e chiaro.

Dopo aver indicato il sentiero che dovevano seguire attraverso il bosco, Katie si arrestò e rimase a guardare i paramedici che lo imboccavano di corsa, portando una barella.

Pochi minuti dopo erano di ritorno con Carly, ancora viva. È un miracolo, pensò Katie. Ormai si sentiva sull'orlo della disperazione, incerta, convinta che la sua amica non fosse ancora in vita. Invece Carly aveva resistito. Ce l'aveva fatta. Oh Dio, grazie, grazie.

I paramedici erano tutti intorno a Carly per controllare i suoi segni vitali prima di caricarla sull'ambulanza.

Katie si aggrappò a Niall e, insieme, rimasero presso il granaio, ad appena pochi passi da Carly. Com'è pallida, pensò Katie. Senza neanche un po' di colore, così bianca, e così immobile, poi! Immobile come la morte. Ma i paramedici appena un momento prima avevano fatto segno, a pollici alzati, che tutto andava bene, e uno di loro aveva detto: «Respira».

«Vivrà, vero?» gli domandò Katie subito dopo che aveva aiutato a caricare la barella nell'ambulanza.

Lui girò appena la testa sulla spalla per guardarla e fece segno di sì. «Credo. Lo spero.»

L'ambulanza partì portando via Carly e Katie cercò la mano di Niall, l'afferrò e la tenne stretta forte fra le proprie. Lui le rivolse una rapida occhiata chiedendo: «Hai telefonato alla mamma?»

«Sì. Le ho raccontato cos'è successo. Era sconvolta. Credo che adesso sia meglio che io vada a casa, Niall. Le avevo detto che ci sarei tornata subito, appena Carly veniva portata all'ospedale.»

«Dovrai stare qui con me, Katie. L'agente della polizia ha bisogno di parlare con noi quando torna indietro, dopo aver esaminato il corpo di Denise...» Niall tacque e tese l'orecchio. «Si direbbero altre sirene, queste. Si stanno avvicinando. Arrivano altri poliziotti, credo.»

Katie lo guardò a bocca aperta, stordita.

Niall ricambiò il suo sguardo, poi socchiuse gli occhi. «Denise è stata assassinata», le spiegò, e la sua voce vibrava di dolore. «Nella prossima mezz'ora questo posto brulicherà di poliziotti.»

7

Ecco, questo era proprio il tipo di crimine che lui detestava. Ragazze giovani e indifese picchiate senza pietà e uccise. Preda facile, preda innocente, Mac MacDonald pensò con sgomento mentre girava intorno al nastro adesivo giallo che due agenti stavano stendendo tutt'intorno al bosco per isolare la scena del delitto e tenerla sotto protezione.

John «Mac» MacDonald, comandante della squadra anticrimine più gravi della polizia per la zona di Litchfield, già da molto tempo aveva scoperto che i crimini di questo tipo lo trasformavano inevitabilmente in una specie di toro infuriato. Ma sapeva anche come fosse del tutto inutile lasciare che il suo furore si scatenasse. Ormai per anni era addestrato a esercitare il controllo più totale, come la massima disciplina, su se stesso. Ma questo non significava che dominasse la sua rabbia tutto il tempo. Quasi tutti i weekend lo trovavano nella palestra che aveva sistemato nel seminterrato di casa a riempire di pugni un sacco immaginando chi potessero realmente essere quelli che ricevevano quelle violente scariche di botte. Per lui era un modo come un altro per liberarsi di tutta quella rabbia anche se sapeva benissimo che questo non serviva a mettere la parola fine alle violenze insensate e all'uccisione di tante giovani donne. Anche lui aveva due figlie adolescenti ed era sempre preoccupato per loro, le addestrava in continuazione a stare attente e a comportarsi con prontezza e intelligenza quando erano in giro, per la strada, sole. Gli apparvero all'improvviso davanti agli occhi della mente le immagini dei loro adorabili, e incantevoli, giovani volti, ma le scacciò. Non poteva permettersi di lasciarsi distrarre a questo modo. Doveva concentrarsi. Doveva pensare a una cosa soltanto: risolvere questo caso, e in fretta.

Mac si soffermò a scambiare qualche parola con uno degli agenti che stavano maneggiando l'adesivo giallo. «Tu sei stato il primo ad arrivare qui, o sbaglio», affermò con un modo di fare amabile e cortese, e non era una domanda, la sua.

L'altro fece segno di sì. «Precisamente. Sono stato io, tenente. Mi sono assicurato che la scena del delitto non venisse inquinata in nessun modo, e anche i paramedici sono stati attenti e non hanno distrutto niente. Sono entrati, dritti dritti, hanno raccolto sulla barella la ragazza ferita, e sono usciti immediatamente. Uno, due, tre, proprio così.»

«E l'altra ragazza era morta quando tu sei arrivato.» Anche questa era un'affermazione, non una domanda.

«Già. Povera bambina.» L'agente scrollò la testa e i suoi occhi diventarono improvvisamente tristi. «Che cosa orribile!» mormorò, abbozzando una smorfia, e se ne andò.

Mac sospirò sommessamente mentre si avviava verso il bosco. Capiva quello che l'agente della polizia doveva provare. Ma capiva anche un'altra cosa, e cioè che per il resto dei suoi giorni, avrebbe sempre avuto una reazione forte e profonda di fronte alla violenza contro le donne. Gli faceva venire una gran voglia di dare a chi aveva compiuto atti simili una lezione da non dimenticare mai. C'era stato un mostro che aveva commesso qualcosa di veramente ignobile su due giovani donne, poche ore prima, e il furore che Mac provava fece accendere un lampo di durezza nei suoi occhi di un grigio tanto chiaro da sembrare quasi trasparenti, mentre la sua espressione diventava cupa, truce e gelida come l'acciaio. Non consentiva mai a nessun altro sentimento, a nessun'altra emozione, di manifestarsi sulla sua faccia rude e ossuta; ecco perché i suoi agenti lo chiamavano, quando sapevano che non poteva sentirli, Mac the Knife, Mac il Coltello.

Di buon passo Mac s'incamminò per lo stretto sentiero che s'inoltrava nel folto del bosco dove sapeva che una ragazza di diciassette anni giaceva morta.

E sapeva anche che la dottoressa Allegra Marsh, medico legale, era già sulla scena. Era arrivata poco prima di lui, a quanto gli avevano detto due dei suoi uomini che si trovavano nel granaio. La sua jeep Cherokee verde scuro era parcheggiata vicino al furgone nero mandato lì dal suo ufficio.

Allegra Marsh gli era simpatica. L'ammirava. Tanto per cominciare, era una di quelle persone che non si perdono in sciocchezze, ma vanno subito al sodo. Era quello che faceva quando si presentava sulla scena di un delitto, ma era schietta e decisa anche in ogni altro senso. Avevano lavorato insieme in talmente tanti casi che ormai non si contavano neanche più, e lei non gli aveva mai fatto mancare il proprio appoggio, a volte andando addirittura al di là di quello che il puro e semplice senso del dovere le imponeva di fare, rimanendo al suo fianco fino in fondo ogni volta che le circostanze lo richiedevano.

Ma, a parte questo, era la più brillante fra tutti i patologi che conosceva e con cui aveva lavorato. A modo suo, Allegra era anche un'investigatrice, esattamente come lo era lui; solo che usavano metodi differenti. Erano buoni amici, ma non c'era mai stato niente di più fra loro anche se Mac era vedovo da tempo, e lei era single. Con Allegra esistevano barriere precise, che lui sapeva di non dover oltrepassare, anche se qualche volta... be', quella era un'altra storia.

Anche se non fosse stato avvertito della sua presenza, gli intensi coni di luce che provenivano dai potenti riflettori che portava sempre con sé, e faceva funzionare a batteria, annunciavano la sua formidabile presenza nel bosco.

Quando si trovò all'incirca a un metro e mezzo di distanza, Mac si fermò sui due piedi e disse: «Non è una notte felice, Allegra».

Il medico legale, inginocchiato sul terreno con uno degli uomini della sua équipe, alzò gli occhi a guardarlo scrollando la testa bionda. «Salve, Mac. Hai ragione, non è per niente felice.» Sospirò e aggiunse: «Certo che stasera, qualche ora fa, chi ha fatto una visita a questo posto doveva essere un uomo che aveva perduto il lume della ragione, su questo non ci sono dubbi».

«Cos'hai trovato?»

«Morte in seguito a strangolamento. Manuale. La laringe della ragazza è schiacciata. Lividi molto profondi tutt'intorno alla zona del collo. Un attacco violento. Ed è stata stuprata, ma questo, probabilmente, lo sai già perché te l'hanno detto quelli della tua squadra.»

«Sì, infatti.» Intanto fissava il cadavere con gli occhi sbarrati. Mormorò: «Oh Dio, com'era giovane...»

«E vergine.»

«Davvero?»

«Sì, è quello che credo. Lo saprò con sicurezza soltanto una volta fatta l'autopsia. Ma c'era del sangue misto al liquido seminale. Ho preso un certo numero di campioni di DNA. Sperma, sangue che credo sia di lei, follicoli di peli. Pelle e carne che abbiamo trovato sotto le sue unghie. Altri peli. Peli differenti. E questo.»

Allegra gli mostrò la grossa pinza, che teneva nella mano destra, e della quale di solito si serviva per prendere i campioni di DNA da un cadavere. Adesso stringeva un mozzicone di sigaretta. «Abbiamo appena trovato questa bellezza seminascosta dal corpo di lei.» La infilò con estrema cura nella bustina di plastica trasparente che il suo aiutante le aveva messo davanti, e continuò: «Sono sicura che la ragazza non si trovasse seduta qua in giro a fumare, Mac. Correva disperatamente per salvarsi la vita. Questa è stata una svista da parte del suo aggressore. L'ha buttato via e se n'è dimenticato». Si tirò indietro e si sedette sui calcagni. «Saliva, Mac, la saliva di chi ha commesso il fatto. Così spero.» I suoi occhi scuri scintillarono a questo pensiero.

Lui fece segno di sì. «Ancora non ti sei fatta un'idea dell'ora in cui è morta?»

«Intorno alle sei, sei e un quarto. Riuscirò a stabilirlo con maggiore accuratezza, forse anche a specificarlo definitivamente, dopo l'autopsia. Ma non è accaduto molto più tardi delle sei e venti, ne sono abbastanza sicura.» Intanto, mentre parlava, stava riponendo alcuni oggetti in un contenitore di metallo. Poi, rivolgendosi all'assistente, disse: «Mettiamola nella sacca, Ken».

«Ci penso io», rispose. S'inginocchiò vicino ad Allegra e insieme sollevarono e maneggiarono il cadavere fino a quando fu sistemato nella sacca che poi Ken chiuse con una cerniera lampo. Si alzarono contemporaneamente, la sollevarono e la posarono su una lettiga.

«Grazie, Ken, adesso ti mando Cody perché ti aiuti a portar fuori dal bosco il cadavere. Dopo potete smontare l'attrezzatura elettrica».

«D'accordo», rispose lui e cominciò a metter via gli strumenti nella valigetta.

Lei si tolse i guanti di gomma arrotolandoli lentamente, li appallottolò e li mise in uno dei due contenitori di metallo che poi chiuse e afferrò. Mac si precipitò a impadronirsi dell'altro e insieme si allontanarono dalla scena del delitto, avviandosi a passo sostenuto sul sentiero, uno dietro l'altro.

«Come scena del delitto non è che sia un gran che per noi».

«Ne ho viste di migliori, Mac, ma non è poi così male. I paramedici non hanno toccato niente, e noi siamo stati scrupolosi.»

«Questo, lo so. Comunque, ammettiamolo, un bosco non è esattamente il posto più facile dove trovare indizi di un omicidio commesso con tanta brutalità.»

«È vero. E in questo momento il terreno è molto duro, compatto. Non ci saranno impronte di piedi. Hai parlato con i ragazzi nel granaio?»

«Certo, ma in fretta. Sono arrivato dopo di te, Allegra. La ragazza è sconvolta, sotto choc, ma nello stesso tempo si è dimostrata molto precisa e molto chiara su quello che è successo. Riguardo all'aggressione in sé e per sé né lei né il fratello possono dirci molto perché al momento del loro arrivo era già successo tutto.»

Non parlarono per qualche attimo, limitandosi a marciare attraverso il bosco fino a quando non raggiunsero lo spiazzo di fronte al granaio. Era affollato di automobili e di agenti, ma li evitarono girandogli attorno e procedendo verso la jeep di Allegra.

Tutto d'un tratto Mac disse: «Katie mi ha raccontato che mentre stava andando via di qui questo pomeriggio, le è parso di vedere qualcosa che sembrava una macchia scura. Erano le cinque meno dieci, più o meno, e faceva già buio. Lei stava salendo il pendio di quella collina là in fondo, ha creduto di veder qualcosa e si è fermata di botto a fissare i folti cespugli di rododendro. Dice di essersi chiesta più di una volta cosa fosse quello che ha quasi visto. Poi è arrivata alla conclusione che si trattasse di un animale, un daino o un cervo, e non si è presa la briga di indagare più a fondo. Io, comunque, ho mandato là uno dei miei uomini e un agente, a dare un'occhiata».

Si fermò di botto ed esclamò: «È stato un bene che non si sia accostata a quei cespugli perché avrebbe potuto essere l'aggressore che si era fermato lì. E avrebbe potuto fare del male anche a lei».

«Sì, hai ragione. La mia speranza è che quando Carly Smith riprenderà conoscenza sia in grado di riferirci quello che è successo qui oggi, e chi è stato. È una testimone oculare, la nostra unica testimone. È chiaro che facciamo conto sulla sua deposizione.»

Allegra adesso lo fissava attentamente.

Mac, che si era accorto dell'espressione preoccupata che stava disegnandosi sulla sua faccia, si affrettò a domandarle: «Qualcosa non va?»

Rimase in silenzio, poi disse a voce bassa: «A quanto mi par di capire, quella povera ragazza è stata colpita selvaggiamente alla testa. Prego che si riprenda e guarisca ma quelle ferite alla testa potrebbero rivelarsi estremamente gravi».

«Si può sapere a che cosa alludi? Mi stai forse dicendo che potrebbe morire?»

«No, non è detto, ma potrebbe rimanere in coma.»

«O cavolo!»

«Speriamo che tutto vada per il meglio», mormorò lei mentre infilava la cassetta di metallo sul sedile posteriore della jeep.

8

MICHAEL Byrne era lanciato a velocità folle sulla Route 7, e il suo piede schiacciava l'acceleratore a tavoletta. Si sentiva travolto dalla tensione e dall'ansia, e tutto questo glielo si leggeva sulla faccia contratta e negli occhi turbati, che teneva fissi, con la massima concentrazione, sulla strada davanti a sé.

Come si pentiva, adesso, di essersi trattenuto con un cliente, per discutere il progetto di una casa che, stava ristrutturando. Il suo appuntamento con Bill Turnbull non solo era risultato impegnativo, ma anche interminabile. Si era trascinato per quella che gli era sembrata un'eternità e l'aveva fatto arrivare a casa molto più tardi del solito. E qui, sul gradino della porta di servizio, era stato accolto dalla moglie evidentemente in ansia.

Gli era bastato guardarla per capire che era sconvolta e, a mano a mano che gli riferiva, fra le lacrime, tutta la storia, si era sentito agghiacciare. Non riusciva a sopportare l'idea che la figlia potesse aver corso un rischio, che qualcuno avesse voluto farle del male.

Nel preciso istante in cui Maureen aveva finito di parlare, le aveva raccomandato di rientrare in casa e chiudere a chiave la porta. Poi si era messo a correre a precipizio verso la jeep e le aveva gridato, voltandosi appena, che andava a raggiungere Katie e Niall al granaio.

Mentre avviava il motore e partiva, riusciva a pensare a una cosa soltanto: che Katie era sana e salva. Non ferita. Viva. Una miracolo. Andava sempre in quel granaio a provare, e se quel giorno non fosse venuta via con un certo anticipo per tornare a casa e aiutare la madre, era molto probabile che sarebbe stata anche lei un'altra delle vittime. Un pensiero che gli riusciva insopportabile. Un brivido che non riuscì a trattenere gli percorse la schiena.

Tutto quello che voleva era raggiungere la figlia, convincersi che stava bene e nessuno le aveva torto un capello, ma doveva vederlo con i propri occhi. Poi l'avrebbe portata a casa. La sua Katie. Voleva un bene dell'anima ai suoi figli, ma Katie era diversa, qualcosa di molto speciale per lui, la luce della sua vita. Era sempre stato così dal giorno della nascita.

Se doveva confessarselo, gli ricordava Cecily, sua sorella, morta di meningite a dodici anni quando lui ne aveva quindici; e gli era sembrato, vedendola morire, di averne spezzato quel suo cuore di adolescente. Aveva amato e protetto sua sorella per tutta la sua breve, e tenera, vita. Dopo la sua morte gli capitava spesso di pensare che, forse inconsapevolmente, aveva sempre saputo che Cecily non sarebbe rimasta a lungo in questo mondo.

Cecily una chioma rossa, il piccolo corpo snello, tutta gambe, una puledrina né più né meno come Katie, benché dal punto di vista fisico la somiglianza fra loro finisse lì, visto che Katie era l'immagine fatta e finita della madre. Ma sotto altri aspetti lui rivedeva Cecily nella figlia: l'allegria, la schiettezza, la personalità intensa, ricca di calore umano, che la rendevano diversa dagli altri. Katie non conosceva invidia e scaltrezza, in lei c'erano una purezza e un'innocenza che aveva trovato soltanto in Cecily. E, proprio come la zia morta da tempo, che non aveva mai nemmeno conosciuto, Katie era veramente uno spirito libero.

In cuor suo ringraziò la presenza di Niall. Questo pensiero gli dava grande conforto. Ma subito il suo pensiero corse alla famiglia di Denise. Perché non ci sarebbe certo stato alcun conforto per Peter e Lois Matthews, e tantomeno per Ted, vedovo e senza figli, che adorava quell'unica nipote. Michael rabbrividì al pensiero dell'atroce destino di Denise. La conosceva da quando era bambina, come Carly, ma Carly era viva, grazie e Dio. Si augurò che le ferite non fossero gravi. E così di colpo, nei suoi pensieri si insinuò qualche riflessione su Janet, la madre della ragazza. Vedova, completamente sola, dopo la morte del marito aveva sempre lavorato con il massimo impegno perché desiderava il meglio per Carly. Barry Smith era stato un buon amico e tutti erano rimasti sconvolti alla notizia della sua morte, stroncato da un cancro al sistema linfatico. Troppo giovane per finire sottoterra. Dopo la sua tragica morte Janet aveva dovuto lottare e combattere, affrontare una strada tutta in salita costellata da infinite difficoltà. Maureen, più di una volta, parlandone con lui, si era domandata come riuscisse a farcela.

Per quelle due famiglie il futuro non prometteva niente di buono, rifletté stringendo le labbra in una smorfia, ma con Maureen avrebbero fatto del loro meglio per aiutarli a superare una prova così dolorosa e terribile. Sospirò sommessamente mentre le sue mani d'istinto si stringevano più forti intorno al volante. Seppellire una figlia era qualcosa che non poteva neanche immaginare, neanche lontanamente accettare. Una figlia assassinata, per di più...

Rallentò quando raggiunse l'imbocco della strada sterrata che scendeva lungo il pendio della collina fino al granaio. Entrò sullo spiazzo e si trovò l'accesso bloccato da una auto di pattuglia.

Mentre abbassava il finestrino, un altro agente sbucò all'improvviso da chissà dove e cominciò subito a scrutarlo con attenzione.

«In che cosa posso esserle utile, signore?»

«Devo passare.»

«Mi spiace, signore, ma non è possibile. Stasera, no.»

«Ma devo. I miei figli sono giù al granaio. Sono quelli che hanno scoperto i corpi delle loro amiche, Denise Matthews e Carly Smith.»

«Il suo nome, signore?»

«Michael Byrne. Abito a Malvern.» Intanto Michael aveva tirato fuori la patente per mostrargliela.

Dopo averla esaminata accuratamente concesse: «Va bene, può procedere fino al granaio. Domandi del detective che si occupa di questo caso, il tenente MacDonald».

«Sarebbe come dire... Mac the Knife?» Michael chiese, inarcando un sopracciglio scuro.

L'agente rise. «E così... lei conosce il tenente, dico bene?»

«Certo che lo conosco. Siamo andati a scuola insieme.»

Già fin da quando aveva imboccato la discesa dall'alto della collina, Michael si era reso conto che più sotto, di fronte al granaio, ferveva una notevole attività. C'erano cinque auto di pattuglia, insieme con parecchi furgoni senza targhe, oltre a un certo numero di uomini sia in uniforme sia in borghese.

Intuì subito che quella era la scena di un grave delitto e si sentì correre un brivido giù per la schiena perché, per quanto senza colpa, in quel crimine erano coinvolti anche i suoi figli. E doveva trattarsi di una faccenda grossa se Mac MacDonald si trovava già sul posto. Il suo vecchio compagno era a capo del settore per i crimini più gravi della polizia del Connecticut, per la zona di Litchfield, e tutti lo conoscevano come un duro, uno di quei poliziotti con i quali non si scherza. Non si vedevano da un po' di tempo, anzi da parecchi anni, ma lui aveva letto di Mac sui quotidiani locali e seguito la sua ascesa al successo e alla fama fra le forze dell'ordine. Provò sollievo al pensiero che fosse Mac a occuparsi di un caso così delicato, perché un'indagine del genere andava affrontata e condotta in porto con grande capacità e professionalità.

Una volta parcheggiato, scese dalla jeep e richiuse la portiera con un tonfo. Poteva vedere Mac a pochi metri di distanza, intento a conversare con un'avvenente bionda che stava appoggiata alla fiancata di una Cherokee. Quando Mac alzò distrattamente gli occhi e, guardandosi intorno, lo scorse, Michael fece un segno di saluto con la mano e poi girò intorno al muso della propria auto.

Un momento più tardi, tutti e due, si stavano stringendo la mano e si allungavano pacche affettuose sulla spalla. Poi, terminati i convenevoli, Michael disse: «I miei ragazzi sono qui, Mac. Sono venuto a prenderli».

«Stanno bene, Mike, e sono pronti ad andar via. Hanno appena finito di rilasciare una deposizione là, nel granaio.»

«Come mai ci hanno messo tanto?» domandò, fissando il tenente nei freddi occhi grigio-argento con i suoi che sembravano rifletterne tutti gli interrogativi.

«Colpa mia, Mike, sono arrivato tardi. I miei investigatori volevano che scambiassi anch'io due parole con loro.» Mac si voltò di scatto perché Allegra Marsh si era avvicinata.

«Mi spiace interrompervi, ma devo andare. Volevo semplicemente augurarvi la buonanotte.»

«Allegra, ti presento Mike Byrne, un mio vecchio compagno di scuola. Katie e Niall sono i suoi figli. Mike, ti presento Allegra Marsh. Medico legale della polizia.»

Tendendogli la mano, lei gliela strinse e lo salutò.

Michael annuì, si schiarì la gola e mormorò: «Non riesco a credere che sia successa una cosa del genere proprio qui. È sempre stato un posto tranquillo, una piccola città sonnolenta. Mai avuto problemi, o perlomeno non di questo genere».

Allegra gli rivolse un lungo sguardo di quegli occhi nocciola, così comprensivi e pieni di compassione. «Capisco che cosa intende. Tragedie come questa sono sempre uno choc terribile.»

Sembrava addolorata e rivelava anche una certa preoccupazione; e Michael, osservandola più attentamente, vide una donna affabile sui quarant'anni, un tipo di bellezza fredda, un po' austera.

«Non c'è crimine peggiore», intervenne Mac, «Allegra ha ragione, è straziante. Erano solo ragazzine...» Tacque bruscamente perché si era ricordato che Katie, con ogni probabilità, era riuscita, per un colpo di autentica fortuna e solo per una questione di tempi, a evitare la stessa sorte.

Come se gli avesse letto nel pensiero, Michael osservò: «La mia Katie oggi è venuta via prima del solito e, per questo, non posso che ringraziare Dio». Scrutò prima l'una e poi l'altro. «Nessuna idea di chi potrebbe essere stato?»

«No», rispose laconico il poliziotto, e lo prese per un braccio. «Andiamo a cercare i tuoi ragazzi, così puoi portarli a casa. Sono state ore spaventose per loro. Ma hanno reagito bene. Molto bene, davvero.»

Allegra salutò: «Buonanotte», e mentre si allontanava: «Ti telefono domattina per prima cosa, Mac, e auguriamoci che queste ore d'oro dimostrino realmente di esserlo».

«Prego Iddio che lo siano. E con tutto il cuore, potrei aggiungere.»

«Cosa voleva dire, parlando di ore d'oro?» s'informò Michael mentre s'incamminavano verso il granaio.

«Chiamiamo d'oro le prime settantadue ore, perché è l'arco di tempo nel quale siamo realmente in grado di determinare se il delitto, o il crimine avrà una rapida soluzione. Se non si risolve entro quei tre giorni... ecco...»Si strinse nelle spalle.

Michael lo prese per una manica. «Stai forse dicendo che se non risolvi questo caso entro lunedì, non verrà mai risolto del tutto?»

«Sì, è proprio quello che sto dicendo.» Aveva un'espressione desolata.

Allibito, Michael si mise a fissarlo senza riuscire a pronunciare una parola. Poi, riscuotendosi, esclamò: «Settantadue ore e poi gettate la spugna?»

«No, non gettiamo mai la spugna», gli assicurò. «Ma

se non abbiamo trovato la soluzione in quel lasso di tempo, sappiamo di avere per le mani qualcosa di complesso, e difficile. Perché significa niente prove, niente solidi indizi, neanche una traccia da seguire. Ci aspetta un brutto lavoro. Ma, lascia che te lo ripeta, Mike, noi non ci arrendiamo mai.»

9

TUTTO ciò che vide, una volta entrato nel granaio, fu Katie. Tutto il resto era soltanto una macchia offuscata e confusa. Sua figlia gli sembrò pallida, tesa, con un'espressione tormentata. E questo bastò a lasciarlo senza fiato. Facendosi avanti, si accorse di come sedesse su quella seggiola rigida, impietrita, senza nascondere niente della tensione e dell'ansia ossessive che provava. Si affrettò a raggiungerla.

Quando Katie vide il padre in compagnia del tenente, qualcosa nella sua faccia cambiò e i suoi occhi azzurri s'illuminarono. Balzò in piedi di scatto e gli corse incontro.

Michael la prese fra le braccia, stringendola forte, come se non volesse lasciarla più andare. E come poteva lasciarla andare? Come poteva sopportare di non averla più sotto gli occhi sempre, di continuo? Il mondo, là fuori, era pieno di maniaci, criminali e individui loschi; e lei era una ragazza dolce e innocente, indifesa e senza protezione quando era da sola.

Allungò un'occhiata a Niall che gli veniva incontro. Il

sollievo che provò vedendoseli davanti tutti e due si riflesse nei suoi occhi verdi, tanto simili a quelli di Niall.

Buttando un braccio intorno alle spalle di Niall quando gli si fermò accanto, Michael lo strinse un poco di più contro di sé, poi lo attirò nella cerchia delle braccia che già stringevano Katie e rimasero così, tutti e tre uniti, aggrappati, senza dire una parola. Alla fine si staccarono l'uno dall'altro ma preferirono restare raccolti in un piccolo gruppo, mentre giravano gli occhi a osservare gli investigatori che si trovavano nel granaio con loro.

Mac fu il primo a parlare: «Grazie, Katie, e grazie anche a te, Niall. Tutti e due vi siete resi molto utili».

«E adesso? Cosa succederà?» domandò Niall, concentrando sul capo dei detective tutta la sua attenzione.

«Continueremo le indagini, e la raccolta delle prove. Abbiamo poliziotti dappertutto, che battono l'intera zona in cerca di chiunque possa dar l'impressione di comportarsi in modo sospetto. Sempre per lo stesso motivo, abbiamo già piazzato qualche blocco stradale», spiegò. «E domani mattina presto saremo di nuovo qui, a esaminare ancora il terreno centimetro per centimetro. Dopo che sarete andati via, l'intera area verrà cintata e metteremo un certo numero di guardie a proteggere la scena del delitto.»

«Denise è proprio stata strangolata, vero?» Katie mormorò, e la sua voce tremula rivelò decisamente quanto fossero intensi i suoi sentimenti, e profonda la sua commozione.

Mac fece segno di sì mentre i suoi occhi gelidi si addolcivano per un attimo intanto che osservava la ragazza. «Domani sapremo qualcosa di più sulla sua morte, dopo che avrò parlato con la dottoressa Marsh, il medico legale. E avrò anche ricevuto i rapporti dei tecnici della Scientifica che sono stati qui. Ogni prova, ogni indizio, per quanto piccolo possa essere, ci aiuterà a dare una soluzione a questo delitto e a trovare l'assassino di Denise, Katie.»

La ragazza si lasciò sfuggire un lungo, profondo sospiro di dolore e di angoscia, che quasi si trasformò in un singhiozzo anche se stava cercando con tutte le forze di controllarsi. Ma non poté evitare che i suoi occhi si colmassero di lacrime al pensiero delle amiche. Si appoggiò al padre, lottando con se stessa per riacquistare tutto il suo autocontrollo, perché voleva essere forte e coraggiosa.

«Tenente, possiamo portar via la sacca di Katie con i libri di scuola?» chiese Niall.

«Certo che potete», poi allungò un'occhiata a Dave Groome. «Penso che glielo si possa permettere, Dave. Quelli della Scientifica hanno già preso tutte le impronte digitali, vero?»

«Certamente, Mac. Da ciascuna di quelle sacche. E noi, con Katie abbiamo finito.» Intanto che parlava era andato a prendere la sacca che si trovava sul tavolo per consegnarla alla ragazza. Accompagnò quel gesto con un amichevole cenno di saluto.

«Grazie», Katie mormorò, e allungò un'occhiata alla sacca che adesso stringeva fra le mani, aggrottando le sopracciglia. «Ecco, però proprio adesso mi viene in mente qualcosa», cominciò, e subito ammutolì.

Dave Groome la guardò sgranando gli occhi. Si fidava di quella ragazza ed era pronto ad ascoltare qualsiasi cosa avesse da dire. Poco prima si era fatto rilasciare la deposizione ed era rimasto colpito dal modo in cui aveva saputo comportarsi. Gli aveva fornito tutti i particolari possibili con calma ed estrema precisione; era una giovane donna intelligente, che sapeva esprimersi in modo chiaro e accurato. Non nascondeva di provare una certa ammirazione per lei. «Cosa c'è, Katie? Cosa ti sei ricordata?» si affrettò domandarle.

Katie scrollò le spalle, e dopo aver respirato a fondo, disse: «Be', magari non è niente d'importante, ma...» s'interruppe e spostò gli occhi verso la parete più lontana del granaio dove era stata inchiodata una fila di ganci ai quali appendevano abitualmente i cappotti o altri capi di vestiario. I due cappotti, che vi erano appesi fino a poco prima, adesso erano stati portati via dalla polizia, e tutti i ganci erano liberi. Le salì un groppo in gola, e le affiorarono le lacrime agli occhi.

Dopo una pausa, riprese con una voce che, per quanto possibile, stava cercando di rendere ferma. «Si tratta della sacca, detective Groome. A casa, prima, quando mi sono accorta che avevo lasciato qui i libri, ho cercato di ricordare in che punto del granaio fossero rimasti. Ma non ci sono riuscita. Poi, quando siamo arrivati qui con Niall, ho visto subito la mia. Era là in fondo, per terra, appoggiata alla parete, assieme a quelle di Denise e di Carly, tutte e tre sotto i loro cappotti. Salvo che sopra la mia sacca non c'era appeso niente perché la giacca che avevo quando sono venuta qui era la stessa che avevo addosso quando sono tornata a casa, e che porto anche adesso. Le nostre cartelle erano disposte ordinatamente e io ho pensato, oh, tre sacche in una fila, come in quella vecchia canzoncina da bambini... *tre belle fanciulle in una fila*. Ed è stato solo allora che mi sono ricordata che non ce l'avevo messa lì io, perché l'avevo buttata in un angolo dietro quella tenda, nel piccolo vano che consideriamo il nostro camerino.» Indicò la tenda nell'angolo e concluse: «E non ho potuto fare a meno di pensare... che strano!

Chi l'ha spostata? E chi le ha messe tutte e tre a quel modo, bene in ordine in fila?»

«Tu pensi che l'aggressore abbia preso la tua sacca per metterla assieme a quelle di Carly e Denise... è questo che stai dicendo, Katie?»

Fece segno di sì con la testa. «Sì, esattamente. Altrimenti chi potrebbe essere stato?»

Dave la guardò con aria meditabonda e disse: «Forse è stata una delle ragazze».

Lei scrollò energicamente la testa. «Non credo proprio, detective. Dopo che siamo arrivate al granaio, loro non hanno più visto la mia sacca. Mi spiego, io sono stata l'unica a cambiarmi e a mettermi in costume questo pomeriggio, perché ero l'unica che doveva provare. Quindi loro, in quello che chiamiamo il nostro camerino, non hanno mai neanche messo piede.»

«Non potrebbero essersi accorte che, quando te ne sei andata, avevi dimenticato lì la sacca?» insisté.

«Erano troppo occupate per accorgersene», spiegò. «Si stavano concentrando sulla parte che dovevano imparare a memoria e, a ogni modo, io sono corsa via perché avevo fretta. No, no, non se ne sono accorte, di questo sono sicura».

Silenzio.

Fu Mac a spezzarlo quando disse: «Mi spiace, Katie. Ma ho paura che dovremo trattenere la tua cartella. Magari l'assassino potrebbe averla maneggiata. Ma per esserne sicuri dovremo farla esaminare in laboratorio casomai saltasse fuori qualche prova. Se non ce ne sono, potrai averla indietro».

Katie gliela riconsegnò. «Si sa niente di Carly, tenente? Dopo che è stata ricoverata all'ospedale?»

«È sempre senza conoscenza, ma le sue condizioni

adesso sono stabili. All'ospedale di New Milford è in buone mani.»

«Potrò andare a farle visita domani?»

«Sì, lo spero proprio.»

«Grazie, Mac», intervenne tagliando corto Michael. Spinse garbatamente Katie e Niall verso la porta, e aggiunse: «Vediamo di metterci in marcia, ragazzi».

Mac li seguì fino alla porta del granaio. Mise una mano sulla spalla di Michael. «Risolveremo questa faccenda, Mike, ne sono sicuro. E teniamoci in contatto.»

Quando si ritrovarono soli, Mac prese posto su una seggiola, si lasciò andare contro lo schienale e chiuse gli occhi, concentrando tutti i suoi pensieri sull'omicidio e sugli avvenimenti che con molta probabilità lo avevano preceduto. Aveva bisogno di prove; ma aveva anche bisogno di parlare con i due detective che stavano svolgendo le indagini sul luogo del delitto, per essere messo al corrente dei dati che avevano raccolto. Si tirò su, mettendosi a sedere dritto, e girò gli occhi verso Charlie Graham. «E allora, cos'hai trovato là, in alto, nei pressi di quei cespugli di rododentro, Charlie?»

«Un paio di cose. Ho fatto mettere da parte in un sacchetto, per la Scientifica, il mozzicone di sigaretta che avevamo scoperto, e poi i tecnici si sono portati via anche un bel po' di foglie calpestate e schiacciate. Ce n'era qualcuna bagnata, probabilmente di orina, ecco la conclusione alla quale siamo arrivati. Ci stava un uomo, lassù; non un cervo. Molto probabilmente l'assassino.»

«E cosa mi dici della vegetazione, del sottobosco e degli arbusti in fondo al sentiero, dove è stato rinvenuto il cadavere? Parto dal presupposto che ci fossero le tracce della presenza di qualcuno. Si è soffermato, ha indugiato. Oppure si teneva nascosto».

«Precisamente. Quelli della Scientifica hanno portato via campioni di foglie ed erba», rispose Charlie. «La mia sensazione è che l'assassino fosse ancora nelle vicinanze quando Katie e Niall sono arrivati e hanno cominciato a chiamare, gridando, i nomi delle ragazze.»

«Hanno salvato la vita a Carly Smith», dichiarò Dave Groome, mentre raggiungeva i colleghi intorno al tavolo. Sedette e continuò: «È probabile che l'assassino avesse tutte le intenzioni di finire Carly con qualche altro colpo ben assestato, sempre alla testa, quando Katie e Niall sono arrivati. Non è difficile credere che avrebbe potuto finire uccisa anche lei come Denise».

Mac annuì, pienamente d'accordo, ma si sentì agghiacciare al pensiero della ragazza morta e dell'uomo depravato, del tipo ripugnante, che l'aveva violentata e uccisa. C'era da credere che avesse pensato di fare la stessa cosa a Carly, ma poi era stato interrotto? Oppure aveva semplicemente desiderato Carly morta? Spostandosi sulla seggiola, Mac manifestò ad alta voce il proprio pensiero dicendo: «È poco probabile che volesse una testimone, vero? Qualcuno in grado di identificarlo... come avrebbe potuto fare Carly, e farà, quando riacquisterà i sensi».

«È vero», confermò Dave e corrugò la fronte mentre i suoi occhi assumevano un'espressione assorta, fissando il vuoto.

«Mi par di capire che Keith e Andy non sono ancora di ritorno.»

Charlie fece cenno di no. «Gli hai affidato un compito delicato, Mac. Presentarsi ai genitori di Denise e alla madre di Carly. Keith ci ha contattato via radio poco fa.

Hanno accompagnato la signora Smith all'ospedale di Milford perché possa rimanere con la figlia. Probabilmente sono già sulla via del ritorno e stanno per raggiungerci.»

Per un paio di minuti calò il silenzio. I tre erano assorti nei loro pensieri, turbati per quello che era successo e preoccupati su come risolvere il caso e scoprire il colpevole. Fu Dave che ruppe il silenzio. «Ma, secondo te, cosa è successo qui dentro questo pomeriggio, Mac?»

«Qualcuno ha seguito e tenuto d'occhio le ragazze, nascondendosi fra quei cespugli di rododendro. Appena Katie se n'è andata e, fra l'altro, sono sicuro che l'abbia vista andar via, è sceso dalla collina ed è entrato nel granaio. Probabilmente c'è stata una violenta discussione, magari addirittura un litigio. Le ragazze sono corse fuori, spaventate, e si sono infilate nel bosco. Lui gli ha dato la caccia, le ha aggredite, poi ha violentato Denise e l'ha strangolata.»

«Cos'ha detto il dottore?» s'informò Charlie.

«Che si è trattato di un vero e proprio assalto, una violenta aggressione, da parte di un uomo inferocito, che aveva perduto la testa. Domani, al termine dell'autopsia, sapremo qualcosa di più.» Mac si sfregò il mento con la mano, pensieroso, e poi passando gli occhi da Dave a Charlie, disse: «Sulla scena del delitto non sono state trovate armi, il che significa che l'aggressore, l'ha portata via».

«Potrebbe essere stato un pezzo di legno, un sasso, qualcosa che ha trovato lì, a portata di mano», insinuò Charlie.

«Oppure aveva con sé un bastone, una mazza.»

«Possibile», esclamò Dave, pienamente d'accordo, e continuò: «Sarà meglio che ci sbrighiamo a mettere insieme un rapporto sul profilo di questo... chiamiamolo così... individuo. Voleva fare del male a tutte e tre le ragazze? Oppure soltanto a Denise? È un abitante del posto? Oppure un forestiero? Un serial killer? Chi diavolo può essere? E dove si trova adesso?»

«Vorrei poter rispondere a tutte le tue domande, Dave, perché, se così fosse, avremmo risolto tutto. E tutto filerebbe liscio. Ma non è così. Non ancora. Comunque, c'è una cosa che posso dire... se ci tenete alla mia opinione. Per me si tratta di un abitante del posto. Magari non sarà proprio di Malvern o di un'altra delle piccole località più vicine, ma è senz'altro di questa zona.»

«Che cosa ti convince a eliminare la possibilità di un estraneo, Mac? L'idea di un balordo di passaggio non ha niente di allettante per te?»

«No, Dave, per niente.»

«Tre belle fanciulle in una fila... ecco quello che è stato il commento di Katie», riprese Charlie.

«E tu come spieghi quelle tre sacche allineate a fianco a fianco come le abbiamo trovate, Mac?» s'informò Dave alzandosi, andando alla finestra, allungando un'occhiata fuori e tornando a sedersi faccia a faccia con Mac. «Curioso, eh?»

Mac alzò le mani in un gesto d'impotenza. «Non so proprio cosa voglia significare... ammesso che abbia veramente un significato, poi!»

«Mi fido del giudizio di Katie», confessò Dave. «Se lei dice che le sue amiche non avrebbero fatto niente del genere, tendo a essere d'accordo con lei. Senti un po', magari l'aggressore è tornato al granaio a controllare qualcosa, a togliere qualsiasi prova avesse potuto lasciarsi dietro. Ed è stato così che ha adocchiato le sacche dei libri, e le ha messe tutte in fila».

«Ma perché?»

Dave si strinse nelle spalle. «Chi lo sa? Non potrebbe essere un messaggio di qualche genere, se è matto?» Il detective si lasciò cadere pesantemente su una seggiola mentre gli balenava un'idea. Preoccupato, continuò: «Katie potrebbe essere in pericolo?»

«No, assolutamente no», rispose Mac, sicuro di sé; ma poi si domandò se, invece, non poteva essere vero il contrario. «Ne sapremo di più quando riceveremo il rapporto del laboratorio su quella sacca. Stai pur sicuro che l'aggressore non si fa notare, non attira l'attenzione su di sé. Si nasconde, probabilmente è persuaso di essersela cavata e che nessuno lo accuserà mai di assassinio».

«E riuscirà nel suo intento?» domandò Charlie con aria malcontenta.

«No. Assolutamente no», dichiarò Mac con voce tonante. Con uno sforzo si alzò in piedi e prese a camminare avanti e indietro. «Domani, per prima cosa, inizieremo un controllo sull'ambiente in cui Denise viveva, parleremo con i suoi compagni di scuola, gli amici, i conoscenti, e specialmente quelli che le hanno fatto la corte, i suoi innamorati...»

«Se crediamo a Katie, Denise non ha mai avuto un ragazzo», intervenne Dave. «All'infuori del fratello Niall, che usciva con Denise l'anno scorso. Niall sostiene che non c'è mai stato niente di definitivo fra loro, si vedevano ma non hanno mai neanche avuto una storia d'amore. Sono sicuro che dica la verità. E, a ogni modo, ci ha riferito per filo e per segno dove si trovava quest'oggi.»

«Dunque ha un alibi?» domandò Mac.

Dave fece segno di sì. «Certo. Ha finito di lavorare a Roxbury alle quattro e venti, o giù di lì. Si sta occupando della ristrutturazione di uno stabile. Poi è andato in un negozio di ferramenta a Washington Depot dove ha comprato un gancio speciale per appendere un quadro. Quindi, si è spinto in macchina fino a Marbledale dove si è incontrato in un pub con un amico. Hanno bevuto una Coca e mangiato patatine fritte. Dice di aver lasciato il pub verso le cinque e tre quarti per raggiungere casa sua. Ci è arrivato un paio di minuti dopo le sei. A quanto sembra, praticamente non ci è neanche entrato ma è risalito al volante per accompagnare Katie giù, al granaio, appena pochi minuti dopo essere arrivato.»

«Dunque Niall non è tra i sospetti. Mi fa piacere saperlo», mormorò Mac quasi come se parlasse tra sé.

«Ma anche nel caso in cui l'aggressore fosse di questa zona, potrebbe sempre trattarsi di qualcuno che Denise non conosceva neanche», gli fece notare Dave.

«Vero», confermò Mac, e poi soggiunse: «Andiamo fuori a vedere cosa succede. E, dopo, dovremo tornare alla base. Vorrei esaminare tutto quanto abbiamo a disposizione. Dobbiamo sfruttare appieno le ore d'oro che ci rimangono». I due agenti seguirono Mac attraverso il granaio e Dave disse sottovoce: «Mi sembra che sarà proprio un brutto caso. Auguriamoci di avere fortuna».

10

MAUREEN Byrne girò gli occhi intorno a sé in cerca di conforto e rassicurazioni, da tutto ciò che aveva intorno di familiare, lì, nella cucina di casa sua.

Era una stanza in cui ogni oggetto aveva il suo posto preciso, e lì era sempre stato. L'antico orologio d'ottone ticchettava rumorosamente sulla mensola del camino, le lampade vittoriane irradiavano il loro cono di luce calda e rassicurante, il fuoco ardeva crepitando nel grande camino in pietra. Perfino l'aria odorava di quel miscuglio di profumini squisiti che si levavano da tutto quello che aveva cucinato durante il pomeriggio... stufato irlandese, pane, e una grossa crostata di mele. Soltanto questo pomeriggio, si ripeté sottovoce, eppure sembra lontano addirittura anni luce, tante sono le cose accadute nelle ultime ore.

Per quanto le fosse familiare, la cucina non le sembrava più la stessa di sempre. Era cambiata, era diversa perché dolore e amarezza gravavano pesantemente nell'aria, appannando un po', in uno strano modo, il suo radioso calore, che la rendeva così accogliente.

Sospirando tra sé, Maureen fissò uno dopo l'altro tutti i membri della sua famiglia, raccolta intorno alla tavola. Tutti parlavano poco, quella sera, si tenevano per sé i loro inquietanti pensieri e avevano il volto segnato dalla tristezza. Il turbamento e la preoccupazione appannavano i suoi limpidi occhi azzurri. Nessuno sembrava avesse molta voglia di mangiare, e lo stufato che aveva servito era rimasto praticamente intatto. Perfino Fin non l'aveva toccato, e ne capiva perfettamente il motivo. Anche dalle sue labbra non era passato un solo boccone e, già da un momento, aveva posato la forchetta perché si era resa conto di non avere il minimo appetito.

Gli avvenimenti di quella terribile giornata avevano sopraffatto Maureen, avevano sopraffatto tutti i Byrne. Erano rimasti travolti dalla violenza dell'assassinio di Denise e dalla spietata aggressione a Carly, dalla tragedia e dal dolore di eventi tanto impressionanti. Erano stati colpiti da qualcosa di terrificante, qualcosa che stordiva e lasciava strabiliati perché era accaduto all'improvviso, inaspettatamente, e nei loro occhi aleggiava ancora un'espressione di choc. Il caos aveva invaso quelle loro vite così normali, protette, mettendole letteralmente sottosopra. Niente avrebbe mai potuto essere di nuovo come prima, nessuno di loro sarebbe mai più stato quello di prima. Maureen di tutto ciò era assolutamente convinta.

I suoi occhi attenti, indagatori, si posarono su Katie. Era la figlia quella che la preoccupava di più, tanto erano stati stretti i legami che la univano a Carly e Denise, le amiche d'infanzia, le fedeli compagne dell'adolescenza. Katie aveva gli occhi cerchiati di rosso, gonfi di pianto. Come si poteva aiutarla, si domandò con angoscia, come fare ad aiutarla ad affrontare una tragedia tanto orribile, come sperare che Niall e Fin la superassero. E a dare conforto anche al marito e a se stessa?

A un tratto, alle narici di Maureen arrivò intenso l'aroma fragrante del caffè. Si alzò prendendo il proprio piatto e disse in tono sbrigativo: «Beviamo una tazza di caffè e andiamo all'ospedale. Stasera nessuno ha voglia di cenare, a quanto vedo, nessuno di noi ha fame, e io per prima non sono stata capace di mandar giù niente. Dico bene? Su, da bravi, Katie, Fin, aiutatemi a sparecchiare. Molte mani alleggeriscono la fatica».

«Sì, dovremmo andare», concordò il padre lanciando un'occhiata all'orologio da polso. «Sono già le nove meno dieci».

Katie si alzò, prese il proprio piatto e quello di Niall, e s'incamminò verso il lavello all'altra estremità della cucina. Il secchio dei rifiuti era nascosto dietro l'antina dell'armadietto, e una volta aperto, assieme a Fin ripulirono con cura i piatti. Poi Katie tornò indietro a prendere il piatto del padre e il cestino del pane; Maureen versò il caffè caldo e fumante in quattro massicce e alte tazze di ceramica, riempì di latte un bicchiere, e Fin e Katie l'aiutarono a portare tutto a tavola.

Ma dopo aver bevuto soltanto pochi sorsi di caffè, Katie si alzò di nuovo. «Vado a lavarmi le mani e la faccia, e a prendere la giacca, mamma», mormorò, «se permetti.»

«Sì, certo, tesoro.»

«Anche noi, faremmo bene a prepararci», si unì Niall, allungando un'occhiata a Finian, e poi alzandosi anche lui. «Se ci vuoi scusare, mamma.»

Niall corse via con Finian alle calcagna. «Penso io a tirare fuori la jeep dal garage, papà», gridò Niall voltandosi appena, e poi si precipitò verso il piccolo corridoio sul retro.

«Grazie, figliolo, ti raggiungo fra un minuto», rispose

Michael, e poi si rivolse alla moglie. «Mettiamo a posto tutto più tardi, quando torniamo. Adesso faremmo meglio ad andare. Sono preoccupato per la mamma di Carly. Janet sarà fuori di sé e sono sicuro che, all'ospedale, non c'è nessuno con lei.»

«È probabile.» Scoccò uno sguardo alla faccia tesa e stanca del marito e provò per un attimo un senso di colpa. Quando Michael era tornato con i ragazzi, era stata lei a insistere che mangiassero prima di andare all'ospedale e niente aveva avuto il potere di dissuaderla. «Avete bisogno di mettere qualcosa di caldo nello stomaco, e se mangiate un boccone vi sentirete più in forze», aveva fatto notare e, si era messa a servire subito lo stufato.

Sulle prime Michael aveva opposto qualche resistenza. Voleva accompagnarli tutti a New Milford, e voleva farlo subito, senza aspettare, e Katie si era dichiarata d'accordo con lui! Maureen invece era riuscita a convincerli che, prima, bisognava mangiare. Aveva avuto ragione lui, riconobbe ora. Mangiare era stato l'ultimo dei loro pensieri, e lei stessa non ne aveva avuto la minima voglia; così era andata a finire che avevano perso tempo prezioso gingillandosi in giro per la cucina, con aria triste e affranta.

«Mi dispiace, Michael, ho sbagliato. Avrei dovuto darti retta poco fa. È stata una stupidaggine costringervi a sedere a tavola, non aveva senso. Se non avessi insistito, a quest'ora eravamo già all'ospedale.»

Lui si alzò in piedi, e per tutta risposta le lanciò un sorriso pieno di affetto. Poi, con dolcezza, la condusse verso il piccolo corridoio sul retro per aiutarla a infilare il giaccone imbottito.

* * *

Maureen annusò l'aria fredda, camminando a fianco di Michael verso la jeep che Niall aveva parcheggiato fuori del garage. Alzò la testa e contemplò quel cielo nero come l'inchiostro punteggiato qua e là da poche stelle dalla luce offuscata, e sentì le prime gocce di gelida pioggia che le bagnavano il viso.

Michael l'aiutò a prender posto sul sedile posteriore, dove si sedeva sempre insieme con Katie e Fin, e stava per richiudere la portiera quando un lampo attraversò il cielo. In distanza si sentì il rumoreggiare del tuono che assomigliava a un rombo di cannoni lontani.

«Sta per scoppiare un temporale», annunciò Maureen quando lui si mise al volante, e rabbrividì stringendosi il piumino intorno al corpo snello.

Voltando la testa a guardarla, Michael replicò: «È quello che credo anch'io, tesoro. Ma non c'è temporale che tenga... Dobbiamo anche fermarci dai Matthews dopo essere stati all'ospedale. Saranno distrutti, e penso che avremmo dovuto chiamarli al telefono già prima». Voleva aiutarli, almeno per quanto era possibile.

«Forse Peter e Lois sono da Ted. Lo sai come sono uniti in quella famiglia», azzardò lei, e poi tacque di colpo perché la portiera si era spalancata e, prima Katie e poi Fin, salirono a bordo, in tutta fretta. Maureen scivolò un po' più da parte sul sedile, per far posto ai due e appena Niall si fu infilato con un balzo davanti, Michael avviò il motore e partì a retromarcia sul vialetto d'accesso.

Katie si rannicchiò subito vicino alla madre, infilando un braccio sotto quello di lei come se sentisse bisogno del conforto e della sicurezza che la sua vicinanza le dava.

Maureen si rendeva conto del suo bisogno di protezione. Tutte le sue difese erano crollate; era sotto choc. Aveva una gran voglia di stare con i suoi genitori, con la mamma in particolare.

Nessuno parlava. Michael si avviò in direzione di New Preston e del piccolo incantevole lago Waramaug, puntando verso la Route 202 che li avrebbe portati direttamente a New Milford e all'ospedale. Di solito quando erano tutti insieme sulla jeep chiacchieravano e ridevano, raccontavano stupide barzellette e si scambiavano battute idiote; e qualche volta cantavano le loro canzoni preferite perché avevano tutti una grande passione per la musica ed erano molto intonati. Niall, in particolare, aveva una splendida voce; e nel preciso istante in cui apriva la bocca tutti gli altri si zittivano ad ascoltarlo. Fin diceva sempre che Niall aveva sbagliato carriera e avrebbe dovuto fare il cantante di musical, o la pop star, ma tutto il resto della famiglia si limitava a prendere in giro il ragazzino per questi suoi commenti, Niall per primo.

Invece quella sera tacevano tutti e il loro, era il cupo silenzio provocato dallo choc e dalla preoccupazione. Maureen sapeva, nel segreto del suo cuore, di essere spaventata per la salvezza di Katie, e per la sua sicurezza, anche se non aveva manifestato questo suo terrore parlandone con Michael, e tantomeno con la figlia, almeno fino a quel momento. Maureen non era una stupida e sapeva che lì, nella zona, c'era, libero di fare ciò che voleva, un killer implacabile, un folle o uno psicopatico, come Finian aveva annunciato poco prima sorprendendola, come capitava abitualmente. Come faceva quel ragazzino a sapere tante cose?

E come facevano loro a sapere che quello psicopatico non avrebbe dato la caccia a Katie, dopo quello che aveva fatto alle sue amiche? Forse la sua intenzione era stata di uccidere tutte e tre le ragazze, ma il destino non l'aveva voluto. La sua Katie. La sua unica, adorata, figlia. Maureen si accorse di avere la gola arida, di sentire un vuoto spaventoso in fondo allo stomaco mentre rifletteva su queste possibilità, una più atroce e terrificante dell'altra.

Pensieri tormentati e inquietanti come questi la lasciavano inorridita, eppure capiva di non poterli semplicemente accantonare. Il buonsenso le diceva che avrebbe dovuto affrontare la situazione in modo diretto, discuterla con Katie e con il marito. Per quanto sua figlia fosse una creatura diversa dalle solite, ricca di fantasia, con chiare tendenze artistiche, piena d'innocenza e senza alcuna esperienza, per fortuna c'era nel suo carattere anche un lato pratico che non le faceva mai dimenticare di rimanere con i piedi sulla terra. Era qualcosa che aveva sempre fatto piacere a Maureen, l'aveva rassicurata sulle sue capacità di giudizio, le aveva confermato che le sarebbe stato di aiuto per fare le scelte giuste nella vita.

Di colpo, Maureen non poteva più chiudere gli occhi di fronte alla realtà: Katie avrebbe dovuto esser la prima a capire che doveva stare attenta, essere pronta e vigile quando andava in giro da sola, non correre rischi. Il solo fatto di rendersi conto di tutto questo già fin d'ora, le fece provare un certo sollievo anche se ormai era essenziale fare un discorso serio appena possibile. Al momento, però, le condizioni di Carly erano la cosa più importante, quella che avevano in mente tutti – e parlare di qualsiasi altro argomento sarebbe sembrato vergognosamente egoista.

Come se le avesse letto nel pensiero, Katie le si strinse più vicino e disse con una vocina piccola piccola, che era poco più di un bisbiglio: «Credi che Carly stia per morire, mamma?»

Maureen girò di scatto la testa per guardarla, le circondò le spalle con un braccio e la strinse più vicina.

«Spero di no, piccola. Ma dobbiamo essere onesti con noi stessi, accettare la gravità delle sue condizioni, non chiudere gli occhi per non vederle perché ci fanno paura. È importante saperle affrontare. Le ferite alla testa possono essere mortali. D'altra parte, possono anche essere superficiali, e non gravi come siamo stati indotti a credere. È meglio vedere le cose dal lato più positivo, ed essere convinti che Carly migliorerà. E poi dobbiamo pregare perché torni, una volta guarita, a essere quella di prima, e non rimanga menomata.»

Katie si raddrizzò di scatto al suo posto. «Mamma, a quello non avevo pensato! Oh Dio, un danno al cervello. Carly potrebbe ridursi a un vegetale...» Un brivido che non riuscì a trattenere attraversò dalla testa ai piedi la ragazza di diciassette anni che chiuse in fretta gli occhi, con forza, e tutto d'un tratto di ritrovò più impaurita che mai per il futuro della sua amica del cuore.

Maureen le cercò la mano e gliela strinse dicendo: «Cerca di non preoccuparti, tesoro mio. E non dimenticare quello che non mi stanco mai di ripeterti... Non c'è niente di peggio che lasciarsi andare alla disperazione prima del tempo, perché logora, tanto per cominciare, e secondariamente, è uno spreco di forze. Vediamo di non cominciare a fare previsioni nefaste. Cerchiamo di essere positivi e auguriamoci che Carly torni a essere, al più presto, quella di prima. Non solo, ma dobbiamo essere lì, presenti, vicino a lei per quanto ci è possibile».

«Sì, mamma, è un dovere. Bisogna fare quadrato intorno a Carly», si affrettò a confermare Katie mentre il suo coraggio innato prendeva il sopravvento.

«Potrebbe finire in coma come quella donna, Sunny von Bülow», disse Finian, sporgendosi in avanti, perché Katie era seduta in mezzo a loro, in modo da poter fissare la madre attraverso le spesse lenti degli occhiali. «E lei, non ne è mai uscita.»

«Sta' zitto!» sibilò Maureen, minacciandolo con il dito, con aria di rimprovero perché, a dir la verità, con lui non si sapeva mai quali sarebbero stati i commenti e cosa fosse capace di tirar fuori di punto in bianco.

«All'ingresso c'è qualche cronista», annunciò il padre mentre raggiungeva l'ospedale e parcheggiava la jeep lungo il cordolo del marciapiede. «D'altra parte non sanno chi siamo, né fino a che punto siamo coinvolti in quello che è successo, quindi basterà entrare zitti zitti senza farci notare. Non guardateli, tu soprattutto, Fin. E anche voialtri, rimanete vicino a me.»

«Senz'altro, papà», promise Finian, e sembrava emozionato.

«E allora, forza! Andiamo!» esclamò Maureen. E prendendo in pugno la situazione, spalancò la portiera, scese dalla macchina, e aspettò che Fin e Katie la raggiungessero sul marciapiede. Subito prese Fin per mano anche se lui le lasciò capire che quel gesto non gli garbava affatto perché lo considerava degno soltanto di un bambino piccolo. Provò a divincolarsi, però Maureen non mollò la presa.

La famiglia Byrne oltrepassò la porta d'ingresso in un gruppo compatto. Una volta dentro, Michael si presentò al banco dell'accettazione mentre gli altri lo seguivano alla spicciolata e si fermavano alle sue spalle ad aspettare pazientemente.

«Buonasera.»

L'infermiera alzò gli occhi a guardarlo, abbozzò un mezzo sorriso, rispose al saluto con un cenno del capo.

«Siamo amici della signora Smith», spiegò. «La signora Janet Smith. Si trova qui per la figlia, Carly, che è nel reparto di rianimazione.»

«Sì», replicò l'infermiera e spostò, sfogliandole, alcune carte che aveva sulla scrivania.

«Come sta Carly?»

«Più o meno stabile, a quanto mi sembra di capire.»

«Noi vorremmo vedere la signora Smith, e Carly, se è possibile.»

«Posso sapere i loro nomi, prego?»

«Sono Michael Byrne. Di Malvern. Questa è mia moglie...» Intanto, Michael si era voltato, aveva preso Maureen per un braccio e l'aveva fatta venire avanti. «E i miei figli», soggiunse, indicando il terzetto che era rimasto un po' più indietro.

L'infermiera li scrutò, tutti, dal primo all'ultimo, e poi chinò gli occhi su uno dei fogli di carta che aveva davanti, sulla scrivania, come se volesse controllare qualcosa.

Dopo qualche altro minuto senza che arrivasse una risposta, Michael, che stava perdendo la pazienza, domandò: «Possiamo andare a cercare la signora Smith?»

«Non avete bisogno di cercarla», rispose l'infermiera. «È nella seconda sala d'attesa, in fondo a quel corridoio.» Ma aveva parlato come di malavoglia, e sembrava a disagio.

Katie, che se n'era accorta, avanzò di qualche passo dicendo: «Salve, signora Appleby! Non si ricorda di me? Katie Byrne. Vado a scuola con Florence».

L'infermiera la scrutò per un momento, poi finalmente, sembrò ricordare chi fosse ed esclamò: «Tu sei quella brava piccola attrice che ho visto alle recite della scuola! L'amica di Carly e Denise». Quindi, l'infermiera Appleby si protese oltre il banco e, abbassando al voce, soggiunse: «Quell'omicidio... che cosa terribile... vero?»

Katie si tirò indietro, sentendosi agghiacciare, e non disse niente. Michael s'impossessò di un braccio della figlia con fare paterno e, guardando l'infermiera le sorrise con grande cordialità dicendo con la sua voce più amabile e suadente: «Molte, molte grazie, infermiera Appleby. Adesso andiamo dalla signora Smith».

Si avviarono verso la seconda sala d'attesa, che si trovava più o meno a metà del lungo corridoio. Katie si fece avanti, affrettando il passo, con gli occhi concentrati su Janet Smith.

Sedeva, da sola, su un piccolo divano a due posti e aveva l'aria angosciata e smarrita. I suoi corti capelli biondo platino sembravano arruffati, come se avesse continuato meccanicamente a passarci dentro le mani. In faccia, era pallida come un cencio lavato e c'erano profonde occhiaie violacee sotto gli occhi grigio chiaro, che erano gonfi di pianto. Aveva addosso la sua tenuta abituale, un paio di pantaloni di lana nera e un maglione in tinta; un impermeabile beige era stato buttato distrattamente sul bracciolo del divano e lei teneva stretta, con le dita convulse, la borsetta posata in grembo.

Alzò gli occhi quando Katie venne a fermarsi di botto di fronte a lei e batté rapidamente le palpebre, aggrottando la fronte, come se per un momento non riuscisse a riconoscerla. Poi, riscuotendosi, bisbigliò rauca: «Oh Katie, eccoti qui...»

«Mi spiace essere arrivata così tardi, signora Smith»,

Katie si scusò e continuò in fretta a spiegarle: «Niall e io abbiamo dovuto fornire informazioni alla polizia. Non ci lasciavano mai andare. Siamo stati obbligati a rilasciare una deposizione, e poi papà è venuto a prenderci e siamo tornati a casa insieme perché la mamma e Fin venissero anche loro con noi».

«E siamo venuti appena possibile, Janet.» Maureen pronunciò queste parole a bassa voce e andò a sedersi vicino a lei. La donna allungò uno sguardo con la coda dell'occhio e poi fece segno di sì con la testa, cupa e accigliata.

«E Carly? Coma sta?» domandò Katie, rannicchiandosi vicino alle ginocchia della signora Smith con una faccia che esprimeva una sincera preoccupazione e gli occhi azzurri che irradiavano simpatia.

«Fortunatamente l'emorragia alla testa è cessata, e anche se è sempre senza conoscenza il neurologo dice che, secondo lui, dovrebbe riprendersi nel giro dei prossimi giorni.»

Katie si lasciò sfuggire un profondo sospiro di sollievo, poi sorrise. Ed era la prima volta da molte ore. «Oh, questa sì che è una buona notizia; eravamo tutti così angosciati. Secondo lei, potrò vederla, signora Smith?» Intanto fissava l'amica della madre, con aria piena di aspettativa.

Janet ricambiò il suo sguardo ma scrollò la testa facendo una smorfia con le labbra sottili. «No, non te lo permetteranno; perfino io l'ho vista un momento. L'hanno attaccata a un sacco di macchine, è tutta piena di tubi, e ci sono due agenti di polizia che fanno la guardia alla porta della sua camera.» Tutto d'un tratto i suoi occhi chiari si colmarono di lacrime; trattenne il fiato per un attimo e poi ansimò: «È terribile a pensarci... che possa essere ancora in pericolo. Mia povera Carly, mia povera bambina».

Commossa dalla condizione in cui Janet si trovava, e preoccupata per lei, Maureen le circondò le spalle con un braccio in un gesto di conforto. «Senti, andrà tutto bene. La polizia è qui soltanto per precauzione.»

Katie posò una mano sul ginocchio della donna. «Carly *l'ha visto*. Quindi può identificarlo, ecco perché la polizia ha messo degli uomini di guardia davanti alla sua camera. In caso lui venisse all'ospedale. Ma non verrà. Non deve preoccuparsi perché la polizia lo prenderà.»

Janet, per un attimo, sembrò non capire; prima girò gli occhi intorno a sé, nella sala d'attesa, e poi tentò finalmente di concentrarli su Katie. «Credi che ci riusciranno? A prenderlo?»

«Sì, senz'altro. E mi ascolti, Carly guarirà. È giovane, forte e sana; ed è una lottatrice. Ce la farà, signora.»

Asciugandosi con il dorso della mano le lacrime che le scendevano sulle guance, alla fine assentì. «Se non altro la mia Carly è viva, e questo è più di quanto...» Il resto della frase rimase non detto ma tutti avevano capito fin troppo bene a che cosa volesse alludere.

Maureen si voltò verso di lei stringendole più forte il braccio. «Devi dirci cosa possiamo fare per aiutarti, Janet. Basta che tu lo chieda, siamo qui per questo.»

Janet fece segno di sì con la testa, ancora una volta, poi rivolse un'occhiata a Michael e ai suoi figli che erano rimasti un po' in disparte. «Sei stato gentile a venire, Michael. E anche tu, Niall.» Tentò di abbozzare un sorriso, ma senza molto successo. Facendosi più vicino a Maureen. Le prese una mano e gliela strinse forte. «E anche voi, Maureen e Katie, grazie per il vostro aiuto, ma in tutta onestà, non c'è niente che voi o chiunque altro possiate fare. Adesso tocca ai dottori.»

«Tutto quanto devi fare tu, invece, è telefonarci», disse Michael. «E spiegarci che cosa vuoi. Devi sapere che noi siamo i tuoi amici.»

«Nel momento del bisogno», disse Fin.

Per la prima volta, Janet abbozzò un pallido sorriso. «Grazie, Fin.»

Janet, intanto, si stava concentrando su Katie, la fissava con maggiore attenzione. «La polizia mi ha detto che sei stata tu a trovare Carly. *A trovarle tutte e due*. Racconta. Per favore, raccontami tutto.»

«Mi ero dimenticata i libri al granaio, e quando Niall è tornato a casa appena passate le sei, mi ha accompagnato giù a recuperarli. Le luci erano accese, e io ho pensato che Carly e Denise fossero rimaste fino tardi a provare la parte, oppure a fare i compiti. Invece non c'erano. Poi abbiamo visto i loro cappotti, e allora siamo usciti a guardare fuori», spiegò Katie. «La prima che abbiamo trovato è stata Carly, distesa supina nel bosco, e sanguinava dalla testa. Ma Niall ha detto che respirava, ne era sicuro, e così abbiamo capito che era viva. A poca distanza da Carly, lui ha trovato Denise. Era già... morta. Niall mi ha mandato a telefonare perché venisse un'ambulanza ed è tornato indietro per stare con Carly.»

Lei girò la testa e posando gli occhi su Niall, disse piano: «Grazie, Niall, per essere rimasto con Carly. Probabilmente le hai salvato la vita. Non... non ha detto niente?»

Niall si fece avanti, accostandosi al divano, e scrollò la testa. «No, purtroppo no, signora Smith. Ma credo che, a quel punto, fosse già svenuta.»

Janet riuscì soltanto ad accennare di sì e poi – tutto

d'un tratto – scoppiò di nuovo in singhiozzi nascondendosi il viso fra le mani. Pianse senza ritegno. Le lacrime le scivolavano fra le dita e cadevano sulla borsetta che teneva in grembo.

Con il cuore straziato, Maureen la prese fra le braccia e la strinse a sé cercando di consolarla. Comprendeva quello che la madre di Carly doveva provare, comprendeva quanto dovesse soffrire. Intanto si stava accorgendo di non aver quasi la forza di pensare a quell'altra mamma che si era trovata coinvolta nella stessa tragedia, e al tormento che lei stava affrontando. Povera Lois. La sua bellissima Denise adesso giaceva su una fredda lastra all'obitorio. Anche questo solo pensiero, le pareva insopportabile.

A un certo punto Janet sembrò più calma e i suoi singhiozzi, lentamente, cessarono. Fu a quel punto che Maureen disse con voce commossa e persuasiva: «Janet, lo so che con ogni probabilità non ti senti di mangiare niente, ma non possiamo portarti fuori a prendere qualcosa, fosse anche soltanto una tazza di caffè o una bibita?»

«È gentile da parte tua, Maureen. Tu e Michael siete stati gentili con me, tutti e due, fin da quando Barry è morto. Ma non ho fame. E, visto che i medici insistono perché me ne vada, credo che tornerò a casa. Non c'è niente che posso fare qui, e non mi lasciano vedere Carly. Stasera, no. Me lo hanno già detto. Ero nella sua camera appena prima del vostro arrivo.» Sospirò. «Oh povera me, ecco che ho di nuovo una gran voglia di piangere!» Deglutì a fatica e, bene o male, riuscì a riacquistare il suo autocontrollo e a dominare la commozione e i sentimenti confusi che la sconvolgevano. Così poté continuare: «È stata la polizia a portarmi qui, e la mia macchina è rimasta a casa. Potreste accompagnarmi».

«Sì, certamente. Ti accompagneremo a casa noi.»

Fuori, infuriava il temporale. Lampi e tuoni, e una pioggia battente li accolsero quando si ritrovarono nell'atrio dell'ospedale.

«Lasciate che vada io per il primo», disse Michael, «così vi apro le portiere. Datemi un secondo per portarla qui di fronte alla porta, e poi precipitatevi a salire.» Con un'occhiata alla moglie, soggiunse: «Sarà meglio che Janet si metta dietro con te, Katie e Fin, anche se starete un po' stretti».

«C'è posto per tutti», lo rassicurò Maureen.

Pochi attimi più tardi oltrepassavano tutti di corsa la porta dell'ospedale e salivano in fretta e furia sulla jeep. Poi si asciugarono la faccia bagnata di pioggia con qualche fazzolettino di carta appena si furono sistemati sui sedili.

Maureen e Michael cercarono di fare un po' di conversazione lungo la strada, verso la casa di Janet, ma ci riuscirono solo a tratti, e con frasi sconnesse, tanto che, alla fine, si decisero a tacere perché avevano capito che non era nello stato d'animo più adatto per chiacchierare. A un certo punto Maureen le domandò se voleva che Katie, oppure anche lei stessa, rimanessero a dormire a casa sua, quella notte, ma Janet rispose con un rifiuto, sostenendo che preferiva rimanere sola.

Poco dopo si fermarono davanti alla porta della casa di Janet; e lei, dopo averli ringraziati di nuovo, si precipitò fuori e la raggiunse di corsa sotto la pioggia scrosciante. Una volta aperta, si voltò, li salutò con la mano, e scomparve nell'interno.

«Avrei voluto che mi avesse lasciato rimanere con lei, oppure che ci fossi rimasta tu, mamma», mormorò Katie. «Spero che non le dispiacerà di restare sola.»

«Oh, certo. È una persona molto forte, coraggiosa. E poi cerchiamo di non perdere di vista la realtà dei fatti: Carly è viva, e il dottore dice che riprenderà conoscenza per il fine settimana, grazie a Dio.»

«È stata fortunata», osservò Niall.

«Sì, fortunata perché tu e Katie siete arrivati al momento opportuno», soggiunse Michael. «E adesso, sarà meglio passare dai Matthews, e vedere se possiamo fare qualcosa per loro.» La strada era pochissima per raggiungere l'abitazione di Peter e Lois Matthews, e appena fermò la macchina, Michael scese con Maureen e andò alla porta. La casa era avvolta dal buio più totale e Maureen, alzando gli occhi verso le finestre, osservò: «Magari sono già andati a letto».

«Ho i miei dubbi», replicò lui, suonando il campanello e mettendosi anche a dare colpi sonori alla porta con il batacchio di ottone. Nessuna risposta; allora, dopo qualche attimo, prese Maureen per un braccio e la condusse via. «Ci stiamo bagnando fino alle ossa. Vieni, cara, andiamocene a casa.»

Quando furono risaliti sulla jeep, Maureen provò a domandare: «Secondo te, potrebbero essere a casa di Ted?» E, togliendo qualche fazzoletto di carta dalla scatola che Katie le stava offrendo, si asciugò la faccia.

«È possibile.» Michael accese il motore e si staccò dal marciapiede. «Ma è troppo lontano per andarci adesso, ed è anche troppo tardi. Appena arriviamo a casa, telefono a Ted.»

«Dovremmo tenere un ombrello in macchina», annunciò Fin con la sua voce acuta da ragazzino. «Così la mamma non si bagnerebbe tanto.»

«Ne avevo messo uno lì dietro l'altro giorno», gli rispose il padre. «Ma è scomparso misteriosamente.»

«Se lo sono portate via le fatine buone», ribatté subito Fin, adoperando la frase preferita di Maureen quando non si trovava più qualcosa.

Tutti risero. Poi Katie disse: «Certo che questa pioggia non sarà di molto aiuto alla polizia, vero papà?»

«No, intralcerà le indagini, questo è sicuro. Però Mac è un buon poliziotto, anzi il migliore che ci sia, e se c'è qualcuno capace di dare una soluzione a questo crimine, è lui.»

11

KATIE sedeva in pigiama davanti al grande camino in pietra, in cucina, ben avvolta in una calda vestaglia di lana soffice. Teneva fra le mani una grossa tazza di tè e fissava il fuoco, osservando le fiamme rosse e ambrate che si allungavano verso la cappa, con il cervello offuscato da un turbinio di pensieri.

Subito dopo il ritorno a casa dall'ospedale, la mamma aveva obbligato tutti a togliersi immediatamente i vestiti umidi e a prepararsi per andare a letto. Poi aveva offerto a tutti scodelle di zuppa calda e tramezzini di carne di tacchino, in cucina; e perfino Katie, che non aveva il minimo appetito, aveva accettato la zuppa. Ma non si era sentita di mangiare nient'altro.

Alle sue spalle, al tavolo della cucina, poteva sentire distrattamente la voce della mamma che rimproverava con gentilezza Fin perché si era ingozzato di pane e carne di tacchino divorandoli troppo in fretta e, nel sottofondo, un concerto per pianoforte che suonava la radio, tenuta bassa. Il concerto finì troppo in fretta e lei si ritrovò alla realtà tutto d'un colpo, sgradevolmente. Il suo cervello riprese a rimuginare su quanto era successo e troppe riflessioni differenti cominciarono ad affollarsi nella sua testa, come se lottassero per sopraffarsi.

Ed ecco che lì, in quelle lingue di fiamme che danzavano nel focolare, rivedeva le sue amiche più care che ricambiavano il suo sguardo... Carly e Denise, tutt'e due insieme. Il volto di Carly, voluttuoso e sensuale ma, per quanto strano potesse sembrare, anche dolce e colmo di tenerezza. I lucenti riccioli neri, quelle fossette irresistibili sulle guance, e gli occhi del colore delle viole del pensiero. Carly si sarebbe ripresa, ce l'avrebbe fatta; ecco che, all'improvviso, Katie si sentì sicura. Conosceva la sua amica quasi bene come conosceva se stessa, e Carly, che si poteva davvero considerare una sopravvissuta, era anche una lottatrice, pronta a combattere fino in fondo e a vincere... ma adesso era Denise ad apparirle con maggiore spicco fra le fiamme, con quel suo volto dai lineamenti stupendi, quieto e gentile, gli occhi nocciola, caldi e morbidi come il velluto, teneri e affettuosi, e intorno a quel viso così attraente, i folti e lucenti capelli che le scendevano fin sulle spalle, lunghi, come morbide matasse d'oro... Eccola scomparsa, adesso... se n'era andata... rimaneva solo Carly, soltanto lei era una visione costante in mezzo alle fiamme.

Katie si lasciò sfuggire un lungo sospiro. Non sembrava possibile, ma era vero... Denise se n'era andata per sempre. Perduta per lei, perduta per tutti loro e per sempre. Si sentì la gola chiusa da un nodo di pianto e deglutì. Non rivedere mai più Denise. Non sentire più la sua risata, non dividere più i loro sogni e le loro speranze.

La morte. Non aveva mai conosciuto la morte, prima. E quanto faceva soffrire. Katie sentì che le salivano le lacrime agli occhi, li chiuse, si lasciò andare contro la spalliera della seggiola e rimase perfettamente immobile, a riflettere.

Questo era stato il giorno peggiore della sua vita, eppure era cominciato così bene, così pieno di promesse. Al mattino era andata a piedi a scuola sotto uno splendido sole di ottobre, emozionata per la festa della scuola con il concerto e la rappresentazione, in dicembre, e anche perché presto sarebbe cominciata l'epoca delle vacanze d'autunno, a partire dalla Festa del Ringraziamento. Carly e Denise erano ad aspettarla sul cancello della scuola ed erano andate insieme alla lezione d'inglese e poi a quella di storia, le loro preferite. Dopo, avevano pranzato e nel pomeriggio, appena finite le lezioni, erano corse al granaio, sempre insieme. Felici, sorridenti e piene di allegria, intente a fare progetti; lei aveva provato il famoso monologo dell'*Amleto,* che ormai conosceva a fondo, con Carly e Denise che la incoraggiavano, e le facevano festa – le sue grandi ammiratrici, come sempre.

Alla fine del pomeriggio, quella lunga camminata fino a casa attraverso i campi solitari in mezzo alla nebbia, che le era sembrato avessero qualcosa di strano e di sconosciuto nella mezza luce del crepuscolo. E infine era rientrata, qui, in questa cucina, con il suo calore accogliente. Aveva aiutato la mamma a preparare la cena e poi era uscita di nuovo per tornare a prendere i libri di scuola dimenticati con Niall, senza sospettare niente, assolutamente impreparata anche solo al pensiero di una tragedia, soprattutto perché il suo cervello era totalmente concentrato sui piani che stavano facendo per l'anno successivo. E poi trovare Carly e Denise nel bosco. Le riusciva insopportabile, ancora adesso, ricordarle laggiù, con gli occhi della memoria – le sue amiche più care colpite in modo atroce, al di là dell'accettabile, una picchiata selvaggiamente, una violentata e uccisa.

Con un brivido, Katie si alzò di scatto, bevve un sorso

di tè caldo dalla tazza che stringeva fra le mani e tentò di scacciare quelle immagini. Lì, dietro di lei, la radio stava ancora suonando ma non seppe riconoscere quale pezzo fosse.

Poi, al di sopra della musica, sentì la voce di Niall.

«Mamma, papà, io vado a letto.»

Il rumore dei suoi passi mentre attraversava la cucina, veniva verso di lei, per darle la buonanotte. Come sempre il bravo fratello, affettuoso, gentile. La sua mano sulla testa, una dolce carezza, la sua faccia accostata alla propria. Le disse a bassa voce: «È stata una giornata terribile, Katie, ma cerca di dormire un po'. E vedi di non tormentarti. Domani le cose andranno meglio».

Lei lo fissò negli occhi e abbozzò un sorriso forzato. «Deve per forza andare tutto meglio, Niall. Non mi sembra possibile che qualcosa possa andare peggio di com'è già, ti pare? E grazie... per avermi protetto ed esserti occupato di me, stasera.»

Lui si chinò a baciarla sulla guancia e Katie toccò lievemente la sua mano, che le aveva appoggiato sulla spalla. Non c'era nessuno migliore di Niall. Lui le rivolse un pallido sorriso, girò sui tacchi e se ne andò.

Poi lo sentì dire a Fin: «Su, da bravo, ragazzo, è ora di andare a letto, saliamo insieme».

Fin, tirandosi d'un balzo dalla seggiola, stava già dicendo: «Niall, stammi a sentire. Papà dice che il signor Turnbull mi lascerà andare a vedere la diga che il castoro ha fatto, giù, vicino al suo stagno. Lo sapevi che i castori hanno denti affilatissimi, soprattutto gli incisivi, con i quali possono rosicchiare, fino ad abbatterli, alberi interi? E poi, oltre a fare le dighe, si costruiscono anche delle case subacquee dove abitano».

«Su, dai vieni, Fin. Puoi raccontarmi tutto quello che

vuoi su questi animaletti industriosi quando sarai sotto le coperte.»

La mamma cominciò a tossire, e Katie si volse subito a guardarla, allarmata. Maureen andò al lavello, aprì il rubinetto, si riempì un bicchiere di acqua fredda, ne bevve subito un po' e sembrò calmarsi.

Katie risprofondò nella poltrona e ricominciò a fissare il fuoco. Intanto, la madre aveva cominciato a riempire la lavastoviglie e, in un certo senso, le parve di trovare qualcosa di rassicurante in quel gesto familiare. Si alzò in piedi ed esclamò: «Vuoi che ti aiuti, mamma?»

«No, no, ho quasi finito. Fra un minuto vengo a bere anch'io una tazza di tè, bella tranquilla, lì seduta con te, e poi me ne vado a letto.»

Un minuto più tardi suo padre si mise a comporre un numero al telefono ma poi, dopo averlo lasciato squillare a lungo, appoggiò di nuovo il ricevitore con forza sulla forcella, in un gesto che esprimeva tutta la sua frustrazione ed esclamò: «Ancora nessuna risposta a casa dei Matthews. Eppure non mi sembra che abbia senso, date le circostanze, Maureen».

«E non sono neanche da Ted», gli fece notare la mamma. «Quindi forse c'è da pensare che siano andati a passare la notte in un motel. Magari nella speranza di poter stare soli, e più tranquilli.»

Katie esclamò: «Papà, mi ricordo che Denise a volte andava a stare da una zia. La sorella di sua madre. A Litchfield. La zia Doris. Ma non so come si chiami di cognome. Purtroppo. Magari i Matthews sono andati da lei. La signora Matthews dev'essere distrutta dal dolore e forse ha pensato di andare dalla sorella, la parente più stretta che ha, la più cara, lo capisci anche tu, per avere un po' di conforto».

«È una possibilità.» Michael si rivolse a Maureen: «C'è ancora un po' di tè, tesoro?»

«Ormai è diventato freddo. Ma metto subito il bricco sul fornello e ne preparo dell'altro per tutti.»

Dopo un po' Katie si ritrovò seduta con il padre e la madre davanti al focolare della cucina; si divisero il contenuto di una teiera piena di tè appena fatto. Nessuno di loro aveva voglia di parlare; quanto a lei, si ritrovò chiusa, sprofondata nel silenzio più completo, con il cervello ancora in tumulto, nel quale passavano e ripassavano ogni genere di pensieri inquietanti.

Con voce cupa e depressa mormorò: «Tutto sbagliato».

«Che cosa?» le domandò Maureen, guardandola con tanto d'occhi.

«Andare a cercare la mamma di Carly all'ospedale.»

«Cosa intendi con quel 'tutto sbagliato'?» Suo padre le scoccò un'occhiata perplessa.

«Quel che voglio dire è che non ha funzionato. È stata una perdita di tempo. A lei non interessava per niente che fossimo lì o no. Si è limitata a essere gentile, ma se ce ne fossimo andati non avrebbe sicuramente sentito la nostra mancanza.»

Michael continuava a fissare la figlia con attenzione, le sopracciglia corrucciate. I suoi occhi verde-ardesia erano pensierosi. «È vero, Katie, è una strana creatura. Ero amico di Barry, lo sai, fin dall'epoca in cui frequentavamo le superiori e, quando lui è morto, ho cercato di aiutare Janet a superare il dolore per la sua perdita, e la stessa cosa ha fatto tua madre. Ma non si può proprio dire che le facesse piacere averci intorno.»

«È una donna alla quale garba poco qualsiasi atto d'intimità o di familiarità», fu il commento di Maureen. «Se non altro, questa è la mia opinione. È un peccato, ma ha sempre tenuto tutti a distanza, ed è agli amici di Barry che alludo. Con tutto ciò, non significa che sia una persona cattiva.»

«No. Ma in lei c'è qualcosa di freddo.» Katie passò gli occhi da uno all'altra. «Fredda e controllata. In un certo senso, vorrei che non fossimo andati a cercarla. È stato così... banale.»

«Banale», ripeté Maureen. «Che cosa buffa da dire.» Rivolse a Katie un'occhiata incuriosita. A volte sua figlia la sorprendeva, più o meno come le capitava con Fin, a sentire certe cose che tirava fuori di punto in bianco senza che nessuno se lo aspettasse.

«Trito, mamma. E in ogni caso, non è stato sicuramente molto importante per la signora Smith. Anche se ci ha ringraziato, in un certo senso non erano le parole giuste, lei non ha detto le parole giuste.»

Ancora una volta stupito e sconcertato dall'intuito che sua figlia dimostrava, Michael osservò: «Adesso che ne parli, Katie, probabilmente hai ragione. Ma noi siamo andati all'ospedale per l'affetto che portiamo a Carly. E per noi stessi. Come avremmo potuto convivere con noi stessi se non ci fossimo andati? Conosciamo Carly da sempre ed è la tua amica più cara. Era l'unica cosa da fare. E so che tua madre è d'accordo con me».

«Sì, lo so, ed è quello che penso anch'io, papà. Stavo soltanto cercando di dire che non ho l'impressione che la mamma di Carly ci sia stata grata. Proprio neanche un po'. Non ha apprezzato il fatto che fossimo corsi subito là.»

«Forse, invece, sì, Katie, tesoro, non possiamo esserne

sicuri», obiettò lei con voce sommessa. «Janet è sempre stata così... riservata nei suoi sentimenti. Perfettamente controllata. Senza mai lasciarsi andare. Anche se Dio solo sa che cosa ha sempre cercato di nascondere. Magari niente. Forse non è capace di esprimersi nel modo giusto...» Maureen s'interruppe, si strinse nelle spalle. «Bene, noi abbiamo fatto lo sforzo di andare a consolarla, ed è quello che conta. E andremo di nuovo a vedere come sta Carly, e continueremo ad andare all'ospedale fino a quando quella figliola non sarà di nuovo in piedi.»

«Mamma, papà, vi siete accorti che la signora Smith non ha mai fatto nessuna allusione ai Matthews oppure a Denise? Non è un po' strano?»

«Ci ha interrotto di colpo quando aveva già il nome di Denise sulla punta della lingua», Michael mormorò.

«Sì, quanto a quello, ce ne siamo accorti tutti, credo.» Maureen si lasciò sfuggire un lungo sospiro. «È stato una specie di choc che non avesse un solo pensiero... non dicesse una sola parola per Denise o i suoi genitori.»

Su di loro calò un silenzio per qualche minuto ma a un certo punto fu Michael a romperlo quando, voltandosi verso Katie, provò a domandarle: «Sei proprio sicura che Denise non avesse un ragazzo, un innamorato?»

Katie scrollò la testa energicamente. «Non l'aveva, papà! Né più né meno come Carly e come non ce l'ho io. E questo, tu lo sai. Come sai quanta voglia avessimo, tutte e tre, di andare a New York, a frequentare una scuola di recitazione. È tutto quello a cui abbiamo pensato, di cui abbiamo parlato... quello che è stato il nostro unico scopo, e per anni. I ragazzi non c'entravano, non avevano una minima parte, in niente di quello che facevamo, papà.»

«L'ho sempre pensato, e creduto... come ho detto a Mac MacDonald.»

«E io ho detto al detective Groome la stessa cosa. Continuava a insistere a proposito di Denise, e a chiedermi se avesse o no un ragazzo, quando gli ho rilasciato la mia deposizione. E io ho continuato a ripetergli che non c'era nessun ragazzo, nessun innamorato, neanche qualche ammiratore segreto.»

Avevano scambiato da poco queste parole quando suo padre andò a chiudere e sbarrare le porte; poi tutti e tre salirono di sopra. Sul pianerottolo le diedero la buonanotte con un bacio e Katie entrò nella propria camera e chiuse la porta.

Nel giro di pochi secondi era a letto, raggomitolata su se stessa sotto la trapunta di piumino, con gli occhi che teneva, volutamente, stretti stretti, come se volesse ricacciare indietro, schiacciandoli contro i polpastrelli, un improvviso fiotto di lacrime. Sospirò, cercò di cambiar posizione per essere più comoda, provò una gran voglia di addormentarsi.

Stava quasi appisolandosi quando sentì bussare lievemente alla porta e la mamma mise dentro la testa. «Dormi?» sussurrò.

«Sono ancora sveglia, mamma.»

Maureen entrò zitta zitta nella sua camera, si sedette sul bordo del letto e le accarezzò la guancia con occhi traboccanti di amore. «Se sapessi come mi dispiace che tu sia stata costretta ad affrontare una cosa come questa. È una vera tragedia.» L'abbracciò e la attirò a sé. «So che sei sconvolta. Anche noi lo siamo, ma supereremo la prova. Sei stata forte, Katie, e molto coraggiosa. I prossimi giorni non saranno più facili e neanche le settimane e i mesi che verranno. Piangerai, ti sentirai disperata per Denise, ed è giusto che sia così. Perché non va bene chiudere il dolore dentro di sé, non lasciare che si esprima liberamente. Ecco quello che ero venuta a dirti. Lascia che il tuo dolore venga fuori e piangi la morte della tua amica per tutto il tempo che vorrai. E cerca di stare vicino a Carly, di essere sempre presente, perché avrà bisogno di te, Katie. Avrà bisogno di noi tutti, e di tutto l'affetto che si potrà darle.»

«Lo so, mamma.» La sua voce era soffocata, la testa sempre appoggiata con forza contro la spalla di sua madre.

«E c'è un'altra cosa ancora... Ricordati sempre che tuo padre e io siamo qui per te.»

«Lo so, mamma.»

La lasciò andare. Katie si abbandonò sui guanciali, alzando gli occhi verso sua madre, poi allungò una mano e le fece una carezza dolcissima sul viso, con un dito. «Ti voglio bene, mamma.»

«Anch'io ti voglio bene, tesoro.»

Uscì piano piano dalla sua camera e Katie chiuse gli occhi e si impose con uno sforzo di prender sonno. Ma per moltissimo tempo non fece che pensare alle amiche, alle immagini sconvolgenti di tutt'e due che aveva davanti agli occhi della mente... Era come se fossero angosciate e avessero bisogno di lei... erano immagini che non riusciva a scacciare... fino a quando fu la pura e semplice stanchezza a farla piombare nel sonno.

Si svegliò con un sussulto.

Si mise seduta di scatto sul letto, ruotando gli occhi per la camera come se fra quelle pareti fosse penetrato un intruso. Ma era sola, al buio, eppure qualcosa l'aveva svegliata.

La camera era gelida. Le tende gonfie e svolazzanti volteggiavano fuori dalla finestra, che poco prima lei aveva aperto. Scostando il piumone, Katie scese dal letto e attraversò a passi rapidi la stanza per chiuderla. Poi si fermò un attimo, e guardò fuori.

C'era, splendente, una luna piena in un cielo che sembrava di velluto nero, limpido e senza una nuvola, adesso; anche le stelle scintillavano, di cristallo, e il temporale era passato. Come appariva bello il giardino dove ogni cosa era bagnata da un argenteo chiaro di luna. Chiusa la finestra, Katie fece per voltarsi e tornare a letto ma, in quell'attimo, le parve di vedere una sagoma scura sfrecciare attraverso il prato e nascondersi fra gli alberi.

Rimase impietrita. Le pareva di non essere più capace di muoversi. Cominciò a tremare. Cos'era stato? Un cervo? Oppure un uomo?

No, non un'altra volta, fu la sua riflessione; non è possibile che io veda di nuovo qualcosa. Appoggiò con forza la faccia al vetro della finestra, sgranando gli occhi. Ma, naturalmente, là fuori non c'era niente, non c'era nessuno. Chiuse gli occhi di scatto e li riaprì in fretta a scrutare di nuovo il giardino, esaminandolo con attenzione da un capo all'altro. Non vi scorse il minimo segno di vita; era totalmente deserto, e lo riempivano solo le ombre e la luce della luna.

Che freddo aveva, adesso! Con i denti che le battevano, tornò di corsa al suo letto, si rannicchiò sotto il piumone, continuando a chiedersi cosa fosse stato quel lampo scuro. Non che fosse spaventata, a dir la verità, perché era al sicuro, in casa propria, con i genitori e i fratelli, e sapeva come suo padre avesse chiuso e sbarrato ogni porta con cura.

Eppure, una lama sottile di terrore a poco a poco si stava facendo strada nel suo cervello. Che qualcuno fosse lì nascosto, appostato, a sorvegliarla furtivamente? Ma, in tal caso, di chi poteva trattarsi? Di chi aveva attaccato Carly e ucciso Denise? Forse una persona che tutti loro conoscevano? Si accorse di non avere le risposte.

12

Mac MacDonald diede una spinta alla porta della sala autopsie, entrò ma si fermò subito, sulla soglia. «Buongiorno, Allegra.»

Allegra Marsh, china su una lettiga dove era disteso un corpo, alzò gli occhi e fece un cenno con la testa. «Buongiorno, Mac», rispose con la voce attutita dalla mascherina. Tirando su il lenzuolo, coprì il cadavere, indietreggiò di qualche passo, togliendosi la maschera e i guanti di lattice, e buttò tutto nel bidone del rifiuti.

Mac allungò un'occhiata e domandò: «È la vittima della notte scorsa?»

«Sì, Denise Matthews. Ho finito l'autopsia un quarto d'ora fa.»

Mac non poté fare a meno di rallegrarsi che fosse tutto finito. Gli ripugnava doverlo ammettere con chiunque, e specialmente con Allegra, ma era ipersensibile e si sentiva sempre con i nervi a fior di pelle nella sala delle autopsie. Se solo avesse potuto, avrebbe fatto a meno di venirci, quella mattina. Ma sapeva che aveva il dovere di andare in cerca della patologa e si era fatto forza preparandosi spiritualmente a quella visita. Per quanto facessero parte del suo lavoro, le sale autoptiche e l'obitorio non esercitavano su di lui la minima attrattiva per lui.

Facendosi avanti, adesso che il cadavere era stato coperto, domandò: «Cos'hai trovato?»

«Purtroppo non molto di più di quello che avevo già scoperto. E tu?»

«La stessa cosa. Tanto per cominciare, la scena del delitto non era un granché e il temporale di ieri sera ci ha dato il colpo di grazia. Ha spazzato via, ha lavato, tutto quello che avrebbe potuto sfuggirci. A quanto pare, da quelle parti al momento non c'è altro che un lago di fango.»

«Io ho i campioni di DNA prelevati ieri sera. Ma senza un indiziato, non c'è nessuno con cui confrontarli. Comunque, sono qui e a disposizione, in attesa che venga eseguito un arresto. Ah, ho scoperto sul cadavere qualche fibra di lana. Con ogni probabilità appartenevano a un maglione.»

«L'ora del decesso è sempre quella che pensavi?»

«Sì, approssimativamente le sei e un quarto di ieri sera.» Girò intorno alla lettiga e si appoggiò a un armadietto a mezzo metro di distanza da lui. Scrollò il capo mentre un'espressione rattristata le si disegnava sulla faccia. Poi respirò a fondo e nei suoi occhi apparve un improvviso lampo di rabbia, mentre diceva: «È stato uno strangolamento, eseguito con estrema violenza, come ti ho già detto. Lividi molto evidenti, la laringe totalmente schiacciata. Escoriazioni un po' dovunque su braccia e seni...»

«Ma era completamente vestita di tutto punto», l'interruppe Mac, perentorio.

«Lividi ed escoriazioni nonostante gli abiti. Non c'è altra spiegazione. Ho i miei dubbi che l'abbia spogliata, e poi rivestita. Deve averla afferrata con forza, stringendo-

112

la in una vera e propria morsa. Un uomo molto robusto, presumo. Non solo, ma è stato incredibilmente violento con lei, Mac. Ha anche una spalla lussata.»

Lui scrollò la testa. «Oh, Gesù.»

Ci fu un breve silenzio prima che Allegra dicesse: «Il sangue nello sperma... non era suo, Mac».

Mac trasalì. «Cosa stai dicendo?»

«Né più né meno quello che ho detto. Il sangue che ho trovato nel liquido seminale sul cadavere non appartiene a Denise Matthews. Non è suo. Di conseguenza, doveva essere il sangue del suo aggressore, nonché assassino.»

«Il sangue dell'aggressore...» Mac la interruppe. «E come accidenti ha potuto finire lì?»

«Non posso affermarlo con sicurezza, posso solo immaginare come, Mac. Forse lo ha graffiato mentre lottavano. Aveva unghie lunghe, e molto forti. Ho trovato brandelli di carne e pelle sotto di esse, oltre a quelle particelle di fibra di lana. Magari gli ha graffiato le estremità inferiori, e l'ha fatto sanguinare. Oppure gli ha graffiato il pene. In un caso o nell'altro, Mac, c'era sangue nello sperma, e il sangue è di quell'uomo. Dev'essere suo, perché non è assolutamente della ragazza.»

«Hai detto che era vergine.»

«Quello che ho detto, in effetti, è che secondo me poteva essere vergine e che sarei stata in grado di confermarlo solo dopo avere eseguito l'autopsia, cioè oggi.»

«Bene, era o non era vergine?»

Lei scrollò la testa. «Come posso essere sicura, Mac...» Esitò prima di continuare a parlare lentamente. «Non credo fosse vergine perché, se lo fosse stata, avrebbe dovuto sanguinare, sia pure pochissimo. A ogni modo, quel sangue non era il suo; non è il suo gruppo sanguigno. A voler essere più precisi, quando l'imene viene perforato c'è sempre una certa perdita di sangue, specialmente nelle ragazze giovani. E invece non c'era sangue di Denise Matthews nel liquido seminale di cui ho preso il campione, dalla vagina e dal suo corpo.»

«Dunque deve aver avuto un ragazzo.»

«Sì, è quello che direi anch'io. Presumibilmente è così.»

«Se soltanto sapessimo chi era, potrebbe esserci di aiuto. Mi domando...» Mac si sfregò il mento con la mano mentre la fissava con occhi pensierosi. «Forse l'aggressore è stato il suo ragazzo, che a un certo momento ha perso la testa ed è diventato violento e pericoloso.»

«È possibile. Io so soltanto una cosa, che ci sono stati un trauma di una certa entità e violente abrasioni nella zona vaginale. È stata una penetrazione cruenta. Come ti dicevo ieri sera, secondo me si è trattato di uno stupro eseguito con estrema veemenza. L'ha aggredita nel modo più orrendo, e quella ragazza non è stata certo arrendevole, non ha ceduto proprio per niente. Si è difesa con tutte le sue forze.»

«Oh, poverina...» Mac cominciò a camminare avanti e indietro. «Mike Byrne mi ha detto che Denise non aveva un ragazzo, non aveva un fidanzato, come non lo avevano Carly e Katie. Ha detto che si dedicavano anima e corpo alla recitazione, pensavano solo alla loro passione per l'arte. Mi fido di lui, lo conosco da sempre. Non esiste persona più corretta e onesta.»

«Non dubito che dica la verità. Non ha alcuna ragione di mentire con te, Mac. A ogni modo io sono sicura che Denise abbia avuto rapporti sessuali con un uomo, in questi ultimi due anni.»

«L'anno scorso Niall, il figlio di Mike, aveva cominciato a uscire regolarmente con Denise. Lui sostiene che

114

si vedevano ma la loro storia non si è mai trasformata in niente di serio. Un paio di appuntamenti, e poi tutto è finito lì. Gli credo. Come suo padre, il ragazzo è onesto, e ho i miei dubbi che sia stato lui quello che ha fatto perdere la verginità a Denise.»

«Può darsi che tu scopra qualcosa d'importante quando interrogherai i suoi amici e i suoi compagni di scuola», suggerì lei.

«I miei uomini sono lì proprio ora, e quando esco di qui li raggiungo anch'io.»

«A proposito, e i genitori di Denise Matthews? Suppongo che non possano esserti di aiuto in nessun modo. Cos'hanno detto?»

«Poco, Allegra. Sono annientati, stravolti e disperati. Sono andati a stare dalla sorella di lei a Litchfield. E anche loro hanno confermato la tesi di Mike. Denise non aveva un ragazzo, non aveva un fidanzato, pensava soltanto al teatro, sognava di fare l'attrice e non vedeva l'ora di andare l'anno prossimo a New York a studiare arte drammatica.»

«Quindi anche tu non hai nessun indizio?»

«Non ho un accidente di niente.» Mac si appoggiò, curvando le spalle contro il ripiano di un banco della sale delle autopsie, con un'aria fra lo scoraggiato e il depresso. «Se sapessi che frustrazione! Tu hai raccolto i campioni di DNA, ma sono assolutamente inutili fintanto che non ho per le mani un sospettato, qualcuno con cui confrontarli.»

«Forse potrei... Ecco, magari riesco a tracciarti un identikit, descriverti un tipo possibile», si arrischiò a rispondergli.

Mac la fissò sgranando gli occhi, mentre la sua espressione si faceva improvvisamente attenta e interessata. Si tirò su mettendosi dritto, con le spalle erette. «Spara», disse. «Sono tutto orecchie.»

«Come ti dicevo, le escoriazioni che lui le ha procurato sono talmente evidenti che gli abiti non sono bastati a proteggerla. Ne ha sulle braccia, sui seni e sul dorso. Questo è indice di una forza straordinaria. Quindi il suo aggressore doveva essere molto robusto, con mani possenti, e una presa addirittura feroce. Sul corpo della ragazza ho trovato peli pubici non suoi. Castani. Non solo, ma anche qualche ciocca di capelli castani. Senza dubbio appartengono al suo aggressore visto che lei era bionda. Le fibre di lana sono di cachemire, a giudicare dal rapporto della Scientifica. Quindi quello che io immagino è un uomo alto, di corporatura massiccia e di forza straordinaria con i capelli castano chiaro. Un uomo che ha un debole per i golf di cachemire. Non è molto, lo so, Mac.»

«Ma è sempre qualcosa, Allegra. Io continuo a essere convinto che bisogna cercare una persona che abita qui, nella zona. Me lo dice l'istinto, e di solito queste intuizioni mi hanno sempre aiutato in passato. A parte il fatto che, nei dintorni, non sono stati notati estranei, o sconosciuti nelle ultime quarantott'ore, almeno a quanto ci risulta.»

«Puoi farmi, sia pure in modo sommario, un quadro della situazione come la vedi tu, Mac?»

«Non saprei, ma qualcosa mi dice che è uno di qui. Che abita nella zona. E segue da tempo furtivamente la sua preda. Uno che sta in agguato. Forse ha continuato a osservarle, magari da settimane, senza che loro se ne siano mai accorte. Poi si è concentrato su una soltanto, oppure magari anche su tutte e tre. E finalmente agisce, quando le vede avviarsi di nuovo verso il granaio. Sa che quello è l'unico posto in cui sono vulnerabili perché rimangono sempre sole, e sono abbastanza isolate. Ma questa sono pure e semplici supposizioni.»

«Uno psicopatico?»

«Probabilmente.» Mac tacque per qualche attimo. «Lo considero più che probabile. Ma potrebbe trattarsi di qualcuno che fa quella che, agli occhi del resto del mondo, appare una vita normale. È possibile che non abbia mai ucciso prima, ma questa potrebbe non essere l'ultima volta che lo farà.»

Lei non disse niente, limitandosi a scrollare la testa. Il suo viso rifletteva il dolore, quando si avviò a un tavolo di metallo. Era difficile non commuoversi quando una splendida ragazza di diciassette anni era stata violentata e uccisa in modo tanto crudele e a sangue freddo. Cercando di dimenticare per il momento quelli che erano i suoi sentimenti in proposito, prese alcune buste di carta e disse: «Queste sono fotografie del cadavere scattate ieri sera dalla mia équipe sulla scena del delitto. E altre ancora, che hanno ripreso stamattina, prima e durante l'autopsia. Quando ti sentirai di dare un'occhiata, eccole».

Esitò, poi disse in fretta: «Guardiamole subito, adesso. Così non ci penso più. Poi devo scappare. Sono ansioso di andare a Malvern».

13

IL freddo sole invernale era già tramontato da tempo e cominciava a calare la sera, avvolgendo il prato e il giardino di lunghe ombre.

Katie sedeva al piccolo scrittoio nella sua camera e fissava fuori della finestra il cielo che diventava sempre più scuro, ripensando agli avvenimenti di quella giornata. Al piano terreno, tutta la famiglia era riunita nella grande cucina a bere caffè. Si erano radunati tutti lì a cenare un po' in anticipo rispetto al solito, dopo il funerale, ma per quanto lei e la mamma avessero apparecchiato la tavola in sala da pranzo prima di andare in chiesa per il servizio funebre, alla fin fine non era stato lì che avevano mangiato. «È molto più accogliente in cucina, Maureen, si sta più comodi», aveva detto nonna Catriona, e tutti si erano dichiarati d'accordo. Così avevano cenato in cucina. La zia Bridget arrivata da New York la sera prima, sarebbe stata loro ospite come i nonni Sean e Catriona O'Keefe, e Patrick e Geraldine Byrne, i genitori del papà, e Mairead, sorella e zia adorata da tutti, insieme con il marito, Paddy Macklin. La zia Moura, malata, non aveva potuto partecipare alla cerimonia funebre e la zia Eileen si trovava a Los Angeles per affari.

Dalle labbra di Katie sfuggì un lieve sospiro mentre, i gomiti appoggiati sul piano della scrivania, si sporgeva lievemente in avanti prendendosi la testa fra le mani. Aveva un'emicrania atroce e il cervello affollato da un tale tumulto dei pensieri più disparati che cominciava a dubitare di riuscire a metterci un po' di ordine. Ma proprio mentre era lì seduta a riflettere, ricordò il diario. La mamma glielo aveva regalato da poco tempo; era rilegato in cuoio verde scuro e sopra, a lettere d'oro, erano impresse le parole DIARIO PER CINQUE ANNI. Fino a quel momento scriverci era stata una gioia per Katie, era stato un piacere immenso esprimerci se stessa. Ecco, forse era questo che avrebbe dovuto fare stasera... mettere sulla carta i suoi pensieri più segreti. Era un modo come un altro di dare un senso alle cose e fu per questo che aprì il cassetto della scrivania e lo tirò fuori. Trovata la prima pagina bianca, dopo l'ultima annotazione che aveva fatto, afferrò la penna e scrisse:

1° novembre 1989
Il giorno del funerale di Denise

Quando mi sono alzata stamattina, mi sono sentita molto triste senza riuscire a capire perché. Poi, di colpo, me ne sono ricordata. Era il giorno in cui avrebbero seppellito Denise.

Quasi tutta la mia famiglia è andata al funerale. Tutti gli uomini erano vestiti di scuro, e le donne in nero. La mamma si era messa il suo cappotto nero migliore, come il vestito, quelli che si era fatta otto anni fa. Anche la zia Bridget era vestita di nero. Il tempo è stato bello questo pomeriggio e avevo la gola chiusa da un nodo di pianto perché Denise non avrebbe mai più visto giornate tanto limpide. Splendeva un sole caldo e luminoso, e il cielo, senza una nuvola, era di un azzurro terso e freddo, tutto così uniforme che si sarebbe detto verniciato di fresco. E sullo sfondo di un azzurro così puro si stagliavano le chiazze di colore vermiglio e oro, ruggine, giallo e rame degli alberi in autunno. Tutto era così vivido e lucente che ho avuto quasi la sensazione che mi si fermasse il cuore nel petto.

Dopo la funzione in chiesa siamo andati al cimitero. Quanta gente c'era! Tutti i nostri compagni di classe e anche qualche professore. C'era anche la signora Cooke, l'insegnante di arte drammatica, con il marito Jeff. È venuta anche la mamma di Carly, ed è rimasta con noi, vicino ai genitori di Denise e al suo fratello maggiore, Jim, arrivato da Hartford con la moglie, Sandy. Jim e suo padre hanno dovuto sorreggere la mamma di Denise, che sembrava dovesse avere un collasso da un momento all'altro, e singhiozzava disperata.

Io continuavo a pensare a Denise, a vedere la sua faccia, a tormentarmi al pensiero della sua ultima ora di vita. Era qualcosa che mi perseguitava, ossessionante. Non riuscivo a togliermelo dalla testa. Chissà come dev'essersi spaventata quando quell'uomo l'ha assalita. Il tenente MacDonald ha detto a mio padre che ha lottato selvaggiamente. Non riesco a sopportarlo. Carly anche lei crollata a terra, ferita, incapace di aiutarla. Sì, povera Denise doveva essere in preda al panico. E il suo aggressore che la picchiava, la violentava, e poi la strangolava. Come fa male. Come è doloroso pensarci. Non so se riuscirò mai a togliermelo dalla mente.

Avrei dovuto esserci io, al granaio, e allora non sarebbe successo. Sono sicura che l'assassino non avrebbe avuto il coraggio di affrontarci, se fossimo state in tre. Avremmo potuto difenderci e respingerlo; io sono molto forte e saremmo riuscite a scappare tutte e tre.

Abbiamo mandato gigli bianchi al funerale, e li hanno posati sulla cassa assieme alle rose rosse dei suoi, e una corona di garofani rosa e bianchi della signora Smith. Quando la bara è stata calata nella fossa, ho creduto di non farcela. Non rivederla mai più. Ho lanciato qualche giglio nella tomba, e la stessa cosa ha fatto Niall, e la cognata di Denise, Sandy, ci ha buttato una rosa rossa.

Come è stato tutto definitivo, un taglio netto, col rumore della terra che veniva buttata a palate sulla bara e sui fiori. Mi sono messa a piangere e mio padre ci ha fatti venir via tutti, e poi ci ha riaccompagnato a casa in macchina. Abbiamo fatto le condoglianze ai Matthews, all'uscita dalla chiesa. Ma io ho capito che niente avrebbe potuto consolarli. La mamma ha detto che il loro dolore è atroce, veramente insopportabile.

Quando siamo rientrati a casa, papà ha versato del whisky per il nonno Sean e lo zio Paddy. Poi la mamma, che non beve mai niente all'infuori dello sherry, ne ha chiesto anche lei un goccio. Allora papà ha tirato fuori di nuovo la bottiglia, e ne ha offerto un po' a tutti, salvo a Niall, Fin e a me. Perfino la zia Bridget l'ha accettato.

Mia madre aveva fatto il suo famoso Poulet Grandmère, uno stufato di pollo, e io sono andata ad aiutarla a riscaldarlo. Si era messa un grembiulino bianco su quel suo vestito nero firmato Trigère, e aveva un'aria così desolata e piena d'angoscia che mi sono sentita di nuovo prendere un nodo alla gola. Più di una volta, mentre stavamo lavorando davanti al piano di cottura, mi ha messo un braccio intorno alle spalle stringendomi forte. E quando l'ho guardata, ho visto che i suoi occhi azzurri, così grandi e luminosi, erano gonfi di lacrime. So quello che sta sempre pensando: anch'io avrei potuto essere una vittima, e così lei ringrazia Dio perché sono viva. Ogni giorno ringrazia Dio.

Le «ore d'oro», come Mac MacDonald le chiama, ormai sono passate da un bel po'. Papà dice che Mac è frustrato perché finora lui e la sua squadra non hanno scoperto nulla.

La settimana scorsa sono tornata a scuola ma le cose non sono più come prima. Non è lo stesso senza Denise e Carly. Lei è ancora in coma e nessuno dice più niente. Io vado a trovarla tutti i giorni, ma è come se fosse morta.

Sono depressa. Non mi sono mai sentita tanto giù. Noi tre abbiamo vissuto insieme quasi tutta la vita. Adesso sono rimasta sola. Tutta sola, e niente ha più importanza.

Non ho più voglia di recitare, adesso. E neanche di partecipare alla rappresentazione e al concerto della scuola. Recitare è diventato qualcosa di guasto, rovinato, che la pena e il dispiacere e il dolore hanno sciupato. Ho deciso di rinunciare. L'anno prossimo non andrò all'American Academy of Dramatic Arts di New York. Non sarebbe la stessa cosa senza di loro. Non avrei mai dovuto persuaderle a venire con me al granaio quel giorno... Denise è morta per colpa mia.

Ed è colpa mia se Carly è in coma, e sta distesa in quel letto ridotta a un vegetale.

Non so cosa farò una volta finita la scuola. Alla mamma ho detto che devo trovare qualcosa di nuovo. Magari potrei andare a New York a lavorare con la zia Bridget nel campo immobiliare. Non sembra che importi molto a papà e mamma se ci vado. Credo che abbiano paura; pensano che l'assassino sia ancora in giro da queste parti, magari nei dintorni di Malvern, e che io potrei essere la prossima vittima. Secondo me sarebbero molto più contenti se lasciassi la zona.

Capisco che cosa provano. A volte sono spaventata anch'io. Continuo a lambiccarmi il cervello, cercando d'immaginare chi potrebbe aver violentato e ucciso Denise, ma non riesco a trovare nessuno. Non mi viene in mente nessuno.

Quando ho raccontato a papà di aver visto qualcuno in giardino la notte stessa dell'omicidio, lui ha subito chiamato la polizia. E gli agenti sono venuti. C'erano un po' d'impronte nelle vicinanze di quel ciuffo di alberi in fondo al giardino perché il terreno era ancora umido dopo il temporale. Hanno preso una serie di misure e hanno fatto calchi in gesso, ma da allora non è più successo niente.

Quello stesso giorno, papà ha fatto installare un sistema di allarme e adesso la mamma viene a prendermi a scuola tutti i giorni. Oppure vengono papà o Niall. Non vogliono correre rischi. E io sono contenta perché non mi piace attraversare quei campi, così isolati, da sola.

Alla sera mi accorgo che faccio fatica a prendere sonno. Non riesco a scacciare l'immagine di Denise. Era così dolce, così bella. Mi si spezza il cuore. Il mio dolore è senza fine. Non mi abbandona mai, come qualcosa di familiare. Capisco cosa deve provare la sua famiglia. Perdere una bellissima figlia a diciassette anni dev'essere qualcosa di straziante.

Quando vado a trovare Carly, le prendo la mano e le parlo, e le recito Shakespeare perché le sue opere le piacevano tanto, ma non c'è niente, neanche un fremito delle palpebre.

«Katie, Katie, vieni giù», chiamò Maureen dal fondo delle scale.

Posò la penna, chiuse il diario e lo fece scivolare nel cassetto. Fu soltanto a quel punto che si accorse di avere le guance bagnate di lacrime. Si asciugò la faccia con la punta delle dita e uscì sul pianerottolo.

«Sì, mamma? Cosa c'è?»

«I nonni stanno andando via, scendi a salutarli.»

«Sì, mamma.»

Scese al pianterreno e quando arrivò in fondo alle scale nonna Catriona la abbracciò forte forte, e la stessa cosa fece nonno Sean. Quando venne il loro turno, anche nonno Patrick e nonna Geraldine le mostrarono altrettanto affetto abbracciandola e augurandole la buonanotte. Anche la zia Mairead e lo zio Paddy si fecero avanti a baciarla più di una volta; poi Mairead le strinse forte un braccio e le rivolse un sorriso pieno di affetto.

E Katie capì a che cosa stavano pensando tutti. Ringraziavano il cielo che fosse viva.

PARTE SECONDA

Dono di amicizia

Londra – Yorkshire, 1999

L'amicizia è Amore senza le sue ali.
Lord Byron

La cosa più essenziale per la felicità è il dono dell'amicizia.
Sir William Osler

14

LA giovane donna che scendeva a passo frettoloso per Haymarket nella fredda sera di un mercoledì di ottobre non aveva idea dell'interesse e della curiosità che suscitava. Eppure più di una testa, e non solo maschile, si era voltata a guardarla mentre si dirigeva verso il *Theatre Royale*.

Era alta, flessuosa, snella, e faceva decisamente colpo avvolta com'era in una lunga cappa di lana nera che portava su un completo pantaloni nero, confezionato su misura. Gli unici tocchi di colore erano gli occhi azzurri, che spiccavano bellissimi, in modo sorprendente, sul viso pallido, dall'ossatura delicata, e la massa di folti capelli rosso oro acceso, che le incorniciava il viso come un'aureola.

Appena raggiunto il teatro, si diresse al botteghino dove si mise in fila. «Katie Byrne», disse all'uomo dietro lo sportello quando fu il suo turno e dopo aver sfogliato rapidamente una serie di buste, lui le consegnò un biglietto.

Un minuto più tardi veniva accompagnata lungo il corridoio, fino a un posto al centro della sala, nell'ottava fila. Uno dei posti migliori del teatro, e lei lo sapeva perfettamente.

Come sempre quando entrava in un teatro, Katie si scopriva emozionata, e provava un senso di grande attesa. Le pareva di avere ogni nervo teso come una corda di violino quando sedeva con gli occhi fissi sul sipario di velluto rosso, ansiosa che arrivasse il momento in cui si sarebbe sollevato e lei si sarebbe lasciata ammaliare dal dramma che si svolgeva sulla scena, si sarebbe lasciata trascinare via, e portare in un altro mondo. Ma quella sera, pur tenendo conto di quelli che erano i suoi sentimenti di sempre, in teatro c'era una specie di corrente sotterranea che rivelava un'enorme aspettativa, e Katie la colse all'istante. La commedia era *Charlotte e le sue sorelle*, e ormai teneva il cartellone da un paio di mesi, dal giorno della prima che era stata accolta con entusiasmo dalle critiche. Fin dal primo giorno, la commedia aveva registrato il tutto esaurito, e si era rivelata un successo tanto che ormai poteva contare sulla possibilità di rimanere in cartellone per mesi, se non addirittura per anni.

Si era discusso molto della commedia e della sua autrice, una giovane donna della quale nessuno aveva mai sentito parlare prima, che l'aveva scritta durante il tempo libero. Si chiamava Jenny Hargreaves di Harrogate, una città nel nord dell'Inghilterra dove lavorava come giornalista e si occupava dei servizi speciali per una rivista locale della contea.

La commedia aveva come protagoniste le sorelle Brontë, scrittrici e poetesse del diciannovesimo secolo che avevano vissuto ad Haworth, un villaggio sperduto nelle ventose brughiere dello Yorkshire, autrici di opere straordinarie come *Jane Eyre*, *Cime tempestose* e *L'affittuario di Wildfell Hall*.

Aprendo il programma, Katie scorse rapidamente con gli occhi il breve riassunto e poi si fissò sull'elenco dei personaggi. Tre famosissime attrici inglesi, di grande talento, recitavano i ruoli di Charlotte, Emily e Anne Brontë, e si accorse di essere impaziente di assistere alla loro interpretazione. Era pronta e pienamente disposta a fare l'esperimento della «sospensione temporanea dello scetticismo». Sospenderò il mio scetticismo, crederò a ogni parola, si disse, come faceva ogni volta che veniva ad assistere a una rappresentazione teatrale. Crederò che tutto ciò stia accadendo realmente, che io stia assistendo a uno spaccato di vita reale che si svolge davanti ai miei occhi.

Tutto d'un tratto il trambusto, la confusione e il continuo flusso degli spettatori si arrestò. Il silenzio calò sul teatro. Le luci si oscurarono. Il sipario si alzò. E Katie, le mani giunte, concentrò tutta la propria attenzione sul palcoscenico.

Venne attirata all'istante nella rappresentazione, affascinata dai personaggi: le tre sorelle, il fratello Branwell, pieno di talento ma decadente, il padre religioso e devoto, il reverendo Patrick Brontë parroco di Haworth, nel West Riding dello Yorkshire.

Ed eccola, adesso, dalla sua poltrona vedere svolgersi la vita nella casa parrocchiale in quella brughiera desolata dove il cimitero si estendeva fin sotto le finestre e tutti gli alberi avevano tronco e rami incurvati dalla stessa parte perché il vento non cessava mai di soffiare in una sola direzione. Il modo in cui l'opera teatrale era recitata, le parve superbo. Le tre donne davano tutte se stesse, senza risparmiarsi e riuscirono a convincerla addirittura di *essere loro stesse* le sorelle Brontë. Rimase ipnotizzata dalla loro performance, quasi intimidita. E fu altrettanto attratta e incantata dagli interpreti maschili del cast.

Durante l'intervallo rimase immobile al suo posto, senza uscire nel foyer a sgranchirsi le gambe, perché non voleva spezzare l'incantesimo, e temeva che si disperdesse quell'atmosfera magica creata con tale efficacia sul palcoscenico. Aspettava con ansia la ripresa, e quando si riabbassarono le luci fu nuovamente rapita dai dialoghi, dalla recitazione, dalla scenografia e dai costumi, come tutto il resto del pubblico.

Avrebbe voluto che la rappresentazione non finisse mai.

Mentre si avviava all'uscita con gli altri spettatori, non poté far altro che pensare ai miracoli che quella sera erano stati creati sul palco. Capiva di aver assistito a qualcosa di veramente straordinario, che l'aveva commossa e toccata al di là del concepibile. Ma in fondo, non era proprio questo lo scopo del teatro?

Una volta fuori, in strada, Katie si guardò intorno in cerca dello chauffeur che, a quanto le era stato riferito, sarebbe stato lì ad aspettarla, per accompagnarla al ristorante.

Lo vide e si affrettò a raggiungerlo, vicino alla macchina dei Dawson.

«Salve, Joe», lo salutò con un sorriso, ricordando la sua cortesia l'ultima volta che l'aveva condotta a un appuntamento con Melanie Dawson.

L'uomo ricambiò il suo sorriso e si sfiorò con la mano il berretto. «Buonasera, signorina Byrne.» Le aprì la portiera perché si accomodasse sul sedile posteriore. «È l'*Ivy* stasera», la informò, e richiuse la portiera.

Lei si abbandonò contro il sedile, rilassandosi, continuando a pensare all'interpretazione di quelle attrici mentre la macchina ripartiva in direzione di Soho e dell'*Ivy*. Com'era felice che Melanie si fosse offerta di procurarle un biglietto per quella commedia straordinaria; ma, d'altra parte, era sempre stata gentile con lei. Erano amiche da quattro anni, e Katie era lusingata per il fatto che una donna tanto celebre, e importante nel mondo del teatro, chic, sofisticata e piena di successo avesse cercato la sua amicizia. Pregustava con piacere l'idea di vederla e aspettava con ansia il momento di riferirle la sua opinione sulla commedia. Melanie gliela chiedeva sempre, ed era interessata a tutto quanto lei aveva da dire su molte cose e non soltanto sul teatro.

Melanie Dawson la scorse subito mentre veniva accompagnata al suo tavolo attraverso il ristorante, così famoso fra la gente del mondo dello spettacolo, e si alzò per salutarla appena le arrivò vicino. Si abbracciarono, presero posto e Melanie esclamò: «Hai un aspetto splendido, Katie. Bisogna proprio dire che Londra ti fa bene, anzi ti dona. Del resto, te l'ho già detto l'ultima volta che siamo stati qui con Harry».

Katie rise. «Credo tu abbia ragione, e poi mi sono piaciute enormemente le lezioni alla Royal Academy of Dramatic Arts. Come sta Harry?»

«Benone, e ti manda i suoi saluti più affettuosi. È bloccato a New York per qualche problema su una commedia. Ma, conoscendolo, non tarderà a risolverli.» Melanie chiamò con un cenno un cameriere, guardò l'amica e domandò: «Cosa avresti voglia di bere?»

«Sai che io non bevo mai. Ma stasera credo che accetterò un calice di champagne, per favore.»

«Allora prendiamo una bottiglia di Veuve Clicquot»,

ordinò Melanie al cameriere, lo ringraziò e riportò la sua attenzione su Katie. «Dunque ti è piaciuta la commedia?»

«Alla follia, e grazie per avermi procurato il biglietto. Com'è stato gentile da parte tua pensare a me.» Si protese attraverso la tavola e continuò. «In certi momenti mi sono sentita commuovere profondamente, ma è proprio questo il compito del teatro, imbrigliarti le emozioni e i sentimenti, toccarti, farti provare ciò che i personaggi provano, immedesimarti con loro, vivere le loro tragedie e i loro momenti felici. Quanto alla recitazione, ah, assolutamente superba. È un cast meraviglioso.»

«Io non avrei potuto dirlo meglio. Sei sempre stata una ragazza sveglia.»

Katie sorrise, accettando il complimento con semplicità, in silenzio. Intanto, non poteva fare a meno di pensare a quanto fosse elegante Melanie quella sera nel tailleur di seta grigio scuro, evidentemente una toilette costosissima e griffata, con quell'unico filo di perle grigie dei Mari del Sud. Era una donna affascinante, molto singolare, con i capelli castani cortissimi, dal taglio curatissimo, e gli occhi di un intenso color nocciola. Katie pensava che avesse un gusto straordinario per il modo in cui si vestiva ma, in realtà, anche per tutto quello che faceva.

Il cameriere tornò con un secchiello pieno di ghiaccio e la bottiglia di champagne che si preparò a servire.

Un momento più tardi le due donne avvicinavano i calici per toccarli lievemente, in un brindisi. Dopo aver sorseggiato il suo champagne, posando il suo bicchiere, Melanie studiò l'amica per un momento, e poi domandò: «Cosa ne pensi di Branwell?»

Lei scrollò lentamente la testa. «Ho trovato incredibile che potesse essere così moderno, in un certo senso... un alcolizzato, un giocatore, un drogato, uno scialacquatore... soprattutto del suo grande talento. Non conoscevo molto dei Brontë e della loro vita, solamente le loro opere; però tutta la commedia ti prende, ti trascina... è affascinante. E Jonathan Rhyne è splendido in quella parte. Ma sono tutti bravissimi.»

«Sono d'accordo con te, come sono d'accordo sull'opera teatrale in sé. Altamente drammatica, perfetta. Comunque, fra tutti, il mio personaggio preferito è Emily, forse perché ho sempre amato *Cime tempestose*.»

«Sì, Emily è molto interessante, in un certo senso.» Katie fece una pausa, poi si morsicò un labbro. «Stavo per dire che sembra così misteriosa sul palcoscenico, eppure non sono sicura se è *proprio quello* che volevo dire.»

«Io lo spero, invece, perché lei è stata una persona molto misteriosa anche nella vita reale, così riluttante a lasciare che venisse pubblicato qualcosa di quello che scriveva, sempre in guardia perché non venisse turbato il suo riserbo, non si sapesse niente del suo io segreto, della sua anima... in un certo senso. Uno spirito libero, mistico, se vogliamo, e forse è stata l'unica Brontë che meritasse un riconoscimento per la sua grandezza. Per quel che può valere la mia opinione, credo che Emily sia uno dei grandi geni della letteratura inglese.»

«In ogni caso mi ha fatto venir voglia di rileggere i suoi libri», esclamò Katie, ma s'interruppe quando un uomo venne a fermarsi al loro tavolo.

«Chris! Come stai?» lo salutò Melanie.

L'uomo sorrise, e rispose: «Io bene, Mel, e tu?»

«Non potrei star meglio. Chris, ho il piacere di presentarti una mia amica, Katie Byrne. Katie, questo è

133

Christopher Plummer. E so bene che non è il caso di aggiungere altro.»

L'attore le sorrise, e Katie ricambiò porgendogli la mano, che lui strinse.

«Nessuna speranza di vederci una volta a pranzo o a cena, Chris? Per quanto tempo rimani qui?»

«Un paio di giorni. Dammi un colpo di telefono. Chissà che non si riesca a combinare.»

Sorrise a tutte e due, e si congedò. Subito Katie disse: «Oh! Che cosa stupenda! Non avrei mai pensato di fare la conoscenza di Christopher Plummer, ma neanche in un milione di anni! È uno dei miei attori preferiti».

«È semplicemente il più grande, a mio parere.» Intanto Melanie aveva preso in mano il menu e ne stava porgendo uno a Katie. «Non so di che cosa tu abbia voglia, ma io prendo pesce fritto e patatine con il purè di piselli. È una vera cattiveria che mi faccio, perché fanno ingrassare terribilmente ma quando vengo qui non sono capace di rifiutarmeli.»

«Ordino anch'io la stessa cosa.» Katie rise. «Anche per me sono irresistibili... e non che io venga qui molto spesso.»

«È un piatto nazionale, e posso capire perché.»

Dopo essersi ripresentato al loro tavolo per prendere le ordinazioni, il cameriere aggiunse altro champagne ai loro bicchieri e se ne andò. «Per quanto tempo hai intenzione di fermarti a Londra, Katie?»

«Non lo so ancora.» Alzò le spalle. «È una risposta sciocca, la mia, perché invece lo so benissimo. Mamma e papà andranno in Irlanda in novembre, e poi verranno a Londra per la Festa del Ringraziamento. Mio fratello Fin studia a Oxford, credo di avertelo già detto. Lui è il cervellone della famiglia. Così saremo tutti insieme qui in città... a parte Niall, il mio fratello maggiore, che, per quanto ne so, non ha intenzione di raggiungerci. Ma non mi meraviglierei se ci facesse una sorpresa. In ogni caso, devo finire i corsi alla RADA e, con questo, dovrò fermarmi qui almeno fino ai primi di dicembre; e so che i miei genitori vorranno che torni a tutti i costi nel Connecticut per Natale. Non sono per niente sicura di quello che farò l'anno prossimo, probabilmente me ne tornerò a Londra di corsa. Mi piace troppo stare qui.»

«E a chi non piace!» Poi si schiarì la gola, bevve un sorso di champagne e continuò: «Ho comprato la commedia, Katie».

«Quale?»

Melanie scoppiò in una risatina: «Quale? mi domandi. Quella che volevo che tu vedessi stasera. *Charlotte e le sue sorelle*».

«L'hai comprata?» Era letteralmente strabiliata e non riusciva a nascondere la sua meraviglia.

Melanie fece segno di sì. «Avevo già trattato per ottenere l'opzione molto prima che andasse in scena e una settimana fa ho acquistato i diritti per gli Stati Uniti dal produttore inglese. E ho anche comprato quelli per il cinema.»

«Congratulazioni! E Harry? Non è emozionato?»

«Sì, certo, per me. Stavolta sarò io la produttrice di quest'opera teatrale. La metterò in scena a Broadway l'anno prossimo, non so ancora con precisione quando. Suppongo che potresti dire che sarà il mio contributo all'anno del Nuovo Millennio.»

Katie le rivolse un caldo sorriso. «So fino a che punto desideravi trovare qualcosa che avesse lo stampo drammatico. Ci sei riuscita.»

Arrivò il cameriere, e servì la cena; mentre mangiavano, continuarono a chiacchierare di Londra, di conoscenze comuni, del teatro in generale. Una volta che i loro piatti furono portati via, mentre stavano sorseggiando un tè, Melanie lasciò Katie di stucco dicendole: «Voglio fare un discorso serio con te su un certo argomento».

«Sì, di che si tratta?» le domandò, fissandola con attenzione mentre si domandava che cosa potesse avere in mente.

«Ho intenzione di portare a Broadway questo testo sulle Brontë. Voglio che tu interpreti la parte di Emily. Ecco il motivo per cui ho voluto vederti stasera, Katie. Ti offro la parte di seconda attrice protagonista. È questa la ragione per cui volevo che tu vedessi la commedia. Non intendevo solamente offrirti un bello spettacolo.»

Strabiliata, rimase immobile al suo posto. Era letteralmente ammutolita.

«Bene, di' qualcosa. Sì, no, forse.»

Dopo aver respirato a fondo, rispose: «Melanie, è meraviglioso... è... un'offerta favolosa!»

«Così accetti», esclamò rivolgendole un sorriso raggiante, senza nasconderle come questo la rendesse felice.

«Non esattamente», cominciò lei, poi s'interruppe e fece una smorfia. «Mi piacerebbe recitare in quella commedia ma posso almeno dormirci su stanotte? Non voglio dire sì, e poi cambiare idea.»

A Melanie Dawson sfuggì un profondo sospiro. «Come hai già fatto l'ultima volta? Non riesco a capire perché continui a rifiutare le parti che ti offro ma se respingi anche il ruolo di Emily Brontë sarà la terza volta. E a quel punto comincerò a chiedermi se tu abbia intenzione di intraprendere sul serio la carriera di attrice.»

«Eppure lo sai, che è così! Le altre due parti non erano adatte a me, Melanie, e l'hai ammesso anche tu. Anche

Harry era d'accordo con me. Ero troppo vecchia per recitare il ruolo della ragazzina in *Parlar chiaro* e, in fondo, quell'altro ruolo, nel musical, non mi piaceva per niente. Harry aveva manifestato la stessa perplessità e poi sai benissimo che non sono una brava cantante.»

«A dir la verità, in quel ruolo specifico c'era molto poco da cantare e avresti potuto fare come faceva Rex Harrison che, invece di cantare quelle canzoni, le declamava. A ogni modo, ascoltami: stai evitando di darmi una risposta diretta. Non vuoi una parte in uno spettacolo che verrà recitato a Broadway, Katie?»

«Naturale, che lo voglio. È il mio sogno, lo è sempre stato. Ma voglio che sia la parte adatta a me. Io sono americana , Melanie, ed Emily Brontë era inglese; quindi non sono sicura di poterne cogliere l'essenza della sua personalità nel modo più giusto. E poi ci sono anche altre considerazioni.»

«Per esempio, dai, dimmene una.»

«Ecco...» Katie si guardò intorno, prese tempo, osservò la sala del ristorante e, quando si decise a riportare la sua attenzione sulla produttrice, lo fece mormorando con voce che vibrava di sincerità: «Non credo di aver voglia di vivere a New York, Mel».

«Oh, be', allora, la faccenda è completamente diversa.» Melanie la scrutò a fondo, pensando per l'ennesima volta che nel passato di Katie c'era qualcosa che l'angosciava. Le aveva già domandato parecchie volte se aveva qualche problema, ma Katie aveva sempre risposto di no. Melanie si vantava di essere dotata di un intuito formidabile per conoscere a fondo la psicologia delle persone, oltre che del suo acume e della sua perspicacia come produttrice teatrale, e ormai si era convinta che ci fosse sul serio un problema di qualche genere. E Katie, a quanto pareva, non ci teneva affatto a rivelarglielo. Nessuna attrice, a meno che non avesse perduto il cervello, avrebbe respinto il ruolo di Emily Brontë in scena a Broadway, quando la commedia era già stata un clamoroso successo a Londra. Nessuna attrice del talento e del calibro di Katie lo avrebbe fatto. A meno che non ci fosse... un impedimento. Invece c'è, ed è quello il motivo per cui non vuole rientrare a New York, tornare a casa... ecco la conclusione alla quale giunse Melanie.

Trasse un profondo respiro e riprese: «Sto per firmare un contratto con Georgette Allison per la parte di Charlotte, cioè della prima attrice, e con Harrison Jordan perché interpreti quella di Branwell, due nomi famosi, due grandi divi, come sai bene. Non guasterebbe affatto se tu recitassi in un'opera teatrale con loro, ti sembra?»

Katie si allungò verso Melanie per posarle una mano sul braccio. «Se tu sapessi come lo apprezzo! Parlo sul serio, Melanie. Voglio accettare, lo voglio con tutto il cuore... ma mi occorre anche essere realmente sicura che posso interpretare quel ruolo, che ne sono all'altezza, prima di dire sì.»

Melanie annuì mentre la sua espressione si addolciva. Sia lei, sia il marito, erano molto affezionati a questa giovane donna e avevano la convinzione che potesse essere una grande attrice, anzi addirittura una stella di primo piano. Sempre che lo volesse. «Va bene, tesoro», accettò. «Vedi di farmelo sapere domani.»

15

Xenia Leyburn stava camminando avanti e indietro nello studio della sua casa di Farm Street, in Mayfair, con un cellulare incollato all'orecchio. Stava parlando animatamente con il suo socio che era a New York, e in quel momento taceva ascoltandolo con attenzione. Infine rispose: «Sono sicura di poterlo fare in fretta. Pensaci, Alan, e poi mandami una e-mail o un fax domani. Ma come facciamo per gli inviti? Quelli devono essere stampati immediatamente, vero?»

Sentì un rumore e pur continuando a parlare con Alan Pearson che si trovava al di là dell'Atlantico, andò alla porta dello studio e guardò fuori. Alla vista di Katie Byrne alzò una mano in un gesto di saluto, poi concentrò l'attenzione sulla telefonata. «Bene, allora non c'è problema. Non ce ne sono neanche per me, quindi parliamoci domani, Alan. Ciao.»

Uscendo dallo studio in anticamera, Xenia rimase a guardare Katie che metteva la catena alla porta, la chiudeva con il paletto e le dava un doppio giro di chiave. Scoppiò in una risata ed esclamò: «Guarda che non è il caso di fare tutto quello che hai fatto. Questo posto è più sicuro di Fort Knox quando l'allarme è inserito! Mi sembra che ormai dovresti saperlo».

«Meglio non correre rischi e pentirsi poi», le rispose, voltandosi a sorriderle. Poi soggiunse: «Io chiudo e sbarro sempre le porte. È un'abitudine».

«Me ne sono accorta», fu la risposta concisa di Xenia, borbottata a mezza voce. Poi, cambiando argomento, domandò: «E la tua serata? Ti sei divertita? Tutto bene?»

Togliendosi dalle spalle il mantello nero e appendendolo in anticamera, Katie le rispose girando appena la testa sulla spalla: «La commedia è stata fantastica, veramente grande, e poi mi sono trovata con Melanie all'*Ivy* per cena».

«Oh, molto simpatico davvero!» osservò Xenia avviandosi verso la cucina. «Cosa ne diresti di una tazza di tè prima di andare a letto?»

«Va bene.» La seguì in cucina. Mentre si sedeva al piccolo tavolo al centro della stanza soggiunse: «Gli attori sono stati magnifici, e l'opera teatrale assolutamente eccezionale, superba. Non ho mai saputo molto sulle Brontë anche se ho sempre amato i loro libri».

Dopo aver riempito d'acqua il bollitore Xenia raggiunse Katie al tavolo. «In un certo senso, tutta la loro vita è stata un dramma», disse, «quindi non mi stupisce che si possa rendere così bene sul palcoscenico. Anzi, hanno avuto vite molto ricche di avvenimenti, molto intense, anche se hanno passato gran parte della loro esistenza ad Haworth nelle brughiere dello Yorkshire.»

«Tu le conosci bene, le Brontë?»

«Certo che le conosco, per noi sono storia locale. Non ti sarai dimenticata che ho vissuto nello Yorkshire gran parte della mia infanzia, vero?»

«Sì, anche se mi era sfuggito per un momento, visto

che ti ho sempre considerato il classico tipo internazionale.»

«Oh già, Miss Cosmopolita, la piccola sofisticata.» Scoppiò in una risata affondando una mano nella sua lussureggiante capigliatura castana. «Sai benissimo che in fondo al cuore io sono una ragazza di campagna.»

«Non è esattamente come ti vedo io! E neanche il resto dei tuoi amici, ne sono certa. Viaggiavi in lungo e in largo per il mondo con tuo padre alla tenera età di sei anni, alloggiavi in tutti i migliori alberghi di Londra, Parigi e New York, e facevi una gran vita.»

«Non dimenticarti Cannes, Nizza, Vienna e Los Angeles.» Si alzò di scatto perché il bricco aveva cominciato a fischiare. Tirando giù due alte tazze di spessa ceramica dalla credenza, vi mise due bustine di tè, spense il fuoco, versò l'acqua calda. «Ho scelto il tè verde, ti va bene?»

«Sì, grazie. È il mio preferito.»

Portò le due tazze al tavolo, ne mise una di fronte a Katie, e si sedette accanto a lei. «Sai che appena finito la scuola, a diciassette anni, quando mi sono trovata a vivere per la prima volta per conto mio, ho scoperto, per un certo periodo di tempo, che il mondo era un posto difficile. Suppongo di poter accusare di questo soltanto mio padre, e l'abitudine a vivere in albergo.»

Katie aggrottò le sopracciglia fissandola al di sopra dell'orlo della sua tazza. «Cosa vuoi dire? Non credo di seguirti.»

«Il concierge di ogni albergo in cui alloggiavamo era diventato il punto di riferimento, la persona più importante, per mio padre e, a un certo momento, ha finito per esserlo anche per me. C'era bisogno di imbucare una lettera, prenotare un posto su un aereo, un treno, noleggiare un'automobile, fissare un tavolo a un ristorante, un appuntamento dal parrucchiere, una camera d'albergo in un'altra città, o addirittura in un altro paese? Chiama il concierge, e ci pensa lui. Quello era diventato il motto di mio padre. Era assolutamente convinto che se tu conoscevi il concierge in capo al *Dorchester* di Londra e il concierge in capo al *George V* a Parigi, non dovevi più avere nessuna preoccupazione. Il mondo girava intorno a te. Quegli adorati concierge non facevano altro che semplificarti la vita, ovunque tu volessi andare o qualsiasi fossero le tue esigenze».

Xenia tacque per bere un sorso di tè, poi continuò: «Per anni non ho mai saputo neanche come si imbucava una lettera. Le avevo sempre consegnate al banco della portineria in un albergo, mi capisci, anzi al concierge!»

Katie rise. «A sentirti parlare a questo modo, sembri talmente sgomenta! E invece io trovo che è un aneddoto molto carino. E a ogni modo, non stavi sempre con tuo padre, se ricordo bene. Una volta mi hai detto che di tanto in tanto stavi anche con tua madre. Non ti ha mai portata in un ufficio postale, lei? O non ti ha mai mostrato come affrontare le vere difficoltà della vita?»

«Tanto per cominciare, la famiglia di mia madre vive in una regione sperduta e remota dello Yorkshire, ed era lì che lei abitava a quell'epoca. Come era lì che abitavo io quando stavo con lei. Vivevamo con suo fratello, lo zio William. E secondariamente, quando io ero piccola, lei non stava molto bene. Credo che sia stata la sua salute malferma, ormai diventata praticamente cronica, a provocare una specie di allontanamento sempre più profondo fra i miei genitori perché lei non poteva vivere come tutte le altre persone, né avere normali rapporti sociali. Chissà, forse la sua era una malattia psicosomatica, non lo so. A ogni modo, proprio perché era sempre così fragile e malaticcia, a mano a mano che gli anni passavano e io crescevo, ho cominciato a rimanere sempre di più con Timothy Leyburn e sua sorella, Verity. La mia mamma aveva trascorso gran parte della sua infanzia con il loro padre, e quindi per me erano come una famiglia. Tim, Verity, e io, abbiamo vissuto in quello che per noi era un mondo di sogno, a Burton Leyburn. Una casa assolutamente favolosa, straordinaria, unica nel suo genere, potrei dire. E non c'è dubbio che, lì, la mia vita è trascorsa in grande contrasto con quella che faceva quell'eterno giramondo, frequentatore della più alta classe sociale, che è stato quel famoso produttore-cinematografico, il mio papà».

«Posso immaginarlo molto bene, e capisco che devi sentire enormemente la sua mancanza», mormorò Katie comprensiva, rendendosi conto che, se suo padre fosse morto, avrebbe sentito in modo insopportabile il vuoto lasciato da lui.

«Oh, sì, mi manca. Lo confesso. Mi manca moltissimo. È stato un padre meraviglioso anche se a volte era un po' matto. Era un uomo dalle molte sfaccettature, dai molti interessi. Ti sarebbe piaciuto. E com'era bello! Un emigrato russo, espatriato da bambino, appena prima della rivoluzione, allevato a Parigi e a Nizza dalla madre, e trasferitosi a vivere a Hollywood. E con un vera passione, addirittura indomabile, per Londra, per gli abiti su misura di Savile Row, per il gioco d'azzardo e la produzione. E per me, naturalmente. Mi adorava.»

«A sentirti, sembra un personaggio molto singolare.»

Xenia si limitò a sorridere, sorseggiando il tè, mentre ricordava con infinito amore e grande tristezza quel padre adorato, Victor Alexandrovich Fedorov, morto quando lei aveva ventidue anni.

Rimasero sedute lì, vicine, a bere il tè in silenzio per qualche minuto. Era nata una simpatia istantanea, un interesse reciproco, quando erano state presentate da Bridget, la zia di Katie, a New York. Negli ultimi due anni erano diventate amiche intime e, per un anno, compagne di stanza a Londra. Per quanto provenissero da ambienti totalmente diversi, nonostante questo si capivano a perfezione. I silenzi, fra loro, erano quelli di chi si sente bene in reciproca compagnia; e stare insieme era molto piacevole per tutte e due.

«Io so che sei cresciuta con Tim, ma già a quell'epoca eri innamorata di lui? Fin da bambina?» Fu la domanda di Katie che si insinuò, spezzandolo, nel filo del pensiero di Xenia.

«Oh sì, certo. Lo amo da sempre.»

Si accorse che nei grandi occhi di Xenia, tanto limpidi da sembrare quasi trasparenti, era apparsa un'espressione triste, remota, e rendendosi conto che stavano per inoltrarsi su un terreno delicato, cambiò argomento dicendo: «Indovina un po' cosa mi è successo stasera? Melanie mi ha presentato a Christopher Plummer. Stava cenando anche lui all'*Ivy*, ed è venuto al nostro tavolo a salutarla».

«È un attore straordinario.» Inarcò un elegante e sottile sopracciglio scuro mentre domandava: «Reciterà anche lui in una delle sue commedie?»

«Non lo so, non credo.» Katie fece una pausa, e calò un breve silenzio prima di continuare: «A dir la verità, Melanie stasera ha offerto una parte a me».

«Davvero? E che genere di parte?»

«Quella della seconda attrice protagonista in *Charlotte e le sue sorelle*. La parte di Emily Brontë.»

«Ma è assolutamente meraviglioso, Katie. Congratulazioni!»

«Aspetta a dirlo! Non so ancora se l'accetterò.»

«Non lo sai? E perché non dovresti? Anzi, sarebbe il caso di prenderla al volo, di non lasciarsela scappare.» Le lanciò un'occhiata perplessa, corrugò la fronte e scrollò la testa. «Non vedo cosa ci sia da esitare... neanche un momento!»

«Non sono sicura di essere in grado d'interpretarla. Emily era inglese, io sono americana e...» S'interruppe senza finire la frase.

«Non essere ridicola», la rimproverò seccamente l'amica. «Certo che puoi interpretarla! Sei un'attrice dotata, piena di talento, e nel tuo lavoro t'impegni a fondo. Una parte del genere sarà un gioco da ragazzi per te, credimi.»

«Grazie. Ma, non mi sentoaffatto così sicura di saperla interpretare. Ho detto a Melanie che avrei preferito dormirci sopra, e che le darò una risposta domani.»

«Spero proprio che sarà un sì. Devi accettarla. Ascoltami, non devi firmare il contratto domani, nel senso materiale della parola. Se capisci che è necessario rinunciare, puoi sempre cercare di cavartela in qualche modo più avanti, e rifiutare. Basta soltanto dire sì al momento, cioè adesso.»

«Non credo che mi sentirei di farlo, perché non è onesto nei confronti di Melanie.»

Xenia si alzò, e cominciò a camminare avanti e indietro per la cucina mentre assumeva un'espressione assorta.

Si fermò di botto e posò una mano sulla spalla di Katie. «Ecco quello che faremo. Domattina telefonerai a Melanie Dawson per dirle che accetti quella parte. Poi, domani stesso, ti porto nello Yorkshire per qualche giorno. Prendiamo il rapido da King's Cross per Harrogate. E andiamo a stare da Verity a Burton Leyburn. Venerdì o sabato prendo la macchina a ti porto su fino ad Haworth. Puoi comunicare con il fantasma di Emily Brontë su, in quelle brughiere desolate e selvagge che lei amava tanto e dove trascorreva tanto tempo con Keeper, il suo cane. Andremo a visitare il *Black Bull*, dove Barnwell si ubriacava sempre, e passeggeremo per le strade del villaggio. Faremo addirittura una camminata fino a Top Withens. È un po' lunga, ma ne vale la pena. Ormai è ridotto in rovina ma si dice che sia stata la casa che Emily ha preso come modello per *Cime tempestose*. Possiamo anche trascorrere un paio d'ore nella casa parrocchiale. Adesso è un museo, e ci sono esposti molti dei manoscritti delle sorelle Brontë, inclusi quelli che si chiamano *Juvenilia*, come per esempio le storie di Gondal e Angria, che hanno inventato quando erano ancora bambine. Tutte di stampo molto byroniano e melodrammatico, ma lì dentro c'è il seme dei romanzi che hanno scritto da adulte.» Xenia adesso la fissava attentamente. «E allora... non trovi che sarebbe una splendida idea?»

«Sì...»

«Ascoltami, Katie Byrne. Quando avrai visitato i luoghi dove hanno vissuto, quando avrai visto la solitudine desolata della brughiera, e quei cieli tempestosi, comprenderai le Brontë molto meglio, specialmente Emily. Quei luoghi sono aspri, rudi e selvaggi; tanto spazzati dal vento, che devono aver avuto un grande influsso su di loro, sui loro caratteri e, in ultima analisi, sulle loro opere. È la loro atmosfera. Non solo, ma nella biblioteca di Burton Leyburn ci sono moltissimi libri su di loro, e quindi avrai materiale di lettura in abbondanza. Forza, dimmi che verrai.»

Katie continuò a rimanere in silenzio.

146

«Oh, su, da brava, dimmi di sì» gridò, perdendo la pazienza.

Katie si commosse a quell'invito e finalmente si decise ad acconsentire. «Sei un vero tesoro a offrirti di fare tutto questo per me. Ma... e il tuo lavoro? Mi pareva di aver capito che dovevi mettere insieme una festa grandiosa per l'inizio del nuovo millennio e, sbaglio o avete qualche problema?»

«Figurati se non ne abbiamo! Ci manca una sede adatta, e ormai è impossibile trovare qualsiasi cosa che sia accettabile o disponibile per la sera di Capodanno. Alan e io stavamo cominciando a farci prendere dal panico ma poi quest'oggi una celebre coppia di New York che pensava di dare un grande ricevimento per l'anniversario del loro matrimonio, ha annullato tutto inaspettatamente. Vogliono divorziare. L'avevano già organizzata nel salone da ballo dell'*Hotel Plaza*, e così, voilà! Eccoci con un salone da ballo vuoto per quest'altro nostro cliente. Il problema è risolto. Quello che preoccupava Alan poco fa era, piuttosto, il tema per la festa del nuovo millennio. Il salone da ballo del *Plaza* è imponente per un ricevimento privato, ma credo di aver trovato quello che gli piacerà.»

«E cioè?»

«Gli ho proposto di trasformare la sala in una copia del Palazzo d'Inverno di San Pietroburgo. All'inizio non era convinto, ma poi la cliente è andata in estasi quando ha sentito l'idea che mi era venuta. Domani gli telefono per avvertirlo che, se ha bisogno di me, mi trova nello Yorkshire. La cosa splendida è che posso lavorare sul tema della festa anche a Burton Leyburn, anzi sono sicura che quella casa mi fornirà un sacco d'ispirazione. Quando la vedrai, capirai subito cosa voglio dire.»

Tutto d'un tratto Katie si rese conto fino a che punto

fosse importante per Xenia andare nello Yorkshire dove aveva trascorso l'infanzia. Lo si capiva perché le sue guance abitualmente pallide si erano arrossate di colpo, perché quei suoi occhi così chiari, e insoliti, adesso scintillavano: sì, quella casa aveva una magia tutta particolare per lei.

«Va bene», concesse. «Verrò nello Yorkshire con te, Xenia.»

«E accetterai la parte di Emily?»

«Va bene. Telefono a Melanie e le dico che voglio interpretarla e che parto per lo Yorkshire per fare uno studio approfondito sulle sorelle Brontë... Posso sempre annullare tutto quando torneremo a Londra.»

Prima dovrai passare sul mio cadavere, pensò l'amica, ma rimase in silenzio.

16

PARLARONO soltanto a tratti durante la prima parte del viaggio in treno verso lo Yorkshire, il giorno seguente. Xenia aveva un gran daffare con fax e comunicazioni d'ufficio, mentre Katie preferì assorbirsi nel lavoro che stava preparando per completare uno dei corsi di recitazione che seguiva alla Royal Academy of Dramatic Arts.

All'incirca un'ora dopo che il treno aveva lasciato la stazione di King's Cross ordinarono il pranzo e, quando venne servito, finalmente alzarono gli occhi e si sorrisero mentre attaccavano la prima portata.

«Il tempo vola quando si fa qualcosa che piace, vero?» mormorò Katie con una risatina.

Se anche Xenia al primo momento aveva riso con lei, la sua espressione cambiò, come il suo tono di voce, mentre brontolava: «Odio il lavoro d'ufficio. Disgraziatamente con Bella in malattia, devo sbrigare anche il suo, oltre al mio. D'altra parte non dovrei lamentarmi visto che ce la caviamo tanto bene! Pensa un po', quando ti ho conosciuta a New York due anni fa ero socia di Alan da un anno solo. Possiamo considerarci fortunati se penso a quello che siamo diventati in appena tre anni!»

«Del resto questo si spiega con gli eventi speciali e le feste, e i ricevimenti, che stai organizzando. Tutti speciali, molto speciali. Anzi, sono addirittura unici e tu e Alan, messi insieme, avete dimostrato un grande talento per tutto questo. Quindi non mi sorprende affatto che la vostra società abbia tanto successo.»

«Grazie, Katie, sei molto carina a dirlo.» Intanto Xenia aveva sorbito un paio di cucchiaiate della zuppa di coda di bue, poi, spezzato un panino, ci aveva spalmato un pochino di burro e ne aveva mangiato un boccone.

Katie la guardava domandandosi come facesse a rimanere così magra e snella. Trentaquattro anni, sette più di lei e non li dimostrava affatto. Aveva un aspetto straordinariamente giovanile, quasi da ragazzina, anche se, sotto certi aspetti, il suo comportamento e il suo modo di fare erano molto sofisticati e lasciavano intuire come avesse lungamente vissuto in un ambiente internazionale. Parlava quattro lingue – russo, inglese, francese e italiano – era estremamente educata e rivelava una notevole cultura in campo artistico e letterario. E, naturalmente, anche in campo cinematografico, poiché era cresciuta con un padre produttore.

Katie continuava a stupirsi dell'abilità di Xenia a rimanere tanto magra benché fosse dotata di un robusto appetito. Chissà come faceva, eppure riusciva ad assomigliare a un'indossatrice di grande esperienza, arrivata dritta dritta da Parigi, tutta pelle e ossa, con una figura da ragazzino e le gambe lunghissime! *Flessuosa*, ecco la parola che Katie adoperava abitualmente per definirla. I folti capelli castani, che le scendevano fin sulle spalle, e i grandi occhi grigi, incredibilmente limpidi, erano le sue caratteristiche più singolari. Il viso un po' pallido, a forma di cuore aveva un'ossatura delicata e zigomi alti che a Katie facevano subito pensare a un'origine slava.

Si era spesso domandata con stupore quale fosse stato il passato di Xenia, e quale la sua vita di un tempo, perché era evidente che una parte di essa rimaneva circondata dal mistero. Se mai le aveva fatto una domanda di carattere personale, era stata quella che riguardava la madre; e le era subito sembrato che le venisse chiusa una porta in faccia. La sua curiosità era rimasta insoddisfatta.

Da quella volta, aveva lasciato che fosse Xenia a scegliere quando confidarsi. E lo faceva spesso. Tutto d'un tratto Katie provò un improvviso sussulto, un vago senso di colpa; in fondo chi era lei per criticare Xenia in cuor suo? Per quanto la riguardava personalmente, non era mai stata espansiva in modo particolare riguardo alla propria vita, e cominciava a pensare di sembrare anche lei agli occhi dell'amica un po' misteriosa e piena di segreti.

«Ho parlato con Verity stamattina presto», le annunciò Xenia di punto in bianco, fissandola dritto negli occhi. «Esce a cavallo ogni giorno, di solito appena il cielo comincia a schiarire e così ho dovuto acchiapparla prima che se ne andasse al galoppo attraverso quei suoi campi sterminati, a saltare siepi, a mettere alla prova lei stessa e il suo cavallo. A ogni modo è contenta del nostro arrivo, e ha detto che manderà Lavinia a prenderci alla stazione di Harrogate.»

«Chi è Lavinia?» domandò incuriosita.

«La figlia della cuoca di Verity, Anya. È nata al villaggio ed è cresciuta a Burton Leyburn. Adesso sbriga un po' di lavoro, come segretaria per Verity. E a volte ha qualche altro incarico, come andare a ricevere gli ospiti che arrivano con il treno e cose del genere, insomma. Ma a dir la verità è un'artista. E brava, anche.»

Katie afferrò il bicchiere dell'acqua e si ritrasse perché il cameriere portasse via il piatto dell'insalata. Quando si ritrovarono di nuovo a quattr'occhi, disse: «A proposito, ho seguito il tuo consiglio e ho telefonato a Melanie. Era felicissima e soddisfatta quando ho accettato la parte. Ma mi vergognerò moltissimo, e credo che ci soffrirò terribilmente, se per qualche motivo dovessi, poi, rifiutarla».

«Non ho alcuna intenzione di ascoltare discorsi del genere, mia cara, quindi, chiudi il becco.» Queste parole le erano appena uscite dalla bocca quando Xenia assunse un'aria dispiaciuta e imbarazzata. Scrollando la testa, disse: «La mia nonna russa si rivolterebbe nella tomba se mi sentisse parlarti con questo tono, Katie. Non volevo essere scortese. Mi dispiace».

«Non ti preoccupare, non sei stata affatto scortese.» Tacque per qualche istante e poi domandò: «Hai passato molto tempo con la tua nonna russa?» Intanto si augurava che non le rispondesse male come era già capitato qualche altra volta in passato. Le domande che riguardavano Tim, e la sua famiglia in particolare, erano proibite o almeno così sembrava, e la facevano sprofondare nel più completo mutismo.

«Quando ero piccola, sì», rispose lei con voce quieta, e continuò: «Mio padre aveva l'abitudine di condurmi a Parigi e a Nizza, a farle visita. Era una donna assolutamente fuori del comune, e molto bella... Si capiva che doveva essere stata bellissima quando era giovane. Aveva ancora qualcosa di singolare e sotto molti aspetti era un'anziana gentildonna dalla personalità forte. Credo che il modo migliore di descriverla sia di definirla una gran dama. La nonna è morta a Nizza quando avevo diciassette anni, e avevo lasciato da pochi mesi la scuola di Lady Eden a Londra.» Xenia le sorrise e soggiunse: «E... oh, figliola mia, com'era rigorosa per qual che riguardava le buone maniere! Non credo che ci fosse nessuno che ci teneva quanto lei».

Il cameriere tornò con le loro omelette e mentre il pranzo continuava, la conversazione si orientò di nuovo su argomenti più banali. Saltarono tutte e due il dessert, limitandosi a un caffè nero senza zucchero, e poi ripresero quello che stavano facendo prima.

Katie finì abbastanza in fretta l'abbozzo del saggio che stava preparando per la conclusione del corso di arte drammatica, ma Xenia, assorta in tutte quelle scartoffie che aveva davanti, non rialzò la testa per un bel po'. Sistemandosi più comodamente sul sedile, Katie si mise a guardare fuori del finestrino, osservando la campagna che fuggiva rapida a mano a mano che l'espresso proseguiva la sua corsa verso lo Yorkshire.

A un certo punto appoggiò la testa alla spalliera del sedile e chiuse gli occhi, abbandonandosi a una miriade di pensieri. Si scoprì a domandarsi come fosse questa casa in cui stavano per andare che, a quanto pareva, aveva tanta importanza per Xenia. Non immaginava assolutamente quello che poteva aspettarsi per quanto si fosse già fatta l'idea che doveva essere grande. Quando Xenia ne parlava, di solito lo faceva in termini di persone: Pell, il giardiniere di Verity che non aveva solo il pollice ma, addirittura, tutte le magiche dita verdi! E poi c'era Dodie, la governante, che, a detta di Xenia, possedeva sicuramente poteri paranormali ed era una sensitiva; e Pomeroy, il ragazzino che un tempo, quando c'erano tante scarpe da pulire, faceva il lustrascarpe. E appena poco prima Xenia aveva accennato ad Anya, la cuoca, e a Lavinia, sua figlia, che era nata lì, nel villaggio, viveva in casa, faceva la segretaria di Verity ma in realtà era pittrice. Verity viveva sola, all'infuori di questo bizzarro assortimento di aiutanti, e dell'amico di lunga data, Rex Bellamy, che tutti chiamavano Boy. Che curioso miscuglio, pensò Katie appena prima di appisolarsi, cullata dal ritmo del treno e dal calduccio del vagone.

Il treno si arrestò bruscamente con un acuto stridio e l'improvvisa attività nel vagone ristorante fece trasalire Katie che si tirò su, al suo posto, di scatto. Battendo le palpebre, allungò un'occhiata a Xenia. «Siamo arrivate?» le domandò. «Questa è Harrogate?»

«No, siamo a Leeds. Grossa città industriale. Una volta era il centro dell'industria dell'abbigliamento, finché non hanno cominciato a confezionarli a un costo molto minore a Hong Kong, o non so bene dove altro. Comunque, è tornata di nuovo fiorente. Leeds, voglio dire. Centro finanziario del Nord e grande città universitaria. Adesso l'università di Leeds è diventata uno dei posti più ambiti dove andare a studiare.»

«Ho letto molto in proposito.»

«Sì, è proprio quello che sta succedendo qui.» Richiudendo con uno scatto la ventiquattrore, Xenia la posò sul sedile al suo fianco, lanciò un'occhiata per il vagone, e si protese oltre il tavolo. Fissando attentamente l'amica, continuò: «C'è qualcosa che voglio raccontarti. Anzi, in un certo senso voglio chiederti scusa, Katie, per non averti detto la verità. Be', ecco, non è che ti abbia proprio detto una bugia, ho semplicemente omesso di raccontarti qualcosa, e Verity ripete sempre che è una forma di bugia anche questa».

Katie ricambiò con aria grave lo sguardo di Xenia. «Non sono sicura di essere d'accordo con Verity, ma raccontamelo, comunque.» Quando Xenia rimase in silenzio, Katie insisté: «Dimmi di che si tratta». Xenia restò zitta anche se i suoi occhi non lasciarono neppure per un istante quelli di di Katie. Sentendosi un po' a disagio, perché le pareva di essere stranamente scrutata da quello sguardo fisso, Katie mormorò: «Tu puoi raccontarmi qualsiasi cosa, non la prenderei mai male, né rimarrei sconvolta. Perché hai quell'aria così preoccupata? Impossibile che sia proprio così brutto. O invece sì?»

Dopo aver deglutito, Xenia rispose a voce bassa: «Non ho divorziato da Tim».

«Oh», Katie si lasciò andare contro la spalliera del sedile, stupefatta.

«Te l'ho lasciato credere, Katie. Anzi, tu sei partita dal presupposto che fossi divorziata quando ti ho detto che ero stata sposata», riprese Xenia, e adesso parlava a precipizio. «Naturalmente ho lasciato che te ne convincessi perché era più facile per me. Che tu mi considerassi una donna divorziata mi evitava di doverti dire qualsiasi altra cosa. E io non...»

«Vuoi forse dire che sei sempre, ancora oggi, sposata con Tim, è questo che intendi?»

«Oh no. No, assolutamente no. Non è questo che intendevo...» Respirando a fondo dopo una piccola pausa, concluse: «Tim è morto. È rimasto ucciso in un terribile incidente. Ma io non l'ho mai raccontato a nessuno perché altrimenti cominciano tutti a mostrarsi comprensivi, e a farti le condoglianze, e io provo quell'atroce dolore di nuovo, e verso qualche lacrima, e non si conclude più niente perché io crollo, mi lascio andare. Però volevo che tu lo sapessi, adesso, perché a Burton Leyburn tutto è sempre chiaro e viene detto e fatto apertamente. E nel giro di poche ore, no, forse perfino di minuti avresti saputo che Tim era... insomma, morto, e allora cosa avresti pensato di me?»

Katie si allungò a posarle una mano su quelle di lei che erano strette, con le dita intrecciate. «Come mi dispiace. Che strazio dev'essere stato per te. Adesso basta, non dire una sola parola. Quando e se ti sentirai di parlarne, io sarò qui. Sei la mia migliore amica, quindi se vorrai scrollarti di dosso questo peso, sentiti libera di farlo.»

«Sei gentile, Katie.» Adesso fu Xenia a impadronirsi di una delle mani di Katie e a stringerla forte. «Probabilmente pensi che ho voluto fare la misteriosa.»

«Oh no, proprio per niente», Katie rispose a mezza voce ben sapendo di essere lei stessa quella delle due che faceva la misteriosa ed era piena di segreti perché non aveva mai detto nulla del suo passato a Xenia.

17

La giovane donna che le accolse alla stazione ferroviaria di Harrogate era tanto singolare, e tanto sorprendente, d'aspetto che Katie per un attimo rimase stupita e dovette riscuotersi, reagendo a scoppio ritardato, quando la vide affrettarsi verso di loro sotto la pensilina. Era alta poco più di un metro e sessanta, molto snella, slanciata, dall'ossatura delicata, con i capelli scuri, lisci, tagliati corti.

Aveva qualcosa della piccola monella nell'aspetto esteriore e anche nel modo di fare, che a Katie sembrò vagamente familiare benché, evidentemente, non si fossero mai viste in vita loro. Lavinia portava un paio di pantaloni di lana nera, le ballerine, e un maglioncino nero con il collo alto – ma tutto questo insieme così cupo veniva ravvivato dal tocco di colore di una corta giacca morbida e ampia, di un bel rosso vivo.

Dopo averla abbracciata con affetto, Xenia spinse avanti Katie e presentò reciprocamente le due giovani donne. Si strinsero la mano, si rivolsero qualche parola cordiale e Katie, fissando il volto sorridente della graziosa creatura capì al volo per quale motivo le fosse sembrato di trovare in lei qualcosa di familiare. Sembrava fatta e finita, Audrey Hepburn da giovane, aveva gli stessi occhi scuri, grandissimi ed espressivi, le sopracciglia folte dalla linea stupenda, e qualche ciocca morbida dei capelli le scendeva sulla fronte in una specie di soffice frangia.

Terminate le presentazioni Lavinia, agitando una mano in un gesto lieve e disinvolto, esclamò: «Su, andiamo! Verity mi ha dato ordini precisi di farvi arrivare a casa in tempo per il tè, e tu Xenia sai, vero, che cosa significhi per lei il tè pomeridiano? Di questi tempi ha qualcosa di rituale, e non si può passarci sopra».

Senza aspettare girò sui tacchi, chiamò con un cenno il facchino, che a quel punto aveva ammucchiato i loro bagagli su un carrello e, precedendole, fece marciare tutto il gruppetto sotto la pensilina con l'aria di un affaccendato sergente maggiore. Che fosse lei a essersi fatta carico della situazione, e a decidere il da farsi fu ancora più chiaro quando, sempre procedendo a passo lesto, si avviò, lasciandole indietro, fuori della stazione e nel parcheggio vicino.

Nel giro di pochi attimi il facchino aveva caricato tutte le valigie nel baule di una Bentley Continental color borgogna, un'auto coupé con la capote di cuoio beige piuttosto logoro, lo si notava subito, una vera e propria auto d'epoca. Katie notò quello che sembrava un piccolo stemma araldico dipinto sul bordo della portiera, dalla parte del guidatore, appena sotto il finestrino. Cercò di distinguere i simboli che lo componevano senza successo, ma provò immediatamente un'enorme curiosità in proposito.

«Perché non ti siedi dietro anche tu, Xenia», le propose Lavinia. «Così potrai indicare a Katie i posti più caratteristici che abbiamo nella zona.»

«Buona idea», acconsentì Xenia, lanciando un'occhiata a Katie e strizzandole l'occhio. Poi si affrettò ad aprire la portiera.

«Non preferiresti sederti davanti con Lavinia?» le chiese Katie.

«No, mi piace l'idea di farti da guida turistica. Con lei ci metteremo al corrente degli ultimi pettegolezzi locali più tardi. A Lavinia piace fare lo chauffeur, non è così, tesoro?»

La risata argentina di Lavinia si levò squillante nell'aria fresca di ottobre. Ma lei non fece commenti. Salì al volante e accese il motore, evidentemente ansiosa di mettersi in viaggio. Appena le altre si furono accomodate sul sedile dietro, tolse il freno a mano, e uscì rapidamente dal parcheggio per imboccare le strade affollate di Harrogate.

Presto si trovarono in pieno centro della città e, mentre viaggiavano lungo una vasta estensione di prato, Xenia, allungando un'occhiata a Katie, batté con il dito sul finestrino: «Guarda, quello là è lo Stray, una specie di grande parco pubblico che è diventato abbastanza famoso nel corso dei secoli. Adesso sembra terribilmente brullo ma in primavera è addirittura tempestato di fiori di croco di diversi colori, che lo trasformano in un vero e proprio tappeto rosso, giallo e bianco. E poco più sotto ci sono i cancelli che danno nei Valley Gardens, anche quelli famosi per i loro magnifici fiori, d'estate. Ci andavo sempre con la mia mamma quando ero bambina».

Katie seguì la direzione dello sguardo di Xenia e si limitò a risponderle con un cenno del capo. Quando aveva accennato alla mamma, le era sembrato di cogliere nella voce dell'amica una nota di tristezza, o forse di malinconia. Decise di cambiare argomento. «Sto anche ammirando la splendida architettura. Harrogate è molto antica, vero?»

«Oh sì, e quelle case a schiera un po' più alte rispetto al resto della strada, davanti alle quali siamo appena passate, risalgono all'epoca georgiana. Anzi, qui ad Harrogate di case eleganti a schiera come quelle ce ne sono parecchie, ed è anche ricca di piazze e strade con un lato, fitto di case, a semicerchio. Ce ne sono di vittoriane e di edoardiane, oltre che georgiane. Una volta era una famosa località termale e avevano costruito case e ville veramente splendide, come alberghi letteralmente sontuosi.»

Dal sedile davanti intervenne Lavinia: «Katie, ti è mai capitato di vedere quel film con Vanessa Redgrave e Dustin Hoffman, che si chiamava *Il segreto di Agatha Christie*?»

«Non ne sono del tutto sicura», rispose Katie, mentre cercava di ricordare. Le sembrava che avesse qualcosa di familiare, ma niente di più. «Perché me lo chiedi?»

«Perché è stato girato ad Harrogate negli anni Settanta. E gli avvenimenti veri e autentici dai quali prende spunto hanno avuto luogo proprio qui, cinquant'anni prima. La storia che sappiamo, o almeno a quanto risulta comunemente, è che Agatha Christie, la famosa scrittrice di romanzi polizieschi, è scomparsa nel 1926. La faccenda ha fatto scandalo e suscitato un enorme scalpore. Nessuno sapeva dove fosse. Dopo un po' di tempo, è stata localizzata all'*Old Swan Hotel* di qui dove alloggiava sotto il nome di Theresa Neele. Una volta rintracciata, i suoi editori hanno detto che era stata colpita da un forte esaurimento nervoso causato dall'eccessivo la-

160

voro. E che quando aveva visto un grande cartellone pubblicitario in una stazione ferroviaria, che reclamizzava le bellezze di Harrogate, aveva molto semplicemente preso un treno per venirci. È stata una storia molto misteriosa, che assomigliava un po' alla trama di uno dei suoi romanzi.»

Katie aveva ricominciato a guardare fuori del finestrino, ammirando la bellezza dell'antica città di provincia, rimpiangendo di non potersi fermare un poco di più e girare per le sue strade. Aveva un fascino curioso, qualcosa di antiquato che incantava. In quell'anno in cui aveva vissuto a Londra, le uniche gite fuori città erano state quelle che aveva fatto a Stratford-upon-Avon per assistere a una serie di rappresentazioni di opere teatrali di Shakespeare. Le zone rurali la incuriosivano, le trovava intriganti, e avrebbe voluto esplorare tutti quei bei posticini bucolici che in Inghilterra abbondano.

Xenia la costrinse a interrompere il filo di questi pensieri quando osservò: «La città è molto antica, Katie. Se non sbaglio, le sue origini risalgono addirittura al XIV secolo. A ogni modo, nel 1571 qui sono state scoperte alcune sorgenti di acque minerali ed ecco come si spiega che la gente abbia cominciato a frequentarla per le cure termali. In seguito è stata costruita la Royal Pump Room, il famoso posto di ritrovo dove tutti venivano a bere le acque miracolose, come anche i Royal Baths dove si facevano bagni curativi per ogni genere di malattie. Figurati che a un certo punto Harrogate è diventata il centro di idroterapia più avanzato di tutto il mondo. A quanto pare, c'era anche un'attivissima vita mondana e vi conveniva gente elegante che arrivava dai luoghi più disparati – re, regine, principi, principesse, duchi e duchesse, maragià, uomini politici, attrici, cantanti e scrittori, e chiunque avesse una certa notorietà veniva a soggiornare ad Harrogate. Perfino Byron ha trascorso qui un certo periodo per fare una cura delle famose acque minerali».

«Ed è una località termale ancora adesso?»

«No, non più. Hanno chiuso tutto dopo la seconda guerra mondiale», continuò Xenia. «In un certo senso è un peccato che abbiano lasciato andare in rovina le antiche sorgenti minerali.»

«Però le sorgenti sotterranee vere e proprie, quelle ci sono ancora», intervenne Lavinia. «Per lo meno, è quello che sostiene Verity.»

«Credi che le restaureranno mettendole di nuovo in funzione?» domandò Katie ad alta voce.

«Non credo proprio.» Xenia si strinse nelle spalle. «La medicina moderna e le diete ormai hanno reso inutili questi tipi di località termali.»

Mentre scendevano dalla collina imboccando una strada in macadam, dritta e piana, Lavinia annunciò, girando appena la testa sulla spalla: «Adesso siamo dirette alle Dales, Katie. Sono un altro posto panoramico molto bello».

«Burton Leyburn è molto lontano?»

«No, non molto», rispose Xenia. «Ci arriveremo in un'ora e venti, Katie. Quindi mettiti comoda, rilassati e goditi il panorama della campagna.»

Benché fosse ormai ottobre, le Dales erano ancora verdi e il paesaggio, dolcemente ondulato, diviso da muretti a secco e punteggiato qua e là da greggi al pascolo. Le foglie non erano ancora cadute e la massa della vegetazione era formata da folte siepi lungo i bordi della strada sulla quale la macchina stava viaggiando a velocità regolare. Katie aveva il naso appiccicato al finestrino, gli occhi sgranati per non farsi sfuggire niente. Non poteva fare a meno di pensare a come fosse fertile e lussureggiante la campagna: così diversa da come se l'era aspettata. Nelle sua fantasie, aveva sempre immaginato lo Yorkshire come una regione squallida, tetra e desolata; ma forse era realmente così nella zona di Haworth, quella originaria dei Brontë.

Xenia, in treno, le aveva spiegato di aver già preso accordi per poterci andare il giorno successivo. Il pensiero di quella gita la riempiva di eccitazione; e stava già pregando in cuor suo di non perdersi d'animo all'ultimo minuto e di non rinunciare alla parte che le avevano offerto in *Charlotte e le sue sorelle*. Era inutile che si dicesse per l'ennesima volta che quella, per lei, sarebbe stata la sua grande occasione, finalmente. Perché lo sapeva benissimo.

Sapeva che se avesse rifiutato ancora una volta una parte che Melanie Dawson le offriva, avrebbe potuto non vedersene offrire un'altra, mai più. La famosa produttrice e il marito Harry avevano notato subito con interesse Katie, e valutato tutte le sue capacità e il suo talento, quando l'avevano vista recitare qualche anno prima in un piccolo teatro off-Broadway. E da allora in poi avevano sempre manifestato un profondo interesse per la sua carriera.

Era chiaro che l'apprezzavano come attrice e credevano che avesse talento, altrimenti non si sarebbero messi d'impegno con tanta costanza a non perdere i contatti. Perfino otto mesi prima erano andati a cercarla a Londra e l'avevano ricoperta di gentilezze di ogni genere, accompagnandola spesso a teatro e invitandola a cena nei migliori ristoranti.

Avevano già attraversato svariati paesi e l'antica città vescovile di Ripon, dalla bella cattedrale. Adesso stavano per arrivare a Middleham, o perlomeno così le diceva il cartello di segnalazione stradale.

Che calma c'era in questi antichi luoghi, fu la sua riflessione; e immediatamente rivide New York con gli occhi della memoria. Si lasciò ricadere di nuovo contro la spalliera del sedile e sospirò, augurandosi di non sentire troppa ripugnanza al pensiero di tornarci. Ecco cosa c'era alla radice della sua indecisione di accettare quella parte in *Charlotte e le sue sorelle*.

Sapeva benissimo come quel ruolo fosse splendido, il migliore che mai le avessero offerto. E sapeva anche di poterlo affrontare e interpretare degnamente salvo quel pizzico di preoccupazione che le dava il pensiero di dover adottare un accento più stretto nella parlata, più britannico, insomma. In ogni caso, la parte di Emily non avrebbe potuto andarle più a pennello; invece le altre interpretazioni che Melanie le aveva proposto, nel modo più accattivante possibile, non avrebbero potuto essere più sbagliate.

Sì, interpretare Emily Brontë in un teatro di Broadway sarebbe sicuramente stata una splendida pedana di lancio per la sua carriera di attrice. Solo, avrebbe voluto non sentirsi così allarmata al pensiero di tornare a New York. Si sentiva il petto chiuso in una morsa di panico, e quel terrore ormai familiare che la travolgeva di nuovo. Respirò a fondo, cercando di respingere il ricordo inquietante del passato, di tante memorie dolorose, e rimase immobile con gli occhi fissi fuori del finestrino, ma senza vedere più niente. Non riusciva più a concentrarsi sul paesaggio, ma continuava soltanto a vedere i volti di Denise e Carly, uscite per sempre dalla sua vita eppure sempre vive nel suo cuore e nella sua mente. Respirò ancora una volta a fondo e si appoggiò indietro più comodamente, aspettando che quell'attacco di ansia si dileguasse piano.

«Quando arriveremo in cima alla prossima collina, quella che abbiamo proprio davanti, saremo a Middleham. Questa zona è famosa per la sua bellezza, ed è storicamente molto ricca» le spiegò l'amica.

«Ho sentito parlare di Middleham», rispose Katie imponendosi con uno sforzo di dare un'intonazione normale alla voce. «So che qui, nel castello, è cresciuto Riccardo III e ricordo di aver letto, non so bene dove, che una volta Middleham era conosciuta come la Windsor del Nord.»

«Precisamente, e in effetti era la sede del potere. Di un grandissimo potere, in realtà, e nelle mani di un uomo solo, in quei giorni l'uomo più potente di tutta l'Inghilterra. Era conosciuto come il Creatore dei Re, colui che poteva dare o togliere la maestà regale, Richard Neville, il conte di Warwick, un uomo nato nello Yorkshire, quello che è stato l'ultimo dei grandi magnati e feudatari. E aveva realmente maggior potere del vero sovrano, Edoardo IV, il giovane cugino da lui messo sul trono d'Inghilterra dopo la Guerra delle Due Rose. Vedi...» Xenia s'interruppe ed esclamò: «Guarda, Katie, là, da quella parte! Quelle sono le rovine. Rallenta un po', Lavinia, così Katie le può vedere bene».

Lavinia, ubbidiente, fece quello che le veniva detto e portò la macchina quasi a fermarsi mentre passavano molto lentamente davanti al castello. Disse: «Se vuoi dare un'occhiata a Middleham, ti ci accompagno un altro giorno, Katie. Ma adesso dobbiamo correre a casa. Verity ci sta aspettando».

«Certo», replicò Katie, scrutando dal finestrino e allungando gli occhi come meglio poteva per vedere le famose rovine. Avevano un aspetto bizzarro e misterioso, con quei bastioni merlati, ormai quasi ridotti a ruderi, avvolti dall'ombra che diventava sempre più cupa a mano a mano che la fredda luce del nord cominciava a impallidire.

Rabbrividì involontariamente, perché improvvisamente si era sentita gelare fino alle ossa. Tentò di scrollarsi di dosso quel senso irrazionale di apprensione che l'aveva colta improvvisamente.

Una volta lasciate dietro di loro le rovine del castello, la macchina cominciò a salire ad andatura regolare su per la collina, lungo la strada che le portava fuori da Middleham e ben presto questa diventò tutta curve, tortuosa, mentre tagliava attraverso l'alto della brughiera. Il pallido sole di poco prima ormai era già scomparso da molto tempo ma quassù il cielo era di un azzurro delicato e vi passavano e ripassavano enormi nuvole candide sospinte dalle folate di un vento robusto. Qualche uccello volteggiava levandosi verso quelle nubi che sembravano enormi e soffici palloni, ed erano gli unici solitari abitanti della deserta e ondulata brughiera di Coverdale. A un certo punto la strada, tutta a curve, tornò diritta e poi le fece scendere lentamente nella vallata sottostante ricca di una folta vegetazione. Era una vallata caratteristica perché, qua e là, vi spiccava il folto di alberi antichi, e i pascoli vi apparivano suddivisi da quei muretti a secco così tipici dello Yorkshire. E attraverso questa vallata così ricca di verde correva un fiume simile a un sottile nastro d'argento che scendeva lento verso il Mare del Nord.

Dieci minuti dopo la macchina si avvicinò a un altro villaggio. E stavolta il cartello stradale annunciò che stavano per entrare in Burton Leyburn.

Katie rivolse una rapida occhiata a Xenia. «Ormai dobbiamo esserci!»

«Non ancora. La casa è fuori dal villaggio.» Le sorrise. «Sembri impaziente di arrivarci.»

«Credo proprio di sì! Quello che mi hai raccontato su Burton Leyburn mi ha incuriosito tantissimo.»

Xenia fece un sorriso enigmatico ma non profferì parola.

Burton Leyburn era piccolo, civettuolo e pittoresco; il classico paesino nelle Dales dello Yorkshire, un pugno di case costruite nella grigia pietra locale. Molti dei giardini traboccavano di fiori che lasciavano capire come l'estate indiana fosse appena passata, per quanto parte di tutte quelle cascate di corolle fossero nelle sfumature del ruggine, dell'oro e dell'ambra e in gran parte si trattasse di crisantemi, il fiore caratteristico di quell'epoca dell'anno.

Katie notò un certo numero di bottegucce, l'ufficio postale, un pub che si chiamava *White Hart* e una splendida chiesa antica in pietra grigia con il campanile squadrato in stile normanno e le finestre dai vetri colorati. Ma c'era pochissima gente in giro e non si vedevano automobili; tanto che le diede l'impressione di un posto abbandonato.

Quando manifestò ad alta voce questo pensiero, Xenia e Lavinia scoppiarono in una risata, tutte e due, e Lavinia disse: «Ma è l'ora del tè, Katie, e sono tutti a casa».

In fondo alla strada principale, Lavinia svoltò a sinistra e moderò l'andatura per scendere, lungo uno stretto viottolo, ma dopo pochi secondi stava già imboccando una strada molto più larga e non rallentò più fino a quando arrivarono agli alti ed eleganti cancelli neri in ferro battuto. Erano imponenti, sembrava quasi che incutessero timore, chiusi fra massicci pilastri in pietra, sormontati da statue di cervi, in pietra anche quelli.

Il grande cancello d'ingresso era chiuso e Lavinia esclamò: «Aspettate un momento, Pell deve aver già chiuso. Scendo a inserire i codici d'accesso».

«Lo faccio io, è più semplice», esclamò Xenia, scendendo impetuosamente dalla macchina. Costeggiando i cespugli, raggiunse il pilastrino di metallo con il quadrante numerico e schiacciò alcuni pulsanti. Dopo un attimo risaliva sulla Bentley.

Lentamente il cancello di ferro battuto si spalancò.

Lavina l'oltrepassò lanciata a gran velocità e continuò la corsa lungo il viale costeggiato sui due lati da alberi secolari, molti dei quali avevano i massicci tronchi ricoperti di muschio. Fra gli alberi giravano indisturbati daini, cervi e cerbiatti, alcuni dei quali brucavano l'erba. Gli animali aggiungevano un tocco di fascino naturale a uno scenario che pareva senza tempo.

Xenia notò che Katie fissava i cervi. «Mi ero dimenticata di dirti che Burton Leyburn Hall è situato in una riserva di cervi. Qui ce ne sono sempre stati fin dall'epoca in cui al regina Elisabetta I fece dono delle terre a Robert Leyburn che vi costruì la sua residenza di campagna. Oggi ce ne sono una cinquantina, fra cervi adulti, daini e cerbiatti.»

Katie, che non aveva potuto fare a meno di pensare ai problemi di sua madre con i cervi a Malvern, quei cervi che le mangiavano tutti i fiori, pensò che fosse inutile menzionarlo adesso, e qui. E invece domandò: «A quando risale la casa?»

«È del tardo periodo elisabettiano. È stata costruita nel 1577; quella è la data incisa sulla porta, quindi probabilmente indica l'epoca in cui la costruzione è stata definitivamente terminata. Ha più di quattrocento anni, ma te ne accorgerai fra un momento. È affascinante.»

Il bosco ai lati del viale d'accesso, ben presto venne lasciato indietro, mentre davanti a loro si apriva un vasto terreno erboso verdeggiante e, in distanza, stagliata contro l'azzurro orizzonte, appariva la casa. Katie si rese conto che quando Xenia l'aveva definita «affascinante» non le aveva reso giustizia.

Non aveva per nulla l'aspetto della villa di campagna e neanche dell'antico feudo al centro di una proprietà terriera d'altri tempi. Né si poteva definire un vero e proprio castello. Burton Leyburn Hall era molto, molto di più. Rientrava, piuttosto, nella categoria delle sontuose e imponenti antiche dimore. Perfino da quella distanza poteva vedere la sua magnificenza. Ma con grande delusione scoprì che non era possibile ammirare la casa come avrebbe voluto perché, mentre stavano avvicinandosi alla facciata principale, Lavinia improvvisamente, e imprevedibilmente, curvò a destra.

Affrettò l'andatura lungo una strada sterrata e sbucò in uno spazioso cortile con il fondo di acciottolato, esclamando: «Queste sono le scuderie, Katie», mentre frenava e arrestava bruscamente la Bentley.

«Su, venite», tagliò corto strattonando il freno a mano e spegnendo simultaneamente il motore. «Siamo in ritardo per il tè. Al bagaglio penseremo più tardi.»

«Mi dispiace farti entrare dall'ingresso posteriore», si scusò Xenia appena furono scese dalla macchina. Prendendo Katie sottobraccio, la condusse con sé attraverso il cortile.

Katie sentì sbuffi e nitriti e, voltando la testa per dare un'occhiata alle sue spalle, vide due bellissimi cavalli guardar fuori della porta a doppio battente della stalla. Poi, dopo un attimo, venne introdotta in casa.

18

UNA cacofonia di suoni le accolse appena misero piede nella piccola anticamera sulla quale si apriva la porta secondaria, che serviva come guardaroba e anche un po' da locale di sbratto: ci trovavano posto, infatti, una vera e propria collezione di stivali da equitazione, assieme a stivaloni da pioggia di gomma verde, impermeabili e Barbour.

Una voce femminile, che cantava in una lingua straniera, si levò superando il frastuono di pentole e padelle, l'abbaiare di un cane, e il fischio di un bricco sul fuoco; sul fondo, un brusio di voci più sommesse che chiacchieravano. Tutto questo proveniva dalla cucina poco distante, dalla quale arrivavano anche profumi deliziosi che, tutt'a un tratto, a Katie ricordarono casa sua.

«Quella che canta è Anya, naturalmente.» Xenia rise mentre si liberava del cappotto nero e della sciarpa e li appendeva a un piolo dell'attaccapanni. «Voglio fartela conoscere, ma dovremo rimandare le presentazioni a più tardi. In questo preciso momento credo che dovremo raggiungere Verity per il tè.»

Katie fece segno di sì, appese il suo loden vicino a

quello di Xenia, poi si riaggiustò la giacca del completo pantaloni color vinaccia. Allungando un'occhiata all'orologio da polso, corrugò la fronte: «Sono quasi le cinque, non siamo un po' in ritardo?»

«No, soltanto di pochi minuti.»

«Ma io ho sempre pensato che gli inglesi prendessero il tè pomeridiano alle quattro.»

«Non c'è un'ora fissa, va bene un momento qualsiasi fra le quattro e le cinque. E qui lo abbiamo sempre preso un po' più tardi, verso le cinque meno un quarto, soprattutto perché di solito ceniamo verso le otto e mezzo o le nove. Ma Verity non ci bada, se qualcuno arriva con pochi minuti di ritardo per il tè!» Scrollò la testa, soggiungendo: «È Lavinia che fa sempre tutte queste storie e ci tiene alla puntualità per il rito del pomeriggio. Su, vieni, tesoro, seguimi».

Xenia lasciò l'anticamera disordinata e caotica avviandosi per un lungo corridoio, piuttosto tetro a dispetto delle appliques appese a intervalli alle pareti laterali. Katie, che la seguiva a ruota, si ritrovò a entrare in un grandioso vestibolo di forma quadrata illuminato dalla luce del tramonto e dalle lampadine di un enorme lampadario a bracci in legno scolpito. Rimase abbacinata da quel passaggio così improvviso dall'ombra alla luce e dovette socchiudere le palpebre prima di riuscire ad adattare gli occhi a tutto quel fulgore.

Xenia si volse e, facendo un ampio gesto intorno a sé, disse con improvvisa vivacità: «Ecco da dove avresti dovuto entrare, Katie; non trovi che il nostro vestibolo è stupendo?»

«Senz'altro. E molto imponente, anche», esclamò Katie, estasiata. Guardandosi intorno ammirò i quattro finestroni alti, dai vetri piombati, il soffitto altissimo con le travi di legno, l'urna in pietra, piena di crisantemi e rami fronzuti su un tavolo di quercia, e arazzi bellissimi anche se i loro colori erano sbiaditi.

«D'estate la tradizione vuole che si prenda il tè nel Salotto Azzurro oppure sulla terrazza appena fuori, a seconda del tempo. Ma dalla fine di settembre, lo prendiamo sempre di sopra nella grande Sala Alta. È un'abitudine cominciata all'epoca della bisnonna di Verity, che aveva una preferenza per quella stanza», spiegò Xenia. «Così dobbiamo salire al piano di sopra.»

«Non è un problema.»

L'eco dei loro passi si levò netta e schioccante intanto che Xenia, avviandosi verso lo scalone dall'ampia curva, guidava Katie attraverso il vestibolo dove il pavimento di pietra antica, consumate dal tempo, era completamente privo di tappeti.

Insieme, salirono il grandioso scalone in scuro e lucido legno di quercia con una balaustra dall'intricata lavorazione. Lungo la parete laterale erano appesi i ritratti di famiglia degli antenati Leyburn, e Katie si disse che le sarebbe piaciuto soffermarsi un momento per ammirarli meglio. Ma Xenia, che procedeva a passo sempre più rapido, era già avanti, e i suoi tacchi alti levavano un tic-tac sonoro e regolare sui larghi scalini in legno.

Quando Katie raggiunse il pianerottolo del primo piano, Xenia la stava aspettando seduta su una panca. La fissò attentamente, corrugando la fronte. «Qualcosa non va? Hai un'aria strana.»

«No, niente. Stavo semplicemente pensando al cognome di Verity. Non mi hai mai detto qual è, e io non so come chiamarla.»

«Il suo nome da sposata è lady Hawes, ma a lei non piace essere chiamata così. Probabilmente perché ha divorziato da Geoffrey, che sarebbe lord Hawes. Lei preferisce Verity.»

«Ma io non posso chiamarla così, sarebbe troppo maleducato.»

«Lei non ci bada, te lo garantisco.»

Katie scrollò la testa. «Non posso. La chiamerò lady Hawes.»

Xenia sorrise con l'aria di chi la sa lunga. «Fai come ti pare, ma vedrai, non le piacerà neanche un po'!» Intanto Xenia spalancava la grande porta a doppio battente che dava sul pianerottolo, accennando a Katie di avvicinarsi. «Questa è la grande Sala Alta.»

Non potrebbe avere nome più adatto, pensò Katie mentre seguiva l'amica nell'interno.

La stanza era vasta con un soffitto altissimo, a cassettoni, riccamente decorato con fiori e medaglioni in stucco, tutti dipinti in tenui colori pastello. Ma a parte le sue dimensioni, e le proporzioni ariose, ciò che lasciava strabiliati erano le sei finestre che salivano fin quasi a raggiungere il soffitto. Erano tutte e sei a più luci, con colonnine divisorie; e tre di esse si aprivano su un'unica parete. Due di queste finestre avevano lo sgancio occupato da un sedile mentre la terza, quella centrale, occupava una specie di vano ricurvo che, in effetti, era un vero e proprio bovindo sulle vetrate dal quale spiccava lo stemma della famiglia Leyburn. Altre due di queste finestre erano situate ai fianchi del camino, la sesta spezzava la parete esattamente di fronte al bovindo dai vetri colorati.

Katie si rese conto che, con tutte quelle finestre, la stanza doveva essere spettacolare in una giornata di sole. Ma perfino adesso, in questo tardo pomeriggio di ottobre, era tutta soffusa di morbida luce. E la luce naturale, che lentamente si spegneva a mano a mano che la sera calava, sembrava messa ancor più in risalto dal riflesso tenue delle lampade in porcellana, con il paralume in seta avorio, disposte qua e là.

Un bel fuoco scoppiettante ardeva nel camino, un potpourri e la cera delle candele profumavano l'aria, come parecchi alti vasi nei quali crisantemi oro e ruggine formavano una raffinata composizione con rami di faggio rosso e rose gialle.

Nell'insieme, il colore predominante nella stanza era l'avorio, con qualche accento delicato di verde pallido, rosa, e un tocco di nero. Alla prima occhiata Katie notò parecchi morbidi divani, e accoglienti poltrone, di broccato di seta color avorio, sistemati fra bellissimi cassettoni antichi e tavolini. Uno splendido scrittoio elisabettiano, in legno riccamente scolpito, si trovava dietro uno dei grandi divani. Appesi alle pareti, color avorio anche quelle, c'erano una serie di magnifici ritratti di gentildonne, tutte antenate di casa Leyburn, i cui abiti dai colori vividi davano ancor più risalto allo schema monocromatico dell'ambiente. L'immediata impressione che ebbe Katie della grande sala, fu di grande fascino e bellezza, uniti a un senso di calore accogliente, e di comodità.

Di fianco al camino sedeva una donna che si alzò per venire incontro alle nuove arrivate, la faccia tutta un sorriso, occhi splendenti.

«Tu devi essere la famosa Katie Byrne. Della quale ho sentito tanto parlare», disse tendendo una mano per stringere quella di Katie. «Come sono contenta che Xenia ti abbia pregato di venire. Avevo una gran voglia di conoscerti.»

«Anch'io, di conoscere lei», Katie si ritrovò a risponderle con un largo sorriso. «Grazie di avermi voluto sua ospite, lady Hawes.»

«Oh no, no, no, così no! Io sono Verity. Ed è l'unico nome al quale rispondo qua intorno, Katie. Per favore, chiamami Verity.»

Katie inclinò la testa. «Verity, allora.»

«Oh, e adesso, venite qui a sedervi vicino al fuoco, anche se oggi non fa poi così freddo. Ma a me piace il fuoco nel camino, dà una sensazione di conforto, o almeno così mi sembra... Non trovi anche tu?»

Katie si limitò ad annuire e andò a sedersi.

«È molto accogliente», disse Xenia, abbracciando Verity e poi sistemandosi comodamente in una delle poltrone. Sporgendosi a dare un'occhiata al vassoio preparato per il tè sul largo e basso tavolino, sbottò in una risata. «Buon Dio, che cosa squisite, Verity, e tutte addirittura letali! Una panna così spessa e la famosa conserva di fragole fatta in casa, opera di Anya, per i panini dolci. Oh povera me, e la torta di pan di Spagna farcita di crema e marmellata di lamponi! E i bignè al cioccolato! Tutte cose che mi fanno venire l'acquolina in bocca ma credo che mi accontenterò di una di queste tartine che sono come quelle che ci servivano da bambini nella nursery, e di una tazza di tè al limone. Tu, Katie, cosa gradisci?»

«Una tartina al cetriolo andrà benissimo, grazie. Ho paura che tutti quei dolci squisiti con panna, crema e via dicendo finirebbero dritti dritti a rendere più rotondi i miei fianchi.»

«Nessuna delle due deve avere preoccupazioni del genere», le rimbrottò Verity. «Siete magre come chiodi! Su, da brave, rimpinzatevi, dovete avere fame dopo il viaggio. E stasera non si cena prima delle nove.»

Allungandosi verso la teiera, Verity riempì le tazze per

loro e per sé, aggiunse il limone a quella di Xenia e domandò a Katie: «Preferisci il latte?»

«No, il limone, per favore.»

In quel preciso momento la porta si spalancò e Lavinia entrò con passo armonioso.

Si era tolta la giacca rossa e si era data una pettinata e un ritocco al trucco; e ancora una volta Katie non poté fare a meno di pensare come fosse somigliante a Audrey Hepburn. Era quel modo di fare caratteristico, quell'aspetto da piccola monella, che dava un fascino così singolare a Lavinia, e metteva in risalto la sua spiccata individualità.

Lavinia teneva fra le mani una cartelletta. «Scusami, Verity», disse «mi sono dimenticata di consegnarti le tue lettere prima di andare a Harrogate. Le metto qui sul tavolo, così le puoi firmare più tardi, e domani penso io a impostarle.» Intanto era andata a posare la cartelletta al centro dello scrittoio elisabettiano dietro il divano. Poi venne a raggiungerle davanti al fuoco.

«Mi è capitato di incontrare Pell, e mi ha detto che domani avremo un'ondata di freddo, Xenia. Tu e Katie dovrete coprirvi ben bene quando andate a Haworth. Su, in mezzo a quella brughiera, il freddo si fa sentire, e molto.»

«Mi pareva di aver capito che tu pensassi di accompagnare Katie al Museo Brontë sabato, vero?» si affrettò a domandare Verity. «Ho un assoluto bisogno di discutere un certo numero di questioni importanti con te e, molto francamente, avevo tenuto libera domattina proprio per quello perché sabato avrò una giornata piena d'impegni.» La sua bella voce, controllata, da persona colta, si spense senza finire la frase mentre, lasciandosi andare contro la spalliera della poltrona, accavallava le gambe.

«Oh, non è un problema. Possiamo benissimo andare

a Haworth sabato, Verity. E domani Katie può immergersi nella lettura di tutti i libri sulle Brontë che ci sono qui in biblioteca. Dico bene, Katie?»

«Sì, mi piacerebbe molto. Non ha alcuna importanza quando andiamo a Haworth. Anche domenica va benissimo, se preferisci.»

«E perdere uno dei formidabili pranzi domenicali di Anya? Oh no», esclamò Xenia, ridendo.

Lavinia si versò una tazza di tè, posò una fetta di torta su un piattino, e portò il tutto vicino al fuoco dove si sedette, su una panchetta bassa. Poi bevve un sorso di tè.

Un silenzio calò su tutte e quattro. Katie si appoggiò contro i cuscini del divano, rilassandosi, godendosi il calore e la bellezza di quella stanza così singolare, ricca di memorie del passato e della storia di famiglia, e ne apprezzò profondamente il senso di pace, come la piacevole tranquillità, che pareva aleggiassero intorno a lei. Tutto taceva, e l'unico rumore era quello dei ciocchi che crepitavano nel focolare unito al sommesso ticchettio di un grosso orologio in ottone da carrozza che si trovava su un canterano poco lontano. L'orologio era circondato da molte fotografie chiuse in cornici d'argento, e lei scoprì dentro di sé una gran voglia di andare a guardarle anche se capiva di non poterlo fare. Sarebbe stato troppo scortese. Chissà, magari più tardi, se le fosse capitato di trovarsi sola lì dentro, si sarebbe azzardata ad andare a sbirciarle di soppiatto.

I suoi occhi si spostarono verso la padrona di casa e, per qualche attimo, scrutò Verity senza farsi accorgere. Era una donna dall'aspetto incantevole, stupendo, di una bellezza delicata, non vistosa. Aveva i capelli di un biondo chiarissimo, che sembravano quasi d'argento, e li portava pettinati alla paggetto, lisci, lunghi fino alle spalle.

La faccia aveva lineamenti molto fini, quasi affilati tanto ne spiccavano i piani e gli angoli, e gli occhi erano azzurro chiaro, grandi ed espressivi sotto le arcuate sopracciglia castane. Di altezza media, snella, ed evidentemente attenta alla forma; infatti portava molto bene, e con straordinaria eleganza, i pantaloni grigi di ottimo taglio e la camicia di seta bianca, di foggia maschile. Katie notò che, a un polso, aveva l'orologio e all'altro una collezione di sottili braccialetti d'oro, ma nessun anello. Un lungo filo di grosse perle e gli orecchini con le perle, a bottoncino, erano i suoi unici gioielli. Eppure, malgrado la semplicità del suo abbigliamento e dell'aspetto, Katie pensò che Verity era una delle donne più affascinanti che avesse mai visto e scoprì di trovarla intrigante al punto che le sarebbe piaciuto sapere qualcosa di più su di lei e la sua vita.

In quel momento Xenia ruppe il silenzio domandando a Lavinia: «Vuoi venire con noi a Haworth? Saresti la benvenuta».

«Grazie, ma non è possibile. Però apprezzo ugualmente l'invito, Xenia. Sabato e domenica ho intenzione di dipingere.»

«La Galleria Hudson ad Harrogate sta organizzando una mostra a Lavinia», annunciò Verity con un sorriso. «E per quanto abbia già un buon numero di quadri finiti, ce n'è assolutamente bisogno di qualche altro perché l'esposizione delle sue opere sia più completa.»

«Che meraviglia. Congratulazioni!» esclamò Xenia.

«Congratulazioni, Lavinia», mormorò Katie.

«Spero che verrete tutte e due all'inaugurazione», disse Lavinia. «È fissata per gennaio.»

«Gennaio? E quando esattamente?»

«Verso la fine del mese», rispose Lavinia. «Penny

Hudson, la proprietaria della galleria, non ha ancora fissato la data precisa. Ma stava pensando al 25, o qualcosa del genere. Quando tutte le celebrazioni per il nuovo millennio si saranno esaurite.»

«Probabilmente per quell'epoca sarò già rientrata a Londra. Devo essere a New York per Capodanno; stiamo organizzando un certo numero di feste e ricevimenti.» Guardò Katie. «Quanto a te, avrai le prove in quel periodo, vero?»

«Sì», rispose in fretta, e tirò su di nuovo la tazza del tè perché tutto d'un tratto non aveva voglia di parlare della commedia. Come si sarebbero arrabbiati, tutti, se avesse cambiato idea! Non ho intenzione di fare niente del genere, pensò. Sarebbe una vigliaccheria. A Lavinia disse: «Mi spiace, ma io non potrò esserci. Ma sarei felicissima di vedere qualcuno dei tuoi quadri se vorrai mostrarmeli durante questo fine settimana».

«Ehi, ottima idea!» esclamò lei, piena di entusiasmo, mentre lasciava prorompere la sua scoppiettante esuberanza. «Forse riesci a vederli domani. Verity mi permette di adoperare come studio un vecchio granaio, non lontano dallo Hall, dietro la fattoria annessa qui alla casa. È una bella passeggiata ma se preferisci ti ci posso portare con il break che si adopera per la caccia.»

«Mi piacerebbe molto.» Di nuovo affiorò la sua curiosità e non poté fare a meno di domandarsi quale fosse la storia di Lavinia e come Anya, una donna russa, fosse finita lì da loro a fare la cuoca. Pensò che lo avrebbe domandato a Xenia più tardi.

Lavinia, divorati la fetta di torta alla crema e un bignè al cioccolato, si alzò in piedi di scatto annunciando: «Sarà meglio che scappi. Grazie mille per il tè, Verity. Sarò in ufficio per un'altra ora se hai bisogno di me».

«Non credo proprio, cara», le sorrise Verity. «Grazie per tutto il gran lavoro che hai fatto oggi, e anche per essere andata a prendere le ragazze alla stazione.»

Lavinia contraccambiò il sorriso e scappò, dicendo mentre usciva dalla grande Sala Alta: «Ci vediamo domani, signore», richiudendosi la massiccia porta alle proprie spalle con un tonfo.

«Oh, come vorrei avere di nuovo ventidue anni ed essere piena di vitalità, come lei!»

«Ma anche di te non si può proprio dire che ti trascini in giro come una vera pigraccia», esclamò Xenia con una risata. «Ma guardati... fuori ogni mattina appena fa giorno, in sella al tuo cavallo a saltar siepi! Dirigere la proprietà, occuparsi del villaggio e di tutto quanto d'altro c'è qua in giro. Amministrare la fattoria. Occuparti degli interessi dei Leyburn. Insomma, sei... sei proprio... non saprei se definirti una magnate, o una grande capitana d'industria. E piena di successo in tutto quello che fai, che è moltissimo.»

«Non è proprio così! E poi, tu sei sempre troppo ben disposta verso di me, ecco la verità!»

«Mi piange il cuore a dover interrompere questa nostra piccola festicciola», riprese Xenia, «ma credo che farò meglio a recuperare il nostro bagaglio e ad accompagnare Katie nella sua camera, se non ti dispiace».

«Certo, anzi devi, e vedete di riposarvi un po' prima di cena. Sono sicura che scoprirete che le vostre valigie sono già state portate su dalle scuderie dal ragazzo di Pell. Lavinia avrà sicuramente pregato Jamie di farlo, e già da un bel po'. Lo sai anche tu che è diventata un vero e proprio sergente maggiore.»

19

«Ho pregato Verity di darti questa camera perché è quella che preferisco, dopo la mia naturalmente», le spiegò. «E spero che ti piaccia proprio come piace a me.» Mentre parlava, Xenia spalancò la porta, appoggiò il palmo della mano sulla schiena dell'amica e con un leggera spinta la fece entrare.

Katie si lasciò quasi sfuggire un'esclamazione mentre, impietrita nel bel mezzo della camera da letto, si guardava intorno. «Oh ma è proprio stupenda!» gridò, e quando si voltò verso di lei, la sua faccia era tutta un sorriso.

Entrò anche Xenia e rimase appoggiata a un piccolo armadio elegante, osservando Katie che procedeva verso le alte finestre. «Non riuscirai a veder molto stasera, perché è già buio, ma fidati se ti dico che il paesaggio è spettacoloso», commentò. «E domani vedrai quanto. I giardini, la terrazza, e il parterre più in basso. E, al di là dei prati, il panorama è sterminato, a perdita d'occhio, fin giù, al laghetto.»

Katie fece segno di sì, poi girò le spalle alla finestra e rimase a guardare, attonita, tutto il resto. Mentre i suoi occhi si spostavano rapidi qua e là per la stanza, si accorse che non le sfuggiva niente. Le pareti erano rivestite di boiserie, dipinta di un delicato color verde che non era quello della porcellana cinese celadon, fra il verde erba e il verde mare, e neppure quello del lime, ma una sfumatura particolare, più spenta, che sembrava una via di mezzo fra le due. Ciò che giudicò unico fu il dipinto sul pannello centrale di ognuna delle pareti: una composizione decorativa di ghirlande di rose rosse e di un tenue colore rosato, intrecciate, e allacciate, con nastri e fiocchi.

Un camino di marmo candido, in stile Robert Adam, era completato al di sopra della mensola da uno specchio francese con la cornice dorata, e il grande letto a baldacchino aveva il copriletto e i tendaggi in taffetà verde chiaro; le tende, dello stesso tessuto ai lati delle finestre erano guarnite da ampi festoni e fissate ai lati, in ricchi e morbidi drappeggi. Sul pavimento, nessun tappeto all'infuori di due scendiletto ai lati del baldacchino, evidentemente perché non si voleva nascondere lo stupendo parquet dal caldo color miele e dall'intricato e squisito motivo di disegno.

«Ha qualcosa di spiccatamente francese. Di sicuro, qui non c'è niente di elisabettiano!»

«È vero», ammise Xenia con un sorriso. «E indovina un po'! Viene chiamata la Camera di Frenchie. La bisnonna di Verity, quella che ha dato inizio alla tradizione del tè nella grande Sala Alta, era una francese, e questa era la sua camera da letto. Quasi un secolo fa, è stata lei a volerla progettare, decorare e arredare secondo i suoi gusti.»

«E la famiglia l'ha sempre conservata così per tutti questi anni. Non mi meraviglia, è una camera deliziosa.» Katie si avvicinò al tavolo da toilette dalla forma a fagiolo, coperto dal bordo fino al pavimento da falde pieghettate in seta verde pallido e posò gli occhi, con aria piena di ammirazione, sui graziosi gingilli che c'erano sistemati sopra.

Xenia continuò. «Da quanto mi è sembrato di capire da quello che Verity racconta, tutti avevano un debole per la bisnonna. Bellissima, piena di fascino, civettuola. Si chiamava Lucile ma suo marito e gli amici intimi l'hanno sempre chiamata Frenchie. Ecco come si spiega il nome della sua camera da letto.»

«Sono felice che tu l'abbia scelta per me, Xenia, perché è una camera con un'atmosfera serena e gioiosa.»

Xenia annuì, pienamente d'accordo; poi le indicò una porta in fondo alla camera. «Lì c'è il bagno, ed è veramente grandioso. E da quell'altra parte c'è una grande cabina-armadio.»

Xenia andò ad aprirne le ante e guardò dentro. «Verity aveva ragione. La tua valigia è stata già portata su, come diceva, e Dodie te l'ha vuotata. Probabilmente intanto che prendevamo il tè.» Voltandosi verso Katie, le chiese: «E adesso dimmi, c'è qualcosa che ti occorre?»

Katie scrollò la testa. «Stavo per domandare un po' d'acqua ma vedo che ce n'è una caraffa sul comodino.»

«Sì, e una fruttiera là su quel tavolino accanto alla poltrona. E in quella scatola cilindrica di porcellana ci sono i biscotti al cioccolato che Anya cuoce personalmente.»

«Grazie. Ma no, grazie.»

Xenia si avviò alla porta, l'aprì e si voltò ancora una volta. «Io non sono molto lontana, appena una stanza più in là, quindi sai dove trovarmi se hai bisogno di qualche cosa.»

«Grazie, Xenia, e a che ora dovrei essere pronta per la cena?»

«Verso le otto e mezzo, per un drink nella grande Sala Alta.» Xenia le lanciò un bacio a fior di labbra mentre richiudeva la porta dietro di sé.

Katie girò immediatamente la chiave nella serratura e poi si avvicinò al cassettone cominciando ad aprire i cassetti e cercando di capire dove Dodie avesse messo tutte le sue cose.

Ma Xenia, che era rimasta ferma un momento in corridoio, rimase a fissare quei pannelli di legno con aria pensierosa domandandosi per l'ennesima volta per quale motivo Katie avesse quella specie di compulsione che la spingeva a chiudersi sempre a chiave nelle camere. Lo faceva continuamente nella casa di Londra, e adesso lo stava facendo anche qui a Burton Leyburn. Aveva paura, questo si capiva, no? Ma di cosa? Oppure di chi? Sconcertata, Xenia s'incamminò verso la propria camera, ma intanto si stava accorgendo fino a che punto lo strano comportamento di Katie cominciasse a preoccuparla.

Appena ebbe familiarizzato con la camera da letto e la stanza da bagno, Katie si tolse il completo pantaloni e il maglioncino, li appese nella cabina armadio e infilò la vestaglia.

Dopo aver bevuto un bicchier d'acqua, tirò fuori dall'ampia e morbida sacca da viaggio il famoso DIARIO PER CINQUE ANNI, trovò una penna nella borsetta e si diresse verso lo scrittoio in un angolo della camera. Vi prese posto, e, una volta seduta, aprì il quaderno accorgendosi, mentre lo sfogliava, che tutto sommato gli avvenimenti degli ultimi cinque anni non avevano occupato troppe pagine.

Scorrendoli, leggendone una qui e l'altra là, scoprì di

avere scritto quasi sempre qualcosa che riguardava la sua carriera di attrice. E che ce n'erano pochissime relative alle questioni professionali che le avevano dato qualche problema da quando aveva lasciato, a ventidue anni, l'American Academy of Dramatic Arts.

Tutt'a un tratto, vide il nome di Grant Miller e trasalì, fissandolo intensamente, corrucciata. Poi cominciò a leggere quelle in cui aveva descritto come si erano conosciuti, il primo appuntamento, l'inizio della loro storia d'amore.

Con un profondo sospiro, si abbandonò contro la spalliera della seggiola, mordendosi un labbro e domandandosi cosa fare nei suoi riguardi.

Niente, pensò. Non farò niente.

In cuor suo si augurava che la più totale mancanza d'interesse che gli stava dimostrando, fosse un messaggio talmente chiaro che lui, in conclusione, non si sarebbe più fatto vedere. Povero Grant, con quanto impegno aveva fatto di tutto per entrare nelle sue grazie; invece, aveva ottenuto solamente lo scopo di irritarla. E l'irritazione non era certo un sentimento che favorisse i buoni rapporti.

A dir la verità non erano mai stati molto buoni; e adesso si scoprì a domandarsi per quale motivo avesse lasciato andare avanti le cose fino al punto di ritrovarsi, bene o male, legata in qualche modo a lui. Proprio una come lei, che era sempre stata così cauta e guardinga nei confronti degli uomini, e non ne aveva mai avuto fiducia.

In principio era stata attratta da Grant per la sua bellezza. Sì, aveva provato una pura e semplice attrazione fisica. Ma poi, era entrato in gioco anche il suo straordinario talento di attore. Su un palcoscenico, lei lo ammirava. Fuori del palcoscenico, Grant era... noioso. Su questo, non si poteva discutere. Grant risultava interessante solamente quando recitava una parte, interpretava un personaggio. Forse questo spiegava perché fosse un così buon attore. Nella vita reale era un insulso, una nullità, ecco, ma proprio perché era una nullità poteva immergersi tanto facilmente in un ruolo, e assumere la personalità di chiunque, carattere in primis, perché mancava di una personalità tutta sua.

Aggrottò di nuovo le sopracciglia riflettendo sul fatto che questa poteva sembrare una condanna atroce nei confronti di una persona. Ma, per quanto sgradevole, era la verità. Finirò per morire di noia e di irritazione se rimango con Grant Miller, pensò. Per fortuna, lui era molto lontano, a New York, e stava recitando in una commedia che davano a Broadway. Quindi, almeno per il momento, poteva accantonare il problema Grant e delle costanti attenzioni di cui la circondava. Una volta tornata anche lei a New York, se avesse accettato il ruolo di Emily Brontë, sarebbe stata tutt'altra faccenda. Perché anche Grant sarebbe stato lì, l'avrebbe cercata e sarebbe diventato un corteggiatore poco gradito.

Stasera non voglio pensare a Grant, si disse, e si sforzò di ricacciare indietro tutti i pensieri che lo riguardavano. Voltando un foglio del suo diario e cominciando una pagina nuova, scrisse:

21 ottobre 1999
Burton Leyburn, Yorkshire

Voglio mettere tutto per iscritto fintanto che ho fresche nella mente le mie prime impressioni.

In quest'ultimo anno Xenia mi aveva detto parecchie volte che Burton Leyburn Hall per lei è qualcosa di speciale, la casa amatissima dove ha passato tanti giorni felici da bambina. Eppure, nello stesso tempo, non mi aveva mai detto niente, della casa in sé e per sé, intendo. Che aspetto ha, quanto è antica, questo genere di cose.

Appena l'ho vista questo pomeriggio sono rimasta sconcertata, quando mi è apparsa al di sopra di quella bruma in fondo al lungo e ampio viale alberato. Spiccava contro l'orizzonte, si stagliava solitaria, perché non la circondano né alberi né colline né montagne, con tutti i suoi comignoli e le torrette dalla sagoma che si delinea chiara e nitida sullo sfondo di un cielo di un azzurro sempre più tenue.

Vista da una certa distanza mi è sembrata così sognante, magica e mi sono accorta che morivo dalla voglia di osservarla meglio, invece Lavinia ci ha subito portato alle scuderie e così mi è mancata una panoramica ravvicinata della facciata principale. Come sono rimasta delusa!

Domattina Lavinia mi accompagnerà nello studio per vedere i suoi quadri; prima, però, voglio fare una passeggiata tutt'intorno alla casa e ammirarne l'esterno. Nei dieci mesi che ho trascorso in Inghilterra ho cominciato a interessarmi di architettura, esattamente come papà. Lui ha un debole per lo stile coloniale americano, ed è quello che preferisce anche se da quando, in questi ultimi nove anni, ha cominciato a venire in Irlanda e in Inghilterra con la mamma, i suoi gusti si sono allargati e approfonditi. Come me, gli è nata una vera e propria passione per le case georgiane ed elisabettiane.

Io sento fino a che punto questa casa sia immutabile. Senza e fuori del tempo; e quando ho messo piede nel vestibolo sul quale si apre l'ingresso padronale, ho subito sentito il peso della sua storia e di questa famiglia. Quando Xenia mi ha introdotto nella grande Sala Alta, mi è subito venuta in mente la famosa frase «Oh se queste mura potessero parlare!» Per quanto sia un cliché, è vero. Riesco appena a immaginare di quali vicende le mura di questa dimora siano state testimoni. Questa famiglia ci è vissuta per quattrocento anni. Matrimoni, nascite, morti. Sofferenza, gioia, felicità e dispiaceri. Una vita che continua in eterno da una generazione a quella successiva.

La mia camera è bellissima, un misto di verdi tenui, con i mobili che in gran parte sono antichità francesi, o perlomeno certi pezzi sembrano francesi. Voglio vedere un ritratto della donna che porta il nome di Lucile, e che tutti chiamavano Frenchie, venuta qui da giovane sposa straniera e che ha lasciato netta e chiara la propria impronta. Sì, Frenchie mi incuriosisce.

E anche Verity è stata una sorpresa. Xenia mi aveva menzionato spesso sua cognata però senza mai descrivermela e non avevo mai neanche visto una sua fotografia. In casa di Xenia a Londra ci sono pochissime foto. Mi chiedo se Verity sappia fino a che punto è attraente. Possiede un fascino naturale, quello della sua bellezza bionda, classica, ma le viene anche dal modo in cui si muove e parla; e poi si presenta con tale grazia ed eleganza! Xenia mi ha detto che ha quarantun anni, ma non li dimostra. Sembrano la sorella di Xenia, del resto da bambine hanno passato moltissimo tempo insieme.

Quando Xenia, in treno, mi ha confidato che è vedova, al primo momento sono rimasta di stucco. D'altra parte, è sempre stato così chiaro quanto fosse il suo amore per Tim che non ha mai avuto senso per me il fatto che avessero divorziato. Adesso capisco perché non prova interesse per gli uomini. Lo piange ancora, si sente ancora in lutto per lui.

Katie posò la penna e rimase con gli occhi fissi sul muro davanti a sé per un attimo, poi spinse indietro la seggiola e si alzò. Improvvisamente la camera era diventata gelida e lei sentiva un gran freddo. L'attraversò, entrò in bagno, aprì i rubinetti dell'enorme vasca, poi si sedette sulla seggiolina bianca ad aspettare che si riempisse. Immergersi nell'acqua calda e rimanerci avrebbe risolto il problema. A quel punto si domandò distrattamente come facessero a riscaldarsi in inverno.

In fondo alla cabina armadio, appeso al muro c'era un lungo specchio che la rifletteva tutta, dalla testa ai piedi, e Katie vi si soffermò di fronte per osservarsi ben bene prima di lasciare la sua camera.

Aveva messo una giacca di velluto goffré molto scura, di un bel verde-abete, lunga e sciolta che le scendeva fin sotto i fianchi. E sotto, una camicia di seta dello stesso verde cupo, e un paio di stretti pantaloni di seta nera. Un paio di scarpe di seta nera anche quelle, dal tacco alto, e gli orecchini di perle completavano l'insieme.

Non sto malaccio, pensò, guardandosi con aria critica, la testa lievemente inclinata da una parte. Si era legata i capelli rosso acceso in una coda di cavallo e l'aveva guarnita con un fiocco di satin nero. Anche se questa pettinatura, per quanto piena di stile, che le dava una certa severità, le piaceva l'effetto complessivo... sì, aveva un tocco di eleganza, pensò.

Girò sui tacchi e si avviò verso la porta ma notò subito il diario che aveva abbandonato poco prima sulla scrivania. Dopo averlo infilato di nuovo nella sacca da viaggio, prese in mano una borsettina nera da sera, e uscì.

Sceso l'ampio scalone fino al pianerottolo del primo piano, aprì lentamente la porta in pesante legno di quercia della grande Sala Alta.

Era vuota e lei esitò per un attimo, fermandosi sulla soglia, prima di attraversarla per raggiungere il camino dove un bel fuoco di ciocchi massicci ardeva nel focolare di pietra. Le candele profumate bruciavano ancora, si sentiva una musica di Mozart in sottofondo, sommessa, e su un antico canterano era già stato disposto un vassoio con tutto il necessario per prendere un aperitivo.

Con una rapida occhiata al suo orologio da polso, notò che erano le otto e mezzo precise ma l'orologio d'ottone vicino al camino era in ritardo di dieci minuti. Oppure, forse, era il suo a correre. Facendosi più vicina si chinò a dare un'occhiata alle fotografie disposte tutt'intorno all'orologio, che aveva notato di sfuggita mentre prendevano il tè.

Ce n'era una di Verity in un elegante tailleur azzurro con un grande cappello blu scuro, evidentemente recentissima. Teneva sottobraccio un giovanotto dall'aspetto attraente e pieno di fascino con un ciuffo di capelli biondi come i suoi. Doveva essere quel figlio di cui Xenia una volta aveva parlato.

Verity appariva anche in altre fotografie con moltissime persone diverse. Poi Katie adocchiò un ritratto di Tim con un bambinetto. Si protese per vedere meglio e i suoi occhi si soffermarono su quell'immagine un po' più a lungo di quanto non avesse fatto con le altre, mentre aggrottava lievemente le sopracciglia. Era stupefatta perché

191

il bambino aveva una grandissima somiglianza con Xenia. Possibile che Xenia e Tim avessero un figlio?

«Sei scesa prima di me», disse Xenia dal vano della porta, e con un accento ancor più stretto e anglosassone del solito, mentre avanzava nella sala, a lunghi passi.

Katie si girò di scatto e rispose con un cenno del capo, inspiegabilmente imbarazzata. Possibile che Xenia si fosse accorta che quella fotografia la attirava in modo irresistibile? L'avrebbe giudicata male perché ficcava il naso nelle faccende altrui?

Xenia si fermò davanti al vassoio delle bottiglie sul canterano, e chiese: «Cosa ne diresti di qualcosa di effervescente? Oppure preferisci vino bianco?»

«Vino bianco, stasera. Grazie, Xenia.»

Dopo un attimo Xenia porgeva a Katie il bicchiere. La sua faccia era molto pallida, quasi livida, e non sorrideva. I suoi occhi grigi così limpidi e chiari erano più tristi di quanto a Katie fosse mai capitato di vedere, e il suo modo di fare privo di vivacità, come smarrito.

Accettando subito il bicchiere, Katie andò a prender posto in una delle poltrone. Intanto, il suo imbarazzo di poco prima adesso si trasformava in aperto disagio. Un po' come se fosse stata sorpresa con la mano nella scatola dei biscotti, ecco! E forse era stato proprio così. Improvvisamente capì che Xenia l'aveva davvero vista fissare con gli occhi sgranati quella fotografia di Tim... e il suo bambino? Quello nel ritratto era talmente somigliante a Xenia che Katie, all'improvviso, si convinse che doveva essere suo figlio. Ma dov'era, adesso? A scuola? E perché non gliene aveva mai parlato?

Xenia si versò un calice di champagne e raggiunse Katie vicino al fuoco. Disse: «Stasera a cena siamo soltanto noi tre. Verity ha invitato il suo amico Rex Bellamy a rag-

192

giungerci per il fine settimana, ma non arriverà fino a domani. Ti piacerà, è molto simpatico».

Facendo segno di sì con la testa, Katie bevve una sorsata di vino e brindò: «Salute».

«Salute.»

«Perché lo chiamano Boy?»

«Perché anche suo padre si chiamava Rex e per distinguerli, quando lui era piccolo, tutti lo chiamavano Boy, e così è diventato un soprannome.» Xenia scrollò la testa, sorridendo lievemente. «Gli inglesi hanno un debole incredibile per i soprannomi, e ce n'è qualcuno molto strano, a volte.»

Katie si limitò ad annuire, e poi si volse a guardare verso la porta che si stava spalancando. Verity le sorrise mentre veniva avanti. Esclamò: «Ho appena mandato di sopra Dodie ad accendere il fuoco nella tua camera, Katie. Mi è venuto in mente soltanto adesso che devi aver avuto un freddo terribile mentre ti cambiavi per cena».

«Sì, è vero, faceva freddo», replicò Katie, ricambiando il sorriso. «Ma ho fatto un bel bagno caldo e ho risolto il problema.»

«La camera sarà calda e accogliente quando andrai a letto», mormorò Verity, aggiungendo: «Le mie scuse per essermene dimenticata».

«Per carità», la rassicurò, «non è il caso! Sto bene.»

«Sono andata a guardare una delle carte che abbiamo in biblioteca», intervenne Xenia «per trovare la strada migliore per Haworth, sabato. Secondo me la soluzione più comoda è passare per Harrogate, poi attraversare Ilkley e scendere a Keighley».

«Secondo me, faresti meglio, quando sei ad Harrogate, a passare da Skipton; ma puoi domandarlo a Rex domani. Penserà lui a indicarti la strada migliore. È bravo in questo genere di cose.»

Dopo questo scambio di idee Verity si versò un calice di champagne, si avvicinò al camino e vi rimase davanti, in piedi.

Katie, guardandola, pensò che aveva un aspetto favoloso con quella lunga gonna di lana rossa, dritta, e un maglioncino, rosso anche quello, di cachemire, con il collo alto. Portava una serie di collane d'oro a maglia, orecchini d'oro ad anello, e un gran numero di sottili braccialetti tintinnavano quando muoveva il braccio destro.

Katie pensò che, in contrasto, Xenia aveva un aspetto un po' troppo severo, inguainata nel completo pantaloni grigio scuro con il golfino in tinta. E non aveva messo neanche un gioiello, e questo non era da lei. Non solo, ma sembrava quasi di malumore. Non era la solita donna brillante e dinamica. Quella sera sembrava triste come mai le era capitato di vederla, e se ne chiese il motivo.

Verity alzò il suo flûte. «Salute», disse.

Le altre due risposero, levando i loro calici.

Dopo aver bevuto un sorso di champagne, Verity disse: «Qui in campagna non facciamo una vita molto divertente, Katie, così ho pensato che avrei potuto invitare un po' di gente sabato, a cena...»

«Oh no, non farlo!» esclamò Xenia, interrompendola.

Verity la guardò con tanto d'occhi perché, evidentemente, quell'interruzione improvvisa l'aveva sconcertata.

Katie, girando gli occhi da Verity a Xenia, notò l'espressione inorridita che calava sul viso di quest'ultima e capì al volo che l'idea di una serata importante, un vero e proprio ricevimento, la terrorizzava.

Così si affrettò a interloquire: «Non devi organizzare una cena per me, Verity, anche se hai avuto un pensiero molto carino e gentile. Io sono felicissima di stare qui con te e Xenia».

«Va bene. In tal caso vuol dire che saremo solamente noi quattro, perché ho invitato Rex a raggiungerci per trascorrere con noi il fine settimana.»

20

Dieci minuti più tardi le tre donne scesero a cena. Verity si avviò per prima, precedendole.

«Grazie» le bisbigliò Xenia all'orecchio mentre seguivano la padrona di casa al pianterreno.

Katie fece segno di sì con la testa, le strizzò un occhio ma non fece alcun commento.

Quando arrivarono nel vestibolo padronale, Verity prese Katie sottobraccio e glielo fece attraversare. «Là in fondo c'è la sala da pranzo da cerimonia, in cui possono trovar posto addirittura un centinaio di persone. Ma di questi tempi la usiamo di rado. Quella più piccola è perfetta per noi, per i pasti in famiglia», spiegò. E, aprendo la porta, vi introdusse Katie.

Katie notò subito che era una stanza incantevole e assolutamente insolita. Di forma circolare, aveva le pareti rivestite di broccato rosso e a esse erano appesi quadri stupendi di paesaggi classici. Intorno alla tavola rotonda, rivestita interamente di taffetà rosso erano disposte tre seggiole da pranzo antiche, imbottite di seta nera. Altre seggiole dello stesso stile, e della stessa forma, erano disposte lungo le pareti; due ai fianchi di una credenza, un'altra accanto a un cassettone in legno intarsiato. Un lampadario di cristallo a gocce scintillava al di sopra della tavola, sulla quale erano disposti quattro candelieri d'argento che reggevano candele bianche, intorno a un vaso basso e largo, pieno di fiori rossi. Bicchieri di cristallo e posate d'argento davano l'ultimo tocco all'eleganza della tavola apparecchiata.

Un fuoco che ardeva nel camino e il lume delle candele aggiungevano qualcosa di piacevolmente accogliente alla sensazione di calore e di armonia della sala da pranzo rossa.

«Vieni a sederti qui», mormorò Xenia, indicando una seggiola. «Verity sceglie sempre quella di mezzo.»

Katie fece quello che le veniva detto e stava allargandosi sulle ginocchia il tovagliolo di lino quando una porta si aprì all'altra estremità della sala.

Una donna florida con i capelli grigi e le guance rosse come mele, che indossava un abito nero completato da un grembiulino di organdis bianco, entrò e, muovendosi rapidamente, si diresse alla credenza dove prese una bottiglia di vino bianco dal secchiello del ghiaccio. «Pensavo di servire il vino adesso, milady.»

«Sì, va bene, Dodie.» Con un'occhiata a Katie, continuò: «Questa è Dodie, che si dedica a noi con tanta premura. E, Dodie, questa è la signorina Byrne».

Dodie annuì e sorrise. «Piacere di conoscerla, signorina», disse girando intorno alla tavola e versando il vino nel bicchiere di cristallo a calice di Katie.

«Anch'io ho piacere di conoscerla, Dodie», e, occhieggiando il bicchiere di vino, soggiunse: «Grazie».

Per un attimo Dodie sembrò improvvisamente turbata. Dopo aver guardato Katie con estrema attenzione, di colpo, quasi a scatti, indietreggiò. Chinò il capo educatamente, ma non sorrideva più.

Katie, seguendo con gli occhi la sua figura mentre si ritirava, non poté fare a meno di domandarsi cosa avesse provocato quel cambiamento improvviso nei modi di fare della governante. Dodie era indietreggiata, scostandosi bruscamente da lei come se emanasse un cattivo odore.

Una volta versato il vino a Verity e a Xenia, Dodie andò a mettere di nuovo la bottiglia nel secchiello d'argento pieno di ghiaccio e uscì rapidamente dalla sala da pranzo chiudendosi senza rumore la porta alle spalle.

Katie alzò gli occhi a fissare Xenia, che le sedeva di fronte, e si accorse subito come avesse notato anche lei lo strano comportamento di Dodie.

Xenia si limitò ad alzare le spalle, senza nascondere di essere sconcertata.

Verity, alla quale non sfuggiva niente e che quindi aveva notato il cambiamento nell'atteggiamento di Dodie, si abbandonò contro la spalliera della sua seggiola mentre la sua faccia assumeva un'espressione pensierosa. «Dodie è convinta di essere una sensitiva, e di avere doti paranormali, Katie. Dal modo in cui si è comportata penso che abbia colto in te chissà quali vibrazioni!»

«Però si è comportata come se non fossero buone.» Xenia rivolse a Verity un'occhiata che diceva chiaramente come la sapesse lunga in proposito. «È stato come se... ecco, come se volesse ritirarsi, fuggire lontano da Katie.»

«Non mi era mai stato detto che da me emanavano vibrazioni cattive!» esclamò Katie, scoppiando in una risatina forzata, piena d'imbarazzo. «Anzi, tutto l'opposto.»

«Non badarle», disse Verity con gentilezza. «La conosco da quando ero bambina, ha vissuto qui tutta la vita e, anche se sembra un po' strana, è assolutamente innocua, credimi. Dico bene, Xenia?»

«Naturalmente, certo che dici bene. È totalmente innocua; ed è sempre stata un po' matta.»

Furono interrotte da un suono di voci e da un acciottolio di piatti; quasi immediatamente la porta si spalancò di nuovo. Anya, che portava pantaloni e giacca da cuoco, entrò nella stanza reggendo un grande vassoio e Dodie era con lei. Alta, bruna e atletica, assomigliava a Lavinia ma non era altrettanto graziosa come la sua versione più giovane.

Dodie tolse dal vassoio una piccola scodella bianca da soufflé, la posò di fronte a Katie, poi ne servì una a Xenia e una a Verity. Mentre le due donne si scostavano dalla tavola, Anya disse: «Questo è l'unico modo di servirlo, milady, visto che Jarvis stasera è in libera uscita».

«Nessun problema, Anya.»

Anya rispose con un cenno di assenso e uscì dalla sala da pranzo con Dodie che si affrettava a seguirla.

«Non esistono soufflé migliori di quelli che fa Anya», spiegò Xenia a Katie. «Mangialo subito, prima che si afflosci. Oh, a proposito, ti avverto che ho pregato Verity di ordinare, come pietanza, il tuo piatto favorito, platessa e patate fritte.»

Katie rise, sentendosi di nuovo pienamente a proprio agio con loro, e affondò la forchetta nel soufflé.

Era quasi mezzanotte quando Katie e Xenia si avviarono verso il piano di sopra per andare a letto. Si strinsero in un abbraccio fuori della porta della camera di Katie, che disse: «Grazie per avermi invitato quassù, da voi,

Xenia. Verity è davvero gentile. È stata una splendida serata».

Xenia le sorrise. «La prima colazione è dalle otto fino alle dieci. Quindi alzati quando vuoi. Viene servita nel giardino d'inverno, e lo troverai facilmente casomai io non fossi già da basso. Ma probabilmente ci sarò. Ci sono tè, caffè, panini, e cose del genere già pronte, a disposizione. Ma, se preferisci, puoi avere qualche piatto caldo e cucinato al momento. Basta chiederlo. Ci sarà Jarvis ad assisterti con tutta la premura possibile.»

Katie scrollò la testa. «Non credo. Se non stiamo attente, metteremo su qualche chilo, da queste parti, sia tu sia io!»

«Fin troppo vero», confermò Xenia con un mezzo sorriso.

Katie entrò nella sua camera, chiuse la porta e, come sempre, diede anche un giro di chiave.

Xenia, che era rimasta in corridoio, sentì la chiave girare nella toppa come era già successo qualche ora prima. Rimase incerta per un attimo, poi alzò la mano e bussò.

Nessuna risposta.

Bussò di nuovo.

La voce di Katie echeggiò attraverso la porta. «Sì? Chi è?»

«Sono io.» Xenia si domandò chi Katie poteva pensare che fosse, se non lei.

Katie girò la chiave nella toppa e aprì.

Xenia, fissandola con uno sguardo scrutatore, disse in tono un po' brusco: «Non ti capisco. Jarvis potrà anche essere fuori, stasera, ma fa sempre il giro della casa a chiudere le porte che danno sull'esterno. E anche se lui non lo facesse, ci penserebbe Verity. Quella di chiuderti dentro a chiave è un'ossessione ridicola. È... maniacale».

«No, nient'affatto», esclamò Katie accalorandosi. «Più che altro un'abitudine, credo. E io non sono maniaca.»

Per la frazione di un secondo, Xenia esitò, poi aggiunse: «Posso entrare per un minuto? Voglio parlarti. O preferiresti venire a parlare nella mia camera? Ci sono altre foto anche là da scrutare». All'improvviso, la sua voce era diventata tagliente.

Katie si accorse di arrossire, scrollò la testa e disse in tono pieno di veemenza: «Non stavo facendo la ficcanaso, Xenia. Neanche per sogno. E non so dirti quanto mi dispiaccia se ti ho messo in agitazione. È stato solo per caso che ho notato il ritratto di Tim con il bambinetto.» La sua voce si spense, incerta, senza finire la frase. Si sentiva smarrita.

«Lo so, lo so», mormorò Xenia e aprì la porta con una spinta entrando a passo deciso nella stanza. «Non ti avrei invitato quassù, a Burton Leyburn, se avessi voluto nasconderti il mio passato. Domani ti avrei raccontato alcune cose. Ma prima che io ne avessi l'opportunità, hai visto la fotografia. Mi ero dimenticata che fosse lì, sul canterano nella grande Sala Alta.»

Interrompendosi, chiuse la porta dietro di sé, e osservò Katie fissamente. «Ti spiace? Posso rimanere pochi minuti per parlare con te?»

«Sì, certo. Ma non sei obbligata a raccontarmi niente. Tu sei la mia amica, ti voglio bene, e non mi permetterei mai e poi mai di indagare nel tuo passato. Dev'essere doloroso per te... parlarne.»

Xenia si sedette in una delle poltrone, si chinò in avanti, appoggiando la testa sulle ginocchia e rimase così, immobile, per qualche minuto. Finalmente si mise di nuovo dritta, e respirò a fondo più di una volta. Poi cominciò:

«Justin aveva sei anni quando è successo. Tim lo stava portando ad Harrogate. Era giugno, non inverno né brutto tempo. Niente pioggia. Era una bella giornata di sole. Non c'era nessun motivo perché un enorme autocarro sbandasse, perdesse il controllo. Invece è proprio così che è successo».

S'interruppe bruscamente, strinse le labbra, chiuse gli occhi con forza e alzò la testa verso il soffitto. Strinse le mani a pugno mentre cominciava a tremare dalla testa ai piedi. Respirò a lungo, profondamente, più di una volta, deglutì a fatica come se avesse un nodo alla gola, ricacciando indietro le lacrime. Si sentiva soffocare a tal punto che non poteva più parlare. Alla fine, aprì gli occhi. «L'autocarro è andato a sbattere contro la macchina, l'ha investita con violenza. Sono rimasti uccisi all'istante. Mio marito e mio figlio. Nove anni fa. Suppongo di non aver ancora... superato... come mi dispiace... di essere crollata a questo modo.»

Xenia si premette le dita sugli occhi mentre ne sgorgavano le lacrime, che le scivolavano fra i polpastrelli, scendendo a rigarle le guance.

Katie corse da lei, si accovacciò sul pavimento vicino alle sue ginocchia e le buttò le braccia al collo. «Mi spiace, non so dirti come mi spiace. Non dovevi dirmelo.»

Senza aprir bocca, Xenia le si aggrappò, stringendola convulsamente a sé, come se volesse aiutarsi a riacquistare il proprio controllo. Dopo un po' ci riuscì, liberò Katie dalla morsa delle sue braccia, si frugò in tasca in cerca di un fazzolettino di carta. Dopo essersi soffiata il naso, disse a voce bassa: «Fintanto che non ne parlo, va tutto bene». Si schiarì la voce, e riprese: «In questo periodo riesco ad andare avanti abbastanza. È così anche per te?»

«In che senso? Cosa intendi dire?»

«Più di una volta mi è capitato di pensare che ci fosse qualche tragedia nel tuo passato, Katie. E che tu non ne parli perché, a questo modo, riesci a fare una vita relativamente normale. Come sto cercando di fare io.»

Katie si lasciò cadere di schianto nell'altra poltrona.

E al primo momento non rispose. Poi, alla fine, replicò: «Suppongo che sia così. Non sono stata capace di parlare di... di quello che è successo. Non l'ho fatto per anni senza crollare, senza andare a pezzi. Ma ci penso ogni giorno. È qualcosa che non mi lascia mai».

«Capisco. Te la senti di parlarne anche a me?»

21

KATIE rimase seduta in silenzio nella poltrona, cercando di mettere ordine nei propri pensieri, di controllarli in modo da poter parlare coerentemente dell'aggressione di quell'assassino di cui erano rimaste vittime le sue amiche, a Malvern, tanto tempo prima.

Una parte di lei s'inalberava al pensiero di andare a rivangare il passato, di raccontarlo, esprimendo ad alta voce ciò che provava in proposito con Xenia perché, perfino ora, le risultava terribilmente penoso.

Viveva giorno dopo giorno con le memorie di Carly e Denise; erano con lei per sempre, loro. E di solito accadeva nel momento di quiete, appena prima di addormentarsi, oppure quando si svegliava al mattino che le loro facce le apparivano più nette e vivide davanti agli occhi della mente. Non aveva mai dimenticato né loro né quello che era successo ma riferire ogni cosa, a Xenia, sarebbe stato quasi come rivivere tutto di nuovo, da cima a fondo.

Eppure, in un certo senso si sentiva in gabbia, perché Xenia era stata così aperta e sincera con lei parlandole della morte prematura di Tim e Justin. Si rendeva conto che se non si fosse confidata con Xenia raccontandole qualcosa del proprio passato, i loro rapporti ne sarebbero rimasti sicuramente danneggiati, e in modo irreparabile. E quella era l'ultima cosa al mondo che voleva.

Xenia era stata la prima vera amica che si fosse fatta in tutti quegli anni, ed era importante per lei. Sotto molti aspetti aveva colmato il vuoto lasciato da Denise e Carly un vuoto che nessun'altra era mai stata capace di riempire. Diglielo, le bisbigliò una vocina in fondo al cervello. Raccontale ogni cosa. Magari ti aiuterà a liberarti dal peso di questa segreto.

Sporgendosi in avanti, le mani intrecciate, si decise a fare quello che per lei era un cambiamento repentino, un balzo gigantesco nel vuoto, quando disse: «Tutto è accaduto quando avevo diciassette anni». Tacque per un istante, con gli occhi smarriti nel vuoto, poi si riscosse e riportandoli rapidamente su Xenia, soggiunse: «È stato nell'ottobre del 1989, esattamente dieci anni fa».

Xenia annuì, semplicemente. Intuiva che Katie aveva una storia inquietante, una di quelle storie che sconvolgono, quando sono da raccontare, e giudicò più saggio non dire una parola perché c'era il rischio di scoraggiarla e farle passare la voglia di continuare. Ma rabbrividì involontariamente, perché l'intuito le diceva che stava per ascoltare qualcosa di terribile e atroce. Lasciandosi sprofondare nella poltrona, concentrò tutta la sua attenzione sull'amica.

«Quando tu e io ci siamo conosciute, due anni fa, ti ho raccontato che avevo sempre provato il desiderio di fare l'attrice fin da quando ero una bambina. Quello che non ti ho raccontato è che avevo due amiche che nutrivano le stesse ambizioni, Carly Smith e Denise Matthews. Eravamo amiche fin da piccole. Avevamo la stessa età.

Siamo cresciute insieme, abbiamo frequentato la stessa scuola materna, le stesse medie e le superiori, e vivevamo nella stessa zona, nei dintorni della cittadina di Malvern nella parte nordoccidentale del Connecticut. Il nostro progetto era quello di andare a New York appena compiuti i diciotto anni per frequentare l'American Academy of Dramatic Arts, la scuola di recitazione. Dovevamo andare ad abitare con la zia Bridget che a quell'epoca aveva un loft a TriBeCa fino a quando non ci fossimo abituate a una grande città come New York e all'accademia. Poi lei ci avrebbe trovato un appartamento da condividere. Eravamo inseparabili. Lo sapevano tutti, tutti sapevano fino a che punto fosse intima la nostra amicizia.» Katie s'interruppe, esitò.

Xenia l'incitò: «Continua, ti sto ascoltando».

Lentamente, con estrema cura e ponderatezza, riprese la sua storia. Descrisse a Xenia il vecchio granaio e come lo zio di Denise, Ted, avesse dato loro il permesso di usarlo. Parlò degli anni che ci avevano passato a provare le loro parti, e delle rappresentazioni che la scuola organizzava a ogni Natale. Finché arrivò a riferirle gli avvenimenti di quella tragica giornata dell'ottobre del 1989.

Spiegò che, quel giorno, aveva lasciato il granaio in anticipo, era tornata a casa per aiutare la madre, più tardi si era ricordata di aver dimenticato là i libri di scuola nella sacca, e ci era andata di nuovo con il fratello a recuperarli. Poi descrisse a Xenia come avesse trovato il granaio in disordine, che le altre due ragazze non erano più lì e come si fosse messa a cercarle, con Niall.

«La prima che ho visto è stata Carly, in quel bosco, accasciata per terra, la faccia coperta di sangue», disse, con la voce che le tremava più che mai. «Ma poi Niall le ha sentito il polso e ha capito che era viva e io mi sono sentita così felice, così sollevata. Mi ha lasciato con Carly, ed è corso via a cercare Denise.» S'interruppe, respirò a fondo parecchie volte, come se volesse rincuorarsi. «Povera Denise. Era morta, Xenia. Violentata e strangolata.»

«Oh mio Dio!» Adesso Xenia stava fissando Katie con occhi sgranati e pieni di orrore. «Morire per un atto di violenza a questo modo, tutte e due così giovani, con la vita intera ancora davanti. Com'è stato terribile per loro, e per te, Katie.» Scrollò la testa. «E Carly, invece? Lei si è salvata, è viva, vero?»

«Oh sì....»

«E quindi ha potuto riconoscere l'assassino, identificare l'aggressore.»

«No. No, non ha potuto farlo. Carly non ha più ripreso conoscenza. È in coma.»

Per un momento sembrò che Xenia non capisse e, aggrottando le sopracciglia, scoccò a Katie uno sguardo di perplessità. «E non si è più risvegliata? È questo che stai dicendo?»

«Proprio così. Carly è in coma da dieci anni. Ricoverata in un ospedale del Connecticut.» A Katie, adesso, tremavano le labbra; all'improvviso i suoi occhi si erano riempiti di lacrime. Le asciugò con le mani, riacquistò il controllo, e soggiunse: «Ma in un certo modo è come se fosse morta anche lei. Perduta per tutti noi, imprigionata nel coma».

Xenia si abbandonò contro la spalliera della poltrona e rimase ammutolita per qualche istante. Infine mormorò dolcemente, piena di comprensione: «Non so dirti quanto mi dispiace, Katie carissima. Sono terribilmente addolorata che ti sia successo tutto questo. Che cosa straziante da sopportare. Ma la polizia... ha catturato l'assassino?»

«No. È un caso irrisolto. Mac MacDonald, l'investigatore capo della squadra addetta alle indagini più importanti, come i delitti, nella zona di Litchfield, non ha mai chiuso il caso. È ancora aperto, è sempre all'ordine del giorno, perché così lui lo definisce.»

«Quindi, perfino adesso, tu sei sempre in contatto con lui per quello che lo riguarda, vero?»

«Io no, però mio padre e Mac sono andati a scuola insieme. E dal giorno in cui si sono ritrovati, a causa. dell'omicidio, sono diventati amici intimi. Mac è convinto che succederà qualcosa, qualcosa verrà fuori, e che un giorno risolverà il caso. Papà sostiene che, in realtà, quello che lo rode è il fatto di non essere mai riuscito ad arrestare l'assassino a suo tempo, subito dopo.»

«E perché non l'ha arrestato?»

«Perché non sapeva chi fosse. Mac ha raccontato a mio padre che la scena del delitto è stata una delle più brutte che gli fosse mai capitata, senza il minimo indizio. Il medico legale aveva, sì, prelevato campioni di DNA dal corpo di Denise, ma non sono stati di nessuna utilità.»

«E perché mai? Credevo che i campioni di DNA aiutassero a risolvere i delitti.»

«Certo. Ma devi anche avere dei sospettati in modo da poter confrontare il DNA. Se non hai nessun indiziato, tutto quello che ti rimane sono i campioni di DNA prelevati, e basta!»

«Quindi nessuno è mai stato né sospettato né catturato.»

«Precisamente. Secondo papà, Mac ha sempre pensato che si trattasse di qualcuno di nostra conoscenza. Un uomo che molto probabilmente faceva una vita norma-lissima. Almeno in apparenza. Ma un uomo che, in realtà, era uno psicopatico. Un uomo che ci pedinava, ci seguiva di nascosto, ci aveva preso di mira, tutte e tre.»

«Però è riuscito a colpirne soltanto due, e questo è il motivo per il quale hai tutta questa paura.»

Katie non poté far altro che annuire.

Xenia mormorò: «Non c'è da meravigliarsi che tu chiuda sempre a chiave le porte».

«In principio, subito dopo l'assassinio, mi faceva sentire più sicura, e poi è diventata una vera e propria abitudine. Vedi, mio padre e mia madre erano sicuri che ci fosse in giro qualcuno che mi sorvegliava, che aspettava l'occasione giusta per aggredirmi. Sotto un certo punto di vista sono stati molto indecisi sul da farsi. Volevano che rimanessi con loro a Malvern in modo che potessero proteggermi, e sorvegliarmi. E allo stesso tempo volevano mandarmi lontano da casa, da quella zona.»

«Eccome, se lo capisco!» disse Xenia, stringendosi le mani con forza, e sporgendosi verso di lei. «È una reazione più che naturale. Ed è per quello che sei andata a vivere con Bridget a New York?»

«Sì. Ma non ho lasciato subito casa mia. Sono rimasta a Malvern fino ai diciannove anni», spiegò Katie. «Prima di tutto, non ero più sicura di voler fare ancora l'attrice. Non lo sapevo bene, senza Carly e Denise. Non sembrava più la stessa cosa. Pensavo che anche recitare fosse qualcosa che si era sciupato, era stato guastato dalla loro morte. E poi, in un certo senso, la scintilla, quel qualcosa di elettrizzante, per me si era spento per sempre. Mi sentivo in colpa! Perché ero stata io a convincerle ad andare al granaio quel giorno, e me ne ero venuta via prima del solito. Le avevo lasciate sole. Se fossi stata là con loro, forse avremmo potuto lottare con quell'uomo, scacciarlo, ribellarci, e le cose sarebbero andate diversamente.»

«Questo è il classico senso di colpa di chi è sopravvissuto», si azzardò a dire Xenia a mezza voce. «Quanto a questo, io so tutto quello che c'è da sapere, e fin troppo bene! Quella mattina di giugno avrei dovuto andare anch'io ad Harrogate con Tim e Justin ma avevo cambiato idea all'ultimo minuto. Ero rimasta qui ad aiutare Jarvis a mettere ordine in una delle stanze che ci servono da magazzino. Ecco perché io sono viva e loro sono morti. Ho sempre avuto la sensazione che sarei dovuta morire anch'io, sai.» Scrollò la testa. «Ma sono viva.»

Katie fece segno di sì, che la capiva. «Come ti ho detto, l'ispirazione era morta con loro, e ho scoperto che non ero più capace di recitare. Per me era diventato impossibile entrare in scena. Il panico da palcoscenico mi attanagliava. Tremavo da capo a piedi e le gambe non mi reggevano. L'anno dell'assassinio, ho rinunciato a prendere parte alla solita rappresentazione scolastica per Natale. Avrei dovuto recitare il famoso monologo dell'*Amleto*, ma mi sono accorta che non potevo. Era quello che avevo provato e riprovato al granaio il giorno in cui loro sono state aggredite. A ogni modo, credo di essermi ritirata nel mio guscio. Mi ci sono chiusa dentro.»

«E come hai fatto a venirne fuori? Me lo spieghi?»

«A dir la verità, non sono stata io. Ci ha pensato mia madre che ha saputo farmi uscire dall'abisso di disperazione in cui ero piombata. È stata meravigliosa. Ha insistito perché andassi a New York e mi iscrivessi alla scuola di recitazione, ed è venuta con me, a tenermi la mano per confortarmi. È rimasta con Bridget e con me per qualche mese, e a poco a poco ho cominciato a provare piacere a seguire quelle lezioni. Sono perfino stata capace di liberarmi della mia paura.»

«Ma non del tutto?» Xenia inarcò un sopracciglio con aria interrogativa.

«No. A un certo momento mi sembrava perfino di essere diventata una paranoica. Figurati che continuavo a voltare la testa per guardarmi le spalle! Credo che la paura non sia mai scomparsa del tutto. Come l'idea che io ero l'unica a essere scampata a quelle atrocità. Mac è convinto che l'esecutore materiale del reato, come lo chiama lui, possa essersi allontanato dalla nostra zona per evitare una possibile cattura. Voglio credere che Mac abbia ragione. A parte il fatto che New York è una grande città.»

«Indubbiamente lo è, ma tu sei un'attrice, Katie, e sei vista e riconosciuta, sotto le luci della ribalta, quindi...» s'interruppe bruscamente. «Suppongo che non sia necessario dovertelo dire, no?»

«No, è inutile che tu me lo dica. E qualche volta mi preoccupa il fatto di essere là, su un palcoscenico. Un bersaglio, una facile preda.»

«È questo il motivo per il quale hai rifiutato tante parti importanti?»

«In tutta onestà, non credo. Quelle che Melanie mi ha offerto non erano parti adatte a me. Anzi, erano sbagliate, e suo marito Harry era d'accordo con me.»

«Non avrai qualche esitazione ad accettare la parte che ti hanno offerto in *Charlotte e le sue sorelle* per quel motivo, vero. Per paura, intendo?»

«Non penso. In tutta franchezza, non lo so proprio», ammise Katie rattristata. Si alzò, si avvicinò all'alta finestra, e guardò fuori. Ma era buio, e non riuscì a vedere quasi niente del giardino.

Il cielo che sembrava di velluto nero era tempestato di stelle fulgenti, come di cristallo, e lassù in un angolo s'intravedeva una falce di luna. Era un cielo amico, benevolo.

Voltandosi, tornando alla sua poltrona, Katie continuò: «Quello che è successo dieci anni fa ha segnato realmente la mia vita, Xenia, mi ha cambiato tanto! E mi ha reso anche un po' paranoica, lo confesso, e perfino impaurita. Per un certo periodo di tempo mi ha allontanato dal teatro, togliendomi la voglia di recitare. E dagli uomini. Ma nonostante tutto sono tornata al teatro. E ti garantisco che ottengo grandissime soddisfazioni, recitando».

«Però sei ancora molto diffidente per quello che riguarda gli uomini, l'ho capito.»

Katie fece segno di sì, e tacque.

«Spero che non ti dispiaccia quello che ti dico adesso, ma Grant Miller non fa per te. So che è uno splendido attore, ma... insomma, non è alla tua altezza, non ti merita.»

«Oh lo so. Ed è finita, almeno per quel che mi riguarda.»

«E Grant lo sa?»

«Ho cercato di dirglielo, e credo di averglielo dimostrato molto chiaramente quando è venuto a Londra sei mesi fa. Spero che abbia afferrato il concetto, che gli sia rimasto ben impresso e che, se ritorno a New York, non ricomincerà ad assillarmi.»

«Io spero proprio che tu accetti questa parte. Sarebbe proprio quello che ci vuole per te, servirebbe a lanciarti. Lo sento, Katie, qui dentro, nel profondo... Chiamalo istinto viscerale.»

«Voglio recitare in quella commedia, Xenia, se riesco

a entrare nella parte, a impadronirmi, del personaggio di Emily», confessò lei. «Perché voglio avere successo. Non soltanto per me, ma per loro. Per Carly e Denise. Desideravano tanto diventare attrici. Così adesso io desidero farlo per loro, e per me stessa. Capisci quello che voglio dire?»

«Certamente, e ti giudico molto coraggiosa.»

22

In quella fredda mattinata di venerdì Katie contemplava la facciata principale della casa in fondo al viale alberato, ammirandone la maestosa bellezza. Per quanto non fosse un'esperta di architettura come suo padre, sapeva riconoscere facilmente Burton Leyburn Hall come un esempio spettacolare del tardo stile elisabettiano.

Era costruita nella pietra grigio chiaro predominante nello Yorkshire, e si armonizzava molto bene con il paesaggio. L'orlo del tetto era merlato, e l'edificio era un'incantevole combinazione di bovindi e alcove, frontoni e bastioni, alti comignoli e innumerevoli finestre adorne di colonnine divisorie, tutte dalla struttura elegante e slanciata, tutte con i vetri lucenti sotto la luce del sole.

Quando era arrivata, il pomeriggio del giorno prima, la casa aveva avuto un aspetto misterioso nella luce sempre più fievole del tramonto, offuscata da una leggera nebbiolina. Ma nelle prime ore del mattino, sembrava esattamente l'opposto. Solida e incrollabile, fatta per durare, ecco le parole che affiorarono immediatamente nel cervello di Katie. Ed era stata costruita per durare, inattaccabile dagli eventi, a compiere il suo dovere per quattrocento anni.

Tornando verso la casa e svoltando per raggiungerne il lato sud, si trovò di fronte a una spaziosa terrazza con una balaustra. Il parapetto e la balaustrata erano interrotti al centro da una rampa di gradoni in pietra che scendevano fino al parterre, alle aiuole e ai vialetti di quella parte ornamentale e fiorita del giardino il cui disegno formava motivi elaborati di una notevole eleganza.

Quasi quattro metri al di là del parterre cominciavano i prati con le loro distese verdeggianti che si prolungavano fino al grazioso laghetto appena visibile in distanza. Sui due lati dei prati si ergevano folti boschi di alberi imponenti con tronchi massicci e grandi rami fronzuti che offrivano riparo alle aiuole, e ombra in estate.

Ancora una volta Katie sperimentò quella sensazione di immutabilità, di qualcosa che era senza e fuori del tempo. Questa casa antica, questa ricca proprietà terriera offerta alla famiglia Leyburn dalla regina Tudor, era segnata dalla storia. Non poté fare a meno di chiedersi cosa avesse compiuto Robert Leyburn per Elisabetta perché lei lo favorisse con un dono tanto sontuoso. Si disse che doveva ricordarsi di domandarlo a Verity.

Visto che non erano ancora le otto, l'ora in cui la prima colazione cominciava a essere servita, Katie decise di scendere fino al laghetto. E mentre camminava ripensò a Xenia e alla loro conversazione della sera prima. Era contenta che si fossero scambiate quelle confidenze; sentiva che le aveva avvicinate. Senza saperlo, sia l'una sia l'altra avevano avuto un'esperienza traumatica nella loro vita. E adesso che se le erano raccontate si capivano meglio. O almeno così credeva. La considerava una nuova complicità.

Non era andata molto lontano, quando si sentì chiamare. Voltandosi, facendosi ombra con la mano, guardò verso il sentiero e vide Xenia che stava avvicinandosi a lunghe falcate, quasi di corsa.

Indossava una tuta grigia e portava scarpe da jogging, i capelli castani legati sulla nuca. Quando si fermò grondava di sudore ed era senza fiato. Si tolse la salvietta che portava buttata intorno al collo, si asciugò la faccia e cercò di dire qualcosa, ma senza successo.

«Ehi, calmati, non parlare per un minuto», la fermò Katie accorgendosi fino a che punto fosse provata dalla fatica e dalla corsa.

Dopo qualche attimo, quando riprese a respirare regolarmente disse: «Avevo deciso di fare un po' di jogging lungo il viale davanti a casa ma mi ero dimenticata quanto è lungo». Si appoggiò a un albero respirando a fondo più di una volta. «Lo si può spiegare con quello, o con il fatto che sono fuori esercizio. Stavo tornando verso casa quando ho incontrato Pell, il giardiniere. Mi ha detto che ti aveva visto avviarti da questa parte, e così ho immaginato che tu scendessi fino al lago».

«Ma io non ho né visto né incontrato nessuno», si meravigliò Katie.

«Oh, è logico.» Le rivolse il sorriso di chi la sa lunga. «Pell gira per il giardino quatto quatto, sbrigando i suoi vari lavori ma, quando vuole riesce a essere invisibile. Ti spiace se passeggio con te per un po'? Poi rientriamo e facciamo colazione insieme alle otto. Ho la sensazione che Anya e Jarvis abbiano voluto prepararti un autentico banchetto. Tutto quanto c'è di possibile e immaginabile per offrirti un'autentica prima colazione dello Yorkshire, in perfetto stile campagnolo.»

«Perfetto, devo ammettere che ho una fame! E confesso che mi piacerebbe provare qualcuno dei piatti locali. Anch'io mi sono alzata presto; così mi sono vestita e sono scesa. Volevo vedere la facciata della casa.»

«È splendida, non trovi?»

«Fantastica, Xenia! Adoro la pietra grigia. È quella locale, o sbaglio?»

«Sì. Ho i miei dubbi che tu possa mai vedere una casa di una certa importanza, o una residenza di un certo tono, costruita in mattoni rossi... qui nello Yorkshire... Che Dio ce ne scampi!»

Continuarono a camminare per un po' nel silenzio di chi si trova a proprio agio nella compagnia altrui, ma appena poco prima che arrivassero al laghetto, Xenia disse: «Senti, Katie, mi sto domandando se faccio la cosa giusta, accompagnandoti a Haworth domani, imponendoti a forza la conoscenza delle Brontë».

«Si può sapere dove vuoi andare a parare?»

«Se vuoi che ti dica la verità non so se faccio bene a spingerti ad accettare la parte di Emily, probabilmente ti spingo anche nel pericolo.»

Fermandosi di botto, Katie si voltò a fissare l'amica con gli occhi sgranati. Quando si decise a parlare, rispose semplicemente: «So a che cosa alludi ma, no, non mi stai spingendo in nessun pericolo. Niente del genere. L'aggressione a Carly e Denise è accaduta dieci anni fa. Un tempo molto lungo. E in questi ultimi quattro anni, lasciata la scuola di recitazione, prima di venire in Inghilterra ho recitato spesso in teatro. D'accordo, lo so che erano solo piccole sale off-Broadway e non proprio nei grandi teatri di Broadway, ma sono stata spesso sul palcoscenico, e ben in vista, credimi! E nessuno mi ha preso come bersaglio. Non ancora. Io sono d'accordo con Mac MacDonald e accetto la sua ipotesi che l'assassino abbia lasciato la East Coast poco dopo aver aggredito Carly e ucciso Denise».

«E perché il poliziotto la pensa così?»

«Secondo papà, Mac è sempre stato convinto che l'assassino abbia avuto paura di tradirsi e di rivelare quel che aveva fatto alla famiglia e agli amici, se fosse rimasto a Malvern o nella nostra zona, in una delle altre piccole città, come Kent o Cornwall Bridge.»

«Potrebbe anche essere andato a New York», le fece notare.

«Verissimo. Potrebbe essere ovunque. Ascolta, una volta presa la decisione di ricominciare a recitare, mi sono resa conto che un giorno mi sarei guadagnata da vivere su un palcoscenico e quindi, per così dire, sarei stata ampiamente alla vista di tutti. Così ho respirato a fondo e poi... via con la mia vita! Ho tentato con moltissimo impegno di smettere di fare la paranoica, di non continuare a voltarmi a guardarmi le spalle. Ho anche cercato di accantonare la paura.»

«Io trovo che, date le circostanze, ti sei comportata in un modo meraviglioso.» Xenia scrutò con occhi penetranti l'amica; aveva un'espressione piena di premura e di affetto.

Katie scoppiò a ridere. «So quello che stai pensando, che però non so resistere alla tentazione di chiudere a chiave le porte, vero?»

Xenia rise con lei, e le infilò la mano sotto il braccio mentre continuavano a camminare a passo lento e regolare. «È difficile liberarsi delle vecchie abitudini, forse. Se tu sapessi, Katie, come sono felice della nostra amicizia. È un conforto avere un'amica come te.»

«È quello che provo anch'io.»

«Dopo aver sposato Tim quando avevo diciott'anni

mi sono dedicata completamente a lui e a questa casa che era una parte tanto importante della sua vita. Mandava avanti la proprietà con il padre. Poi sono stata tutta presa dalla nascita di Justin. Era inevitabile che perdessi i contatti con le compagne di scuola. E alla fine mi sono trovata completamente sola.» E la voce di Xenia si spense.

Katie preferì non dire niente, perché non le era sfuggita la vena di tristezza che ci si era insinuata.

Ma dopo un momento riprese: «Le mie ragioni di essere, di vivere, erano scomparse, mi erano state strappate via, così, in un baleno». Fece schioccare pollice e indice. «La morte ha qualcosa di talmente definitivo.» Respirò a fondo. «Bene, così mi sono ritrovata tutta sola. L'unica persona che avevo era Verity. Mi sono chiusa qui per anni, a leccarmi le ferite come un cane malato. E a cercare d'impedirmi di diventare completamente pazza. Ma sono stati cinque anni abbastanza lunghi, adesso che provo a guardarmi indietro.»

«Capisco», rispose Katie a voce bassa, piena di comprensione. «Le circostanze dalle quali è scaturito il mio dolore sono molto diverse dalle tue ma, per due anni, anch'io ho vissuto praticamente come una reclusa. Che cosa ti ha spinto finalmente a lasciare questa casa per andare a Londra?»

«Effettivamente, è stata Verity. Era tornata a vivere qui dopo il suo divorzio da Geoffrey, che ormai risale a quasi quindici anni fa. Stephen, suo figlio, era in collegio e, in ogni caso, lei non aveva nessun altro posto dove andare. E questa, in fondo, era la casa dell'infanzia. Suo padre, il conte, l'aveva invitata a vivere qui con noi, e io ero felice di avere la sua compagnia, e anche Tim. Adorava mio figlio. Una volta che Tim e Justin non ci sono stati più, io mi sono letteralmente aggrappata a Verity. Era tutto quello che avevo. Il conte era rimasto annientato dalla morte di Tim e pressappoco in quell'epoca aveva cominciato a passare mesi e mesi nel Sud della Francia. Ha un'amica con un bellissimo château ed è quasi sempre là ormai. Ma, tornando a Verity, un giorno ha deciso di buttarmi fuori. Per il mio stesso bene.»

Fece una pausa, scrollò la testa e scoppiò in una risatina sommessa come se volesse prendersi in giro. «Io ero talmente riluttante a lasciare questo posto! Però l'aiutavo con i suoi cataloghi, e lei ha detto che dovevo andare a Londra e frequentare le mostre di regali, pensare io stessa a fare gli acquisti che le interessavano. Tutto sommato, è stato un buon pretesto. Era persuasa che dovessi andare lontano da Burton Leyburn e dai ricordi, specialmente quelli dolorosi. Esattamente come mio suocero. Povero zio Thomas, perdere Tim e Justin lo aveva fatto invecchiare moltissimo!»

«Il conte è veramente tuo zio?»

«In realtà, no. È mio suocero. Ma mia madre e lui sono sempre stati molto uniti e io mi ero abituata a chiamarlo 'zio Thomas' fin da bambina.»

«Non torna mai nello Yorkshire? Per venire a vedere la sua proprietà?»

«Sì, d'estate. Non è un uomo che gode di ottima salute e il clima del Sud della Francia d'inverno è più mite e più adatto a lui. E Véronique, che sarebbe la sua amica, gli è molto devota e si dedica a lui completamente.»

«Così sei andata a Londra e hai cominciato a comperare oggetti per i cataloghi di Verity. Ma quando ti è venuta l'idea di creare la tua società di servizi, se vogliamo chiamarla così?» Si azzardò a domandare.

«Quando Verity ha voluto che me ne andassi, al primo momento sono rimasta addolorata e anche offesa, ma non sono stupida e ho capito quali fossero le sue vere intenzioni. Così ho fatto quel che lei suggeriva. Avevo la casa in Farm Street, ed è diventata la mia base. E anche la sua, in quanto doveva venire in città per affari molto di frequente. La casa apparteneva a Tim. L'aveva ereditata alla morte della madre, e io l'ho ereditata a mia volta da lui. Comunque, lavoravo a quei cataloghi e, di tanto in tanto, venivo qui a Burton Leyburn per il fine settimana. Poi un giorno ho avuto una folgorazione: l'idea di organizzare ricevimenti, feste ed eventi. Mi sono messa in contatto con Alan Pearson che viveva a New York e aveva una società simile, e si occupava di organizzare congressi. L'idea di pianificare feste e ricevimenti di lusso, tutti eventi più di fantasia, naturalmente, gli è subito piaciuta. Eravamo vecchi amici di famiglia, Alan era stato a scuola con Tim, e così siamo diventati soci. Ormai ci stavamo già dedicando da un anno a quel lavoro quando ti ho conosciuto alla cena organizzata da Bridget per il compleanno di Alan.»

Xenia ricominciò a camminare, e Katie fece una corsettina per rimanere al passo con lei. Poi disse: «Hai già accennato altre volte ai cataloghi di Verity, ma senza mai entrare in particolari. Cosa vende?»

«Ogni genere di cose. Verity ha creato quei cataloghi di vendita per corrispondenza all'incirca da un decennio, ma è stato soltanto in questi ultimi anni che sono diventati un grande successo. Grazie a Dio, rendono benissimo. È stata molto abile e intelligente nella scelta degli articoli da vendere, e a come presentarli. Ecco il trucco.»

«Ma si può sapere cosa vende veramente?»

«Ecco, vediamo un po', ha un catalogo *Cose comode e piacevoli per la casa da Burton Leyburn Hall*, che propone ogni genere di candele profumate, candele di cera

221

d'api, cuscini, portafiori, biancheria, pantofole di pelle di montone, e altri oggetti di genere domestico, per così dire. Poi ce n'è un altro, *Il Bagno di Lady Verity*, e quella è tutta una linea di shampoo e gel per il bagno, potpourri, sacchettini profumati, lozioni per il corpo, saponi. Il terzo è *La Cucina di Lady Verity,* e offre miele, conserve di frutta, gelatine, sottaceti, erbe essiccate, e le confezioni sono preparate qui. Sostanzialmente vende articoli che non rischiano di guastarsi, che hanno lunga durata.»

«Ma è una bella impresa», esclamò Katie, senza nascondere fino a che punto fosse colpita.

«Sì, infatti. Tutti lavorano per i cataloghi, inclusa me. E ancora oggi continuo a occuparmi di comprare una certa parte di questi articoli per Verity. Mi diverte. In realtà, la nostra è una piccola industria locale.»

«Con questo vuoi dire che tutti in casa lavorano per i cataloghi? O anche gli abitanti del villaggio?»

«L'uno e l'altro. Verity, zitta zitta, senza farlo mai notare, è diventata influente nella zona. Adesso ha alle sue dipendenze un buon numero delle donne che abitano nei dintorni, che sono ben felici di guadagnare un po' di soldi extra che tengono per sé e non sono così costrette a versare nella cassa di famiglia, ma si serve anche di Lavinia, Anya, Barry Thwaites, che è sposato con Anya e manda avanti la fattoria annessa alla proprietà, Pell e Jarvis, naturalmente.»

«Credevo che Jarvis fosse il maggiordomo.»

«Infatti, anche se oggi Verity lo chiama il suo factotum. Credo che lo definisca così perché ormai si occupa un po' di tutto. E poi lo ha nella manica, è il suo beniamino. Vive a Burton Leyburn da non so più quanti anni e adora la proprietà di famiglia quanto lei. Vedi, Katie, tutti i soldi che si ricavano dai cataloghi vengono adoperati per il mantenimento di questo posto. Ecco perché Verity e io, d'estate, apriamo la casa e i giardini al pubblico. La quota d'ammissione contribuisce a pagare per la manutenzione del parco e della proprietà. E poi c'è il negozio, che rende bene anche quello, dove vendiamo tutti i prodotti che ci sono nei cataloghi.»

Katie non disse niente per uno o due minuti. Poi fece segno di sì. «Non ci avevo pensato ma immagino che una grande casa come questa, una proprietà terriera così estesa, e il parco e i giardini costino un mucchio di soldi per essere mantenuti in efficienza.»

«Sono spese che tagliano le gambe, tesoro. E il patrimonio di famiglia che abbiamo ereditato non è molto sostanzioso. Ecco perché sono tutti così felici per il successo di Verity. Non so cosa faremmo senza i tre cataloghi. Immagino che il conte sarebbe stato costretto già da un po' a offrire la proprietà al National Trust e nessuno di noi ne sarebbe stato contento perché non avremmo più potuto vivere qui. La casa sarebbe diventata un museo.»

«Già», mormorò Katie, riflettendo che niente era mai come sembrava.

«Noi lo chiamiamo lago, ma in realtà è uno stagno», disse Xenia indicando lo specchio d'acqua. «C'è una fontana nel mezzo, ma la mettiamo in funzione soltanto in primavera e in estate».

«È un posto incantevole, e il lago in una posizione talmente perfetta che sembra quasi galleggiare a filo dell'orizzonte, e nel cielo.» Katie socchiuse gli occhi perché era controluce e continuò: «Immagino che sia anche un paradiso per la fauna selvatica. Ho visto, sull'altra sponda, un gran numero di uccelli acquatici».

«Sì, ed è uno dei motivi per i quali a me piace moltissimo scendere fin qui, al laghetto. Sono talmente tante le specie di uccelli che sia pure solo per poco si fermano intorno a questo specchio d'acqua! Figurati che ci capita spesso di veder volare qua intorno i gabbiani anche se il Mare del Nord non è poi così vicino, sai?»

«Chi è stato a creare il laghetto?»

«I Leyburn del diciottesimo secolo hanno creato quelli che sono conosciuti qui da noi come i 'giardini di piacere'. Adam Leyburn e suo figlio Charles, in particolare, avevano l'energia, la genialità e la fantasia, nonché i soldi, per farlo, senza menzionare anche il tempo! Tutto il parco ha l'aspetto che vedi oggi per merito loro e della loro grandiosa visione che hanno saputo mettere in pratica. Per mezzo di una serie di dighe hanno creato sbarramenti, laghetti, tratti dritti e a forma di canale, e stagni ornamentali. Lo zio Thomas ha sempre detto che il parco è un trionfo dell'architettura romantica di paesaggio del diciottesimo secolo, e ha ragione.»

«Avete molti visitatori?»

«Oh sì, direi proprio di sì. C'è gente che arriva da tutto il paese e dall'Europa per ammirare i giardini e il parco. E ti posso garantire che ci sono alcune cose veramente spettacolari da vedere. Il viale dei rododendri è un'autentica gioia, d'estate; e poi ci sono panorami e viste a sorpresa, e chi viene qui rimane incantato dal parco dei cervi e dagli animali. C'è qualcuno che lo chiama il parco dei Bambi.»

«E non vi dà fastidio aprire la casa al pubblico?»

«No, per niente. Prima di tutto è una necessità. Te lo dico in tutta sincerità, i soldi che ricaviamo dai biglietti d'ingresso e dalle guide che quasi tutti comprano sono una necessità assoluta. E secondariamente trovo una bella cosa che altri possano godere della bellezza di Burton Leyburn, ammirare i parterre, passeggiare per il parco, e visitare i 'giardini di piacere' giù nella valle. Fra l'altro, hanno anche la possibilità di vedere e apprezzare i tesori che ci sono in casa.»

Katie annuì rimanendo in silenzio. Era sempre partita dal presupposto, anzi aveva addirittura creduto, che Xenia fosse una ricca giovane donna, in quanto sembrava che da lei irradiassero opulenza e benessere. Ma la verità, a volte, può essere diversa, come stava cominciando a capire.

Xenia si scostò d'un tratto dalla riva del laghetto ornamentale e prese Katie per un braccio. «Su, vieni; torniamo a casa. Non so tu, ma io ho una fame da lupi, ti assicuro.»

«Sì, anch'io.»

23

DIECI minuti più tardi Xenia stava facendo entrare Katie nel vestibolo padronale e la precedeva verso il giardino d'inverno. «Come ti dicevo, la colazione viene servita qui.» Spalancò la porta, soggiungendo: «Scendo fra pochi minuti, dopo aver fatto una doccia ed essermi cambiata. Non aspettarmi. Comincia a mangiare».

«Grazie, è quello che farò», rispose Katie entrando nella stanza. Notò che le pareti erano di un delicato verde lime, e qualcuno, probabilmente Lavinia ci aveva dipinto sopra eleganti alberi tropicali. E gli alberi erano pieni di uccelli coloratissimi. I bellissimi pannelli contribuivano a dare al locale un aspetto tridimensionale. Piante colmavano il vano delle finestre ed erano anche disposte su un lungo tavolo contro una parete laterale... e questo spiegava il nome della stanza.

«Eccoti qua, Katie!» esclamò Lavinia dopo un attimo mentre entrava da una porta girevole. «Non è ancora sceso nessuno», e poi aggiunse qualcosa che suonò incomprensibile a Katie.

«Buongiorno, Lavinia. Xenia è già scesa. O meglio: è

uscita a fare un po' di jogging, e poi una camminata con me. Adesso è andata a farsi una doccia e a cambiarsi.»

«Peccato! Se avessi saputo che aveva intenzione di correre, sarei andata con lei. E sarei anche venuta a passeggiare con voi due, sempre che mi aveste lasciata venire.»

«Certo che ti avremmo lasciata venire. Ehi, cosa volevi dire con quella parola strana?»

«Qui da noi significa starsene a letto al calduccio. Lo dicevano i nostri vecchi, nello Yorkshire. Jarvis mi ha raccontato che qualcuno dei nostri modi di dire discende addirittura dal linguaggio dei Vichinghi che hanno invaso il nord dell'Inghilterra secoli fa. Ecco perché qui da noi ci sono tanti biondi con gli occhi verdi o azzurri. Lo sapevi? A ogni modo, l'esperto è Jarvis.»

«E di che cosa sarei l'esperto?» domandò lui dalla porta.

«Di dialetto dello Yorkshire, e di antichi modi di dire.» Lavinia si voltò di scatto a sorridergli. «Ti presento Katie Byrne. Viene dall'America.»

Lui inclinò la testa. «Buongiorno, signorina.»

«Buongiorno, Jarvis», rispose Katie, e lo trovò subito simpatico, con quell'aria aperta e schietta, i capelli d'argento e la faccia segnata di chi è abituato a stare all'aperto, esposto alle intemperie. Era snello e di altezza media, e di età si sarebbe detto sulla sessantina, o forse un poco di più. Come conveniva a un domestico della sua posizione in un casa di quel livello, indossava i pantaloni grigi rigati, la giacca nera, la camicia bianca e la cravatta grigia che costituivano la livrea abituale del perfetto maggiordomo anglosassone.

«Cosa preferisce, signorina Byrne, succo d'arancia o di pompelmo? È stato spremuto adesso adesso.»

«Niente succhi, grazie, Jarvis.»

«Tè, o caffè, signorina?»

«Caffè, per favore.»

Jarvis annuì e si avviò alla credenza dove erano posati i piatti da portata d'argento, con relativo coperchio, una caffettiera elettrica e una grossa teiera sotto un copriteiera imbottito.

Lavinia si alzò e andò a raggiungerlo alla credenza. «Mi piacerebbe qualcosa di caldo, stamattina, Jarvis. Cosa mi raccomandi?»

«A te piace tutto quello che c'è qui, Lavinia. Ci sono sanguinaccio fritto, pomodori alla griglia, salsicce di maiale, bacon, uova strapazzate, e i tuoi due piatti preferiti, aringhe e merluzzo affumicati. E poi tua madre ha fatto tostare anche un po' di *pikelet*.»

«Oh fantastico, dobbiamo proprio essere orgogliosi della mamma!» Intanto Lavinia sollevava il coperchio dei vari piatti, occhieggiandoci dentro.

«Cos'è il sanguinaccio?» domandò Katie, guardando Jarvis attraverso la tavola.

«È una prelibatezza dello Yorkshire», spiegò. «Una salsiccia di sangue, preparata dal macellaio di Ripon. Può essere mangiato freddo ma Anya, di solito, lo affetta e lo frigge con le patate, tagliate a fettine sottili. Gradisce provarlo?»

«Non credo», rispose. «Ma grazie ugualmente. Preferirei una salsiccia, o un po' di pancetta, e magari un pomodoro alla griglia. E toast. Grazie.»

Jarvis prese la caffettiera e riempì una tazza, poi gliela portò a tavola. Lei lo ringraziò di nuovo.

«Prendi un po' di questo pesce affumicato, Katie», le propose Lavinia. «Lo conosci?»

«Non proprio.»

«È della stessa famiglia del merluzzo, e gli somiglia

molto come sapore. Viene dalla Scozia.» Lavinia ne mise un pezzo su un piatto e glielo portò da vedere. «Guarda, è giallo chiaro per via dell'affumicatura. Mia madre lo cuoce in un po' di latte e poi lo serve con un ricciolo di burro, e guarnito con un po' di prezzemolo tritato. Ti piacerebbe assaggiarlo?»

Katie fece segno di no con la testa. «Grazie, ma veramente no. Invece puoi spiegarmi che cos'è un pikelet tostato.»

«È una specie di focaccina rotonda tutta a bucherellini sulla superficie, e quando viene tostato e imburrato è squisito».

«C'è anche chi lo chiama crostino», continuò Jarvis mentre si avvicinava alla tavola con il piatto per Katie.

«Grazie.»

«Se non sbaglio, Lavinia vuole mostrarle i suoi quadri dopo colazione, signorina Byrne. Ha talento», mormorò Jarvis, senza nascondere l'orgoglio che provava.

Lavinia gli rivolse uno sguardo raggiante.

«Ne sono sicura, Jarvis.» Guardandola le dava l'impressione che fosse appena uscita dritta dritta dagli anni Sessanta, perché si era messa una camicia scozzese rossa, i blue jeans, calze bianche e mocassini. Si era legata un foulard di seta bianca al collo e portava due grandi anelli d'oro, come orecchini.

D'impulso, prima di riuscire a impedirselo, Katie esclamò: «Hai un'aria molto da Audrey Hepburn stamattina, Lavinia».

Lavinia sorrise, visibilmente compiaciuta, pavoneggiandosi un po'.

Jarvis disse: «Oh per favore, signorina Byrne, non glielo dica. Le dà sempre alla testa quando qualcuno nota la somiglianza, cosa che sembra abbastanza frequente di questi tempi».

«'Giorno, Jarvis», salutò Xenia dalla porta. Si era cambiata e adesso portava un paio di pantaloni beige e due gemelli di un bel giallo acceso, aveva l'aria fresca, da ragazzina, il bel viso pulito e i capelli legati sulla nuca con un fiocco di seta nera.

«Buongiorno, signorina Xenia», rispose Jarvis. «Cosa gradisce stamane?»

«Un toast, per favore, Jarvis, una salsiccia e tè, naturalmente. Grazie.»

Rivolgendosi a Katie, Xenia continuò: «Devo spicciarmi. Verity è già nel suo ufficio, e il ragioniere arriverà fra pochi minuti. A quel che sembra, sarò impegnata con loro tutta la mattina. Spero che saprai cavartela.»

«Ma, certo. Non preoccuparti per me.»

«Lavinia si occuperà di te, vero, tesorino?»

«Mostrerò a Katie i miei quadri e possiamo andare a spasso. C'è talmente tanto da fare, qui.» Lavinia si rivolse a Katie e le domandò: «Cavalchi?»

«No, purtroppo. Con i cavalli, sono un po' timida.»

«Abbiamo Jess, un'adorabile vecchia giumenta che dovresti proprio provare! È molto docile e fa subito amicizia.»

Katie si limitò a sorridere.

«Su, Lavinia, non assillare Katie, perché è chiaro che non ha alcuna voglia di andare a cavallo».

Jarvis le interruppe. «Lavinia, vuoi fare tu gli onori di casae aiutare la signorina Byrne a servirsi di qualsiasi altra cosa desidera?» Rivolgendosi a Xenia soggiunse: «Devo andare alla rimessa per gli imballi, arriva una squadra dal villaggio fra pochi minuti. Quattro ragazzi, che ci aiuteranno a fare i pacchi. Così se vuole scusarmi, signorina Xenia...»

«Nessun problema, Jarvis. E anch'io, fra un minuto, devo andarmene.» Parlando, buttò giù l'ultimo sorso di tè e si alzò in piedi. «Ci vediamo dopo», disse con una strizzatina affettuosa alla spalla di Katie prima di avviarsi precipitosamente alla porta.

Se ne andò anche Jarvis e Lavinia riempì di nuovo di caffè la tazza di Katie; un minuto più tardi la porta girevole si apriva, e entrava Anya.

«Oh Katie, non hai ancora conosciuto mia madre!» esclamò Lavinia, alzandosi di scatto.

«Mamma, questa è la signorina Byrne e viene da New York.»

Anya si fece avanti, la mano tesa, la faccia che s'illuminava tutta di un sorriso. «Buongiorno, signorina Byrne. Spero che abbia gradito la colazione.»

«Buongiorno a lei, e sì, certo che l'ho gradita, era squisita», rispose Katie, alzandosi in piedi e stringendole la mano.

Anya andò alla credenza e cominciò a guardare nei piatti. «Quanta roba è avanzata», borbottò tra sé e sé. «Oh be', non importa. Pell e Jamie sono sempre pronti a fare uno spuntino, con quella fame che hanno, e Pomeroy è appena venuto in cucina per il suo panino mattutino. Qui c'è cibo in abbondanza e avanzerà qualcosa, anche. Oh povera me, ho cucinato troppo di nuovo.»

«Non ti preoccupare, mamma, Jarvis ci ha detto che c'è una squadra in arrivo dal villaggio, incaricata di fare i pacchi. Se gliene offri l'opportunità, faranno man bassa di quello che resta della colazione.»

«Sì, è una buona idea; preparerò dei panini.» Anya si voltò di scatto, dicendo: «Non sopporto che vada sprecato il cibo, quando c'è metà del mondo che muore di fame!»

«Capisco cosa vuole dire», annuì Katie pienamente d'accordo.

«Adesso devo scappare», si congedò Anya. «Sono nel bel mezzo dei preparativi della verdura per il pranzo.» E intanto, mentre parlava, prendeva due dei piatti caldi e li portava fuori.

Quando rimasero sole, Katie disse: «Tua madre deve aver vissuto qui molto a lungo. In Inghilterra, voglio dire».

«Sì, infatti, ma perché lo dici, Katie?»

«Il suo inglese è perfetto.»

«Oh, ma lei è venuta qui da bambina. A Londra. È nata a Parigi. Vedi, i miei nonni erano russi ma vivevano in Francia. Poi si sono trasferiti in Inghilterra. Mia madre ha sposato un uomo dello Yorkshire, David Keene, originario di Burton Leyburn. È stato lui a portarla a vivere al villaggio venticinque anni fa. Io sono nata qui, sai. Mio padre è morto a soli trent'anni di un attacco di cuore. Io ne avevo appena tre.»

«Mi dispiace. Era molto giovane. Deve essere stato terribile per te e per tua madre.»

«Sì, ma la mamma è forte. È una persona che lotta per la sopravvivenza; così, almeno si definisce lei. Sono diciannove anni che lavora qui, a Burton Leyburn Hall. E le piace moltissimo, adora cucinare. È convinta che quello sia il segreto del suo successo, amare quello che fa, aver voglia di preparare cibi squisiti perché gli altri li mangino. È importante amare il proprio lavoro, non trovi?»

Katie fece segno di sì. «Certo che lo è, Lavinia. Io amo recitare, l'ho sempre amato, e so che Xenia ama organizzare quelle manifestazioni, preparare quei suoi splendidi ricevimenti.»

«Sì, so bene anch'io che ama il suo lavoro; anzi mi ha chiesto di disegnarle qualche interno, durante questo fine settimana, del Palazzo d'Inverno di San Pietroburgo all'inizio del secolo. Sono per una festa che organizzerà a New York per la fin d'anno. Sarò felice di farle quegli schizzi.»

«E tu sai che aspetto aveva il Palazzo d'Inverno all'epoca degli zar?»

«Oh, certo, in biblioteca abbiamo tanti libri illustrati, veramente fantastici. Sono di Xenia; glieli aveva regalati suo padre.» Sorrise e si alzò. «È un ottimo materiale di ricerca. A ogni modo, vogliamo andare, Katie? Ho fatto tirar fuori, ed è lì che ci aspetta nel cortile delle scuderie, il vecchio break, che si adoperava per la caccia.»

Anche Katie si alzò; diede un'occhiata ai pantaloni di lana color avena e al maglione da pescatore che indossava. «Sono sicura di non aver bisogno di un cappotto. Non l'avevo messo neanche prima.»

«Oh no, fra l'altro sta diventando sempre più caldo. Anche se Pell ha detto che dovevamo aspettarci un'ondata di freddo. Ma gli capita spesso di sbagliarsi.»

Il break per la caccia risultò l'equivalente inglese della station wagon americana, ed era piuttosto vecchio e malconcio. Ma con Lavinia al volante partì a razzo per la strada sterrata, comportandosi come una macchina sportiva moderna.

«Il granaio non è lontano, poco oltre il bosco», spiegò Lavinia manovrando con abilità il vecchio macinino mentre risaliva quella pista segnata da carreggiate profonde. «Vicino alla fattoria. È lì che abitiamo. La manda avanti papà, be', veramente è il mio patrigno, ma mi ha sempre trattato come se fossi una figlia. E si occupa molto bene della mamma e di me, mi ha mandato al College of Art di Leeds.»

«Oh, così tu hai studiato qui, non a Londra.»

«Precisamente. È una buona scuola e, comunque, io non avevo voglia di andare a vivere a Londra. Mi piace qui.»

«E non c'è da meravigliarsene. Lo Yorkshire è bellissimo e Burton Leyburn Hall è qualcosa di particolare, completamente fuori dal mondo in cui viviamo.»

«Grazie a Verity! È lei che riesce a mandare avanti tutto senza incagli, che dirige ogni cosa benissimo. Papà sostiene che è una gran brava amministratrice, sul serio.»

«Si capisce subito che è anche molto intraprendente.»

«Oh, sì, e una donna d'affari abile e intelligente», le scoccò una rapida occhiata poi riportò subito gli occhi sulla strada. «Il conte è stato... diciamo che ha rinunciato a tutto quando Tim e Justin sono rimasti uccisi. Suo figlio ed erede, suo nipote, tutti e due scomparsi, spazzati via per sempre, in un batter d'occhio. È stato uno choc tremendo. La mamma sostiene che non si è più ripreso, ed è per questo che trova difficile vivere qui, adesso.»

«Capisco», mormorò con voce quieta, immaginando il dolore schiacciante del conte. «E adesso chi erediterà il titolo e la tenuta?»

«Il figlio di Verity, Stephen. Quando suo nonno morirà, Stephen diventerà il conte di Burton Leyburn; attualmente sta studiando a Cambridge.»

«Oh.» Katie si appoggiò al sedile di cuoio logoro, pensando alla disperazione della famiglia. Era così difficile scendere a patti con una morte improvvisa e inaspettata, e accettarla, specialmente quando era stata anche frutto di un atto di violenza. Lo sapeva fin troppo bene. Rimase colpita da quella che considerava la splendida guarigione, se così poteva chiamarla, di Xenia. Si comportava bene, e se a volte sembrava triste e incupita era comprensibile. Ma per la maggior parte del tempo, aveva il pieno controllo di se stessa. E nove anni per lei non erano, evidentemente, un periodo di tempo sufficiente per scendere a patti con la perdita di un marito e di un figlio.

Katie si voltò a osservare il panorama che fuggiva rapido ai loro lati. I lunghi campi avevano ceduto il passo a boschi di grandi alberi secolari e, più oltre, ad altri campi che, delimitati da bassi muretti a secco, sembrava formassero quasi un disegno a patchwork. Mentre scrutava il paesaggio cominciò a notare un'ampia estensione di terreno coltivato e una fattoria con tutti gli annessi apparve, appena visibile, in lontananza. Grandi pascoli circondavano la fattoria e su uno di essi una mandria di mucche Guernsey brucava pigramente l'erba sotto il sole brillante di ottobre. In un altro pascolo, un cavallo bianco e il suo puledrino scorrazzavano liberi, a dare un ultimo tocco a quella che era un'autentica scena pastorale.

Dieci minuti dopo imboccavano una larga strada che correva dietro la fattoria e risaliva verso la brughiera che adesso si stagliava nitida contro il cielo di un pallido azzurro. Proprio davanti a loro, ai piedi del pendio, c'era un granaio.

«Eccolo, il mio studio!»

Katie percorse a piedi l'ultimo tratto e non poté fare a meno di pensare a quell'altro granaio, così lontano, nel Connecticut. Si sentì cogliere all'improvviso da un brivido involontario. Ricordi inquietanti, eppure sempre vividi, le passarono davanti agli occhi, ma si affrettò a met-

235

terli da parte. E, grazie a Dio, quell'altro granaio non esisteva più; dopo l'assassinio di Denise, Ted Matthews lo aveva fatto abbattere. Tuttavia, continuava a esistere nella sua mente. E capiva che sarebbe sempre esistito.

Lavinia diede una spinta alla porta per aprirla, ed esclamò: «Voilà! Eccolo, Katie. Non è magnifico?»

Katie ne convenne. Il granaio era di media grandezza e aveva il soffitto a cattedrale; all'estremità opposta, il muro era stato eliminato e sostituito con una vetrata. Questo consentiva alla vivida e intensa luce del giorno di inondarne l'interno e a farne il posto perfetto per dipingere.

«È stato papà che ci ha messo quel finestrone panoramico, ma in realtà si tratta di una vera e propria portafinestra. È scorrevole, e si può aprire. Così ho l'accesso anche all'esterno. Su, vieni, voglio mostrarti i miei quadri.»

I quadri erano appesi a due delle pareti del granaio, splendidamente illuminati dall'alto dai faretti attaccati alle travi. Capì subito che quelle tele non erano solo buone, ma assolutamente straordinarie. Jarvis aveva perfettamente ragione a esserne orgoglioso. Lavinia aveva un talento incredibile.

Il primo dipinto davanti al quale si soffermò raffigurava una ragazzina seduta su una balla di fieno di fronte a un fienile. E trasudava addirittura l'atmosfera di una calda giornata d'estate. Lavinia aveva saputo cogliere in modo brillante tutti gli elementi caratteristici del culmine dell'estate: il cielo di un azzurro ceruleo, candide nuvole gonfie, che sembravano piumini, e il fieno dal colore dorato. Non solo, ma dalla grande tela pareva irradiasse davvero la luce del sole. La ragazzina ridente, con le fossette sulle guance, i riccioli neri da zingarella e i maliziosi occhi, neri anche quelli, era semplicemente incantevole. Le maniche della camicetta rossa erano rimboccate per mostrare braccia tonde e grassocce, abbronzate come il faccino allegro mentre la bocca tumida e morbida pareva riprendesse il rosso vivo della camicetta. Katie ne rimase incantata.

Lo stile era impressionistico e si capiva chiaramente che lo padroneggiava bene. Chissà perché era proprio la scuola di pittura che Katie aveva sempre preferito, in modo particolare i grandi impressionisti francesi come Renoir, Monet e Degas; e aveva capito al volo quanto fosse il talento di Lavinia.

«Sono fantastici!» esclamò alla fine, dopo aver esaminato l'intera raccolta. «Secondo me la tua mostra di quadri in quella galleria di Harrogate avrà un successo straordinario, Lavinia.»

«Oh, sapessi come me lo auguro! E sono felice che i miei quadri ti piacciano, Katie. Secondo Rex Bellamy ce ne sono alcuni simili a quelli della scuola di Newlyn, un gruppo di pittori che hanno lavorato negli anni Trenta e sono stati molto popolari. Lui non fa che parlare di quei pittori e, anzi, è persuaso che qualcosa del mio lavoro assomigli alle opere di dame Laura Knight. Be', quanto a questo, non saprei. Mi lusinga che lui lo pensi, naturalmente, ma io dipingo soltanto quello che amo, le immagini che voglio imprimere sulla tela, perché toccano la mia... anima.»

Katie fece segno di sì, che la capiva, e indicò un altro dipinto. «Mi piace anche questo», disse, indugiando di fronte a un quadro di due bambini seduti sotto un salice vicino a una vasta distesa d'acqua. «Chi sono? Li trovo molto belli. Ti servi di persone che posano per te? Oppure sono nati dalla tua fantasia?»

«Sono i nipotini di Jarvis e Dodie.»

«Oh.» la guardò con tanto d'occhi e per un momento rimase senza parole. Poi le domandò: «Mi stai forse dicendo che Jarvis è sposato con Dodie?»

«Sì. Hanno una figlia, Alicia, sposata con Alex Johnson e questi sono i loro figli, Poppy e Mark. Adorabili, non ti pare? E aggiungo di più, Katie, se tu sapessi come sono stati buoni e bravi intanto che li dipingevo! Se ne stavano seduti, fermi e tranquilli, e si sono comportati come angioletti.»

«La verità è che non riesco proprio a trovare un legame, chissà perché, tra Jarvis e Dodie.»

«Ti capisco. Si direbbe che non possano andare d'accordo, è così? E invece sono sposati da non so più quanti anni. E tutti e due sono cresciuti qui, nella nostra tenuta. Il padre di Jarvis è stato maggiordomo prima di lui, e la madre di Dodie ha fatto la cuoca per un certo tempo. Quindi suppongo che sia un po' come se facciano parte della famiglia, per Verity. E non c'è dubbio che siano parte integrante di questo posto.»

«Dimmi un po', Lavinia. Secondo te, Dodie possiede qualità paranormali, da medium?»

Lavinia scoppiò in una risata. «Non so cosa pensare. Di magia e cose del genere non m'intendo molto, se capisci cosa voglio dire. Però, e ti prego di prendere la mia risposta per quello che vale, la mia mamma è assolutamente convinta che lo sia, e anche papà.»

«Vedo. Senti, ho l'impressione che ci creda anche Verity.»

«Oh sì. Naturale, che ci crede.»

24

QUELLI che Katie trovò affascinanti furono gli scritti giovanili dei Brontë. Dopo un giro completo della casa parrocchiale di Haworth, dove erano cresciuti, indugiò nel tinello. Lei e Xenia si fermarono a osservare svariati manoscritti di Charlotte, Emily e Anne, e il loro fratello, Branwell. Conosciuti come gli *Juvenilia*, questi manoscritti erano conservati in una serie di bacheche, sotto vetro, e per Katie una delle loro caratteristiche più singolari sembrava la dimensione. Nessuno era più grande di una scatoletta di fiammiferi; le piccolissime pagine, cucite insieme a mano dalle Brontë, erano non più alte di sei, sette centimetri, e la calligrafia era minuscola. Anzi, a dir la verità, non era neanche una vera e propria calligrafia perché erano coperte di minutissimi caratteri a stampatello, che i ragazzi Brontë avevano adottato in modo che i loro manoscritti assomigliassero per quanto era possibile a veri e propri libri stampati.

«Sono davvero sorprendenti», osservò Katie, curvandosi ancora di più verso le vetrine in modo da osservarli meglio.

«Quando la signora Gaskell, amica e biografa di

239

Charlotte, poté averli in mano per la prima volta, rimase strabiliata e sinceramente stupita che la fantasia di quei bambini fosse stata all'origine del materiale di cui erano composti. In seguito scrisse che potevano dare l'idea di una vena creativa spinta, addirittura ai limiti dell'insanità mentale. E da quanto ho letto sulle Brontë, il mondo immaginario di Angria diventò effettivamente il centro dell'interesse per Charlotte e i suoi fratelli, e per molto tempo. Tra l'altro, è stata lei la forza trainante dietro tutti loro e le loro opere.»

«E cosa mi dici di Gondal, allora? Non era altrettanto importante?»

«Per Emily e Anne, nel modo più assoluto. Vedi, le prime sono state le storie della Confederazione di Glastown e sono Branwell e Charlotte a scriverle. In seguito, in questo mondo immaginario hanno vissuto le loro esperienze tutti e quattro i bambini», spiegò. «A un certo momento, però, venne diviso in due entità separate. Una fu quella che chiamarono il Regno di Angria, l'altro il Regno di Gondal. Emily e Anne presero Gondal per sé, e molti dei grandi scritti poetici di Emily, in epoca successiva, sono i poemi di Gondal.»

«Però ho notato che per la maggior parte, qui nel museo, c'è soprattutto materiale che riguarda Angria. Non ci sono mai state molte storie di Gondal, o altri di quei libricini?»

«Credo che ci fossero, ma sono stati compilati in anni successivi da Emily e Anne, per quanto Anne abbia cominciato a perdere interesse per tutto questo prima di Emily. Si racconta che Charlotte abbia distrutto i manoscritti dopo la morte di Emily.»

«Ma perché?» esclamò Katie, non nascondendo la propria perplessità. «Tu cosa ne pensi? Che Charlotte fosse gelosa della grandezza della sorella come scrittrice?»

Xenia scrollò la testa. «No, per niente. D'altra parte, come potremo mai conoscere la verità? L'ipotesi esposta da studiosi ed esperti sulle Brontë è che Charlotte non avesse fatto che seguire i desideri di Emily, il suo irresistibile bisogno di riserbo. Charlotte era persuasa che Emily scrivesse per sé sola, non volesse che niente fosse letto dagli altri, specialmente dagli estranei, dal pubblico.»

«Ciò che stai dicendo è che lei scriveva perché doveva scrivere, in modo da potersi sentire realizzata come essere umano».

«Precisamente. Emily rimane una figura provocatoria, misteriosa, enigmatica. Era perseguitata dai suoi demoni privati, ed è un fior fiore di parte da recitare, Katie. Una grande responsabilità.»

Katie sorrise. «Oh, figurati se non lo so! E più vedo di Haworth, più mi sento incuriosita e incantata.» Dopo aver girato gli occhi per il tinello, si avviò alla finestra e lì rimase un momento, gli occhi fissi sul cimitero. Poi sospirò tra sé. «Come posto dove giocare non è granché, ti pare?»

Xenia la raggiunse alla finestra, contemplò quella scena squallida e le pietre tombali. «No», ammise. «Ma c'è un giardinetto sul retro e, a quanto pare, Emily aveva l'abitudine di andarci con il suo scrittoio portatile. Si sedeva a scrivere all'ombra di un albero. Sembra che non le piacesse allontanarsi troppo da Haworth: da questa casa, il giardino, e la brughiera. Immagino che qui si sentisse in salvo, al sicuro.»

«Non riesco a immaginare che Emily Brontë, il genio che ha scritto *Cime tempestose*, fosse timida.»

«Non ho detto questo.»

«Però il sottinteso c'era.»

«Forse. Eppure, sai che a un certo punto Charlotte ed Emily sono andate a frequentare la scuola di Madame Héger a Bruxelles. Il professor Héger che insegnava nella scuola, e di cui Charlotte si era innamorata, una volta scrisse al reverendo Brontë per dirgli che Emily dava l'impressione di aver perduto un po' della sua timidezza. Ma in famiglia, e fra gli amici, si sapeva benissimo che il suo unico desiderio era di rimanere a Haworth e non aveva alcuna voglia di uscire nel grande mondo anche se, a dir la verità, è capitato più di una volta che lasciasse questi posti.»

«Forse, come molto scrittori, era egoista e voleva soltanto rimanere in un ambiente famigliare per poter scrivere», insinuò Katie.

«È vero. Secondo me era decisa a perfezionare la sua arte, la sua professione, a tutti i costi.»

«E come è andato a finire il romantico innamoramento di Charlotte per il professor Héger?»

«Oh, non è mai sbocciato in una vera e propria storia d'amore. Non dimenticarti che lui era sposato. C'era Madame Héger, la proprietaria della scuola che, a un certo punto, ha cominciato a nutrire fieri sospetti su Charlotte e il marito. Credo che sia stato durante la seconda visita di Charlotte a Bruxelles che Madame Héger ha mangiato la foglia.»

«Tu pensi che il professore ricambiasse l'interesse romantico che Charlotte provava per lui?»

«No. Ma via, cosa sto dicendo? Come facciamo a saperne qualcosa?» Xenia mormorò scrollando il capo con aria perplessa. «Non c'eravamo. Non eravamo lì ad assistere, come testimoni, a quanto è successo. E chiunque ci sia stato, ormai è morto e sepolto. Siamo sinceri con noi stessi, Katie! Nessuno può mai dire che cosa gli uomini e le donne siano disposti a fare quando si trovano travolti da sentimenti soverchianti, come una passione sessuale divorante e un amore romantico.»

«Quasi di tutto, immagino. Lo sai anche tu come sono fatti gli uomini.»

Xenia scoppiò a ridere. «Bisogna essere in due a ballare il tango, Katie. Non dimenticarti che un uomo non può fare tutto da solo, ha bisogno di una donna, di una compagna. E poi, c'è anche qualcos'altro da prendere in considerazione. Senza il professor Héger nella vita di Charlotte, sia pure anche solo come maestro, non avremmo avuto quei due splendidi libri che sono *Il professore* e *Villette*.»

«Non li ho letti. Ma ho letto *Shirley* e mi è piaciuto molto. Charlotte è stata molto più prolifica di Emily, o sbaglio?»

«Oh, sì; ed è stata lei la vera, grande professionista. E anche la promotrice del loro lavoro, quella che ha fatto di tutto perché le loro opere venissero conosciute. Mi spiego meglio: è stata lei quella che è riuscita a farli pubblicare, quella che si presentava in pubblico e che sbrigava quello che al giorno d'oggi sarebbe il lavoro dell'agente letterario. Non solo, ma in un certo senso è sempre stata lei a dirigere le loro vite da dietro le quinte. Se non avesse avuto l'energia e lo stimolo, e l'ambizione, di rendere migliori le loro esistenze, il mondo potrebbe non aver mai neanche sentito parlare delle sorelle Brontë che nel diciannovesimo secolo vivevano quassù, sulle lande desolate dello Yorkshire, a scrivere romanzi e poesie.»

* * *

243

Poco dopo, lasciarono il museo e uscirono avviandosi per le stradine lastricate di ciottoli. Xenia conosceva bene Haworth e guidò Katie oltre la chiesa con il suo tozzo e quadrato campanile e l'orologio, fin su, in cima al villaggio e da lassù in alto a dominare le colline dello Yorkshire e l'intera vallata industriale del West Riding.

Nel giro di pochi minuti si ritrovarono a contemplare la selvaggia, disabitata brughiera. Era un'estensione desolata di lande che continuavano in una linea ininterrotta verso il lontano orizzonte, un mare di vegetazione dove predominavano il violaceo e il marrone bruciato, fin dove l'occhio poteva arrivare.

«Sono magnifiche, hanno qualcosa d'incredibile», commentò Katie, sentendosi stupita e vagamente sgomenta di fronte a un simile scenario, squallido e desolato, che irradiava una sensazione di implacabile asprezza. «È come se avessero qualcosa di minaccioso, di ostile.»

«Sì, la penso così anch'io. Ho sempre trovato che questo paesaggio avesse qualcosa di scostante, per quanto sia di una bellezza mozzafiato con tutta la sua solitudine e la sua desolata immensità, spazzata dal vento». Sorrise, quasi tra sé. «Immagino che sia un gusto acquisito. Molti giudicano la brughiera troppo aspra. Comunque devo ammettere che mi spiace davvero che tu non la possa vedere in agosto e in settembre, durante la piena fioritura dell'erica. Allora è veramente magnifica. Ormai, quello che ti si offre sul finire della stagione, è l'ultima fioritura del ling.»

«E cosa sarebbe?»

«L'erica locale. Non è bella come l'erica scozzese. Ci sono più o meno cinque chilometri di strada per arrivare a Top Withens, che si presume sia la località dalla quale Emily ha preso lo spunto per l'ambientazione di *Cime tempestose*, come ti ho già detto. Comunque, molti studiosi sono persuasi che l'antica fattoria non sia mai stata il vero e proprio modello per casa Eamshaw e che Emily, per le sue descrizioni di *Cime tempestose* si sia servita di un'altra dimora molto più grandiosa, High Sunderland Hall. Ma che abbia preso come scenario per High Sunderland Hall il luogo esatto dove ora c'è Top Withens che, fra l'altro, ormai non è altro che un mucchio di rovine. Ma se vuoi, possiamo fare una passeggiata per la brughiera. Ti va?»

Tacque per qualche istante, alzò la testa, scrutò il cielo di un pallido azzurro. «Bene, c'è ancora luce e la giornata è bella. Quassù, in queste lande deserte, non si sa mai quello che può succedere. Il tempo è imprevedibile. Può cambiare da un momento all'altro ed è facile ritrovarsi di punto in bianco sotto una pioggia scrosciante. Ecco perché ho portato un ombrello.» E mentre parlava allungò un colpetto alla borsa.

«Mi piacerebbe fare una passeggiata per la brughiera», rispose l'altra. «Ma non è necessario andare fin a Top Withens; non mi occorre vedere la fattoria diroccata. Voglio semplicemente cogliere la sensazione che può dare il paesaggio, e il significato di questi luoghi... In fondo, Emily ha effettivamente passato tanto tempo quassù.»

«E allora, andiamo!»

S'incamminarono in silenzio sul viottolo in terra battuta, assorte nei loro pensieri.

Katie stava riflettendo sul personaggio di Emily Brontë, una donna in apparenza così enigmatica, a tratti addirittura impenetrabile. Per recitare quella parte, capiva di doverne comprendere a fondo il carattere e la personalità; se voleva ottenere il successo, doveva essere pienamente consapevole di quelle che erano state le motivazioni, gli intenti, le passioni, i desideri di Emily, e perfino dei suoi sogni.

Sotto un certo aspetto la prospettiva la terrorizzava, però sapeva che un certo numero di libri nella biblioteca di Burton Leyburn Hall avrebbero potuto esserle utili. Verity aveva tirato giù dagli scaffali parecchie biografie e saggi sulle Brontë, oltre ai romanzi. Glieli aveva mostrati dicendole che poteva prenderli in prestito purché, alla fine, venissero restituiti e tornassero al loro posto. «Sono tutti catalogati», le aveva spiegato.

Decise di leggere tutto quanto era possibile su Emily finché rimaneva nello Yorkshire; poi, se fosse stato necessario, avrebbe portato qualcuno di quei libri a Londra con sé.

Da parte sua, Xenia era concentrata sulla festa che la sua società stava preparando per Capodanno. Alan, il socio, le aveva telefonato da New York il giorno prima confermandole per la seconda volta che avrebbe dovuto procedere senza ulteriori dubbi e usare il Palazzo d'Inverno di San Pietroburgo come tema per le decorazioni.

Così, in quel preciso momento, stava pensando agli schizzi che Lavinia le avrebbe fatto durante il fine settimana, riprendendo le scene contenute in alcuni dei suoi libri di fotografie che c'erano nella biblioteca a Burton Leyburn. Glieli aveva regalati suo padre anni prima, all'epoca in cui l'aveva condotta a fare un viaggio in Russia.

Indubbiamente non sarebbe stato facile, anzi era un bel problema ricreare il salone da ballo del Palazzo d'Inverno all'epoca degli zar, in quello dell'*Hotel Plaza* a New York. Eppure era stimolante, e si apprestava ad affrontare quel compito con interesse e impegno. Essere impegnata l'aiutava a ricacciare in fondo al cervello il ricordo della perdita del figlio e del marito, e mitigava il suo dolore. Sfide di questo genere tenevano a bada sofferenza e angoscia. Per un po' di tempo, almeno.

Stavano camminando da una ventina di minuti quando il tempo cambiò repentinamente come Xenia aveva pronosticato. Senza il minimo preavviso, nuvoloni temporaleschi cominciarono a correre attraverso un cielo cupo e buio; in un attimo il pallido colore celeste si era trasformato in grigio piombo e, in lontananza, si udiva il sordo rumoreggiare del tuono.

«Penso che dovremmo tornare indietro», esclamò l'amica, con un'occhiata al cielo. «Fra un po', diluvierà, te lo garantisco.»

«Sì, sarà meglio. Ma almeno ho visto un po' di brughiera.» Katie si sentì bagnare la faccia dalle prime gocce di pioggia e soggiunse in fretta: «Corri, Xenia».

Cominciarono a correre per il viottolo in terra battuta tornando in direzione dell'abitato. Avevano appena raggiunto il limite della brughiera quando la pioggia diventò scrosciante. Strette strette, incurvate sotto l'ombrello di Xenia, scesero al volo per la via principale, accompagnate dal sordo tonfo dei loro piedi sui ciottoli bagnati.

«Certo, che l'abbiamo scampata bella!» Xenia si tamponò la faccia fradicia con qualche fazzolettino di carta e poi ne offrì a Katie. «Ancora qualche minuto e ci saremmo bagnate fino alle ossa.»

«Grazie.» Katie accettò i fazzoletti, si asciugò, e si lasciò andare contro il sedile della macchina. «Mi spiace che la nostra visita qui sia stata accorciata bruscamente, ma avevi ragione a insistere perché ci venissi. Mi ha offerto un'immagine molto più precisa di Emily.»

«Era quello che pensavo.»

Xenia girò la chiavetta dell'accensione e avviò il motore portando la Bentley d'epoca fuori del parcheggio, che in quel freddo sabato di ottobre era praticamente vuoto. I visitatori, nella grande maggioranza, venivano a Haworth in primavera e in estate oppure quando la brughiera era fiorita, in agosto e settembre.

Sbucarono sulla strada maestra per Keighley, che le avrebbe portate all'autostrada per Skipton e Harrogate. Cominciò a guidare a velocità regolare, scambiando di tanto in tanto qualche riflessione con l'amica.

A un certo punto, disse: «Se ti occorre un approfondimento di Emily Brontë, dovresti parlare con Rex Bellamy. Lo si può definire un esperto in materia».

«Davvero? D'altra parte la cosa non mi stupisce perché ieri sera mi ha dato l'impressione di essere un ottimo conoscitore dei loro romanzi e poemi.»

«A cena, non l'ho sentito parlare dei Brontë.»

«No, non avresti potuto. È stato quando sei andata di sopra a prendere un golf.»

«Ah.»

«Cosa fa nella vita? Si direbbe un professore universitario. Insegna?»

«No. E non lasciarti imbrogliare da quella sua aria da accademico. È molto fuorviante, ma è quello che vuole.»

«Ma, allora, cosa fa?»

Xenia rimase in silenzio.

Katie attese, squadrandola e chiedendosi per quale motivo fosse diventata così misteriosa. Poi, provò a insistere: «Dunque, non fa il professore?»

«No.» Ci fu una pausa prima che Xenia aggiungesse: «È una spia».

«Una spia? Cosa vuoi dire?» Non nascose la sua sorpresa.

«Quello che ho detto. È una spia, perlomeno a mio giudizio. Credo che lavori con l'MI6.»

«MI6? E cosa sarebbe per la precisione?»

«L'MI6 è come la CIA, nel senso che agisce fuori della Gran Bretagna. L'MI5, invece, opera all'interno del paese, più o meno come l'FBI.»

«Ah. Non sapevo che una spia lasciasse capire alla gente quello che è. Credevo che le spie tenessero segreta la loro professione.»

«Oh santo cielo, Rex non va in giro a raccontare che è una spia, proprio per niente! Anzi, gli piace dare l'impressione di essere un professore universitario, proprio come hai pensato tu, e uno scrittore. Sicuramente è una persona colta, un vero studioso, che sa una quantità di cose sulle arti e la letteratura. Ma è una spia, di questo sono abbastanza sicura.»

«È quello che pensa anche Verity?»

«Qualche volta, sì; in altri momenti lo nega risoluta. Quando era nell'esercito, lavorava per i Servizi Segreti del ministero della Guerra, e adesso credo che faccia parte dell'MI6. Molto spesso è via, fa sempre il misterioso per quello che riguarda i suoi viaggi, e la sa un po' troppo lunga su certi argomenti. A volte, senza accorgersene, si lascia sfuggire qualche piccola notizia scottante, e poi cerca di rimediare.»

«È l'amico di Verity?» azzardò Katie, guardinga.

«Ecco, non è una relazione di carattere romantico, se è questo che intendi. Ma è l'uomo con cui ha maggiore intimità. Credo che si potrebbero definire due camerati, due ottimi compagni. Sono amici da non so più quanti anni e adesso che lui è divorziato trascorre molto più tempo di prima su, a Burton Leybrun Hall. Vive nello Yorkshire per buona parte dell'anno. Sua madre possiede una bellissima casa georgiana vicino a York, ma credo di avertelo già detto.»

«E il resto del tempo non fa che viaggiare per l'MI6?»

Xenia scoppiò in una risatina. «Così penso io, però ha un appartamento a Londra. In Chesterfield Street. Ma stammi a sentire, se chiedi a Rex che cosa fa, sarà relativamente onesto con te, Katie. Ti racconterà che lavora per il Foreign Office, e che il suo ufficio è a Whitehall. Tutto vero. Però, come ti ho appena detto, io sono convinta che faccia parte di Servizi Segreti inglesi.»

«Perché Verity? Perché a volte lo nega?»

«Perché vuole che non gli succeda niente, suppongo. E, stammi a sentire, non farti idee sbagliate, Rex mi piace un sacco, e ti giuro che me ne infischio se lavora davvero per i Servizi Segreti. È gentile, educato, simpatico e piacente, e non manca di fascino. E Verity gli è affezionatissima. Come me, del resto.»

«Perché è un esperto delle Brontë?»

«Esattamente non lo so. Ma loro sono le grandi scrittrici dello Yorkshire, e lui è nativo di qui, uno dello Yorkshire, fatto e finito.» Scoppiò in un'altra risatina sommessa. «È molto fiero delle sue origini. E poi, il caso vuole che abbia una predilezione per la letteratura. Ma puoi chiedergli qualcosa sul suo interesse per i Brontë. È molto comunicativo e cordiale. Solo, non domandargli se è un agente segreto», le raccomandò.

«Come se lo facessi, Xenia! Non sono stupida fino a questo punto.»

L'amica le lanciò un'occhiata e fece segno di sì. «Sei una delle persone più intelligenti che conosca, Katie.»

250

25

La biblioteca a Burton Leyburn Hall era una stanza di forma allungata, simile a una galleria in stile Tudor, con il soffitto di travi a vista e un camino in pietra. Scaffalature di libri si allineavano lungo le pareti e le coprivano interamente, dal soffitto al pavimento; davanti al camino c'era un accogliente divano in pelle e intorno a esso stavano raggruppate parecchie comode poltrone.

Katie l'attraversò dirigendosi al tavolo da refettorio di fronte a una delle finestre a più luci, adorne di colonnine divisorie, e si mise a esaminare di nuovo i volumi che Verity aveva precedentemente scelto per lei. Il suo sguardo si soffermò su quello che riguardava Emily Brontë, scritto dalla romanziera Muriel Spark con la collaborazione di Derek Stanford.

Allontanandosi dalla finestra per andare a sedersi sul divano e cominciarne la lettura, trasalì quando Rex Bellamy si alzò all'improvviso da una capace bergère accanto al camino.

Subito le sorrise, e si scusò. «Mi spiace, Katie, ti ho colto alla sprovvista. Evidentemente non ti aspettavi che fossi qui. Ti prego di perdonarmi, mia cara.»

«Per carità, Rex, figurati!» Gli rispose, ricambiando il sorriso. «Non sapevo che ci fosse qualcun altro, qui.»

«Ah, vedo che hai fra le mani il libro di Muriel Spark. Molto ben fatto, e la materia è trattata in modo splendido. E adesso dimmi un po', com'è andata la vostra gita ad Haworth, stamattina?»

«Interessante, e sono felice che Xenia mi abbia persuaso a farla. Adesso, rispetto a ieri, so una quantità di cose in più su Emily. Quindi ne valeva la pena.» Ebbe un'esitazione appena percettibile. «Xenia mi diceva che tu sai una quantità di notiziole sulla famiglia Brontë», si decise a continuare. «Sostiene che potresti aiutarmi a fare un lavoro d'introspezione più approfondito su di loro, specialmente per quanto riguarda Emily. Ti dispiacerebbe, Rex?»

«Sarei felicissimo di parlartene. Ne hai il tempo adesso, Katie? Perché, in questo caso, magari potremmo fare due chiacchiere prima che venga servito il tè.»

Katie prese posto sul divano e posò il libro su un tavolino, lì vicino.

Rex si accomodò in una bergère e la guardò con aria piena di aspettativa, come se si attendesse una domanda.

Katie chiese: «Se non è maleducato da parte mia, posso chiederti che cosa ti ha portato ad avere tutto questo interesse per la famiglia Brontë?»

«Non è maleducato, anzi è una domanda normalissima. A farmi provare tutto questo interesse per loro è stata mia sorella Eleanor. Anni fa, quando studiava ancora, ha cominciato a fare una ricerca su di loro per un saggio che doveva presentare a scuola, per un esame, anzi. E io mi sono sentito... ecco, suppongo di averli trovati intriganti, di aver provato curiosità.» Si sporse lievemente in avanti, le mani sulle ginocchia, gli occhi scuri illuminati da un ravvivato interesse. «Cerca di capirmi, Katie, mi piacciono i misteri e a quell'epoca, tanti anni fa, mi ha colpito il fatto che i Brontë, come famiglia, erano circondati dal mistero. Così ho cominciato a leggere qualcuno dei libri di Eleanor e ne sono rimasto sempre più affascinato. Nel corso degli anni, studiare i Brontë è diventato per me una specie di hobby, di cui mi occupavo saltuariamente.»

«Lavori in campo letterario? Cioè, voglio dire, sei professore di letteratura? Qualcosa del genere?» domandò lei, incuriosita da quella che sarebbe stata la sua risposta. Si concentrò con lo sguardo su di lui, molto attenta; Rex era un bell'uomo con una faccia lunga e affilata, i lineamenti decisi. Aveva gli zigomi alti, una fronte ampia e folti capelli scuri che cominciavano a diventare brizzolati alle tempie, pettinati tutti indietro; i suoi occhi neri scintillavano d'intelligenza e arguzia. Alto, magro, con le gambe lunghe, era un uomo dalla figura elegante che si vestiva casual, ma con capi di vestiario costosi e di gran lusso.

Dopo un momento, Rex disse: «No, non sono un professore universitario. Lavoro per il governo. Al Foreign Office».

«Oh, davvero? E qual è il tuo campo, in particolare?»

«Quello delle informazioni. È un servizio specifico, così lo si potrebbe definire.»

«Oh!» esclamò Katie, chiedendosi se dal tono della sua voce Rex poteva aver capito fino a che punto fosse stupita.

Rex rise divertito, con quegli occhi scuri che sprizzavano arguzia e buon umore più che mai. «Sono sicurissimo che Xenia ti ha detto che sono una spia. Un agente del Servizio Segreto britannico. Ma non è la verità. Svolgo un lavoro d'ufficio, inchiodato a una scrivania, a passare carte, non esercito il mestiere di spia in prima linea, sul campo. Anche se Xenia adora l'idea che faccia proprio quello! Comunque, in un certo senso, è un lavoro molto noioso, giuro!»

Katie rise con lui e, poiché non voleva tradire l'amica, gli raccontò una bugia: «Oh no, Xenia non ha parlato del tuo lavoro. Mi ha detto semplicemente che conosci una quantità di cose sulla famiglia Brontë. Credo che avesse la speranza che tu mi illuminassi un po'. Ieri sera ti ho raccontato che sto prendendo in considerazione l'offerta che mi hanno fatto d'interpretare il ruolo di Emily in *Charlotte e le sue sorelle*, una commedia di grande successo, e tu mi hai detto che l'avevi vista».

Rex glielo confermò con un cenno del capo. «Oh sì, non l'avrei perduta per niente al mondo. E per quanto io non voglia influenzarti, credo di poter dire che la commedia mi è piaciuta moltissimo ma non sono rimasto interamente soddisfatto del modo in cui Emily è stata interpretata.»

«In che senso? Puoi spiegarti meglio?»

Esitò. Poi, dopo un minuto di attenta riflessione, rispose: «Più avanti ti farò una critica accurata del modo in cui la parte di Emily viene recitata e portata sul palcoscenico attualmente. Ma, per prima cosa, credo che dovrei parlarti un po' delle Brontë come le vedo io».

«Te ne sono molto grata.»

Si accomodò meglio, appoggiandosi alla spalliera della bergère, e proseguì: «Dalla nostra conversazione di ieri sera, capisco che sai già qualcosa sul loro conto».

«Sì, e oggi Xenia mi ha dato ulteriori notizie in merito.»

«Allora, permetti che ti faccia un breve quadro di famiglia. I quattro ragazzi si volevano molto bene e andavano perfettamente d'accordo, eppure erano divisi a due a due. Charlotte e Branwell, Emily e Anne. Anche se successivamente, durante la loro vita da adulti, Charlotte rimase profondamente e sinceramente colpita dalle grandissime qualità di Emily. Tutti e quattro erano scrittori di straordinario talento e avevano una fantasia delle più sbrigliate. Branwell era anche pittore, aveva addirittura studiato pittura. Era un alcolizzato, come sicuramente saprai, e a un certo punto è diventato anche tossicomane. Le sue droghe sono state l'oppio e il laudano. Ha sprecato, e distrutto, la sua vita; ed è morto troppo, troppo giovane. Le sorelle provavano sentimenti diversi, anche contrastanti, nei suoi riguardi. Gli volevano bene, naturalmente, ma erano anche intimidite, irritate, affascinate, ed emozionate a mano a mano che scoprivano le sue scappatelle e quando i debitori cominciarono a radunarsi davanti alla porta della loro casa, a Haworth, iniziarono anche ad avere paura.» Rex fece una pausa, si schiarì la voce, e concluse. «A farla breve, lui è stato la proverbiale pecora nera della famiglia.»

«Oltre a essere anche viziato dalle sorelle», insinuò lei.

«A volte, sì. Ma non sempre. La loro mamma era morta giovane, di tubercolosi, e il reverendo Brontë era una figura di padre diafana, assente, sempre in chiesa a scrivere le sue prediche oppure assorto nei propri pensieri. Quando erano piccoli, c'era soltanto la zia a tenerli d'occhio. E Charlotte, ma aveva soltanto un anno più di Branwell. Non c'era molta differenza d'età fra loro quattro, anzi praticamente c'era solamente poco più di un anno fra l'uno e l'altro. Oh, salvo per Anne, che era quasi due anni più giovane di Emily.»

«Charlotte è stata la loro sostenitrice e promotrice,

quella che li ha sempre incoraggiati, credo che si potrebbe definire così la sua parte. Quella che era sempre in giro a darsi da fare, a ottenere che le loro opere venissero pubblicate, vero?»

«Sì, precisamente. Charlotte era la maggiore e sicuramente la scrittrice migliore fra tutti, oltre che la più prolifica. Comunque, Emily è stata il vero genio, con sei grandi poemi epici e quel romanzo sorprendente e straordinario. Ma Anne era anche una buona narratrice e poetessa, e dal punto di vista emozionale la più vicina a Emily. Tuttavia, tornando a Charlotte, è stata lei a comportarsi da vera e propria agente per i fratelli, in un certo senso, e ha ottenuto che venissero pubblicati, in principio pagando per far stampare un volume che raccogliesse le loro poesie. Ne furono vendute solamente due copie. Però ottennero una recensione, e favorevole per di più, che riguardava soprattutto le poesie di Emily, altrimenti conosciuta come Ellis Bell. Anne invece era Acton Bell, e Charlotte aveva preso lo pseudonimo di Currer Bell. Non volevano, capisci, che il mondo sapesse che erano tre sorelle e si chiamavano Brontë.»

«Sì, so tutto questo.»

«Charlotte continuò a insistere perché scrivessero libri che si potevano vendere, cioè romanzi. Era molto ambiziosa, voleva che riuscissero e si guadagnassero una certa fama nel mondo.»

«Invece a Emily tutto questo non importava, dico bene?»

«No. Lei non ha mai fatto il minimo sforzo per ottenere che i suoi scritti venissero pubblicati o per guadagnarsi il riconoscimento del pubblico. La sua genuina ansietà era volta alla ricerca della perfezione nelle sue opere. Considerava quello di scrivere un autentico impegno ed è sempre stata molto professionale», spiegò lui. «Credo che abbia distrutto gran parte di quello che aveva scritto proprio per quel motivo. Non era soddisfatta. Specialmente dopo che è stato pubblicato *Cime tempestose*. E non si esclude che Charlotte ne abbia distrutta una parte anche lei, dopo la sua morte, per proteggere la vita privata della sorella.»

«Tu cosa ne pensi di *Cime tempestose*?»

«Non quello che ne pensa il mondo, te lo garantisco!»

«E cioè?»

«Il mondo lo vede come una grande storia d'amore. Invece non lo è, proprio per niente», le spiegò. «Sostanzialmente è un libro di estrema violenza che ha come motivi dominanti la vendetta e l'odio, e descrive un eroe byroniano, Heathcliff, che si prende la sua vendetta su Cathy Earnshaw, e su tutta la sua famiglia.»

«Capisco quello che stai dicendo. Però, in un certo senso, è anche una storia d'amore, non ti pare?»

«Non nel senso in cui noi pensiamo alle storie d'amore, proprio no», rispose Rex. «È di una tale violenza, quasi demoniaca. Tetra, cupa. I cosiddetti amanti non sono mai uniti nella passione fisica. Sono sempre soli, come individui, uomini o donne che siano, benché, a voler essere onesti, provino la passione in altri modi. Io credo che sia un peana alla morte, come solo Emily Brontë poteva scriverlo, e un libro di una certa complessità. Possiede energia, uno straordinario impeto descrittivo, e ha in Nelly Dean e in Lockwood due narratori praticamente unici . Non mi stanco mai di leggerlo. E mi affascina sempre.»

«Ed Emily? Come la interpreti?»

«Era una giovane donna relativamente normale. E, con questo, intendo che aveva abbastanza i piedi per terra, non era priva di senso pratico. La sua famiglia e i suoi amici dicono che, lontana da Haworth soffriva di nostalgia. Possibilissimo. Ma la verità è che le piaceva rimanere in casa, occuparsi delle faccende domestiche, perché questo le consentiva di stabilire le proprie regole, e poteva sgattaiolare a scrivere ogni volta che voleva. Ecco com'era, e quello a cui teneva. Nostalgia di casa? Forse. Ma secondo me lei voleva stare a Haworth, mandare avanti la casa parrocchiale, spiegare alla servitù quali erano i loro doveri, e fare quello che le piaceva. Vedi, quando Charlotte e Anne erano lontano, a lavorare come istitutrici, e Branwell impiegato alle ferrovie a Luddenden Foot, era lei ad avere in mano tutto, a comandare, e poteva passare gran parte del tempo a scrivere.»

«L'artista egoista, è questo che stai dicendo?»

«In un certo senso, sì», ammise lui. «Per ottenere il successo come artista ci vuole dedizione. E questo significa che bisogna essere egoisti. Sono d'accordo. Sono arrivato a queste conclusioni sul conto di Emily dopo aver letto le lettere di Charlotte alle sue amiche di gioventù, Ellen Nussey e Mary Taylor, e anche quelle di Charlotte a Emily, e viceversa.»

«Perché ti sei convinto che Emily fosse normale? Quello che voglio dire è che l'hanno sempre dipinta come un personaggio strano, indubbiamente enigmatico, e non privo di un lato mistico.»

«Penso che fosse tutte queste cose, Katie. Comunque era una giovane donna normale nel senso che poteva scrivere una lettera molto realistica, con i piedi per terra, in cui racconta quello che aveva fatto durante la giornata in tono semplice e sereno, anche se, nello stesso giorno, aveva dedicato le ore precedenti a scrivere un'opera altamente drammatica. In altre parole, entrava nel cuore e nel cervello di un personaggio, diventava quel personaggio durante il tempo in cui stava scrivendo. Ma quando posava la penna e si alzava dallo scrittoio, tornava a essere se stessa, Emily Jane Brontë, la figlia del parroco, che dirigeva una casa e si occupava del padre.»

«Forse potrei essere costretta a rivedere le mie idee su di lei. Per la commedia, intendo. Sempre se accetto la parte.»

«Oh, non puoi rifiutarla, Katie. È perfetta per te, quanto a questo non ho dubbi. Dopo, ti preparo degli appunti», le promise. «Ti aiuteranno a ridurre le tue letture, per quanto io sia convinto che dovresti assolutamente leggere il libro di Muriel Spark. Può darsi che le mie annotazioni ti servano come scorciatoia.» Si sporse verso di lei, fissandola attentamente e concluse. «Per favore, non rifiutare la parte di Emily Brontë. Ti ho appena conosciuta, eppure sento, e ne sono pienamente convinto, che dovresti interpretarla.»

Sembrava così fervido in ciò che diceva che Katie rispose: «Effettivamente, ho detto al produttore che l'avrei accettata. Voglio soltanto essere sicura di me, sicura che posso interpretare Emily».

«Puoi, mia cara.»

La porta della biblioteca si spalancò e Rex si alzò di scatto mentre Verity entrava impetuosamente. «Eccoti qui, tesoro», la salutò, mentre lei si affrettava a raggiungerlo. Abbracciandola, la strinse forte e la baciò sui capelli.

Katie osservò l'espressione di amore che gli illuminava la faccia, il calore e la tenerezza negli occhi scuri, e capì senza possibilità di dubbio che quelle due persone erano molto unite, che provavano un fortissimo attaccamento l'una per l'altra, indipendentemente da quello che Xenia poteva pensare.

Verity si staccò dall'abbraccio affettuoso di Rex e si rivolse a Katie con un sorriso. «Mi auguro che Rex sia stato capace di darti qualche notizia interessante su Emily. È un vero esperto delle Brontë, sai.»

«Non esageriamo!»

«Da queste parti lo sei», fu pronta a ribattere e disse a Katie: «Xenia mi dice che avete fatto una bellissima gita a Haworth ma che poi siete state sorprese dalla pioggia. Peccato, ma sicuramente hai visto più che abbastanza per aiutarti. E adesso, vogliamo salire per il tè?»

L'ondata di freddo che Pell, il giardiniere, aveva previsto, era finalmente arrivata. Katie si accorse che il grande vestibolo dell'ingresso padronale era letteralmente gelido quando salirono tutti insieme l'ampio scalone per andare a prendere il tè.

Verity commentò quel freddo improvviso che c'era in casa mentre spalancava la porta a doppi battenti ed entrava nella grande Sala Alta. «Con questi spazi enormi, fa un po' freddo, ma sarà abbastanza caldo vicino al fuoco», disse. «Il pronostico di Pell di una gelata in anticipo si è materializzata. Devo dire che quell'uomo di solito ci azzecca.»

«Certo che ha ragione. È un campagnolo fatto e finito», fu la risposta di Rex. «Puoi sempre fidarti di loro ogni volta che fanno qualche previsione meteorologica. Harold, il giardiniere di mia madre a Great Longwood, si comporta esattamente allo stesso modo. E io non faccio che prenderlo in giro, insinuando che dovrebbe andare alla televisione a fare le previsioni del tempo.» Il grande vassoio d'argento con il servizio per il tè e un altro vassoio di tartine e squisiti pasticcini erano già stati portati di sopra e sistemati sul grande, basso tavolino quadrato di fronte al fuoco. Verity andò a occupare il suo solito posto vicino alla teiera, e Rex si sedette di fianco a lei mentre Katie si accomodava in una poltrona di fronte a loro.

Dopo un attimo, entrò Xenia in fretta e furia seguita da Lavinia, graziosa e civettuola come sempre. Quel pomeriggio aveva messo una tuta di lana rosso fuoco con un paio di ballerine rosse anche quelle.

Verity versò il tè come al solito mentre Lavinia e Xenia passavano in giro le tazze; poi offrirono le tartine alle uova sode tagliate a fettine sottilissime, mousse di carne, salmone affumicato, al cetriolo o al pomodoro.

A Katie, quelle tartine piacevano moltissimo; Xenia le aveva raccontato che molti anni prima erano state pensate per lo spuntino dei bambini. Ne scelse una con le uova, una con il salmone affumicato e una con la carne. E anche se Rex continuava a insistere perché arrivasse, come minimo, a una cifra tonda, per esempio sei, seppe resistere alla tentazione.

Rannicchiata comodamente nella sua poltrona, gustando quelle tartine deliziose, si accorse di apprezzare profondamente il caldo che irradiava da quel bel fuoco scoppiettante, gli agi e le comodità della splendida sala antica, accogliente a dispetto delle sue dimensioni. Mentre rivedeva con la memoria tutto quanto era accaduto in quegli ultimi due giorni, si rese conto di non aver mai avuto neanche un minuto libero. Quello, con ogni probabilità, era stato il giorno più fruttuoso per ciò che riguardava il suo lavoro sia per la visita a Haworth, sia per la sua conversazione con Rex.

Gli allungò un rapido sguardo. Lo giudicava simpatico e stava accorgendosi che le piaceva molto. Come, del resto, tutti i presenti, anche se, ciascuno a modo suo, era un po' strano. Le sembrava che, dalla prima all'ultima, nascondessero chissà quali segreti. Rise in cuor suo. Ma non era forse vero che chiunque aveva un segreto, uno scheletro nell'armadio?

Riportò la propria attenzione su Xenia e drizzò subito le orecchie quando le sentì spiegare: «Non ho assolutamente la più pallida idea di dove possa essere, Rex. Se vuoi che ti dica la verità, ieri sera l'ho anche cercato. Mi piacerebbe vederlo. Laurence Olivier è veramente grande nella parte di Heathcliff e Merle Oberon è una bellissima Cathy Earnshaw. Strano, e non sembra per niente una *chi chi*, mentre invece lo era, eccome!»

«Cosa sarebbe una chi chi?» chiese Lavinia.

«Un'anglo-indiana», rispose Rex.

«In alcuni punti si ha la sensazione che, almeno per una certa parte, sia stato girato a Hollywood, ma nel complesso è abbastanza autentico».

«State parlando del film di *Cime tempestose*?» domandò Katie.

«Sì», rispose Verity. «Ne abbiamo un video ma, a quanto sembra, è andato perduto. A ogni modo, mi domando se valga la pena di guardarlo, visto che Xenia ormai ha già rovinato tutto con i suoi commenti!»

«Niente affatto!» esclamò Xenia. «E adesso è un classico. In ogni caso è cento volte meglio di quegli orribili remake che ne hanno fatto in questi ultimi anni. Nessuno riesce mai a coglierne la vera essenza, capisci?»

«Mi sarebbe piaciuto moltissimo», mormorò Katie, senza nascondere la propria delusione.

«Credo di sapere dove sia», annunciò Lavinia, alzandosi. «Sono sicura di averlo visto su uno scaffale, in biblioteca, e neanche molto tempo fa.»

«In biblioteca! E cosa diavolo ci fa lì? Io tengo sempre i video nello studio comunicante con il mio ufficio», disse Verity.

«Sono sicura di averlo visto in biblioteca», esclamò e corse via. Evidentemente ci teneva a recuperarlo subito senza dare ascolto Verity che, invece, le stava dicendo di non aver fretta, e che poteva cercarlo più tardi.

«Non hai mai visto il film, Katie?» le chiese Rex. «Proprio mai?»

Lei scrollò la testa. «No, mai, però sono una grande ammiratrice di Laurence Olivier. È stato l'artista più grande, dico bene?»

«Assolutamente superbo», confermò lui, mentre le offriva un piatto di pasticcini.

Anche se sapeva che non avrebbe dovuto farlo, accettò una fetta di torta alla crema; e poi giurò a se stessa che si sarebbe messa a dieta nel preciso momento in cui fossero tornate a Londra. Tutta quella meravigliosa cucina casalinga andava dritta dritta a rimpolparle i fianchi.

Pochi minuti dopo essere scappata via così in fretta, Lavinia tornò agitando il video. Lo consegnò a Xenia e tornò al suo posto vicino al fuoco dicendo a Verity: «Insomma, sapevo di averlo visto in biblioteca!»

«Non immaginate neanche qual è il cast!» Xenia alzò gli occhi dal video e fissò Katie sbalordita. «Sentite un po': Laurence Olivier, Merle Oberon, David Niven, Flora Robson, Geraldine Fitzgerald, e Donald Crisp. È diretto da William Wyler, prodotto da Sam Goldwyn e scritto da Ben Hecht e Charles MacArthur. Caspita, mi ero dimenticata che vi recitasse tutta questa gente famosa! Un vero colpo gobbo che tu l'abbia trovato, Lavinia.» Xenia si rivolse a Verity: «Lo guardiamo stasera dopo cena?»

Verity le sorrise. «Credo che sia una splendida idea. E per Katie sarà una vera festa. A proposito, a furia di parlare di attori mi è venuto in mente il ricevimento dei Wainright in novembre. Rex, mi farai da cavaliere, vero?»

«Senz'altro, anche se ti giuro che non so assolutamente come presentarmi. Divi Cinematografici del Passato. Che tema! Se tu sapessi come detesto queste feste in costume!»

«Però avevi promesso», lo rimproverò bonariamente lei.

«Potresti presentarti come Harry Lime ne *Il terzo uomo*», suggerì Xenia. «E non intendo come lo ha recitato Orson Wells nel film, ma come è stato interpretato da Michael Rennie nel serial alla televisione inglese. Gli assomigli anche un po', sai?»

«Lo prendo come un complimento», rispose lui, con un inchino. «E mi è venuta anche un'idea per te, Verity.» Guardandola, soggiunse: «Senti un po', tesoro. Com'era Ann Todd, nel *Settimo velo*».

«Un po' prima della mia epoca», Verity disse con una risata. «Però mi ricordo vagamente di Ann Todd. Era l'attrice preferita di papà e gli piaceva sempre guardare i suoi vecchi film. Sono pronta a scommettere che se proviamo a frugare fra i video ne troviamo qualcuno.»

26

PER quanto il riscaldamento fosse acceso, con quell'improvvisa ondata di gelo, in camera di Katie il freddo si faceva sentire, e molto. Se ne accorse appena ci mise piede dopo il tè.

Rabbrividendo, si precipitò verso il camino. S'inginocchiò davanti, accostò un fiammifero ai fogli di giornale e ai pezzettini di legna dolce disposti sulla grata e, appena questi cominciarono a prender fuoco, ci aggiunse parecchi ciocchi e si affrettò a passare nella stanza da bagno comunicante.

Dopo essere rimasta immersa a lungo in un bel bagno caldo schiumeggiante, ricominciò a sentirsi avvolgere da una piacevole sensazione di benessere e, una volta che si fu asciugata con il telo di spugna ed ebbe infilato la vestaglia, tornò in camera da letto.

Preso il diario dalla sacca da viaggio, si sedette davanti al piccolo scrittoio d'angolo. Il camino era molto vicino al mobile francese e Katie adesso ne poteva sentire il calore, godersi il chiarore guizzante delle fiamme e il crepitio dei ciocchi di legna che bruciavano nel focolare.

Allungando la mano in cerca di una penna, aprì il DIA-

RIO PER CINQUE ANNI e cercò una pagina nuova, bianca. Rimase per un attimo immobile, cercando di mettere ordine nei propri pensieri, e poi cominciò a scrivere.

23 ottobre 1999
Burton Leyburn, Yorkshire

Devo prendere nota qui, su queste pagine, di alcune cose perché non voglio dimenticare niente di questo fine settimana nello Yorkshire. Non riesco a ricordare quando mai mi è capitato di passare altrettanto piacevolmente il tempo. Molto di tutto questo, naturalmente, ha a che vedere con la tua disposizione di spirito. Sono stata molto più rilassata di quanto non mi capiti di solito, in questa casa, con persone molto carine e simpatiche.

Sono tutte caratterizzate da un individualismo spiccato, sicuramente molto diverse da chiunque altro mi sia capitato di conoscere. Perfino un po' strane, a essere onesti. E sembra che di misteri, qui, ce ne siano in abbondanza. Comunque, mi piace tutto qui, e moltissimo.

E non so cosa darei per sapere la verità su alcuni rapporti, anche se immagino che non saprò mai niente. Tanto per cominciare, c'è Lavinia. È trattata come una di famiglia, alla quale tutti vogliono bene, ma non ha alcun legame di parentela né con Verity né con Xenia. È la figlia della cuoca, e lavora come impiegata, qui in casa. Fa da segretaria a Verity, esegue commissioni, va a prendere gli ospiti alla stazione, e cose del genere. Eppure Verity la tratta come se fosse una figlia.

Ho accennato a tutto questo ieri, parlando con Xenia, e mi ha rivolto un'occhiata così strana che sono ammutolita subito. Poi, dopo un po' di tempo, evidentemente ha capito che doveva pur dirmi qualcosa, così mi ha raccontato che Verity è sempre stata estremamente democratica, che non ha mai neanche voluto che venisse usato il suo titolo nobiliare e, tantomeno, recitare la parte della signora del castello. Ma, a essere sinceri, la padrona del castello è proprio lei, in assenza del padre. Ieri, quando sono stata nello studio di Lavinia, mi ha spiegato che Verity, per diritto di nascita, è lady Verity Leyburn in quanto figlia di un conte, le spetta di diritto un titolo onorifico. Poi ha sposato lord Hawes ed è diventata lady Hawes; di conseguenza è una lady due volte, a sentir lei. Mentre era sposata con Geoffrey Hawes, veniva chiamata lady Verity Hawes. Come figlia di un conte ha il diritto di usare il nome di battesimo. Se fosse stata una signorina qualunque, e non avesse fatto parte della nobiltà quando ha sposato lord Hawes, sarebbe stata conosciuta semplicemente come lady Hawes. Non ti è concesso di usare il nome di battesimo se non sei nobile e contrai matrimonio con un lord.

Lavinia ci ha messo un mucchio di tempo a spiegarmi tutto questo. Io, da brava americana, lo trovo complicato, mentre per lei non solo è semplicissimo, ma sembra anche avere una grande importanza. Del resto è comprensibile, non solo è cresciuta in questa dimora aristocratica, ma è anche per metà inglese.

Poi c'è Rex. È molto simpatico, gentile e ha un grande fascino; e devo dire che gli sono proprio grata perché mi preparerà tutta una serie di appunti che riguardano Emily. Comunque, è un autentico mistero. Xenia dice che è una spia, lui sostiene il contrario, ma se fosse vero lo ammetterebbe? Chi lo sa? Comunque, è stato proprio lui con le sue parole, e di sua spontanea volontà, a dirmi che lavorava per i Servizi Segreti inglesi. E poi, credo che sia innamorato di Verity, e Verity di lui, e non ha importanza quello che pensa Xenia. Quando si guardano, nei loro occhi c'è qualcosa di intimo e profondo.

Sono sicura che c'è qualcosa, fra loro. Che sono amanti. Mentre prendevamo il tè, oggi, ho osservato il modo con cui Rex si comporta nei confronti di Lavinia. Sembra molto paterno e affettuoso, e Verity li osservava con aria adorante. Se non sapessi come stanno le cose ci sarebbe da pensare che loro due sono i suoi genitori.

Lavinia mi ha confidato che il conte, il padre di Verity, rimane sempre lontano perché soffrirebbe troppo a stare qui, ma lo ha detto in un modo strano. A me sembra curioso perché, in fondo, finisce per trascurare i suoi doveri e le sue proprietà. In biblioteca ho visto una sua fotografia; Xenia mi ha detto che era quella dello zio Thomas. In uniforme della Royal Air Force. Mi ha spiegato che era stata scattata durante la seconda guerra mondiale e che è stato un vero e proprio eroe, uno dei giovani aviatori che hanno fatto tanto nella Battaglia d'Inghilterra. Era anche molto bello, da giovane. Xenia dice che lo è ancora e Lavinia sostiene che attualmente ha una relazione con questa donna di nome Véronique, in Francia.

Tutto sommato, non posso fare a meno di osservare che Lavinia è una bella chiacchierona. Mi ha raccontato anche un sacco di altre cose mentre guardavo i suoi quadri. È vero che la famiglia non ha molti soldi, di questi tempi, e che è soltanto la genialità di Verity che fa andare avanti tutto. Lavinia dice che i cataloghi hanno dato il loro contributo, ma Verity ha anche venduto molti quadri e gioielli di famiglia anche se il conte, di questo, non è stato molto soddisfatto. Mi ha poi confidato che Xenia non s'innamorerà più di nessuno perché se lo impedirà. Vuole essere la «custode della fiamma». Ho scoperto che Xenia è aristocratica, perché Tim, figlio unico del conte, era visconte Leyburn. Ma Xenia non usa il suo titolo.

Non mi importa delle loro stravaganze o dei loro rapporti complicati. So semplicemente che mi piacciono dal primo all'ultimo, moltissimo, e che sono stati incredibilmente gentili e ospitali... specialmente Xenia! È meraviglioso avere una vera amica come lei, una vera e propria compagna, di nuovo dopo tutti questi anni. Non potrà mai prendere il posto di Carly e Denise nel mio cuore ma so che è una brava persona e che mi è affezionata, come io sono affezionata a lei. Le voglio bene. È speciale. Mi auguro che Lavinia si sbagli e, un giorno o l'altro, possa innamorarsi di nuovo.

Denise se n'è andata, ma Carly c'è ancora, distesa nel letto di un ospedale del Connecticut. Ormai non la vedo da più di un anno, ma la mamma va a trovarla ogni mese come ha sempre fatto in questi ultimi dieci anni. La mamma le è molto affezionata. Carly continua ad avere il solito aspetto, sempre in coma... perduta per tutti noi.

Non sono ancora sicura se accettare o no la parte di Emily Brontë. Per un sacco di ragioni. Non sono certa di poter interpretare bene quel ruolo e poi, forse, ho paura di tornare a New York. Non sono spaventata per la mia sicurezza. Non è così, anche se c'è in giro, ancora libero un assassino. Sinceramente non penso che mi cerchi ancora, per quanto possa avermi preso di mira a suo tempo, tanti anni fa. Ho paura di tornare a New York perché non sono mai stata felice lì. Questi mesi passati a Londra me lo hanno confermato.

Sentì bussare forte alla porta. Smise di scrivere, posò la penna e andò a vedere chi era.

Dodie, la governante, era in corridoio con una bracciata di asciugamani. «Mi scusi se la disturbo, signorina Byrne, ma pensavo che questi potessero farle comodo. Sono freschi di bucato.»

«Grazie, Dodie.» Katie aprì un poco di più la porta e la donna entrò dirigendosi subito verso la stanza da bagno. Dopo un minuto tornava indietro; guardò Katie che era in piedi con le spalle rivolte al camino.

«Oh, vedo che ha acceso il fuoco», constatò. «Le mando di sopra il ragazzo di Pell con altra legna.»

«Grazie.»

Dodie rispose con un cenno del capo, s'incamminò verso la porta, e poi si fermò. Anzi, la richiuse con un gesto lento e deliberato e tornò indietro verso il camino e a bassa voce, chiese: «Potrei dirle una parola, signorina Byrne?»

«Sì, certo.»

«Ecco, si tratta di questo, signorina. Mi sono comportata in un modo un po' scortese, anzi potrei dire strano, venerdì, appena l'ho vista. E ho capito che lei se n'è accorta, come se ne sono accorte sua signoria e la signorina Xenia.»

Katie fece segno di sì, non sapendo bene come reagire a questa dichiarazione.

Intanto Dodie era ridiventata silenziosa e la stava fissando attentamente.

Sentendosi a disagio, disse: «Per carità, Dodie, non ha importanza. Per favore, non se ne preoccupi».

Lei fece un passo avanti e continuò a fissarla. «Ho vissuto qui tutta la vita, sono nata qui, al villaggio. È come se fossi una della famiglia anch'io.»

«Sì», annuì.

«Quindi sa che non sono pazza. Quel che voglio dire è che sua signoria si fida di me, mi conosce molto bene, signorina. Lady Verity sa che sono una sensitiva, possiedo doti paranormali. Anche la signorina Xenia lo sa, ma non sempre lo accetta. Lei pensa che sono un po' squilibrata. Invece non è così, tutt'altro, signorina. Avevo detto a lord Tim di non andare ad Harrogate quel giorno. Avevo un brutto presentimento. Vedevo la morte. Ma lui non mi ha dato retta. E poi sono finiti in quello... scontro...»

Katie fissava la governante con occhi sbarrati, chiedendosi cos'altro le avrebbe detto.

«Venerdì sera, quando le sono venuta vicino, ho colto qualcosa in lei, signorina Byrne. La sua aura. Lei è piena di sofferenza. La nasconde. Ma io la vedo. La percepisco tutt'intorno a lei.»

Deglutì a fatica, continuando a fissare la governante, sbalordita, ma non fece commenti.

«C'è violenza nel suo passato. Una violenza che ha cambiato la sua vita. Deve tornare a casa, signorina Byrne.»

«A New York?»

«In America. Deve andare. C'è una questione in sospeso, e c'è bisogno di lei.»

«Chi ha bisogno di me?»

Dodie scrollò la testa. «Per favore, signorina Byrne, torni a casa. A casa.» Ripeté questa parola, insistendo. «Allora tutto sarà chiaro.»

«Stavo pensando di andarci per Natale.»

«No. Prima.»

«Dodie, si sente bene?»

«Sì, signorina.»

«Sicura? Mi sembra pallida.»

Dodie le si avvicinò, e le posò una mano sul braccio. «Mi ascolti, signorina. Il suo futuro... posso vederlo. È in America. E c'è una questione in sospeso. Da molti anni. Non voglio farle male, signorina. Mi creda.»

«Oh, lo so, Dodie. Ma non posso lasciare Londra immediatamente. Ho i corsi da finire alla scuola di recitazione.» La voce di Katie si spense sotto lo sguardo deciso e penetrante di lei.

Dodie riprese a parlare. «Presto. Ci vada presto. È la cosa migliore.» Si allontanò e aggiunse: «Racconterò a Verity quel che ho detto a lei. Glielo dico sempre quando ho visto qualcosa». Si soffermò nel vano della porta, si voltò e aggiunse con quel tono di voce di poco prima, sommesso, di chi bada alle cose pratiche: «Adesso le mando su il ragazzo con la legna».

PARTE TERZA

Tocco d'amore

New York – Connecticut, 2000

Ahimé, ho tanto sofferto che sono difficile da amare.
Eppure amami – vuoi? Apri il tuo cuore...
Elizabeth Barrett Browning

Con il primo sogno che arriva con il primo sonno
Io corro, io corro e vengo raccolta sul tuo cuore.
Alice Meynell

27

Era sola nel bel mezzo del palcoscenico, e fissava la sala vuota del teatro. Era avvolta dall'oscurità, e anche il palcoscenico era buio, salvo per un cono di luce che le splendeva sui capelli rossi e le illuminava il volto delicato. Facendo qualche altro passo, raggiunse la panca e vi sedette un po' curva in avanti, il gomito destro sul ginocchio, il mento appoggiato alla mano destra. Dopo un momento cominciò:

«Essere o non essere, qui sta il problema: è più degno patire gli strali, i colpi di balestra di una fortuna oltraggiosa, o prendere armi contro un mare di affanni, e contrastandoli por fine a tutto? Morire, dormire, non altro, e con il sonno dire che si è messo fine alle fitte del cuore, a ogni infermità naturale alla carne: grazia da chiedere devotamente. Morire, dormire. Dormire? E poi sognare forse... Ecco il punto: perché nel sonno di morte quali sogni intervengano a noi sciolti da questo viluppo, è pensiero che deve arrestarci. Ecco il dubbio che tiene in vita a così tarda età gli infelici...»

Katie tacque per un attimo e respirò a fondo, in quell'infinitesimale momento di silenzio, dalla sala buia si levarono all'improvviso degli applausi.

Sconcertata, alzò gli occhi; l'intensa concentrazione in cui era piombata si dissolse. Alzandosi, occhieggiò nell'oscurità, vide un movimento improvviso fra le poltrone e poi una figura snella si fece avanti, camminando lenta nel corridoio, verso il palcoscenico.

Un minuto più tardi Katie riconobbe Melanie Dawson.

«Non sapevo che fossi qui!» esclamò. «Ero convinta di essere completamente sola in teatro.»

«Ricordami di offrirti il ruolo di protagonista, se mai capitasse, a me e ad Harry, di mettere di nuovo in scena l'*Amleto*. La tua è una delle migliori interpretazioni del monologo che mi sia mai capitato di sentire. Cosa ne dici? Non è una cattiva idea, eh? Una donna che recita la parte di Amleto.»

«Mi piacerebbe immensamente», rispose. «Però hai sentito soltanto una metà del suo monologo.»

«Lo so. Sei dotata, Katie, e ti giuro che mi sento non solo emozionata ma anche sollevata al pensiero che tu abbia accettato la parte di Emily Brontë. Emozionata, perché capisco che sarai veramente grande nel mio spettacolo; sollevata, perché non avrei sopportato di veder sprecato un talento come il tuo.»

«Grazie per quello che mi stai dicendo, Melanie. La tua opinione su di me come attrice è molto importante.»

Melanie adesso aveva gli occhi fissi sul proscenio, l'aria seria, ed era seria anche la sua voce quando disse: «Questa parte di Emily Brontë non potrebbe essere più perfetta per te, Katie. Vedrai che lancio sarà per la tua carriera».

«Sono contenta che ti piaccia il modo in cui l'ho recitata. In principio avevo un po' di preoccupazione perché il mio modo di interpretarla è totalmente diverso da quello di Janette Nerren, a Londra.»

«Infatti. Nel modo più assoluto. Però a me continua a piacere quello che tu hai deciso di scegliere fin da quando sono cominciate le prove. È il modo in cui tu vedi Emily che rende così differente la tua performance. Hai reso la tua Emily Brontë una donna molto moderna. E credo che sia quello che m'incanta. Ma te l'ho già detto prima. E poi, mi stavi spiegando perché la interpreti a questo modo un paio di settimane fa, ma siamo state interrotte come al solito. Così, raccontamelo adesso.»

«È stato un amico nello Yorkshire, Rex Bellamy, che mi ha aiutato a vederla diversamente. È un esperto sulle Brontë e mi ha presentato alcuni suoi punti di vista molto interessanti. Naturalmente non mi ha detto come recitare Emily. Però mi ha spiegato un mucchio di cose su di lei, su quella che era realmente, non come gli altri l'hanno fatta diventare in quest'ultimo secolo.»

«In altre parole, ti ha mostrato la vera donna, la donna dietro il mito.»

«Esattamente.»

«E funziona, Katie, come sai bene. Perché adesso tu, lì su quel palcoscenico, stai facendo qualcosa di speciale.»

«Emily era moderna, Melanie. In anticipo sul suo tempo. Indipendente, all'avanguardia. Era convinta di essere una superdonna, di poter fare qualunque cosa, realizzare qualsiasi obiettivo unicamente con la sua forza di volontà. E in un certo senso, si è emancipata.»

«A sentirti, si direbbe che assomigli a qualcuno che conosco.» Melanie scoppiò in una risatina, mostrandosi divertita.

Katie si unì alla sua risata, poi disse: «Scendo in sala».

«No, no, vengo su io e torno con te in camerino.»

Pochi istanti più tardi, si avviavano insieme fra le quinte e Melanie stava dicendo: «Venivo a cercarti quando Paul Mavrolian mi ha bloccato. Voleva parlarmi delle luci. E tu sai cos'è la settimana delle prove tecniche. Ti ho visto con la coda dell'occhio mentre ti avviavi al palcoscenico e quando ho potuto finalmente venirti dietro, ho capito che eri lì perché volevi recitare qualcosa; così sono scesa in sala per osservarti».

«Ah. Ma perché mi stavi cercando? Volevi parlarmi?»

«Sì, ti ho fissato un appuntamento domani, con Selda Amis Yorke. Per le prove finali del costume. Dovresti andare nel suo atelier domattina e poi tornar qui il più presto possibile per le prove.»

«Va bene, sarà fatto. E grazie ancora, Melanie.»

«Mi hai già ringraziato.»

«Capisco, ma se tu sapessi come è importante, per me, tutta questa tua fiducia... Prometto di non deluderti.»

«So che non mi deluderai.»

Maureen Byrne era occupata a spolverare il soggiorno dell'appartamentino di Katie a New York, quando suonò il telefono. Si affrettò ad alzare il ricevitore. «Pronto?»

«Sei tu, Katie?»

«No, sono sua madre. Chi parla?»

«Oh, salve, signora Byrne. Come sta? Qui parla Grant... Grant Miller.»

«Salve, Grant. Katie non c'è. È alle prove.»

«Già, che stupido sono! Continuo a dimenticarmi che

recita in quella commedia sulle Brontë. A che ora ritorna?»

Maureen rimase un attimo incerta. Non riusciva proprio a sopportare Grant Miller e ci voleva tutto il suo autocontrollo per essere cortese ed educata. Era noioso da morire. Forse era tutta colpa della sua smania di affermarsi, anche se Katie aveva sempre sostenuto che fosse pieno di talento. Dopo essersi schiarita la gola e lasciando che la sua buona educazione prendesse il sopravvento, si decise a rispondergli: «Credo che esca dalle prove verso le sei».

«Come al solito. Mancano dieci minuti alle sei. Quelle otto ore obbligatorie alle quali ti costringono i produttori. È dura, è dura, signora Byrne. Quanto a me, posso soltanto dire, oh ragazzi come sono contento di avere abbandonato il teatro per darmi al cinema.»

«Davvero? È così che hai fatto, Grant?» Maureen cercò di togliere qualsiasi nota sarcastica alla domanda, ma ebbe il dubbio di non esserci riuscita del tutto. «Posso lasciare a Katie un messaggio?»

Stavolta toccò a lui schiarirsi la gola. «Ecco, ehm, confesso che non lo so, signora Byrne. Odio lasciare messaggi. E dovrei proprio parlare con Katie su questo.»

Silenzio.

Maureen poteva sentire il suo respiro all'altra estremità del filo. Allungando una mano a prendere la penna e facendosi scivolare vicino il piccolo blocco bianco per gli appunti, disse in tono brusco: «Dammi il tuo numero. Le dirò di chiamarti appena rientra. Se non è troppo stanca».

«Sono a Berverly Hills», rispose lui e le snocciolò un numero di telefono di dieci cifre. «Ma come le ho appena detto, signora Byrne, non mi piace lasciare messaggi quando si tratta di argomenti delicati e quindi...»

«Non mi hai detto che era un argomento delicato, Grant», l'interruppe lei.

«Lo è, invece. Senta, signora Byrne, forse dovrei spiegarlo a lei, così mi potrebbe dare un consiglio, dirmi cosa ne pensa.»

«Va' avanti, Grant.»

«Ecco, si tratta di questo, signora Byrne. Sto per sposarmi. Ora, per Katie la notizia arriverà un po' come uno choc, lo capisco, e non voglio che la prenda male, che rimanga scombussolata.»

Maureen taceva.

Dopo un momento lui si schiarì la gola di nuovo, più nervosamente di prima, e domandò: «È sempre lì, signora Byrne?»

«Sì, sono qui, Grant.»

«Il fatto è... Ecco, ascolti, non voglio che Katie resti ferita, offesa. Quale pensa possa essere la sua reazione?»

Proverà un gran sollievo, di questo sono sicura, pensò Maureen. Invece disse in tono pratico, e tranquillissimo: «Oh, non preoccuparti per la reazione di Katie. In questo momento è tutta presa dalla sua commedia. Sarà la prima ad augurarti tutta la felicità possibile. Come te l'auguro io. Addio, Grant».

Lui stava ancora borbottando i suoi saluti, ma Maureen aveva già riattaccato.

Che liberazione, pensò, rimanendo a fissare il telefono, poi girò sui tacchi e ricominciò, tutta allegra, a far scorrere il piumino sui ripiani della libreria; per la prima volta da tanto tempo provava improvvisamente una gran voglia di mettersi a canticchiare. Invece cominciò a ridere. Michael aveva sempre sostenuto che Grant Miller era pomposo, e lei e ne aveva avuto la prova poco fa.

È proprio da lui immaginare che Katie sarebbe rimasta sconvolta all'idea che si sposasse. Che egoista formidabile, quel Grant Miller! Letteralmente inconcepibile. Fra lei e Katie c'era sempre stata una grande confidenza anzi in quel periodo, forse, era addirittura diventata più grande; e sua figlia, all'incirca un anno prima, le aveva confidato che i suoi rapporti con Grant erano inconcludenti, continuavano per pura abitudine, ma che, per quello che la riguardava, lei li considerava finiti.

Del resto Katie aveva continuato per la sua strada lasciandoselo dietro. Non per cominciare a frequentare un altro uomo, sfortunatamente; però si era decisa a compiere un passo importante e aveva accettato una parte in uno spettacolo che sarebbe stato messo in scena a Broadway.

E questo aveva procurato a Maureen un enorme sollievo, come vederla tornare in America. Aveva capito il bisogno di sua figlia di lasciare New York, il suo desiderio di andare a Londra a studiare alla Royal Academy of Dramatic Arts. Katie era letteralmente innamorata del modo di recitare, e degli attori inglesi e voleva perfezionare il suo talento nel posto che considerava il migliore.

Maureen e Michael erano ben contenti di offrire alla figlia il loro aiuto finanziario durante tutto quel periodo, né più né meno come avevano accettato di continuare ad affittare il suo appartamento, intanto che lei era assente.

Bridget glielo aveva trovato appena era arrivata a New York a studiare. Si trovava in West End Avenue nei pressi della Settantesima Strada, in un palazzo di dimensioni piuttosto piccole, provvisto di portineria, sicuro, molto comodo e facilmente accessibile da Broadway.

L'anno prima, quando Katie aveva annunciato la sua intenzione di andare a Londra, Bridget le aveva raccomandato di non permettere a Katie di rinunciare a quell'appartamento. «Tornerà indietro prima che tu te ne sia accorta e ha l'affitto bloccato, un affare così non lo trova più. E continuerà a essere perfino un affare se, e quando, il palazzo dovesse diventare un condominio, perché è proprio quello che succederà, vedrai. Non mollarlo, anche se dovessi essere costretta a rilevarlo tu.»

Avevano dato ascolto a Bridget e in quell'ultimo anno, durante l'assenza di Katie, erano andati di frequente a Manhattan per passarci il fine settimana, per una serata a teatro o al cinema, un giro di acquisti, oppure trovarsi a pranzo o a cena con Bridget. E perfino Niall si serviva di quell'appartamento di tanto in tanto quando doveva fare una scappata in città per affari.

Niall. Suo figlio maggiore. Maureen era preoccupata per lui. A ventinove anni non era ancora sposato e ne provava una grande delusione. Aveva sempre pensato che a quel punto avrebbe dovuto avere almeno un nipotino? Invece Niall non faceva neanche la corte a una ragazza in particolare. Però aveva un sacco di amichette. E quante più erano meno pericolo c'era.

Non aveva preoccupazioni sul conto di Fin, invece. Il figlio minore aveva ventidue anni e gli piaceva moltissimo l'università di Oxford, dove si sarebbe laureato l'anno successivo. L'aveva sempre colpita la naturale armonia con se stesso del figlio, il pieno controllo e le sue responsabilità di studente, assolutamente brillante. Non dava mai niente per scontato. Era un po' solitario, gli piaceva starsene per conto proprio. Katie e Niall avevano contribuito a renderlo così introverso, non gli avevano mai permesso di dividere con loro l'intimità fraterna, e il grande affetto che li univa. Ma Fin non era tipo da perder tempo in rimpianti. Lei lo vedeva lanciato verso il proprio futuro, senza darle la minima preoccupazione. Fin però, non era rimasto duramente colpito come Katie e Niall dai tragici avvenimenti di dieci anni prima. Maureen sospirò, sfiorando con lo sguardo la fotografia su uno degli scaffali.

Katie, Carly e Denise.

Era stata scattata quando avevano sedici anni. Alla splendida festa per il sedicesimo compleanno di Katie. Maureen posò il piumino sulla scrivania, si allungò verso la foto la prese fra le mani e rimase a contemplare i loro volti. Così giovani, così innocenti, così tenere.

Inaspettatamente, i suoi occhi di quell'azzurro tanto profondo si colmarono di lacrime mentre ripensava a come erano state, tutte e tre, una grande promessa... e con quanta spietata perversità quel loro futuro così promettente fosse stato troncato sul nascere.

Katie era viva, ma quella violenza aveva lasciato un'impronta terribile, indelebile, sulla figlia. E anche su di lei, Michael e Niall.

La violenza aveva davvero distrutto le loro vite, cambiato radicalmente ogni cosa, ma alla fine, lei e Michael erano riusciti a riprendersi. E Michael, come antidoto al dolore, si era buttato anima e corpo nel lavoro, in quegli ultimi tempi tutta la famiglia aveva ricavato grandi benefici da quello che aveva realizzato. Perché era stato un successo. La piccola società edile, che aveva fondato da solo subito dopo aver lasciato la scuola, non era più così piccola. Anzi, a dar retta a Niall, avevano fin troppo lavoro. Adesso era diventato socio del padre a tutti gli effetti, dimostrando di essere anche un uomo d'affari molto abile e sagace.

Nella zona in cui abitavano, c'erano molti nuovi arrivati, in gran parte newyorkesi in cerca di una casa per il fine settimana fra le colline di Litchfield, e lo stile architettonico tradizionale, quello americano coloniale, era il loro preferito. Che si trattasse di ristrutturare una vecchia abitazione per ammodernarla, oppure di costruirne una nuova di zecca, toccava a Michael farne il progetto, e poi a costruirla con la sempre più prospera impresa edile di famiglia.

Maureen sapeva fin troppo bene come fosse stata sua figlia quella che aveva sofferto più di tutti; quella che non si era mai ripresa totalmente dall'orrore e dallo strazio per l'assassinio di Denise e per la vita vegetativa alla quale Carly era stata ridotta. Anzi era diventato un vero e proprio ostacolo per la sua carriera di attrice, aveva rallentato molto la sua attività, in ogni senso. Fino a ora.

Finalmente Katie aveva trovato il coraggio di accettare questa parte e forse tutta la sua vita sarebbe definitivamente cambiata. Non solo, ma appena pochi giorni prima Maureen era rimasta colpita dal fatto che adesso si sarebbe detto che Katie accettasse finalmente New York per quello che realmente era... una grande metropoli piena di vita e di animazione, come nessun altro posto sulla terra.

Non era stata felice a New York, in passato soprattutto perché non aveva mai avuto delle vere amiche. Così, per quello e molti altri motivi, aveva finito per attaccarsi alla zia. Bridget era stata contentissima di prendere la nipote sotto la sua protezione, e l'intimità e l'affetto fra loro erano cresciuti. Bridget non si era mai sposata, e quindi considerava Katie la figlia che non aveva mai avuto.

Maureen era grata alla sorella che si occupava con tanta e affettuosa premura di Katie. E non si era mai sentita realmente preoccupata al pensiero che sua figlia vivesse per conto proprio nella grande città. La giudicava sensibile, accorta, capace di badare a se stessa. Aveva trovato, piuttosto, che la presenza di Katie nel Connecticut le dava qualche preoccupazione, la teneva sempre sulle spine. Perché a differenza del marito e di Mac MacDonald, e perfino di Katie stessa, lei non si era mai veramente convinta che l'assassino avesse lasciato la zona di Malvern.

Sapeva, nel profondo della sua anima celtica, che lui era ancora lì, nelle vicinanze, e che faceva la sua vita di sempre. Se avesse ucciso altre donne, questo lo ignorava. A ogni modo, a quanto le risultava, non c'erano più stati altri omicidi nella regione. E in ogni caso, se ci fossero stati, Mac lo avrebbe riferito a Michael. Comunque, questo non significava che non avesse più ucciso in quegli ultimi dieci anni in qualche altro posto.

Maureen sfiorò con infinita dolcezza, accarezzandola con la punta di un dito, la faccia di Carly – come faceva sempre quando andava a visitarla all'ospedale. Non c'era mai stata né una reazione né una risposta da parte sua, ma, nonostante questo, Maureen si sentiva più sollevata all'idea di andare a trovarla e sperava, così facendo, di aiutarla in qualche modo, standole vicino. Le infermiere dicevano che non potevano sapere se Carly si accorgeva della sua presenza. Malgrado questo, Maureen si augurava che potesse sentire la sua voce, che si rendesse conto della sua presenza, capisse qual era l'affetto che provava per lei.

Janet, la mamma di Carly andava a trovarla ogni settimana. La famiglia Matthews, invece, non ci andava mai. Probabilmente per loro era troppo difficile. Si erano trasferiti altrove, non molto tempo dopo il funerale di Denise. Avevano venduto la casa e il ristorante ed erano spariti. Nessuno sapeva dove fossero andati. Doveva essere stato insopportabile per loro continuare a vivere nella zona di Malvern dove troppi ricordi ossessivi continuavano ad angosciarli. E questo Maureen lo capiva.

Mettendo di nuovo al fotografia al suo posto sullo scaffale andò a recuperare il piumino della polvere e si trasferì in cucina, tentando di accantonare quel senso di angoscia. Bene o male, riusciva a convivere con tanto dolore, anche se, a volte, le era difficile.

Riempì automaticamente il bricco dell'acqua e lo mise sul fornello. Presto Katie sarebbe stata a casa, e una tazza di tè le avrebbe sicuramente fatto piacere.

Lo squillo improvviso del telefono la fece trasalire. Andò al ricevitore. «Pronto?»

«Pronto, signora Byrne. Sono Xenia.»

«Sì, ti ho riconosciuto. Come stai, Xenia cara?»

«Bene, e lei?»

«Non male. Katie non è qui; non è ancora rientrata dalla prove. Tu dove sei? Posso farti richiamare?»

«Veramente, è meglio di no. Sono a Chicago e sto per andare a un colloquio con un cliente. Però la settimana prossima torno a New York, soltanto per un paio di giorni. Spero di riuscire a vederla.»

«Ne sono sicura. Devo dirle che proverai a richiamarla più tardi?»

«Sì, per favore. Come sta andando la commedia?»

«Molto bene, a quanto mi dice. Se tu sapessi, Xenia, come sono contenta che tu l'abbia aiutata a prendere la decisione di accettare quella parte. Penso che cambierà la sua vita.»

«Lo so. Ne sono sicura.»

«Questa settimana, come forse ti avrà detto, è quella

dedicata alle prove generali per luci, suoni, e via dicendo. Ma lei è molto emozionata, in quanto lavorano in teatro per la prima volta. La settimana prossima ci sarà la prova generale.»

«La commedia va in scena al *Barrymore Theatre*, o sbaglio?»

«Precisamente. È uno dei più piccoli ma perfetto per un'opera teatrale drammatica come questa. Katie mi dice che uno di quei grandi teatri, con milleottocento posti, dove generalmente si danno le opere musicali sarebbe dispersivo.»

«Non ho difficoltà a immaginarlo. E non sto più nella pelle al pensiero di vederla recitare nella commedia. Per quando hanno fissato la prima?»

«Fra un mese. Tre settimane di anteprime, e la prima verso la fine di febbraio. Domenica, venti. Abito da sera e poi un ricevimento alla *Tavern on the Green*. Cose favolose. Katie mi ha detto che hanno appena finito di spedire gli inviti. Spero che potrai venire, Xenia.»

«Senz'altro. E sono già preparata a farle una clacque. Ma una di quelle! Aspetto con impazienza di vedere anche lei quella sera, signora Byrne.»

«E io, di vedere te, Xenia.» Intanto che parlava Maureen si allungò a spegnere il gas sotto il bricco dell'acqua.

Si salutarono e Maureen riattaccò; poi si trasferì nel piccolo soggiorno, si accomodò sul divanetto a due posti e pensò alla prima teatrale di Katie. Era uno dei motivi per i quali era venuta a New York. Aveva un abito da sera elegante, una specie di snello e lungo tubino di tessuto nero, un'altra delle toilette della sua benamata stilista, la Trigère, comperato quindici anni prima, appena prima che chiudesse l'atelier; lo aveva messo di rado ed era in condizioni perfette. E la sua gita in città aveva avuto lo scopo di comprare un paio di scarpe di seta e una borsettina da sera nere. Era stata Bridget che l'aveva accompagnata a fare acquisti, e solo allora era riuscita a rendersi conto della realtà dei fatti. Finalmente qualcosa cominciava a succedere. La realizzazione del sogno infantile di Katie: quello di apparire in uno spettacolo su un palcoscenico di Broadway. Com'era emozionante. Tutti erano commossi: Bridget, i nonni, Sean e Catriona O'Keefe, e i suoceri. L'intera famiglia sarebbe piombata in città dal Connecticut per la prima della commedia e il ricevimento e tutti avevano le più grandi aspettative.

C'erano momenti in cui Michael si preoccupava per la sua adorata Katie, aveva paura che non ce la facesse a realizzare il suo sogno, tanto era grande l'impegno che richiedeva. Maureen invece, no. Lei aveva una fiducia totale e assoluta nella figlia, una fiducia incredibile da non lasciare posto neanche al più piccolo dubbio. Perché sarebbe stato un trionfo... il trionfo di Katie Byrne, ecco quello che pensò. E quanta fatica, quanto duro lavoro, per arrivarci!

Si lasciò andare contro la spalliera del divanetto e chiuse gli occhi. I suoi pensieri si spostarono su Xenia. Non fosse stato per lei, forse Katie non avrebbe mai fatto il suo debutto a Broadway. Com'era felice che sua figlia avesse finalmente un'amica. In tutti quegli anni aveva sempre respinto ogni tentativo di amicizia ed era diventata un tipo solitario. Katie non voleva più avere un'amica perché, secondo lei, questo avrebbe significato una forma di slealtà nei confronti di Carly e Denise, verso la loro memoria. E c'era anche il senso di colpa. Anche quello aveva giocato un ruolo importante.

Come mai non se ne era resa conto, prima? Poi il rumore della chiave nella toppa le fece voltare la testa nel

288

preciso momento in cui Katie entrava nella piccola anticamera.

«Ciao, mamma!»

Maureen si alzò per andare incontro alla figlia, e la
sua faccia, adesso, era tutto un sorriso. Le schioccò un
bacio su una guancia e disse: «Ciao, tesoro. Hai l'aria in-
freddolita, lascia che vada a mettere l'acqua sul fuoco».

«Una tazza di tè non la rifiuto di sicuro», dichiarò Katie con vivacità, cominciando a liberarsi delle varie pash-
mine celesti e rosso cupo che teneva intorno al collo e del
cappotto nero. Dopo aver appeso tutto nell'armadio del-
l'anticamera, seguì la madre nel cucinino e rimase a guardarla, appoggiata allo stipite della porta.

«Hai avuto una buona giornata, mamma?»

«Indaffarata. Ho pulito l'appartamento.»

«Non dovevi. E, a ogni modo, non era sporco», prote-
stò Katie.

«Appena appena polveroso», mormorò Maureen,
prendendo le tazze di ceramica dalla credenza. «Ha telefonato il tuo vecchio amico Grant Miller.»

«Oh Dio, no! Spero che non sia a New York.» Adesso
Katie si era messa a guardar la madre con aria inorridita.
Maureen cominciò a ridere. «No. Chiamava da Beverly
Hills e ha lasciato il suo numero. Avrebbe piacere che tu
lo richiamassi.»

«Non se ne parla neanche.»

«Oh, invece credo che dovresti farlo, tesoro.»

«Perché? Che bisogno c'è? Non riesco a sopportarlo.»

«Si sposa. Il minimo...»

«Evviva! Che magnifica notizia!»

«Avevo cominciato a dire che il minimo che tu possa
fare è congratularti con lui.»

«Già, suppongo», bofonchiò e le sorrise.

«Ha dichiarato che si buttato sul cinema. Rinuncia al teatro.»

«Non mi meraviglia. È molto fotogenico.»

Maureen continuò a informarla di quello che si erano detti durante tutta la conversazione, e Katie rise, esclamando: «Che stupido!»

«Ha chiamato Xenia. È a Chicago. Ti richiamerà.»

«Mi piacerebbe sapere se ha in mente di venire a New York. Ti ha detto niente?»

«Sì, sarà qui per uno o due giorni la prossima settimana. Spera di vederti. E ha già previsto, anzi è completamente sicura, di essere presente alla prima.»

«Questa sì, che è una splendida notizia!»

«Sì, certo.» Maureen prese le due tazze e seguì Katie nel soggiorno. Dopo avergliene messa una in mano, andò a prendere posto sul divanetto.

Katie si sedette nella poltrona di fronte e cominciò a dire lentamente, con una certa cautela: «Mi è capitato spesso di pensare che tu, in fondo, non provi una grande simpatia per Xenia, mamma».

Maureen fece segno di sì con la testa. «Ho sempre avuto due opinioni contrapposte sul suo conto, e di tanto in tanto mi è capitato di non saper cosa pensare su di lei, specialmente nei primi tempi dopo che l'avevi conosciuta.»

«Perché? È molto simpatica.»

«Credo di aver pensato che fosse un tipo troppo superiore a te come classe sociale, con l'ambiente nobile e ricco dal quale proviene. Voi due siete diverse come il giorno e la notte. Non pensavo possibile una vera amicizia.»

«Perché io sono una classica ragazza di campagna, un nessuno, è questo che intendi dire?»

«In un certo senso sì. Anche se non penso che tu sia una delle classiche ragazze.»

«Xenia non è una snob, mamma, e lei e sua cognata lavorano con molto impegno. Devono lavorare, perché non hanno ereditato un patrimonio, fidati di quello che ti dico. Lei e io... Ecco, ci siamo capite subito alla perfezione dal primo momento in cui ci siamo conosciute. Ci vogliamo bene, ci siamo simpatiche, e poi ho scoperto che abbiamo anche tante cose in comune.»

Incuriosita, Maureen domandò: «Per esempio?»

«La tragedia sotto forma di una morte improvvisa, inaspettata. Strazio, dolore, sofferenza.»

Maureen guardò la figlia con aria strabiliata. «Xenia ha fatto esperienze di quel genere?»

«Sì. Lascia che ti racconti la sua storia, mamma.»

28

LA prova era in pieno svolgimento.

Charlotte e Anne Brontë, interpretate rispettivamente da Georgette Allison e Petra Green, sedevano nel tinello vittoriano della casa parrocchiale di Haworth. Al di là della finestra aperta si poteva vedere un cielo grigio, coperto, temporalesco, e il paesaggio della desolata e solitaria brughiera dello Yorkshire.

La scena, sul palcoscenico del *Barrymore Theatre*, aveva la massima verosimiglianza, era autentica fin nei minimi particolari. L'autore della scenografia, il noto designer Larry Sedwick, era un inglese, più volte vincitore del Tony Award, anche stavolta aveva voluto dare una conferma dell'intelligenza e vivacità d'interpretazione che erano le sue caratteristiche più eccezionali. La scena descriveva un tempo ormai lontano nel passato. Le due donne sedevano a un tavolo con i libri aperti davanti. I loro volti erano gravi. Charlotte stava pronunciando la sua battuta.

E Katie, fra le quinte, era in attesa della sua, quella d'entrata.

Finalmente apparve sul palcoscenico, sicura di sé,

pronta a recitare la sua parte, quella di Emily Brontë. Battendo lievemente le palpebre per un attimo abbagliata dallo scintillio delle luci della ribalta, poi disse con voce chiara e limpida, e un tono di voce dal marcato accento anglosassone: «'Ho riflettuto su quello che mi avevi detto, Charlotte, e ho preso una decisione. Non possiamo pubblicare sotto i nostri nomi autentici. O meglio, non lo permetterò'».

Charlotte rispose in tono gentile. «'Su, su, Emily. Sai benissimo che non sono disposta a tollerare la tua testardaggine.'»

Anne, sporgendosi in avanti, interloquì prontamente nel dialogo dicendo: «'Charlotte carissima, Emily ha ragione: non sarebbe... decoroso usare i nostri veri nomi'».

Charlotte rispose.

Ma Katie non tese l'orecchio ad ascoltare le sue battute. Né pronunciò la propria.

Georgette non era più Georgette che recitava Charlotte.

Era Carly Smith. I suoi capelli neri ondeggiavano lucenti sotto il riflettore, i suoi occhi di un colore azzurro-viola era splendenti, pieni di vita.

E Petra era diventata Denise, con i lunghi capelli biondi che le scendevano morbidi sulle spalle, i caldi occhi nocciola colmi di dolcezza, e di seduzione.

Possibile che fosse un gioco di luci? Per l'infinitesima parte di un secondo Katie credette di sì. Batté più volte le palpebre e fece un passo per accostarsi a quelle due persone, scrutandole. Poi aprì la bocca per parlare, ma non ne uscì neanche una parola. Rimase in mezzo al palcoscenico, ammutolita, confusa, sperduta. Non riusciva a continuare. Di colpo si coprì di un sudore gelido e cominciò a tremare.

Erano Carly e Denise nel granaio, quell'ultimo giorno, quando c'erano state tutte insieme. Sedute a quel tavolino. A imparare la loro parte per la rappresentazione natalizia della scuola. Chiudendo gli occhi di scatto, Katie lottò disperatamente per riacquistare l'autocontrollo, e smettere di tremare. Ma, inutilmente. Adesso c'erano altre visioni lampeggianti che l'abbagliavano, e si susseguivano l'una all'altra rapide, inquietanti. Immagini tumultuose, che apparivano e scomparivano in un baleno, di Carly e Denise come le aveva viste l'ultima volta, in quel bosco. Carly con la testa sfracellata, e il sangue che le scendeva copioso sulla faccia; Denise accasciata sul terreno, gambe e braccia scomposte, la gonna arrotolata fin sotto il petto. Violentata. Assassinata. Altre di queste sequenze brevi come fiammate... di violenza, di morte...

Katie era immobile al centro del palcoscenico, squassata da un tremito, senza più riuscire a muoversi, né avanti né indietro. Impietrita.

Confusamente, in distanza, sentì improvvisamente una voce maschile. Era Jack Martin, il regista. «Ti senti bene? Cosa c'è? Qualcosa che non va?»

Vacillando leggermente, continuando a sbattere le palpebre sugli occhi abbacinati, riuscì a mormorare: «Non so... sto male... mi gira la testa... ho la nausea».

Un momento più tardi era al suo fianco, le circondava la vita con il braccio. Ed ecco che la stava accompagnando fuori, fra le quinte, giù, nel suo camerino. Un secco rumore di passi li seguì. Tacchi alti levarono un'eco dal duro pavimento con il loro ticchettio. Era Melanie. Capì che era Melanie. L'aveva delusa, tradita. Non ne aveva avuto intenzione, però era successo.

* * *

«Cerca di spiegare quello che ti è appena capitato là fuori», disse Jack Martin, e dal suo tono di voce si capiva che doveva essere su tutte le furie. D'altra parte era famoso non soltanto per le sue qualità sorprendenti di regista ma anche per l'irascibilità.

Lei scrollò la testa, aggrappata con una mano al bracciolo della poltrona.

Jack era in piedi, e la scrutava dall'alto della sua statura, l'espressione furiosa, gli occhi azzurri pericolosamente gelidi. Le scoccò uno sguardo truce. «Il gatto ti ha mangiato la lingua? Come poco fa, quando eri in scena. Su, da brava, prova a dirmi cosa è successo?»

«Non lo so. Ti giuro, in tutta onestà, che non lo so, Jack.» Si abbandonò nella poltrona, sforzandosi per non scoppiare in lacrime.

«Magari ti sei beccata qualche virus e ti sta per venire un malanno? Una bella sfortuna, accidenti. Proprio questa settimana, con anche le prove in costume! Una vera scalogna. Proprio quello che mi ci vuole, una seconda attrice che fa cilecca. Gesù!»

Cercando di dominarsi con uno sforzo disse: «Comincio a sentirmi meglio. Adesso torno in palcoscenico e finisco la scena».

«No, non farai niente del genere, Katie», intervenne Melanie Dawson mettendole in mano una scatola di fazzoletti di carta. «Sei sudata fradicia, e in teatro non fa poi tutto questo caldo. Spero che non ti venga l'influenza. Se non ce l'hai già!»

Si asciugò il collo, si tamponò la faccia. Scrollò di nuovo la testa. «Non credo. Comincio a sentirmi meglio. Potrei avere un po' d'acqua, per favore?»

Melanie le offrì il bicchiere che teneva già in mano. «Eccolo, e bevi.»

«Grazie, Melanie.»

Jack si avviò a passi concitati verso la porta, e la sua stizza adesso stava per trasformarsi in uno scoppio di collera. «Sarà meglio che veda se riesco a mettere in piedi questo spettacolo, e a farlo partire sulla strada giusta! Farò la prova senza la mia seconda attrice protagonista.»

«Buona idea, Jack.» Melanie gli rivolse un'occhiata rassicurante, gli sorrise. «Andrà tutto bene, vedrai. Fra un minuto ti raggiungo anch'io.»

Lui lanciò un'occhiata a Katie. «Cerca di star meglio.» E uscì in fretta e furia, sbattendosi dietro la porta.

Quando si ritrovarono sole, Melanie andò a sedersi sulla seggiolina vicino alla toilette. Fissando Katie con quei suoi occhi così incisivi, disse: «Io ti conosco, e so che non ti dimentichi le battute. E allora, si può sapere cosa è successo sul palcoscenico?»

«Non lo so, Melanie. Mi sono sentita male, così, all'improvviso, non riuscivo più a continuare. Ti giuro che ti sto dicendo la verità.»

Melanie sembrò perplessa, aggrottò la sopracciglia, intrecciò le mani e le strinse con forza, si protese un po' in avanti. «Se stai male, devi dirmelo. Siamo quasi in dirittura di arrivo per le anteprime, e la prima! Non posso permettere che qualcosa non funzioni al punto in cui siamo. Quindi, ti prego, dimmelo.»

Katie rimase in silenzio. Adesso si stava mordendo un labbro con gli occhi colmi di lacrime.

Melanie continuò con una voce bassa, dolcissima. «Non sei stupida, Katie. Tutt'altro. Sei intelligente, quindi sai che ci sono un sacco di soldi in ballo, anzi milioni di dollari. Io ho parecchi finanziatori, molto importanti e generosi, che si fidano di me e sanno che metterò in scena una buona commedia. No, non soltanto buona. Una commedia sensazionale. E soprattutto una commedia di successo, che farà colpo. Io ho una responsabilità nei loro confronti, come in quelli di Harry, che da parte sua ha impegnato un mucchio di denaro.» Fece una pausa. «E tu hai una responsabilità nei miei confronti. Una prima che non funziona, un vero e proprio fiasco, con te che perdi la battuta e rimani in scena come il classico sacco di patate. Mi capisci?»

«Sì, certo, e mi dispiace. Mi dispiace profondamente. Non succederà più.»

«Cos'è che non succederà più? Su, coraggio, confidati con me, Katie. Me lo devi.»

«Sì, lo so. Tu sei stata molto buona con me.» Esitò soltanto per un istante. Era piena di angoscia e di un improvviso senso di colpa, perché capiva di aver creato un sacco di complicazioni. Doveva essere onesta con Melanie, che era sempre stata buona nei suoi confronti e aveva creduto in lei.

Schiarendosi la voce, cominciò. «Non so come spiegarlo... Quello che è successo in scena, voglio dire. È stato come un flashback. È l'unica parola che posso usare...» s'interruppe bruscamente.

«Va' avanti.»

Rimase con gli occhi fissi su Melanie, chic come sempre in un completo pantaloni neri e camicia di seta bianca, i capelli castani corti, dal taglio elegante, pieno di stile. Melanie Dawson, produttrice di Broadway *par excellence*. Una sicurezza, se si voleva far cassetta. La beniamina dei critici. La vincitrice, e più di una volta, del Tony Award. La sua buona amica. Mentore. Protettrice. Katie capiva che le doveva la verità. «È successo qualcosa un giorno, dieci anni fa. Non riesco proprio a capire perché ma certe parti di quel giorno hanno cominciato...

hanno cominciato ad apparirmi a lampi, proprio come flash, nel cervello mentre ero sul palcoscenico, poco fa. È stato come... ritrovarmi là, rivivere tutto.»

«Ed è stata una cosa terribile, vero, Katie?»

«Sì.»

«Ho sempre avuto la sensazione che nel tuo passato ci fosse qualcosa che ti turbava, che questo avvenimento ti avesse spinto a venire a Londra, e anche impedito il ritorno a New York.» Fece segno di sì con la testa, come se trovasse conferma, in quel momento, di qualcosa che aveva in mente da tempo. Corrugò la fronte. «Avevo la sensazione che ci fosse qualche sorta di... impedimento.» La voce di Melanie si spense senza concludere la frase.

E Katie, dopo aver tratto un lungo respiro, raccontò la sua storia.

«Oh mio Dio!» Melanie, immobile al suo posto, adesso fissava Katie con gli occhi sgranati. Non aveva assolutamente previsto una storia tanto spaventosa e si ritrovò per un momento senza parole. Alla fine, riuscì a mormorare: «Che cosa orribile quelle povere ragazze! E che atroce fardello per te».

«È stato proprio quel pomeriggio in particolare, che mi è apparso in un lampo davanti agli occhi, mentre ero lassù, sul palcoscenico. Comunque, non capisco perché sia successo.»

Melanie rimase in silenzio per qualche istante, come se riflettesse. «Ti è mai capitato prima? Questo genere di flashback?»

«No, e mai quando ero in scena. Del resto, come sai, ho lavorato sodo quattro anni prima di andare alla Royal Academy of Dramatic Arts, a Londra.»

«È un ricordo terribile, un'esperienza traumatica, della quale evidentemente non puoi liberarti. Ne hai mai parlato con uno psichiatra, Katie?»

«No.»

«Magari dovresti.»

«Non credo, non penso davvero di farlo, Melanie. Nessuno può aiutarmi, credo di essere l'unica che può farlo.»

«Parlane con me, Katie. Vedi di liberarti del peso del tuo segreto, parlandone. Dio sola sa che io non sono proprio una psichiatra, vero?» Abbozzò un sorriso. «Eppure qualche volta penso di esserlo quando mi vedo alle prese con temperamenti indomiti, o reazioni emotive fuori dalle righe. Dunque parla, togliti questo peso dal cuore... Io sono una buona ascoltatrice e ho una bella spalla solida sulla quale piangere, se necessario.»

E fu così che lentamente, Katie le raccontò tutto quel che riguardava le sue amiche, la relazione profonda che le legava, i loro sogni, le speranze e le ambizioni. E le descrisse i propri ricordi, quelli lieti e sereni e quelli inquietanti, e poi le raccontò fin nei minimi particolari tutto quanto riguardava l'omicidio, che fino a quel giorno non era ancora stato risolto. La commozione la costrinse a interrompersi più di una volta ma per la maggior parte della sua narrazione riuscì a non perdere il controllo.

Quando ebbe finito, Melanie si soffiò il naso e si asciugò gli occhi. «L'ho già detto, e lo ribadisco: è un peso terrificante da portare, Katie.»

«Nonna Catriona, di origine irlandese, ripete sempre che Dio non ci dà mai un fardello che sia troppo pesante da portare, ma non sono del tutto convinta di essere completamente d'accordo.»

«È una questione di fede, e forse la tua nonna è fortunata ad averla. Ma capisco quello che vuoi dire. Comunque, noi tutti dobbiamo bene o male affrontare e risolvere i nostri problemi, o sbaglio?» Sospirò e si alzò in piedi. Le andò vicino, le circondò le spalle con un braccio. «Non so dirti quanto sia felice che tu mi abbia raccontato tutto questo; naturalmente rimarrà una confidenza. Non preoccuparti, non ho intenzione di discutere con Jack di questo. Si tratta di una questione privata, fra noi due.»

«Grazie. Grazie di tutto.»

«Però voglio che tu faccia qualcosa per me, Katie.»

«Dimmelo. Farò tutto quello che vuoi.»

«Credo che dovresti prenderti il fine settimana di riposo. Rinuncia alle prove di domani e vedi di star tranquilla sabato e domenica. Rilassati. E lunedì mattina torna qui.»

«E Jack, cosa dirà?»

«Lascia che a Jack pensi io. Non preoccuparti di lui. O della commedia. Dal punto di vista della parte da ricordare a memoria, la reciti perfettamente, parola per parola, e la padroneggi bene. Ho una grande fiducia in te, e saltare un paio di prove non sarà un male. Anzi, probabilmente, ti farà bene.»

«Sei sicura? Non voglio che lui...»

«Faccia il difficile?» Le sorrise. «Jack è uno dei tuoi più grandi e appassionati ammiratori, anche se non lo fa vedere. È il suo modo di comportarsi. Niente favoritismi. E in ogni caso, la responsabilità me la prendo io personalmente. La produttrice sono io; e sono sempre io che, adesso, ti sto dicendo di prenderti il fine settimana di riposo.»

* * *

La sua camera da letto era quella di sempre, con gli stessi colori e gli stessi mobili. Suo padre, di tanto in tanto, le dava una mano di fresco, perché i colori non perdessero la loro brillantezza, ma sceglieva sempre lo stesso rosa polvere per le pareti con le porte e le finestre di un bianco immacolato. A lei piaceva infinitamente quel colore così insolito, e papà, una volta, le aveva spiegato che si trattava di una vernice di un rosa molto caldo reso meno intenso dall'aggiunta di un po' di grigio, in modo che diventasse più tenue e sfumato. «Gradevole da guardare», ecco come lo definiva papà, e lei sapeva che alla sua camera dedicava sempre cure speciali.

Era contenta di essere tornata a Malvern, per il fine settimana. La casa era sempre stata importante per lei, era la sua «vera» casa; ci era cresciuta e per lei significava sicurezza, salvezza, e amore sconfinato. L'amore dei genitori e di Niall e del piccolo Fin. Non più così piccolo, constatò. Era alto un metro e ottanta, e molto bello. Appese nell'armadio un paio di pantaloni di flanella grigia e una giacca di tweed che aveva i colori della brughiera, poi vuotò la piccola valigia.

Quando ogni cosa fu messa via, con un'occhiata all'orologio sul comodino notò che erano le quattro e mezzo. Sua madre era andata a fare la spesa e non sarebbe tornata indietro almeno per un'ora; così andò a prendere la sua sacca da viaggio ed estrasse il diario. Si accorse, per la prima volta, che il cuoio verde della copertina appariva un po' logoro. Presto sarebbe stato il momento di comprarne uno nuovo; questo era già quasi tutto scritto, con le pagine piene.

Sedendosi alla scrivania che guardava sul giardino dietro al casa, Katie aprì il diario e cominciò a scrivere.

21 gennaio 2000
Malvern, Connecticut

Mi sono sentita tremendamente in colpa oggi, quando sono tornata nel mio appartamento. Avevo fatto inquietare e sconvolto Jack e Melanie, ma quello che è successo in teatro non si può giudicare un atto di mia volontà. È successo, e basta. Non sono stata capace di impedirlo, mi è stato impossibile. Impossibile come se mi fossi messa in testa di andare sulla luna.

Una volta Xenia ha detto che Verity era impeccabile. E adesso capisco cosa significavano le sue parole. È quello che posso dire sul conto di Melanie Dawson. Anche lei è impeccabile. Parlarle mi è stato d'aiuto. Si è dimostrata molto comprensiva, e gentile. Impeccabile. Una parola che mi piace infinitamente. E Melanie è impeccabile nel senso più rigoroso del termine.

Non mi rimaneva altra scelta se non quella di prendermi il fine settimana di riposo, però mi sono sentita in colpa quando ho lasciato il teatro. E ancora di più quando sono tornata in West End Avenue. La mamma è rimasta così sorpresa di vedermi quando mi sono presentata a casa che ha assunto subito un'espressione avvilita, mortificata. Come se pensasse che mi avevano licenziato. Ma una volta che le ho spiegato di non essermi sentita bene in scena, e che ero stata mandata a casa fino al lunedì mattina, si è subito rasserenata ed ha insistito perché mi mettessi in macchina per tornare a Malvern con lei. E io non ho avuto certo bisogno delle sue insistenze per convincermi a tornare a casa. L'occasione di vedere papà e Niall era irresistibile. A dispetto di certa gente, ho avuto un'infanzia molto felice e non odio i miei genitori o i miei fratelli né tantomeno nessuno degli altri della mia numerosa famiglia. Voglio bene a tutti, e li considero persone splendide. Umane, naturalmente, con le fragilità umane. Ma splendide.

Tornare a casa, a Malvern, mi offriva anche l'opportunità di andare a trovare Carly all'ospedale. C'ero stata l'ultimo Natale, subito dopo essere rientrata da Londra. Non l'avevo vista per più di un anno e non era cambiata proprio per niente. Sempre la stessa, sempre come è ormai in questi ultimi dieci anni.

Anche adesso non mi aspettavo che fosse diversa. Ma provavo una vera e propria necessità di andare a farle visita, una necessità impellente. Volevo tenerle la mano nella mia e parlarle come avevo fatto in passato. Volevo manifestarle il mio affetto e circondarla d'amore, nella speranza che in un modo o nell'altro contribuisse a esserle d'aiuto.

Durante il viaggio, dopo esserci lasciate la città alle spalle, ho raccontato tutto questo alla mamma e lei mi ha confidato di essere convinta che Carly capisse quando andava a trovarla, e le parlava. Non sapeva perché, non sapeva spiegarselo. E diceva anche che Carly avrebbe capito che io ero lì, con lei. Perché avrebbe sentito il mio affetto. Come avrei voluto credere alla mamma! Avevo bisogno di crederle, immagino. La mamma è di origine celtica e, a volte, ha qualcosa di strano, d'insolito, una sensibilità incredibile.

Ho sonnecchiato per una parte del viaggio. Lo faccio sempre quando sono in macchina. Deve avere qualcosa a che fare con il movimento. Come se mi cullasse, facendomi addormentare. Comunque, ho dormito fino a New Milford, e poi mi sono svegliata. Ce l'eravamo già lasciata alle spalle, quando ho avuto un'illuminazione. Tutto d'un tratto ho capito il flash-back, ne ho capito il motivo.

Avremmo dovuto essere noi tre su quel palcoscenico, a recitare la commedia sulle sorelle Brontë. Tre sorelle che si volevano tanto bene, tra le quali c'era tanta intimità, né più né meno come era stato per noi tre in tutti quegli anni. E poi avevamo sempre sognato di recitare insieme in un teatro di Broadway.

Mentre la mamma, alla guida della macchina, ci riportava a Malvern, tutto mi è apparso chiaro, semplice. Eppure non era stato così stamattina. E poi c'è un'altra cosa. Georgette ha lo stesso colorito e lo stesso fisico, di Carly, mentre Petra è bionda, proprio come Denise. In gonna e golfino alla prova, me le avevano fatte tornare in mente... e qualcosa mi è scattato dentro. Ho bisogno di scrivere tutto questo, di metterlo sulla carta, vederlo. Scrivere mi aiuta a capire le cose, a mettere ordine. Se non avessi fatto l'attrice, penso che sarei stata una scrittrice. È qualcosa che mi piace infinitamente. Ma mi sarebbe piaciuto anche se ne avessi fatta la mia professione? Non ne sono sicura.

La mamma si è meravigliata quando non sono andata al supermercato con lei, perché sa che i supermarket locali sono una delle mie passioni. Lo sono sempre stati. Esattamente come mi piacciono le librerie. Mi piace curiosare, guardare e frugare qua e là. Non sono andata con lei perché scrivere nel mio diario era più importante. Incalzante.

Sono proprio rimasta meravigliata quando Melanie mi ha raccontato che Jack Martin è un mio ammiratore. Brillante, come regista, senza dubbio; però si è fatto la fama di essere un tipo difficile. Molto irascibile. Comunque, so che gli piace la mia interpretazione di

Emily, diversa com'è da quella di Janette Nerren a Londra.

Devo dire che Rex mi è stato di grandissimo aiuto per comprendere Emily. Mi ha dato un libro su di lei dove c'è quello che lui considera uno dei suoi sei più grandi poemi epici. Composto quando aveva ventisei anni, appena un anno e mezzo meno di me. Io quest'anno compirò ventott'anni. Comunque, Rex sostiene che lo scritto delinea la sua ossessione per i ricordi. Io so una cosa sola, che piace moltissimo anche a me.

Smise di scrivere, posò la penna e andò a prendere la sacca di viaggio. Ci frugò dentro, trovò il libro che Rex le aveva dato e lo portò alla scrivania. Aprendolo, trovò il poema che, come sapeva, era uno dei più famosi, e appoggiò il libro aperto alla base della lampada. Lo lesse piano piano tra sé e sé fino in fondo, e poi cominciò lentamente a copiarlo nel diario; voleva averlo lì in modo che, quando le fosse venuta voglia di farlo, avrebbe potuto leggerlo.

Freddo nella terra, e la neve ammucchiata
alta su di te!
Portato lontano, freddo, nella tetra tomba!
O forse io ho dimenticato, mio unico Amore,
di amarti, disgiunta infine dall'onda del Tempo
che tutto consuma?

Adesso, quando sono sola, non mi soffermo più, nei pensieri, sulle montagne incombenti sopra la spiaggia di Angòra;
posano le loro ali dove brughiera e foglie di felce
coprono quel nobile cuore per sempre, e sempre?

Freddo nella terra, e quindici desolati dicembri
da quelle brune colline si sono tramutati in primavera,
fedele davvero è lo spirito che ricorda dopo tali anni
i mutamenti e sofferenze!

Dolce Amore delle giovinezza, perdona se ti dimentico
mentre la marea del Mondo mi trascina via con sé:
desideri più austeri e speranze più cupe mi assalgono,
speranze che ti oscurano
ma non possono farti ingiustizia.

Nessun altro Sole ha illuminato il mio cielo;
nessun altra Stella ha mai più brillato per me:
tutta la felicità della mia vita è stata presa dalla tua cara vita, e tutta le felicità della mia vita
è nella tomba con te.

Ma quando i giorni dei sogni dorati sono finiti
e perfino la disperazione era impossibile da distruggere, ecco ho appreso come l'esistenza possa essere tenuta cara, rafforzata e alimentata
senza l'aiuto della gioia;

Allora ho saputo come dominare le lacrime dell'inutile passione, svezzare la mia giovane anima dallo struggimento per te;
ho severamente rifiutato il suo ardente desiderio di scendere presto giù in quella tomba già più che mia!

E perfino allora, non ho osato lasciarla languire,
non ho osato cedere indulgente all'estasiata sofferenza della memoria;

una volta che mi sono abbeverata a fondo di quello
dei più divini tormenti,
come posso cercare il vacuo mondo, di nuovo?

Una volta copiato, si lasciò andare contro la spalliera
della seggiola con gli occhi fissi sui versi, pensando a tutte le cose che Rex le aveva spiegato per interpretarli. Le
piacevano soprattutto per l'uso del linguaggio, la cadenza, il ritmo e le emozioni che evocavano in lei. Rex le aveva raccontato che la donna che vi esprimeva i suoi pensieri era lady Rosa di Alcona, un personaggio tratto dagli
scritti giovanili di Emily. Parlano dei ricordi di un amante
defunto, eppure in me evoca anche pensieri di Denise e
Carly, pensava Katie.
Afferrando di nuovo la penna, continuò a scrivere nel
diario:

Ho detto a Melanie che non ero mai andata da uno
psichiatra a parlare di quella mia esperienza così trau-
matizzante, quando le mie amiche sono state aggredite, e che non intendo andarci. Devo lavorare su tutto
questo per conto mio. Risolvere ogni cosa da sola. E
penso, finalmente, di potercela fare. Adesso mi sento a
mio agio a New York, e sono molto preoccupata per
la commedia, e per il mio lavoro; e il lavoro può risa-
nare in un modo meraviglioso. Come la mamma non
smette mai di ripetermi.
Adesso più che mai ho voglia di vedere Carly. Domani andrò all'ospedale, e ci tornerò anche domenica
prima di rientrare a Manhattan. La mamma dice che
può riaccompagnarmi lei in macchina, ma posso sempre prendere il bus.
Sono felice perché adesso capisco quell'improvvisa

visione, quel flashback, e cosa lo ha provocato. C'è stato un momento, in teatro, che ho creduto d'impazzire. Per quanto fossero già parecchie settimane che provavo con Georgette e Petra, avevamo sempre lavorato nel salone di prova all'890 di Broadway, una volta di proprietà di Michael Bennett. È stato soltanto negli ultimi giorni che abbiamo provato in teatro, e il fatto di ritrovarmi su un palcoscenico con le altre attrici protagoniste, mi ha sicuramente aiutato a tornare indietro nel tempo. A ritornare con la memoria al vecchio granaio, a far scattare tutta una serie di ricordi. È stato come rivivere quell'ultimo giorno. Però sto bene, sono in forma. Fintanto che capisco cosa provoca determinati eventi e perché, so anche di poter lottare, e far fronte a quanto è successo.

Sento che adesso devo andare avanti. Buttarmi il passato alle spalle per quanto mi è possibile...

Katie sentì sbattere la porta e chiuse il diario, lo infilò nel cassetto, uscì, dalla camera da letto. Stava scendendo le scale di corsa per salutare la mamma quando sentì sbattere la porta una seconda volta, e una voce gridare: «Sono io, mamma!»

La mamma rispose: «Ciao, Niall. C'è qui Katie, è arrivata da New York».

Un minuto più tardi si precipitava fra le braccia del fratello, ridendo mentre lui la faceva girare come una trottola, con i piedi sollevati dal pavimento.

«Katie! Che gioia vederti!» esclamò lui mettendola giù e stringendola forte. «E qual è il motivo di questa visita? Credevo che tu fossi impegnatissima a Broadway, a diventare una stella? Mi sono sbagliato?»

Lei rise guardandolo. «Ho un fine settimana di libertà.

Un po' di riposo prima di buttarmi a capofitto nelle prove in costume, la settimana prossima.»

«Quella che sento è la famosa voce di Katie Byrne?» domandò una robusta voce maschile.

Katie girò di scatto la testa, vide il padre e attraversò di corsa la cucina per andare da lui. «Sì, sono io, papà!»

Michael buttò le braccia al collo della figlia e la tenne stretta contro di sé a lungo, ringraziando Dio, come faceva spesso, che fosse viva.

Erano seduti tutti e quattro intorno al tavolo della cucina a prendere il tè.

C'era molto di cui parlare, della commedia, della sera della prima e del ricevimento che era stato organizzato, alla fine della rappresentazione, alla *Tavern on the Green*.

Il padre e il fratello fecero a Katie un mucchio di domande sulla produzione, e su mille altre cose che riguardavano il suo debutto a Broadway. Lei rispose come meglio poteva. Maureen versava il tè, passava in giro la torta di ribes, e sorrideva serena, piena di gioia, perché li aveva tutti intorno per il fine settimana. Che ci fosse poi anche Katie, era qualcosa di piacevole e inaspettato. Una gioia in più. Se ci fosse stato anche Fin, avrebbe avuto la famiglia al completo, rifletté. Ma Fin era partito per Oxford all'inizio del mese, per continuare gli studi all'università. Però Michael aveva comprato un biglietto anche per lui, perché potesse tornare per la prima di *Charlotte e le sue sorelle*, anche se questo doveva rimanere un segreto per Katie. Una sorpresa.

Intanto, comodamente seduta sulla sua seggiola al tavolo di cucina, Katie stava ascoltando il padre e la madre che discutevano come organizzare per tutta la famiglia il fine settimana a New York durante il quale sarebbero cominciate le rappresentazioni della commedia. Spostando gli occhi dall'uno all'altro, Katie non poté fare a meno di notare come erano passati bene per loro tutti quegli anni. Non sembravano invecchiati.

I capelli scuri del padre erano spruzzati qua e là d'argento e la sua faccia un po' più segnata dalle rughe, e dalle intemperie, a furia di trascorrere la maggior parte del suo tempo nei cantieri della sua impresa edile. Però, a cinquantasette anni, era ancora bello come dieci anni prima.

E anche la mamma le appariva di una bellezza sorprendente. Snella, e la sua faccia appariva liscia e levigata in un modo straordinario. Forse quei suoi occhi di un azzurro così intenso erano un po' più spenti, ma i capelli avevano ancora quella bellissima tonalità rosso-ramata e non ci si vedeva neanche un solo capello grigio per quanto avesse cinquantacinque anni. Si domandava se la mamma si facesse la tinta. Ma se anche fosse stato così, che importanza aveva? Era sempre stata una donna splendida. Per quel che la riguardava, non esisteva altra persona la mondo come la sua mamma!

Quanto a Niall, era la copia esatta, in giovane, del loro papà. Un Byrne fatto e finito. Un irlandese di quelli scuri di capelli. Come fisionomia, erano sempre stati molto somiglianti; ma adesso a Katie pareva che quella somiglianza si fosse accentuata ancora di più. Niall era in ottima forma fisica, con un corpo atletico e muscoloso che, come Katie sapeva, era frutto di un'impegnativa attività fisica e dell'allenamento, nonché della ginnastica, a cui si dedicava con costanza. Abbronzato, come papà, a furia di lavorare all'aperto, aveva una faccia bellissima, lineamenti un po' rudi e una folta capigliatura nera buttata indietro in modo da lasciar libera la fronte ampia. Non c'era da meravigliarsi se le ragazze impazzivano per lui.

Una vera e propria copia carbone di papà. Ma per quanto si assomigliassero, avevano due personalità completamente diverse. Niall non era affatto espansivo o aperto e pieno di fascino come il padre tanto che Katie, a Natale, aveva perfino pensato che cominciasse a diventare introverso come Fin.

Come la mamma, si era domandata spesso per quale motivo non si era ancora sposato. Improvvisamente, pensò a Denise. Era sinceramente convinta che il fratello avesse avuto un debole per la sua amica di gioventù. Ma possibile che ne fosse ancora innamorato? Adesso, dopo tutti questi anni? Dopo la sua morte?

Katie si accorse di non avere risposte.

29

NIALL si era offerto di accompagnare Katie con la macchina all'ospedale per far visita a Carly, e così si erano messi in marcia sabato mattina appena passate le nove. Era una splendida giornata senza neanche una nuvola, il cielo terso, un bel sole splendente, e senza quella neve che il meteorologo della televisione aveva dato per scontato la sera prima.

Mentre uscivano di casa insieme, Niall le chiese: «Mi sono appena comprato una macchina nuova, ti va se proviamo quella?»

«Perché no? Cos'è?»

«Una BMW, ed è una bellezza.»

«Oh-oh, stiamo diventando un po' capricciosi, o sbaglio, caro il mio Niall Byrne?»

Rise. «No, niente capricci, solo una questione pratica. È una macchina solida, la migliore, ed è l'unico sfizio che mi sono concesso nella vita. La considero un elemento essenziale, specialmente per il lavoro.»

«Non adoperi più il camioncino?»

«Come, no! Ogni giorno. Ma per andare a lavorare in

cantiere. Invece quando vado a New York, oppure a Litchfield, o in posti del genere, prendo la macchina.»

Erano arrivati al garage e, dopo averle aperto la portiera, girò rapidamente intorno all'automobile nuova di zecca e prese posto al volante. Fece marcia indietro e, nel giro di pochi secondi, erano sulla strada maestra, diretti a Warren e New Preston, che si trovava subito oltre.

Viaggiarono in silenzio per un po', poi di punto in bianco Katie domandò: «Perché vivi ancora con mamma e papà, Niall? Perché non ti sei trovato un posto tutto per te?»

«Per un sacco di ragioni. Prima di tutto, non mi piace lasciarli soli. Tu sei andata via, Fin anche, e io sento che hanno bisogno di avermi in giro, soprattutto la mamma. E poi ci sono altri motivi.»

«Per esempio?» Lui le lanciò una rapida occhiata, e cominciò a ridere. «Vivere a casa con i genitori è una protezione.»

«E da che cosa?»

«Dalle donne.»

«Tu? Aver bisogno di protezione? Ma, via! Figuriamoci!»

Lui sorrise con l'aria di chi la sa lunga e mormorò: «Certo che ho bisogno di protezione. Non voglio trovarmi costretto a una relazione fissa, a dover vivere assieme a un'altra persona. O, se per questo, a qualsiasi altro genere di relazione stabile».

«Allora, non hai nessuno di speciale?»

Lui scrollò la testa, tenendo gli occhi fissi sulla strada davanti a sé, perché era chiaro che non gli garbava di continuare con quel discorso.

Katie disse: «Ma Niall, di tanto in tanto sei uscito con

313

delle ragazze. E allora, non posso pensare che abbiano tutte casa loro!»

«Certo, che ce l'hanno!»

A Katie non sfuggì il risolino furbo che gli aleggiava sulle labbra, e gli allungò una gomitata. «Sei un demonio. Però, parlando seriamente, la mamma sarebbe felice che ti sistemassi.»

«Ma io sono sistemato. Con loro. E a lei piace da morire.»

«Un nipotino le piacerebbe ancora di più.»

«E di te che mi dici? Qualcosa non va? Lo stesso vale anche per te.»

«Lo so, ma non ho ancora incontrato nessuno che mi interessi realmente. Per mia disgrazia.»

«Cos'è successo a quel tale che chiamavamo la Faccia?»

«Sparito da un bel po', e dimenticato. A parte il fatto che sta per sposarsi.»

«Buon per lui.»

«Allora stai pensando di rimanere scapolo?»

«Sì, perché no? Il mondo è pieno di scapoli.»

Katie si rese conto che Niall desiderava chiudere l'argomento, e così fece. Si mise più comoda appoggiandosi alla spalliera del basso e ampio sedile in pelle, e cominciò a pensare alla visita a Carly. Provava sempre una certa ansia, un vago mal di stomaco di origine nervosa, perché non sapeva mai cosa aspettarsi. E nello stesso tempo lo sapeva, perché niente cambiava mai. «Oh, Niall, per favore fermati a New Milford, dove c'è il vivaio. Devo comprare dei fiori per Carly», esclamò d'un tratto.

* * *

L'uomo uscì a precipizio dalla porta girevole e ci mancò poco che non buttasse per terra Katie. Ma lei fu lesta a tirarsi indietro lasciando cadere il mazzo di fiori ed evitando la collisione.

L'uomo, che intanto ci era finito sopra con un piede, esclamò: «Oh, mio Dio, mi scusi, mi scusi tanto! Non so dirle come mi dispiace. Ecco, lasci almeno che glieli raccolga». Le rivolse un pallido sorriso e si chinò a raccoglierli.

Katie era rimasta immobile a fissarlo, pensando che era proprio un pasticcione.

Quando si fu rialzato, ripeté: «Non so dirle quanto mi dispiace». Cercò di riaggiustare alla bell'e meglio la carta spiegazzata che avvolgeva i fiori e di ripulirli aggiungendo: «Fra tutti i posti del mondo, un ospedale non è proprio quello giusto per venir fuori a tutta birra come ho fatto io!»

«Vero.» Gli scoccò un'occhiataccia.

Lui abbozzò un altro sorriso, mentre le metteva il mazzo di fiori in mano. «Possono andare, mi pare.»

Katie accettò i fiori in silenzio, e chinò gli occhi a osservarne le corolle. Ma l'uomo aveva ragione, erano intatte.

Improvvisamente esclamò: «Oh mio Dio, ma lei è Katie Byrne!»

Katie lo squadrò, gelida. «Sì, sono io.»

Le allungò una mano. «Christopher Saunders.»

A Katie non rimanevano alternative e quindi dovette stringergli la mano mentre gli rispondeva: «Io però non conosco lei, o sbaglio?»

«No, no, non mi conosce. Però io l'ho vista in uno spettacolo in un teatro off-Broadway un paio di anni fa.

Era una ripresa di *Un leone d'inverno*. Lei faceva la parte di Alice.»

«*Il leone d'inverno*», lo corresse. «E sì, io facevo la parte di Alice.»

«E poi, un giorno della settimana scorsa, ho visto la sua fotografia sul *New York Times*. Lei recita nella nuova commedia di Melanie Dawson, quella su Charlotte Brontë.»

Katie annuì, muovendo qualche passo per andarsene. Voleva raggiungere al più presto la camera di Carly. Stringendo con forza il mazzo di fiori fra le mani, cercò di girargli intorno.

«Spero di venire a una delle serate in anteprima.»

«Sì, bene», rispose lei, con un cenno del capo per salutarlo.

«Lei recita la parte di Emily. Scommetto che è un ruolo in cui c'è molto da mordere, dico bene? In fondo è sempre stata un vero e proprio enigma, giusto?»

Katie rimase stupita da questo commento e soltanto a questo punto si degnò di osservarlo con attenzione mentre abbozzava un mezzo sorriso. «Sì.»

Lui sorrise a sua volta, fu un sorriso caloroso, un largo sorriso che metteva in mostra due file di denti candidi; e adesso i suoi occhi nocciola erano anche quelli pieni di calore e vagamente interrogativi.

Katie li fissò e si accorse di esserne rimasta incantata. Era molto bello, con la faccia pulita, aperta, e adesso la stava fissando tanto intensamente da farla sentire quasi a disagio.

Alla fine si riscosse, dicendo: «Devo andare».

«Oh sì, certo. E io la trattengo. Ancora mille scuse se c'è mancato poco che non la facessi cadere. Ci vediamo in teatro.»

Lei gli girò intorno e oltrepassò la porta girevole, procedendo a passo rapido per il corridoio, mentre pensava che in quello sconosciuto c'era qualcosa di sconcertante. Christopher Sauders. Un nome che non le diceva niente.

Al banco delle infermiere una delle giovani donne la riconobbe e si affrettò a venirle incontro con un sorriso. «Salve, signorina Byrne. Lei è venuta a trovare Carly.»

«Proprio così, Jane. Come sta?»

«Più o meno come sempre. Vuole darmi i fiori, così glieli metto in un vaso?»

«Grazie», sorrise e glieli consegnò, aprì la porta ed entrò nella camera di Carly inondata dal sole e dove, sul un mobile contro il muro, erano già stati messi altri vasi di fiori.

Carly era distesa supina, e aveva infilato al braccio l'ago della fleboclisi. Aveva gli occhi aperti, e Katie si chinò a fissarli, cercandovi una scintilla, un barlume di vita. Erano vacui, come quelli di un cieco. Quegli occhi bellissimi, spalancati senza che vedessero niente, vuoti, sul suo volto pallido, privo della più piccola traccia di animazione e invecchiato molto poco.

Katie si accomodò sulla seggiola vicino al letto, posò la borsa a tracolla sul pavimento e si allungò verso la mano di Carly. Quando la prese, era fredda, immobile. Katie l'accarezzò, accentuò lievemente la stretta su di essa. «Ciao, Carly, sono io, Katie. Sono venuta da New York. Volevo vederti, dirti che ti voglio bene, che sento la tua mancanza. Vorrei che tu potessi sentirmi. E forse puoi.»

Ci fu un rumore alle sue spalle, girò di scatto la testa mentre Jane, l'infermiera, entrava con il vaso di fiori. «Li metto qui con gli altri», mormorò e se ne andò.

Katie si mise a fissare la faccia di Carly e continuò a parlarle con voce dolce, piena di affetto. «Adesso siamo in teatro, Carly, dopo aver lavorato per settimane in sala prove. È molto emozionante trovarsi finalmente su un palcoscenico. Qualcosa che dà i brividi, veramente. E la prossima settimana cominciamo le prove in costume. Quando sono stata qui in dicembre, ti ho raccontato che avrei recitato la parte di Emily Brontë. Sono la seconda attrice protagonista, e sono a Broadway. Quello che noi avevamo sempre sognato. La mamma continua a dire che avrò finalmente il mio nome scritto sulle insegne luminose. Io invece non ci credo. Non credo che si vedrà tanto. Quello di Georgette Allison, sì, e anche quello di Harrison Jordan. I divi, gli attori famosi, sono loro. Ma nessuno ha mai sentito parlare di me.»

All'infuori di Christopher Saunders, pensò, e cercò di cacciare dalla propria memoria l'avvenenza del suo viso. Sporgendosi verso di lei, accarezzò quello pallido, inerme, di Carly e riprese: «La commedia si recita all'*Ethel Barrymore Theatre* sulla Quarantasettesima Strada. Appena un migliaio di posti. Pensa un po', Carly, un pubblico che ogni volta è fatto di mille persone. Vorrei che tu potessi essere una di loro».

Katie si lasciò andare contro la spalliera della seggiola e chiuse gli occhi deglutendo a fatica, cercando di non dare libero sfogo al dolore. Lo sentiva dentro di sé, puro e semplice dolore. Anche rabbia e frustrazione. Là, fuori nel mondo, c'era un uomo che avrebbe dovuto pagare per questo, pagare per ciò che aveva fatto a Carly. E a Denise. Non c'era giustizia. No, nessuna giustizia.

Mettendosi a sedere più dritta si concentrò sull'amica. «Penso a te tutto il tempo, Carly. Tu e Denise siete sempre nei miei pensieri. Ti ho detto, quando sono venuta a Natale, che avevo accettato questa parte anche per voi due, non solo per me stessa. Al primo momento ero un po' combattuta, incerta sul da farsi, e poi mi sono resa conto che avevo paura di non esserne all'altezza. Mi sono detta che se Carly e Denise fossero state lì con me non avrei avuto la minima paura. E un giorno ho capito che voi siete con me. Nel mio cuore e nella mia mente, ci sarete sempre. Xenia mi ha aiutato a prendere una decisione riguardo alla commedia. Come ti piacerebbe, Carly. Lei è così diversa da noi tre, eppure è come noi, una di noi. L'unica amica che io abbia mai avuto in tutti questi anni da quando tu e Denise siete...»

S'interruppe, perché aveva la gola chiusa, di nuovo. Rimase ferma al suo posto a lungo, tenendo la mano di Carly nella propria, accarezzandola, stringendola di tanto in tanto, e parlandole a voce quieta, sommessamente. Le recitò un po' di Shakespeare, perché sapeva che a Carly le sue opere erano sempre piaciute moltissimo e le sussurrò una parte di un poema di Emily Brontë.

Ma a un certo momento, finì per tacere e dopo un po' si alzò, si chinò sul letto e diede un bacio a Carly sulla guancia. «Adesso devo andare, Carly amatissima, ma tornerò presto.» Battendo le palpebre per ricacciare indietro le lacrime, Katie recuperò la borsa dal pavimento e uscì chiudendosi la porta dietro le spalle senza far rumore. Per qualche istante rimase appoggiata al muro, per riacquistare il controllo, ma di colpo si sentì salire le lacrime agli occhi e scenderle a fiotti sulle guance; si frugò nella tracolla in cerca di un fazzoletto di carta.

«Si sente bene?»

Con un sussulto, alzò gli occhi e vide il dottor James Nelson fermo, davanti alla porta di un altro paziente, con una cartella clinica in mano. Lo aveva conosciuto di sfuggita a Natale. Lui era nuovo all'ospedale di New Milford, dove ricopriva la posizione di primario del reparto di neurologia. E anche l'incarico di supervisore dell'ala neurologica del cronicario. Sua madre le aveva detto che lavorava lì da circa un anno.

«Sto bene, dottor Nelson», gli rispose. «Sono sempre un po' turbata, mi agito, quando vedo Carly nelle condizioni in cui è, immobile nel letto, in coma.»

«È una cosa più che comprensibile, signorina Byrne.»

«Oh, per favore, mi chiami Katie, lo fanno tutti.»

Lui annuì. «Come sta andando la commedia?»

«Molto bene, grazie.»

Katie si staccò dalla porta di Carly e lui si mise al suo fianco, e così procedettero insieme. Era alto e magro, con i capelli biondo-rossiccio, un uomo dall'aspetto piacevole e attraente, sui trentacinque anni. Lo aveva trovato simpatico fin dal primo momento. Ispirava fiducia con il suo modo di fare competente e molto schietto, il comportamento riservato e premuroso.

Percorsero insieme il corridoio, avviandosi verso l'atrio. Fu lui a rompere il silenzio quando disse improvvisamente, con la sua voce pacata: «A dir la verità, Carly non è esattamente in coma, sa».

Katie si fermò di botto, stupefatta, e lui la imitò.

Lo guardò in faccia. «Cosa vuole dire? Può spiegarsi?» gli domandò mentre la sua voce si alzava di un'ottava.

«Carly è stata in coma vero e proprio per cinque o sei settimane dopo le ferite che le erano state inferte», spiegò. «Poi è entrata in quello che viene definito come stato vegetativo, e ci è rimasta da allora.»

«Ma nessuno me lo ha mai detto!» esclamò lei, continuando a fissarlo. «E cosa significa? Perché è differente dal coma?»

«Da un punto di vista clinico, una persona è in coma

quando ci sono la perdita della conoscenza, della motilità volontaria e della sensibilità raggiunge sulla Scala del Coma di Glasgow un totale di otto, o meno otto. Ed è tipico che gli occhi del paziente, o della paziente, siano chiusi, e che non sia mai sveglio. Mi segue?»

«Sì, almeno finora.»

«Dunque, uno stato vegetativo è una condizione in cui gli occhi del paziente spesso sono spalancati e il ciclo veglia/sonno è intatto. Con tutto ciò, il paziente non parla e non mostra niente nel suo comportamento da cui si possa capire che riconosce le persone care, oppure che si rende conto di quale sia l'ambiente in cui vive. Continua sempre a seguirmi?»

«Oh sì, certo.»

«Bene. A proposito, la definizione di stato vegetativo è stata coniata da due dottori, Jennett e Plum, del Royal Hospital for Neuro-disability, l'ospedale per le infermità neurologiche di Putney, a Londra, in modo da fornire una diagnosi clinica fondata sulle osservazioni del comportamento dei pazienti. Mi consenta di spiegarglielo nel modo più semplice possibile, in termini adatti alle persone che non sono competenti in questo campo. La parola vegetativo è stata scelta appositamente per descrivere la pura vita fisica, o esistenza se preferisce chiamarla così, priva di sensibilità e pensiero. Sono sicuro che capisce, Katie.»

«Sì, certo, dottor Nelson. Però c'è una cosa che mi piacerebbe sapere. Carly potrebbe uscire da questo stato vegetativo?»

«Non posso pronosticare niente di simile», fece lui, scrollando la testa.

«Ma c'è qualcuno che n'è mai uscito?»

«A quanto io sappia, no.»

«La signora Smith è al corrente del fatto che Carly, in realtà, non si trova in una condizione di vero e proprio coma?» domandò con aria sconcertata.

Il dottore fece segno di sì. «L'ho spiegato alla madre di Carly, l'anno scorso. Le ho detto, in sostanza, quello che ho appena finito di dire a lei. Ma in tutta franchezza, penso che sia realmente convinta che Carly è in coma, e niente potrà farle cambiare idea.»

«Capisco.» Katie si morse un labbro e sembrò che stesse riflettendo. Dopo un attimo, disse: «Non vedo la signora Smith da moltissimo tempo. L'ho chiamata al telefono a Natale, quando sono tornata da Londra, e le ho lasciato un messaggio, ma non mi ha mai richiamato. E per quanti tentativi di riprendere i contatti con lei abbiano fatto mio padre e mia madre, anche in questo caso non c'è stata risposta. Comunque, so con certezza che a mia madre è capitato d'incontrarla un paio di volte. Non riesco a immaginare per quale motivo non abbia detto niente alla mamma, su questo stato vegetativo di Carly, e sul fatto che è diverso da un coma vero e proprio».

Il medico rimase in silenzio per un po', domandando-si la stessa cosa. Alla fine rispose. «Katie, non credo, e lo dico molto schiettamente, che la signora Smith capisca la differenza. Lei è semplicemente convinta che Carly sia in un coma profondo.» Guardò Katie con l'aria di chi non sa cosa fare, e scrollò la testa. «È strano, lo ammetto.»

«Grazie di avermi spiegato tutto questo, dottor Nelson. Mi rendo conto che Carly è sempre priva di conoscenza e che le sue condizioni sono irreversibili ma, d'altra parte, non sembra tanto brutto come può esserlo il coma.»

* * *

Katie esitò in cima ai gradini, sulla porta dell'ospedale, scremandosi gli occhi con la mano perché era abbagliata del sole, e stava cercando Niall. Ma la BMW non si vedeva da nessuna parte. Era una bella mattina di sole e l'aria quasi mite, e quindi andò a sedersi sul basso muretto per aspettarlo. Sapeva che il fratello non ci avrebbe messo molto a comparire. Come lei, era sempre puntuale.

Dopo un attimo un'ombra si allungò su di lei e girando appena la testa si ritrovò a fissare negli occhi Christopher Saunders che si era fermato in piedi, lì di fianco a lei, e la stava scrutando con ansia.

«Salve, di nuovo», salutò, chinandosi a fissarla con la stessa intensità di poco prima, mentre il solito largo sorriso, adesso, non solo gli illuminava la faccia, ma accendeva anche gli occhi di cordialità e di allegria.

«Salve», mormorò Katie, ricambiando il suo sguardo mentre si domandava se, per caso, era rimasto a bighellonare lì intorno, aspettandola.

E come se le avesse letto nel pensiero, disse: «La stavo aspettando. Spero non le dispiacerà, ma volevo chiederle di nuovo scusa. Sono uno stupido maldestro. Avrei potuto farle male sul serio».

«Per carità, non si preoccupi», gli rispose e riuscì, finalmente, a girare la testa dall'altra parte senza più fissarlo come aveva fatto fino a quel momento perché non voleva ritrovarsi con gli occhi ipnotizzati da quelle sue pupille incantatrici. C'era qualcosa di avvincente, molto avvincente in quest'uomo, e se ne sentiva turbata. E non voleva lasciarsi affascinare da nessuno, né sentirsi emotivamente coinvolta. A parte il fatto che era, praticamente, uno sconosciuto.

«Mi auguro che la persona alla quale è venuta a far visita non abbia badato troppo ai fiori, e di chiunque si tratti, un uomo o una donna, cominci a migliorare», continuò.

Katie sospirò. «Suppongo che non migliorerà mai. E per quanto ne so, non si è neanche accorta che le avevo portato dei fiori. Ma, se non altro, il dottor Nelson mi ha detto alcune cose che mi hanno fatto sentire meno depressa sul suo conto.»

«Senta, Jamie è il miglior dottore del mondo. Un uomo brillante. Dunque si tratta di un problema neurologico?»

«Sì. Lei lo ha chiamato Jamie. È un suo amico?»

«Certo. Il mio miglior amico. Siamo cresciuti insieme. E siamo andati alla stessa scuola a New York, il Trinity.»

«Oh. Allora lei è qui per questo motivo. Oppure è anche venuto a visitare un paziente?»

«No, ho portato qualcosa per Jamie da New York.»

«Oh.»

«Mi dispiace se c'è qualcuno di malato nella sua famiglia», disse, cercando di prolungare la conversazione. «È una cosa che preoccupa molto, lo so.»

«Non è una persona di famiglia, è la mia migliore amica. O per lo meno era la mia migliore amica fino a quando è stata picchiata selvaggiamente ed è caduta in coma. Adesso non mi riconosce neanche.»

«Oh mio Dio, che cosa orribile!»

«Il dottor Nelson sostiene che non è in un vero e proprio coma ma, piuttosto in uno stato vegetativo. Ma in un certo senso, non mi dà molta speranza perché continua a essere perduta per il mondo. E continuerà a esserlo per il resto della sua esistenza.»

«Mi dispiace davvero.» Sembrava sinceramente comprensivo, e pieno di simpatia. Dopo una breve pausa continuò: «Come è successo? È stata aggredita da un rapinatore? O cosa?»

Quando non rispose, Christopher si sedette sul muretto al suo fianco e mormorò: «Mi scusi. Non volevo essere invadente».

«È stata colpita alla testa da uno psicopatico che l'ha picchiata selvaggiamente fino a farle perdere i sensi. E l'altra mia migliore amica è stata violentata e assassinata dallo stesso individuo. È successo mentre erano insieme.»

Christopher la fissava mentre sulla sua faccia cominciava a disegnarsi un'espressione stupefatta, inorridita. Passarono alcuni minuti prima che riuscisse a mormorare: «Che cosa atroce. Mi spiace, mi spiace proprio moltissimo, e trovo che sia veramente ignobile che abbia dovuto affrontare tutto questo».

«Sì. Ma io, almeno, ne sono uscita incolume sia fisicamente che mentalmente. Non come loro.»

Rimasero seduti vicini in silenzio. Nessuno dei due pareva avesse voglia di parlare. E così, tacquero, assorti ciascuno nei propri pensieri.

Katie non riusciva a convincersi di aver raccontato a un perfetto sconosciuto quanto era successo a Carly e Denise, ed era furiosa con se stessa per aver mancato tanto di discrezione, confidandosi con lui.

Christopher Saunders, da parte sua, si sentiva girare la testa, stordito, per quello che Katie aveva appena finito di raccontargli. Si chiese se fosse stata presente a quell'orribile aggressione, se quel pazzo avesse fatto del male anche a lei, anche se adesso sembrava completamente ripresa. Non trovò il coraggio di domandarle che cosa avesse voluto dire. Avrebbe voluto invitarla a bere qualcosa, o meglio ancora, a pranzare insieme, ma aveva paura di proporglielo. Prima era sembrata fredda, scostante. D'altra parte lui... c'era mancato poco che la travolgesse, facendola cadere. Con tutto questo, non voleva dire la cosa sbagliata e mandare tutto a monte. Mandare a monte cosa? si domandò, stupito. Ma se non la conosceva neanche! Però voleva conoscerla, anzi ci teneva moltissimo. Lei è una creatura spinosa, fu la sua riflessione, e soffre, ha il cuore straziato. Dev'essere trattata con cautela. Mi auguro che me ne venga offerta l'occasione. Ricordava fin troppo bene come ne fosse rimasto letteralmente affascinato quando l'aveva vista in quel teatrino nella commedia sui Plantageneti, una delle famiglie storiche che preferiva. Pieni zeppi di disfunzioni psichiche, tutti, dal primo all'ultimo, e strambi, a dir poco.

Allungandogli un'occhiata Katie gli domandò di punto in bianco: «È sposato, il dottor Nelson?»

«No, non è sposato. E neanch'io. E lei?»

«No.»

«Katie, le dispiace se la chiamo Katie... e possiamo darci del tu?»

«No, non mi dispiace. Tutti mi chiamano Katie.»

«Ascolta, verresti a bere qualcosa?»

«Non bevo.»

«Un caffè, allora? O, meglio ancora, che ne diresti di pranzare insieme?»

«Oh, no, non posso; mia madre mi sta aspettando a pranzo.»

«Dove abiti? Posso accompagnarti a casa?»

«Grazie, gentile da parte tua, ma. Oh, ecco, è arrivato. È stato un piacere chiacchierare con te, Christopher. Addio.»

Saltò giù dal muretto e si avviò a passo lesto verso la BMW che si stava arrestando appena un poco più avanti lungo il marciapiede.

326

Christopher, seguendola per il vialetto, si accorse di provare un gran disappunto e se la prese con se stesso per essere stato tanto stupido. Era più che probabile che una donna come quella fosse già impegnata. Poteva non essere sposata, ma aveva senz'altro un ragazzo, un amico. Era troppo bella, speciale, talentuosa per non avere nessuno. Il suo disappunto aumentò, prendendo quota.

«Ciao, Christopher», esclamò Niall mentre scendeva dalla BMW. «Non sapevo che conoscessi mia sorella, Katie.»

Mentre si stringevano la mano, Christopher si sentì travolgere da un'ondata di sollievo. «Non la conosco, o meglio non proprio, ci siamo appena incontrati all'ospedale. Ero qui per vedere un mio carissimo amico, James Nelson.»

«Ho sentito dire che è un tipo formidabile. Un ottimo medico.»

«Di nuovo addio, Christopher, è stato un piacere parlare con te», mormorò Katie mentre saliva rapidamente in macchina e metteva la portiera fra loro.

Richiudendola, lui disse: «Gli amici mi chiamano Chris».

Niall disse: «Ci vediamo, Chris!»

«Contaci, Niall», e si ritrasse mentre la BMW ripartiva.

«Come mai conosci Christopher Saunders?» domandò lei, sistemandosi più comoda sul sedile.

«Abbiamo rifatto la casa dei suoi, papà e io. È stato un lavoro di restauro e ristrutturazione.»

«Oh, capisco. Dove abitano?»

«A Washington. Hanno comprato quell'enorme costruzione antica, mezzo in rovina, che una volta era di proprietà di Jessica Rennard, e poi della nipote Patty. Un vero e proprio cumulo di macerie, a dir la verità, però la struttura di base e le fondamenta erano buone, e gode di un panorama stupendo, oltre a una quantità di terre, annesse alla proprietà.»

«È quel posto dove abbiamo sempre creduto che ci fossero i fantasmi?»

«Proprio quello.» Niall rise. «Dovresti vederlo adesso, Katie! La signora Saunders ha un occhio formidabile. È qualcosa di stupendo. Anche se devi ricordarti che siamo stati noi a darle le basi sulle quali lavorare di fantasia.»

«E abitano sempre lì? Oppure fanno i pendolari, e vanno e vengono?»

«Un po' e un po'. D'estate trascorrono qui molto tempo. Ma credo che vadano avanti e indietro. Hanno un appartamento a New York.»

«E Christopher? Come hai fatto a conoscerlo?»

«Era sempre in giro anche lui. Guarda che ti sto parlando di quattro anni fa, ormai. Si direbbe che lui e sua sorella Carlene abbiano messo molto, quanto a soluzioni geniali e buon gusto, nel progetto per la casa, se ricordo bene.»

«Oh, quindi deve abitare a New York anche lui, o sbaglio?»

«Non so. Possibile. Ma ricordo che avevano parlato anche di un lavoro all'estero.»

«Cosa fa?»

«Non lo so. Comunque, si tratta di qualcosa di strano. Ehi, Katie, ma perché tante domande su quel tizio? Ti sei presa una cotta per lui?»

«Dio, come fai a essere così stupido, Niall!»

30

«A ME sembra che sia tutto così emozionante, Katie.»
Xenia sorrise all'amica seduta a tavola di fronte a lei, a
cena, e soggiunse: «Non sei contenta, adesso, di aver accettato la parte?»

«Certo che sono contenta, ed è grazie a te se ho accettato. E anche grazie a Rex. Perché il suo intuito e il suo
spirito di osservazione mi hanno illuminato talmente su
Emily Brontë da aiutarmi ad avere fiducia in me stessa.
Ed era proprio quella fiducia che mi mancava.»

«Sapevo che sarebbe stato un valido aiuto e sono stata
contentissima quando è venuto a passare il fine settimana
con noi a Burton Leyburn.»

«Mi piacerebbe sapere la verità su tutte le persone che
vivono laggiù», azzardò scrutandola con aria interrogativa. «Sembra che ci siano talmente tanti misteri, e ognuna
di quelle persone mi incuriosisce. Le trovo intriganti, a
dir poco.»

«Effettivamente lo sono, e in realtà ci sono molti misteri», le confermò con un tono di voce molto pratico.
Poi soggiunse con il sorrisino di chi la sa lunga: «Un

giorno ti racconterò ogni cosa e ti rivelerò tutti i loro segreti».

«Oh, su, da brava, non fare la guastafeste, Xenia, raccontami tutto adesso.»

«Ci vorrebbe troppo tempo.»

«Peccato. È una storia che mi piacerebbe ascoltare. Ma un'altra volta, sì? È una promessa?»

«Sì, è una promessa. Come vanno le prove?»

«Molto bene. Domani sera abbiamo l'ultima prova con i costumi, poi ci sono anteprime per tre settimane, fino alla prima in febbraio. La mamma dice che tu le hai confermato che verrai di sicuro.»

«Ci sarò, e ti farò anche da clacque.»

«Sono contenta. Se tu sapessi come desidero che tu sia fra il pubblico.»

«Al telefono mi hai detto che Melanie è stata molto gentile con te... in che senso?»

«Mi è stata di grandissimo aiuto nel senso che mi ha incoraggiato a dare, al personaggio di Emily, un'interpretazione tutta mia. E questo, tanto per cominciare. Adesso sostiene che non soltanto la mia recitazione è perfetta ma che sono entrata, nel modo migliore possibile, nel ruolo del mio personaggio. E sembra che il regista sia d'accordo.»

«Ehi, questi sono elogi che valgono. Melanie è severa. Grande, come produttrice teatrale, ma severa.»

«Deve esserlo perché ci sono in ballo un mucchio di soldi, e deve rispondere agli investitori... una bella responsabilità. E in fondo, a voler essere sinceri, lei è severa con me come con chiunque altro. Non le piacciono i favoritismi.» Bevve un sorso di vino bianco, e continuò. «È un lavoro duro e ci sono stati giorni in cui mi sentivo letteralmente esausta. D'altra parte la professione è quello che è. Recitare è molto più faticoso di quanto la maggior parte della gente pensi, specialmente i profani.»

«Con profani alludi a noi popolo bue, che non se ne intende di teatro, giusto?»

Katie rise alle espressioni usate da Xenia. «Sì, ecco chi sono i profani, chi di teatro non se ne intende. Ma Chris sostiene che il pubblico non deve supporre, anzi neanche immaginare alla lontana, che lavoro duro sia. Secondo lui, va conservata a ogni costo l'illusione e, per questo, ci vogliono naturalezza e disinvoltura in scena.»

«Chi è Chris?» domandò Xenia, aggrottando lievemente le sopracciglia, perplessa, perché era un nome che non aveva mai sentito prima.

«Un amico. Un nuovo amico. E molto simpatico.» Sotto l'improvviso, intenso e penetrante sguardo di Xenia, si sentì accaldata e si accorse che il rossore saliva fino a inondarle la faccia pallida.

«Ah-ah!» esclamò Xenia. «Stai addirittura diventando rossa, Katie. Non ti ho mai visto così. Allora, Chris sarebbe il tuo nuovo ragazzo, giusto?»

«Oh, no! Non direi proprio!» esclamò. «L'ho conosciuto durante lo scorso fine settimana. Sabato scorso. E quindi non può essere il mio ragazzo, ma un amico, sì.»

«Dove lo hai conosciuto?» indagò, incuriosita.

«A casa. Cioè nel Connecticut, voglio dire. Sono andata all'ospedale a far visita a Carly. È lì che l'ho incontrato.»

«E lei come sta? Sempre lo stesso, suppongo.»

«Sì. E il dottore mi ha spiegato che non si trova in un coma vero e proprio ma che ormai è caduta in uno stato vegetativo, e ci resta.»

«Cos'è uno stato vegetativo?»

Katie glielo spiegò, e poi disse ancora: «Comunque, il

dottor Nelson è un amico di Chris, e Chris mi ha praticamente sbattuto per terra mentre usciva dalla porta d'ingresso, così ha aspettato che io venissi via dall'ospedale, per chiedermi di nuovo scusa».

«Come lo capisco!»

«Perché dici così? E con quel tono?»

Scrollò la testa, fissando Katie con stupore. «Ma non ti sei guardata nello specchio in questi ultimi tempi? Katie, sei assolutamente splendida.»

«Oh, dài! Non è vero niente.»

«Tutti quei favolosi capelli rossi, e quegli occhi che sembrano di zaffiro tanto sono azzurri e due zigomi per i quali si può anche morire. Adesso tocca me dire oh, dài. Comunque, torniamo a Chris. Ti ha aspettato fuori dall'ospedale e poi cosa è successo?»

«Ci siamo seduti su un muretto e abbiamo chiacchierato. Io stavo aspettando Niall. Doveva venire a prendermi. Chris voleva invitarmi a pranzo, ma io non potevo andare. A ogni modo, quando Niall è arrivato, è saltato fuori che si conoscevano. Suo padre e sua madre hanno comprato una vecchia casa ormai ridotta a un cumulo di macerie nel Connecticut a Washington, e sono stati Niall e mio padre a ristrutturarla e a eseguirne il restauro; e la nostra ditta che si occupa di architettura di giardini, si è occupata del parco.»

«Quindi è un amico di famiglia?»

«Be', conosce Niall e papà.»

«E allora, lo hai rivisto?»

«Sì.»

«A New York, presumibilmente.»

«Sì. È successo così; mi ha telefonato verso la fine del pomeriggio, sabato, per invitarmi fuori alla sera. Io non volevo andare. Poi la mamma si è messa di mezzo, mi ha costretto a ritelefonargli e a invitarlo a cena. E così ho fatto. Lui ha accettato e poi, quella sera, mi ha offerto un passaggio in città per la domenica pomeriggio e io... ecco, in un certo senso mi sono sentita obbligata ad accettare, perché altrimenti la mamma sarebbe stata costretta ad accompagnarmi lei. E così la faccenda è più o meno partita di lì.»

«Partita? Spiegati meglio, cosa vuoi dire?»

Katie si morse un labbro scrollando la testa. «Lui è il classico tipo che prende in mano la situazione, non prepotente, maniaco di controllare gli altri e neanche dominatore, ma pratico, con i piedi per terra. E quando siamo arrivati a New York ha detto: 'Andiamo a cena, devi mangiare, tenerti in forze eccetera'. Così siamo andati da *Elaine* e abbiamo mangiato gli spaghetti.»

«E poi?»

«Non c'è nessun poi, Xenia. Mi ha accompagnato a casa nell'Upper West Side.»

«E da allora, lo hai più visto?»

«Sì. Mi aspettava all'uscita dalle prove. Mi aspettava per portarmi a cena.»

«Quando? Lunedì?»

«Lunedì, martedì, mercoledì e giovedì.»

«Ah-ah, davvero! Siamo a questo punto!» Xenia gridò, con gli occhi scintillanti, la faccia illuminata di piacere. «E stasera lo hai scaricato per amor mio.»

Katie sorrise e disse: «Non proprio, Xenia, perché l'ho invitato a raggiungerci per il caffè. Sapevo che non ti sarebbe dispiaciuto, e ho voglia che tu lo conosca!»

«Non vedo l'ora! E adesso raccontami tutto sul suo conto.»

«Ha trentatré anni e fa l'ecologo. La sua base è in Argentina, a Buenos Aires, ed è laggiù che vive. Ma si tiene anche un piccolo appartamento a New York.»

«Oh, poveri noi, non raccontarmi che si tratta di una di quelle romantiche storie d'amore che si vivono con le telefonate intercontinentali. Problemi, problemi, Katie.»

«Non è una storia d'amore.»

«Oh, su da brava, non essere ridicola! È con me che stai parlando, o te ne sei dimenticata? Ma, certo, che sarà una storia d'amore e, personalmente, penso che sia meravigliosa. Tu, come ti senti nei suoi confronti? Che cosa provi?»

«Mi piace moltissimo. È veramente carino, simpatico e intelligente. È molto colto, ed è interessante parlare con lui. È esperto in un sacco di cose, Xenia. Mi spiego, chi si aspetterebbe che una persona come Chris sappia tutto quello che sa su scrittrici del diciannovesimo secolo come le Brontë? E invece lui sa un mucchio di cose e conosce la storia inglese. Legge molto, e scrive. Ha cominciato pensando di fare lo scrittore e il giornalista, poi si è lasciato coinvolgere nell'ecologia.»

«Vuole salvare il pianeta, bene, come me. Gli faccio tanto di cappello.»

«Anch'io. E poi, non nascondiamocelo, il pianeta ha realmente bisogno di essere salvato.»

Xenia fece segno di sì con la testa, sembrò pensierosa per qualche istante, poi mormorò: «Sei sempre stata così guardinga con gli uomini, molto cauta... Eppure sembra che con questo Chris tu non abbia preoccupazioni».

«Lo so, e lo trovo strano», le confidò a mezza voce. «Di solito sono sulle spine quando mi capita di conoscere un uomo che mostra interesse per me. Ma con Chris mi sono sentita così a mio agio, e fin dal principio.» Rise.

«È soltanto una settimana, e l'ho visto ogni sera, e sento di conoscerlo.»

«E...?»

«Nessun e. Siamo soltanto buoni amici.»

Xenia proruppe in una risata. «Ma potresti essere qualcosa di più?»

«Penso di sì», confessò, e all'improvviso sembrò timida, vergognosa.

Arrivò il cameriere con il filetto di pesce persico del Mar Nero su un letto di porri, e mentre le serviva, rimasero in silenzio. Ma quando si ritrovarono sole, Katie si guardò intorno e disse: «È stato così gentile da parte tua portarmi qui, Xenia. *Le Cirque* mi piace, e adoro come ci si mangia! Eppure ci sono stata appena un paio di volte. Prima con la zia Bridget e i miei genitori, e mercoledì con Chris».

«Dio santo, Katie, *Le Cirque* due volte in una settimana! Stiamo diventando sofisticati.»

Katie sorrise e affondò la forchetta nel suo pesce persico senza fare commenti.

Xenia disse: «Anch'io ho una vera predilezione per questo posto, e ho pensato che era venuto il momento di festeggiarci un po', noi due. Tu stai per andare in scena con una commedia che, a quanto ne so, sarà un grosso successo, e noi abbiamo appena firmato un contratto importante per organizzare quattro ricevimenti l'anno per una società di prodotti cosmetici».

«E quale sarebbe?»

«Quella di Peter Thomas Roth, che produce prodotti per la cura della pelle studiati clinicamente. Sono veramente ottimi e lui è molto all'avanguardia non soltanto per i prodotti che lancia ma anche per la promozione che vuole farne. Pensa di dare quattro feste all'anno, ma devono essere realmente fuori del comune, qualcosa di assolutamente insolito, e la nostra società, Celebrations, è stata incaricata di progettarle e organizzarle.»

«Congratulazioni, Xenia!» gridò l'amica, alzando il suo bicchiere di vino. «Questa sì, che è una notizia fantastica.»

Xenia la imitò e accostarono i bicchieri facendoli tintinnare in un brindisi. Xenia rise e disse: «Grazie. Ho la sensazione che l'anno prossimo sarà un anno buono per noi due».

Avevano appena finito la portata centrale della cena, quando Christopher Saunders venne accompagnato al loro tavolo.

Dopo le presentazioni, Christopher si accomodò sulla poltroncina di fronte alla banquette che occupavano e ordinò una tazza di caffè.

A Xenia piacque immediatamente. Era di altezza media, come la corporatura, anzi sembrava piuttosto magro, con i capelli castano scuro e occhi di un caldo color nocciola. Lo trovò attraente. Anzi lo si poteva addirittura definire bello, di quella bellezza pulita che è caratteristica dei ragazzi giovani, e straordinariamente ben vestito. Indossava un completo blu scuro dal taglio impeccabile che giudicò uscito dritto dritto da una delle famose sartorie di Savile Row, camicia azzurro chiaro, e cravatta a righe blu. Ricchezza antica e solida, ambiente privilegiato, educazione della classe protestante di origine anglosassone, ecco quali furono le conclusioni alle quali arrivò mentre lo ascoltava parlare con Katie.

«Avresti piacere di venire anche tu, Xenia?» le domandò Katie.

«Scusami, ma mi ero persa nei miei soliti sogni a occhi aperti, e mi è sfuggito quello che stavate dicendo. Cosa dicevate?»

«Domani sera ci sarà l'ultima prova in costume. Quella definitiva. La chiamano *prova a inviti*. In altre parole, gli attori possono invitare i familiari e gli amici. Io ho deciso di non accennarne neanche a papà e mamma perché, veramente, preferirei che venissero la sera della prima. Però adesso ho invitato Chris e mi piacerebbe che venissi anche tu, se puoi.»

«Ne sarò felicissima. Non tornerò a Londra che domenica mattina, e sabato sera sono libera. Non la perderei per tutto l'oro del mondo. Grazie, Katie.»

«Devo passare a prenderti, Xenia?» si offrì Chris. «Potremmo andarci insieme, non ti pare?»

«Sì, volentieri, grazie.» Xenia gli sorrise, poi continuò rivolgendosi a Katie: «Pensa solo questo, che potrò raccontare tutto a Rex della tua interpretazione. Muore dalla voglia di sapere come vanno le cose. Anzi, tutti, su a Burton Leyburn Hall sono ansiosi di avere tue notizie, Katie».

Inaspettatamente, a Katie venne in mente Dodie, la governante e si sentì impietrire nel segreto del suo cuore, perché le erano tornate in mente le sue parole di quel sabato sera.

«Cosa c'è? Qualcosa che non va?» domandò Xenia. «Adesso hai un'espressione strana, Katie.»

«Tutt'a un tratto ho pensato a Dodie, e a quello che mi aveva detto quando eravamo nello Yorkshire. Ricordi, te le avevo riferite.»

Xenia assentì ma senza fare commenti.

«Se ben ricordi, mi ha detto che dovevo tornare a casa, che il mio futuro era qui, e che c'era bisogno di me.

Quando ha usato la parola casa, ho pensato che alludesse all'America, o forse a New York. Ma adesso penso che parlasse della 'mia' casa. Del posto in cui sono cresciuta. In altre parole, della casa di mio padre e di mia madre a Malvern.»

«Chi è Dodie?» domandò Chris.

«Oh, la governante di mia cognata. Ed è convinta di avere delle doti paranormali. Da sensitiva. Per me, invece, non ha la zucca completamente a posto», spiegò Xenia.

«Quando una persona pensa di avere queste doti e di essere una sensitiva, in genere lo è sul serio», osservò lui. «Loro lo capiscono sempre, quando hanno il Dono». Le due donne rimasero a guardarlo con gli occhi sbarrati.

«Sono sicuro che questa Dodie abbia qualcosa di medianico. Naturalmente potrebbe anche non avere la zucca del tutto a posto, come tu dici. L'una cosa non preclude l'altra».

Katie e Xenia risero, e Katie disse: «Dodie mi ha detto che il mio futuro era qui, e lo è davvero, se pensate alla commedia. Ha detto anche che c'era bisogno di me, e credo che anche questo sia vero. E se...»

«Assolutamente!» la interruppe Chris. «Carly ha bisogno di te, tua madre ha bisogno di te e io ho bisogno di te.»

Katie adesso lo guardava a bocca aperta, e anche Xenia.

Rendendosi subito conto di quanto fossero stupefatte, Chris rise e si rivolse a Xenia. «Cosa ne dici, eh? Che dichiarazione, per un uomo, da fare a una donna che conosce soltanto da sei giorni. Anche se sembra molto di più.» Sorrise a Katie. «E si dà il caso che sia vero.»

31

KATIE era seduta al suo tavolo da toilette, e si stava controllando il trucco e la parrucca. Mentre fissava lo specchio, pensò che aveva una lieve somiglianza con Emily Brontë, e le fece piacere. Capiva che a creare quell'effetto era la parrucca e fu contenta di avere scelto quel tipo particolare di acconciatura.

La parrucca aveva la scriminatura nel mezzo, con onde e riccioli morbidi ai due lati che le sfioravano le tempie e il viso; quando la metteva, il suo aspetto cambiava decisamente, era indubitabile.

Sorrise tra sé, rendendosi conto che adesso aveva l'aspetto di una donna del diciannovesimo secolo, cosa molto importante. Vittoriana, naturalmente. E sapeva anche di poter entrare in scena ed essere Emily. Nel giro di pochi minuti era esattamente quello che avrebbe fatto.

Era la sera di domenica 20 febbraio, nell'anno 2000, la sera della prima di *Charlotte e le sue sorelle* al *Barrymore Theatre* della Quarantasettesima Strada. E si sarebbe presentata per la prima volta in scena in un'opera teatrale a Broadway. Finalmente.

Aprì uno dei cassetti e abbassò gli occhi sulla fotografia che ci teneva di solito. Era quella di Carly, Denise, e lei stessa, scattata il giorno in cui aveva compiuto sedici anni. Fece segno di sì con la testa. Stasera tutto sarebbe stato fatto anche per loro, non solamente per lei.

Alzandosi in piedi, si riaggiustò la gonna del lungo vestito blu scuro, si guardò ancora una volta nello specchio per un ultimo controllo, e attraversò il camerino.

Bussarono alla porta. «Cinque minuti, signorina Byrne!» gridò il ragazzo incaricato di avvertire gli attori della loro entrata in scena, un secondo prima che lei l'aprisse per uscire.

Charlotte e Branwell erano sul palco in quella prima scena del primo atto, e Katie si avviò verso le quinte e lì rimase in attesa della sua battuta d'attacco. Era nervosa, dentro si sentiva tutto un tremito. Era il classico panico di chi sta per esibirsi davanti a un pubblico. La paura di fare fiasco, una volta sul palcoscenico. E quanti erano gli attori che ne soffrivano. Come ne aveva sofferto Richard Burton, lo sapeva benissimo. Il suo panico da palcoscenico era stato talmente acuto la prima volta che aveva recitato in teatro, che qualcuno gli aveva offerto del brandy ed era stato da quel momento che aveva cominciato a bere.

Scacciò questo pensiero, si concentrò sulle parole che venivano dette sulla scena e, improvvisamente, capì che toccava a lei. Per un momento rimase come paralizzata fra le quinte, poi sentì travolgere da una scarica di adrenalina e venne avanti per ritrovarsi là fuori, al centro del palcoscenico, sotto il bagliore delle luci. E le parole le salirono facilmente alle labbra, e ne fluirono senza fatica.

«Ancora altre fatture, e ancora altre visite di esattori, Branwell», disse in tono freddo e deliberato. Lei era Emily, che affrontava Branwell da dominatrice. «Finiremo tutti in prigione se non stiamo attenti. Non toccherà soltanto a te, fratello caro. E allora come si ritroverà questa famiglia? E cosa succederà al nostro povero padre? Finirà nella vergogna e nel disonore per colpa di un figlio scialacquatore e sregolato. Oh, e un'altra cosa, Branwell. Non mandare mai più Anne a prenderti l'oppio. Io lo proibisco.»

E continuò così, senza la minima difficoltà, per le altre scene, sei in tutto.

Buio in sala, sipario. Fine del primo atto.

Quando calò il tendaggio, gli applausi scoppiarono assordanti e ognuno degli attori della compagnia capì che la commedia avrebbe avuto, a New York, lo stesso clamoroso successo che era stato ottenuto dalla stessa produzione a Londra, nel West End.

Katie si precipitò in camerino per cambiare il costume e ritoccarsi il trucco. Adesso riusciva a pensare soltanto all'atto successivo. Era forse, perfino, più complesso del primo, e le toccava rimanere quasi sempre sul proscenio. Non solo, ma aveva anche una scena di morte.

Il secondo atto sarebbe stato la chiave del suo successo, o del suo fallimento, come attrice.

Naturalmente, fu il successo.

La festa era in pieno svolgimento quando Katie arrivò alla *Tavern on the Green* con Christopher Saunders. Lui l'aveva aspettata intanto che ammorbidiva considerevolmente i toni del trucco, si pettinava, e si cambiava indossando il vestito che aveva scelto per la serata. Era lungo, di velluto viola, e aveva un aspetto antiquato che le piaceva moltissimo. Gli unici gioielli che portava erano gli orecchini di ametista, a goccia, che Chris le aveva regalato il giorno prima, con sua grande sorpresa e delizia.

Christopher l'aveva accompagnata al ristorante in Central Park a bordo di un'automobile con autista, noleggiata appositamente. «Katie, sei stata magnifica», le aveva detto in camerino, e poi aveva continuato a ripeterlo per tutta la strada, da quando avevano lasciato il teatro.

«Tutti sono stati bravi», mormorò lei appena prima di scendere dalla macchina.

Allungandosi verso di lei, la baciò su una guancia. «Hai monopolizzato l'attenzione generale, cara la mia ragazza, che tu voglia ammetterlo, oppure no.»

Melanie e Harry Dawson, e Jack Martin, il regista, stavano aspettando all'entrata e si congratularono di nuovo con lei, ripetendole che la sua interpretazione era stata grande. Sorridente, ma tesa e nervosa, Katie infilò il braccio sotto quello di Christopher e respirò a fondo prima di entrare in sala.

Altri applausi assordanti. E poi, ecco che tutta la famiglia le veniva incontro e la circondava. I nonni, gli zii e le zie, i suoi genitori e Niall. E poi, tutt'a un tratto, vide anche suo fratello Finian.

«Oh, Fin!» esclamò. «Sei addirittura arrivato da Oxford? Da tanto lontano?»

«Certo, Katie», disse lui, abbracciandola. «Come potevo perdermi tutto questo? Il primo di una lunga lista di successi, lo so.»

Ma ecco che già zia Bidget stava cercando di insinuarsi in mezzo a loro, splendente nella toilette di seta rossa con i capelli rossi raccolti in un elegante chignon. «Li hai stesi tutti, mia Katie. Congratulazioni.»

Katie fece segno di sì, e si girò cercando la mamma

con gli occhi. Maureen si fece avanti subito e si abbracciarono. Poi le disse, fra le lacrime: «Se tu sapessi come sono orgogliosa di te, tesoro. Sei stata veramente straordinaria là, su quel palcoscenico».

«Grazie, mamma.» Fece un cenno con la mano al padre, che era subito dietro Maureen. «Ti è piaciuta la commedia, papà?»

«Sì, mi è piaciuta, Katie.» Se la strinse al cuore con forza. «Ma per quello che mi riguarda, tu sei sempre stata una stella. Congratulazioni, tesoro.»

«Ehi, e io chi sono? Possibile che non mi lasciate neanche darle un bacio?» sbottò Niall. Katie lo attirò nella cerchia e lo abbracciò. Intanto, però, si era accorta che Chris, chissà come, era riuscito a rimanerle incollato al fianco durante tutto il suo incontro con i familiari e quegli abbracci di commozione.

«Ho una sorpresa per te», le disse a quel punto e, prendendola per la mano, la fece passare attraverso il gruppo. E mentre i suoi parenti si spostavano per cederle il passo, Katie si trovò davanti a Xenia. E la sua espressione fu di totale sbalordimento appena si accorse chi erano le persone che le stavano intorno.

«Sei stata favolosa.» Xenia le sorrise. «Congratulazioni.»

«Sei stata splendida», si congratulò Verity.

«Sei stata Emily», sentenziò Lavinia.

«Grazie, Katie, per aver capito tutto quello che ti ho raccontato su Emily. Lavinia ha ragione, sei stata lei, e posso dire soltanto che meriti qualsiasi premio ti possa venir dato per questa interpretazione. Tante congratulazioni, Katie.» Intanto che parlava, Rex Bellamy le si era accostato, l'aveva abbracciata e stretta a sé. Poi le bisbigliò nei capelli: «Hai fatto scomparire gli altri, e lo sai, mia cara».

«Ah!» esclamò Katie dopo un minuto, passando con gli occhi dall'uno all'altro di loro. «Ma come avete fatto a venire qui, tutti?»

«Con un aereo», le spiegò Lavinia.

«Ci tenevano talmente a venire alla prima, a fare il tifo per te, Katie, che alla fine mi sono decisa a telefonare a Melanie da Londra e lei è stata ben felice di invitarli.» Xenia scoccò a Katie uno sguardo strano. «Non solo, ma sembrava che conoscesse il nome di Ralph Bellamy... su questo non ci sono dubbi.»

«Oh, sì, le avevo parlato di lui qualche settimana fa, e di come mi aveva aiutato.» Katie rivolse a Rex un sorriso pieno di affetto. «E devo proprio ringraziarti per quello, Rex, e grazie anche a tutti voi per essere venuti a New York a darmi il vostro incoraggiamento. Sono veramente commossa.»

Poi presentò Chistopher, e stava conversando con Verity quando Xenia la prese per un braccio. «Katie, quelli là sono il mio cliente Peter Thomas Roth e sua moglie. Sono con Melanie. Oh, guarda, stanno venendo verso di noi.»

Un momento dopo, Melanie presentava i Roth a Katie e Christopher; Xenia, da parte sua, presentò il gruppo che era venuto con lei dall'Inghilterra.

Melanie disse: «Peter è uno dei miei finanziatori, Katie, e stasera è raggiante perché è persuaso che abbiamo messo in scena un capolavoro. È quello che penso anch'io. Lo spero proprio».

«La tua interpretazione è stata veramente fantastica, Katie», si congratulò Peter. «Ci hai incantato.»

«Grazie», mormorò Katie, ricambiando il suo sorriso.

«Sì, sei stata superba nella parte di Emily», si unì Noreen Roth. «Penso che otterrai una nomination al Tony Award per la tua performance, e te la meriti.»

Chiacchierarono della commedia ancora per qualche minuto; poi Melanie prese da parte Katie e disse: «Penso che sarai contenta di sapere che Jenny Hargreaves ha dato alla luce una bambina. Stasera. Nello Yorkshire. Nata prematuramente. Ecco perché non è qui ad assistere alla prima della sua commedia a Broadway. Però sapevi che era incinta, mi pare di avertelo detto, vero?»

Katie fece cenno di sì. «Sono veramente felice per lei. Magari posso mandarle un messaggio? O dei fiori? Qualcosa...»

«Senz'altro, non è un problema. Oh, e... Katie...»

«Sì, Melanie?»

«Ha chiamato Emily la bambina.»

Katie sorrise, semplicemente, con i luminosi occhi azzurri colmi di gioia.

Il centro dell'interesse generale si spostò a mano a mano che gli altri attori cominciavano ad arrivare nella grande sala. Anche Katie e Chris si misero a circolare fra gli invitati con la famiglia e gli amici di lei, che continuò ad accettare congratulazioni, con un largo sorriso, godendosi pienamente ogni minuto di quella sera così straordinaria.

Era scontato che avrebbero passato la notte insieme. E una volta arrivati in West End Avenue davanti a casa sua, Chris mandò via l'autista e la macchina.

Salirono, senza aprir bocca in ascensore. E continuarono a tacere anche una volta che furono entrati nella piccola anticamera.

Lui non la lasciava un momento con gli occhi. Lei non faceva che ricambiare i suoi sguardi.

Poi si mossero contemporaneamente, caddero l'uno fra le braccia dell'altro. Chris la tenne stretta. Katie gli si aggrappò. Lui le baciò il collo, una guancia... ma, dopo un attimo, la prese per le spalle staccandola da sé, e la fissò intensamente negli occhi.

Ci fu un breve silenzio mentre si guardavano come se fossero ipnotizzati, immobili.

Finalmente Chris parlò: «Non scherzavo quando ho detto quello che ho detto un mese fa, Katie. Quella sera a *Le Cirque* con Xenia. Ho bisogno di te. Un grandissimo bisogno di te».

«Sapevo che non parlavi a vanvera. Perché non fa parte del tuo carattere.»

«Mi sono innamorato di te.»

«Sì, lo so.»

«E tu, Katie? Che cosa provi?»

«Anch'io. Ti amo.»

Un pallido sorriso gli illuminò la faccia per un istante, e subito scomparve. La prese per mano e la condusse nel soggiorno. Katie buttò la stola di velluto su una poltrona e, insieme, si lasciarono sprofondare nel divano. Chris si appoggiò a lei, baciandola a fior di labbra sulla bocca. Dopo un attimo disse: «Sei la cosa migliore che mi sia mai capitata, Katie Byrne».

Lei gli appoggiò la testa contro il petto, felice di averlo vicino. «Tu sei molto speciale per me, Chris. Come non è mai stato nessun altro.»

Lui l'abbracciò e cominciò a baciarla ardentemente. Lei ricambiò i suoi baci con altrettanta passione, e gli buttò le braccia al collo, affondando le dita fra i suoi capelli. Si baciarono a lungo, poi Chris si alzò in piedi e le tese la mano; Katie la afferrò, imitandolo, e insieme entrarono in camera da letto.

Si liberarono dei vestiti e si cercarono nella tenue penombra. Chris l'abbracciò, la tenne stretta, poi la condusse sul letto; si distesero, l'uno voltato verso l'altro, senza mai lasciarsi neanche un momento con gli occhi. Si guardarono a lungo.

Chris allungò una mano, le accarezzò la faccia, senza dire niente, poi chinò la testa e le baciò i seni, con tenerezza. Era la prima volta che facevano l'amore eppure sembrava che si conoscessero già d'istinto. Le mani di lei gli accarezzarono la nuca, e Chris sentì le sue dita forti e agili sulla pelle. Anche il corpo di lei era forte e agile, ma arrendevole sotto il suo tocco. E slanciato, snello e sinuoso. Era la donna più bella che avesse mai conosciuto e desiderato; capiva nel modo più totale e assoluto che, senza di lei, la sua vita non avrebbe avuto un significato.

Ma non disse una parola, si limitò a baciarla con tenerezza, ad accarezzarle l'interno della coscia, muovendo lentamente la mano verso quella che era la parte più intima e segreta di lei.

Katie si sentì tesa ed eccitata, piena di desiderio, di uno struggimento che aveva provato fin dalla prima volta che lo aveva visto. Ma provava anche un gran senso di pace perché capiva che Chris era l'uomo giusto per lei. Quello di cui era sempre stata in cerca. E si rendeva conto di amarlo profondamente.

Chris fece un movimento brusco, si tirò su appoggiandosi a un gomito e chinò gli occhi a contemplarla. Lei lo fissò a sua volta, piena di aspettativa.

Chris si allungò verso la lampada che c'era sul comodino, e l'accese. «Voglio vederti in faccia», mormorò con un filo di voce, accarezzandole una guancia.

I suoi occhi erano grandissimi e di un azzurro profondo. Abbozzò un sorriso guardandolo.

Accostò la bocca a quella di Katie. Le toccò la lingua con la lingua, indugiò, allungato contro di lei, e quello fu un momento d'intimità assoluta, come non aveva mai conosciuto: il preludio alla passione.

Con dolcezza, l'aiutò a girarsi sul dorso e si allungò su quel corpo snello, che si adattava a perfezione al suo. Quanta armonia c'era fra loro, pensò. Poi la sua passione spiccò il volo; ed ebbe l'impressione che il desiderio irrompesse, travolgendolo. Allora si mosse rapidamente, prendendola, e lei si lasciò sfuggire un grido acuto, e chiamò il suo nome mentre la penetrava.

Katie provò l'impressione che il suo cervello si fosse svuotato di tutto il resto all'infuori dei suoi pensieri per Chris; il desiderio che provava per lui, era supremo. Gli si avvinse con le braccia e con le gambe, come se non volesse più lasciarlo andare, e si sentì diventare parte di lui mentre si muovevano, trovando il loro ritmo. E intanto che, con movimenti dolci e fluidi, si univano per diventare una cosa sola, Katie ebbe l'impressione che il cuore le esplodesse. E si lasciò trasportare via, lontano, da un'ondata di estasi.

32

IL viaggio da Manhattan a Malvern aveva richiesto due ore, minuto più minuto meno, e Katie si congratulò con se stessa perché l'aveva fatto a tempo di record. L'orologio nel cruscotto stava segnando le dieci quando si fermò a parcheggiare la macchina fuori del garage della casa dei suoi.

«Sono io, mamma», gridò mentre entrava dalla porta di servizio e si presentava in cucina.

Maureen alzò di scatto la testa a guardarla, strabiliata. Era in piedi davanti a uno dei piani di lavoro della cucina, ad affettare mele, e posò il coltello, esclamando: «Katie! Buon Dio, non vi aspettavo così presto». Poi, abbassando gli occhi a guardarsi, soggiunse: «Oh, povera me, eccomi qui ancora in grembiule. E Chris? Cosa penserà?»

Katie proruppe in una risata. «Mamma, non penserà niente di strano anche se dovesse vederti con il grembiule addosso. Sono sicura che anche sua madre se lo mette. Non è poi quella gran dama che credi. Ma Chris non è con me, sono venuta su in macchina da sola.»

Maureen aggrottò le sopracciglia, scrollando la testa.

349

«Ma credevo che venisse su con te oggi. Per pranzo. Così aveva detto la sera della prima. 'Ci vediamo lunedì prossimo, fra una settimana. Accompagno su Katie con la macchina perché vuole andare a far visita a Carly.' Ha detto proprio così, tesoro. E gli ho detto che vi avrei preparato il pranzo. Allora, cosa è successo?»

Katie posò giacca e borsetta su una seggiola e venne ad appoggiarsi al piano di lavoro guardando la madre, mentre un sorriso pieno di affetto le illuminava la faccia. «Ha deciso che avrebbe fatto meglio ad andare a questa riunione che hanno a Boston oggi, a conti fatti. Aveva detto a quella gente che non ci sarebbe andato, ma poi ha cambiato idea.»

«Chi sarebbe quella gente?» Maureen si voltò a guardarla fisso, socchiudendo gli occhi.

«La gente con la quale lavora. L'organizzazione ecologica.»

«E sarebbe Greenpeace?»

«No, no, è un'organizzazione che si chiama PianetaTerra. E hanno anche una sezione che si chiama Salvare il PianetaTerra, che è quella che Chris dirige in Sudamerica.»

«Sai, Katie, che non mi hai mai raccontato esattamente quello che fa?»

«Be', in questi ultimi dieci anni è diventato un esperto di foreste pluviali, e quello che fa è cercare di salvarle. Perché sono vitali all'esistenza sulla terra.»

«Sì, credo di saperlo, tesoro. E penso che quello che fa è ammirevole.»

«Chris mi ha detto che il sessanta per cento delle foreste pluviali del mondo sono state sacrificate per interessi agricoli o per trasformare la legna in materiale da costruzione, e che gran parte delle nazioni industriali hanno abbattuto tutte quelle che avevano. Salvo il Canada e la Russia. Cosa ne dici, mamma? È qualcosa che ha dell'incredibile, quando ci pensi. Gran brutte notizie, sul serio.»

Maureen fece segno che era d'accordo. «Vuoi un caffè, Katie? L'ho appena fatto.»

«Non ti dico di no. Grazie. Prendiamone una tazza tutte e due.» Katie andò al tavolo della cucina a sedersi e dopo un minuto la mamma la raggiungeva con due tazzone di caffè fumante.

«Che buono, mamma! Proprio quello di cui avevo bisogno», ringraziò dopo averne bevuto qualche sorso.

«Hai voglia di mangiare qualcosa, cara?»

«No, non ho fame.»

«Non ho fatto che pensare a Chris, sai, ed è un peccato che parta, che sia costretto a tornare in Argentina.»

Katie guardò la madre con gli occhi sgranati, ma non disse niente. Si stava chiedendo dove voleva andare a finire, con quel discorso.

«Mi piace moltissimo, e anche a tuo padre. E a Niall. Anche se immagino che la nostra opinione non abbia importanza. Quando sei innamorata, è solo l'amore che conta, e tutto quello che gli altri possono dire o pensare non interessa più. È proprio vero, sai, Katie, che l'amore è cieco. Ma fortunatamente Christopher Saunders piace a tutti, e tuo padre e io gli diamo la nostra piena approvazione».

Katie si fece raggiante. «Sono felice, mamma.»

«Ma c'è un problema serio... Il problema della distanza che vi divide, Katie.»

«Questo è vero. Chris deve partire fra quindici giorni.»

«Riesce ad avere molto tempo libero, o delle vacanze? Cioè, mi spiego, ormai è qui da più di due mesi, no?»

«Sì, quando partirà è più o meno quello il tempo che ha avuto a disposizione. Un mese per le vacanze, e un mese per sbrigare i suoi affari.»

«Capisco.» Maureen sorseggiava il suo caffè con aria triste e assorta. A Katie non sfuggirono né l'aria pensierosa della madre né la tristezza dei suoi occhi azzurri, e si affrettò a chiederle: «Cosa c'è, mamma? Perché hai quell'aria così triste?»

«Perché so che sei innamorata di lui. È così, o sbaglio?»

Katie rispose con un cenno affermativo.

«E si può anche avere la certezza che lui sia innamorato di te; perfino Bridget e la nonna si sono accorte che ti adora, letteralmente. Domenica scorsa, a quel grande ricevimento per la prima, non riusciva a toglierti gli occhi di dosso. Ma adesso deve partire, dico bene? Lui vive là, tu vivi qui, e tu sei agli inizi di una grande carriera in teatro. Perfino il critico del *New York Times* lo dice, e anche qualcun altro di quelli che hanno fatto la recensione alla commedia. Così, io sono triste perché non credo che la tua storia d'amore avrà mai la possibilità di fiorire.»

«Ma è già fiorita, mamma.»

«I fiori non continuano a crescere e a diventare belli e rigogliosi se non sono innaffiati e alimentati», le fece notare Maureen.

«Lo so.»

«Ne avete parlato?»

«Non proprio, mamma. Intuisco che sappiamo tutti e due che esiste questo problema di vivere in due paesi diversi, ma evitiamo il discorso. Credo che lo facciamo perché vogliamo semplicemente goderci l'uno la compagnia dell'altro fintanto che possiamo.»

«Capisco quello che stai dicendo, ma non è molto realistico da parte tua. Non stai con i piedi sulla terra, eh?»

Katie sospirò. «Chris dice che la vita ha anche lei il suo modo di sistemare le cose, di badare a se stessa.»

«Verissimo, ma non sempre nel modo che noi vorremmo. Credi a quello che ti dico.»

Quando Katie non le rispose, e rimase in silenzio con gli occhi fissi sulla sua tazza di caffè, la mamma continuò: «Saresti preparata a rinunciare alla commedia? Ad andare in Argentina a vivere con Chris?»

«Sai benissimo che non posso. Ho firmato un contratto per un anno.»

«Sai benissimo, tu, a che cosa voglio alludere, Katie.»

«E va bene, ho capito. Ma non posso risponderti, perché non lo so.»

Katie rifletté su questa conversazione mentre, al volante della macchina di Chris, stava andando all'ospedale un'ora più tardi. La mamma aveva ragione, ma lei non aveva voglia di affrontare la scelta che una decisione così difficile comportava. Ed era assolutamente sicura, in fondo al cuore, che Chris evitasse, anche lui, di farlo.

Più avanti, ci penserò più avanti, si disse; e tentò di accantonare il pensiero del ritorno di Chris in Sudamerica. Adesso lei stava andando a far visita a Carly, e quella doveva essere la sua considerazione più importante. Voleva raccontare alla sua amica tutto quanto era successo la sera della prima, ormai passata da una settimana, e descriverle il ricevimento che era stato organizzato alla fine dello spettacolo alla *Tavern on the Green*.

Venti minuti più tardi stava passando dall'ingresso principale dell'ospedale nell'ala in cui si trovavano i malati cronici, e si avviava a passo lesto lungo il corridoio verso la camera di Carly. Come al solito incontrò Jane, la giovane infermiera che faceva parte di quelle che assistevano i pazienti durante il turno di giorno, e si salutarono. Pochi istanti più tardi Katie si chinava su Carly e le dava un bacio su una guancia.

Nessuna reazione, e allora tirò una seggiola più vicino al letto, vi prese posto, e si allungò a prendere la mano di Carly. Era calda, non fredda come di solito, e subito si affrettò a guardarla bene in faccia. Gli occhi di quel blu intenso che a volte pareva viola, erano spalancati ma non vi appariva nessun segno di vita. E la sua faccia aveva l'espressione vacua e passiva di sempre.

Katie si accomodò meglio sulla seggiola e respirò a fondo. Poi cominciò a parlare a Carly.

«Avrei voluto che ci foste state anche voi, in teatro, la sera della prima, Carly. Tu e Denise. Come vi sarebbe piaciuto. Prima di entrare in scena ho guardato la fotografia di noi tre, e sai cosa ti dico, che tu e Denise avete contribuito a farmi tirare avanti, ad arrivare fino in fondo allo spettacolo. Naturalmente l'ho fatto per me stessa, ma l'ho fatto anche per voi. Volevo che si realizzasse il sogno della vostra infanzia, che è stato anche il mio. Ma c'è qualcos'altro che devo raccontarti, Carly. Ho avuto un attacco di panico da palcoscenico. Veramente, prima non mi era mai capitato; ma la sera di domenica scorsa ha colpito anche me. Almeno per un minuto o due, e ho pensato a Richard Burton mentre stavo fra le quinte. Ti ricordi quando abbiamo letto la sua biografia, quella scritta da Melvyn Bragg, e abbiamo scoperto che lui aveva sofferto terribilmente di attacchi di panico da palcoscenico, ed era proprio a causa di quella paura che aveva cominciato a bere ed era diventato un'alcolista, perché prima di entrare in scena si scolava un goccetto? E come mi hai fatto ridere quando alla rappresentazione della scuola mi hai portato una bottiglia di whisky! Solo che non era whisky, no, proprio per niente, ma tè freddo. Oh, Carly, se tu sapessi come mi manchi. E mi mancano anche i tuoi scherzi, le tue buffonate.

«Avrei voluto che fossi là anche tu a sentire gli applausi. Mille e cinquanta persone che ci applaudivano domenica scorsa. E tu sapessi quante sono state le chiamate che abbiamo ricevuto! La commedia è un grande successo e sembra proprio che rimarrà in scena per un anno. Secondo Melanie anche di più. Le critiche sono state magnifiche, io sono stata citata molto e ho attirato una grande attenzione.

«Tutta la famiglia è venuta alla prima, Carly. Mamma e papà, Niall, e Fin è arrivato in aereo da Londra. Tutte le zie e gli zii, e tutti i nonni. Come ti sarebbe piaciuto!

«Poi c'è stata una gran festa alla *Tavern on the Green*. Uomini in smoking, e in abito da sera. Il mio era di velluto di un rosso cupo quasi viola. Quando l'ho visto appeso nel negozio, ho pensato alle viole del pensiero, e ai tuoi occhi. Vorrei che tu avessi potuto vederlo. Vorrei che tu avessi potuto essere là. Vorrei che tu potessi sentirmi, Carly. Darei non so cosa per questo.»

Tacque e si alzò dalla seggiola. Il sole inondava la camera, e la accecava; andò alla finestra a socchiudere le stecche delle veneziane in modo che il sole ne filtrasse senza accecarla.

«Posso... sentir... ti...»

S'irrigidì.

La voce bassa, e stridula, disse ancora : «Ti... ti sen...»

Katie si voltò di scatto, si precipitò al letto, si mise a fissarla, gli occhi sbarrati, quasi senza osare convincersi che le aveva realmente parlato! Si accorse subito che le sue pupille erano diverse, non più così vacue e spente. C'era davvero un barlume di luce lì dentro, una scintilla di vita!

Chinandosi sul letto, Katie esclamò con voce ansiosa, pressante: «Mi hai parlato, Carly? Sbatti le palpebre se è vero, se l'hai fatto sul serio».

Non accadde niente. Sembrò che la vita dileguasse da quegli occhi color di viola. Tornarono morti.

Katie disse: «Carly, ascoltami. Ascoltami bene. Sono io. Katie. Sbatti le palpebre se capisci quello che sto dicendo». I suoi occhi erano concentrati a fissare quelli di Carly, e quando lei, finalmente, sbatté le palpebre parecchie volte, si mise a urlare: «Carly! Carly! Hai sbattuto le palpebre!»

Carly chiuse di nuovo gli occhi e li riaprì, rapidamente, più di una volta; poi socchiuse le labbra cercando di parlare. Le richiuse. E infine disse lentamente, in un mormorio: «Ka-tie».

«Oh, mio Dio! Carly hai detto il mio nome! Oh, Dio, oh Dio! È un miracolo.»

Katie si voltò verso la porta che si era spalancata; Jane aveva messo dentro la testa. «Qualcosa non va?»

«No, no, va tutto bene! Molto, molto bene. Jane, vieni qui. Carly ha aperto e chiuso gli occhi, battendo le palpebre. Ha parlato. Giuro che è vero.»

La faccia dell'infermiera rivelò tutto il suo sbalordimento, e intanto si precipitava vicino al letto, e fissava attentamente Carly, e poi tornava a rivolgersi a Katie. «È sicura? Ha l'aspetto che ha sempre avuto in questi cinque anni, da quando sono venuta a lavorare qui.»

«Ka-tie», balbettò ancora, sempre con lo stesso tono di voce: un mormorio tremulo e rauco.

«Signoriddio, ha pronunciato il suo nome, signorina Byrne! Non posso crederci. È incredibile!» Jane sembrava inebetita e, adesso, fissava Katie a bocca aperta.

«Per favore, Jane, vada a chiamare il dottor Nelson. Non voglio lasciare Carly.»

Jane annuì, e corse subito via.

Katie si chinò di nuovo sul letto e s'impadronì della mano di Carly. Era sempre calda, come prima, e si domandò se questo avesse un significato.

«Puoi stringermi la mano, Carly? Te la senti di provare?»

Mentre la osservava con attenzione, Katie si accorse che le dita si muovevano in modo appena percettibile ma che non erano forti abbastanza per stringerle la mano. Nonostante questo, il movimento c'era e non ricordava fosse mai successo in precedenza.

La porta si spalancò ed entrò il dottor Nelson, che non nascose la sua preoccupazione. «Cosa c'è, Katie? La nostra Jane mi dice che Carly le ha parlato. È vero?» Sembrava non ci credesse.

«Sì, dottor Nelson, è vero. Ha detto che poteva sentirmi, e poi mi ha chiamato per nome.»

Nelson lanciò un'occhiata a Katie, come se non fosse affatto convinto di dover credere a quanto gli stava dicendo, e si accostò rapidamente al letto in modo da poter esaminare Carly. Tirò fuori la sottile torcia elettrica che aveva sempre con sé e le guardò prima in un occhio e poi nell'altro; le sentì il polso e il battito cardiaco.

Dopo essersi tirato su, girò di scatto la testa verso Katie e le domandò: «Può raccontarmi con esattezza quello che è successo, Katie, per favore?»

«Sì, certamente. La prima cosa che mi ha colpito quando sono arrivata, è che aveva la mano calda. Di solito è così fredda! Comunque, l'ho osservata come faccio sempre, ma non c'era nessun segno di vita, proprio nessuno. Aveva gli occhi spalancati, come sempre, ma erano vuoti, spenti. Allora mi sono seduta, le ho parlato, le ho raccontato tutto della commedia, della prima, della festa che ha seguito lo spettacolo. Niente, neanche un barlume di vita, neanche il minimo segno che mi capisse. Poi, tutt'a un tratto, la camera è diventata piena di luce; un bel sole luminoso entrava dalla finestra dove le veneziane erano aperte. Così mi sono alzata per andare ad abbassarle un po', a sistemarle meglio. Oh, mi dimenticavo una cosa, dottor Nelson, appena prima di alzarmi, ho detto che avrei voluto che lei potesse sentirmi.»

Tacque per un attimo, si schiarì la voce. «A ogni modo, avevo appena finito di riaggiustare le veneziane perché ci passasse meno luce, quando ho sentito questa voce. Era bassa, raschiante... Era Carly, dottor Nelson. Ha detto molto lentamente, in una specie di mormorio: «Posso... sentir... ti». Proprio così, in questo modo. Sono rimasta strabiliata, non riuscivo a crederci. Mi sono precipitata vicino al letto e l'ho pregata di battere le palpebre se capiva che ero io. Se mi riconosceva. In principio mi è sembrato che non ne fosse capace, ma poi ha chiuso e aperto gli occhi, improvvisamente, parecchie volte. E dopo un momento ha detto il mio nome... a fatica, con voce spezzata. Ka-tie. È stato così che lo ha detto, proprio così!»

Il dottore scrollò la testa. «Non lo capisco...» Lasciò interrotta la frase e la sua voce si spense; per un attimo sembrò perplesso, addirittura sconcertato.

Jane, che era tornata con lui nella camera, disse: «È la verità, dottor Nelson. Anch'io ho sentito Carly che parlava. Le ho sentito dire 'Katie' proprio nel modo che la signorina Byrne ha descritto».

«Ka-tie...» mormorò di nuovo Carly.

James Nelson concentrò di nuovo tutta la sua attenzione sulla paziente. Si curvò su di lei, le prese una mano. Poi lentamente, con voce alta e chiara articolò: «Carly, stringimi la mano se puoi sentirmi».

Dopo un momento vide le dita muoversi appena, impercettibilmente. Non riuscì a nascondere il suo stupore. Continuò: «Sbatti le palpebre, se ci riesci, Carly».

Dopo un'attimo o due, Carly chiuse e aprì gli occhi.

Il neurologo la guardò e scorse nelle sue pupille un barlume di vita. Fu il momento più straordinario della sua carriera.

Rivolgendosi a Katie e Jane, confermò: «È incredibile. Una 'prima' in campo medico, ne sono sicuro. Carly è rimasta in uno stato vegetativo per dieci anni. Non ho mai sentito di nessuno che ne venisse fuori dopo tanto tempo. Devo ammettere che sono sbalordito».

«Cosa pensa sia successo dottor Nelson?» domandò Katie.

«Non lo so. E non è che noi abbiamo fatto qualcosa di diverso, perché non c'è molto che possiamo fare per lei...» S'interruppe di colpo e guardò Katie con gli occhi sgranati, e la fronte corrugata. «Oh mio Dio! In questi ultimi tempi ho cominciato a somministrarle una sostanza che si chiama amantadina, che difende dalle infezioni polmonari. Specialmente nel caso di pazienti cronici, costretti a letto. Volevo proteggerla...» Fece una pausa. «Potrebbe essere uno stimolante, questo lo so di sicuro. D'altra parte, non si può neanche escludere che si tratti di una specie di blocco al midollo allungato e ponte di Varolio, che a poco a poco si è riassorbito. Magari è stata una combinazione di tutte e due queste cose. A ogni modo, sia nell'uno sia nell'altro caso, è una grande notizia. E, come dicevo, non è escluso che sia una scoperta sensazionale dal punto di vista medico. Ma penso che ci vorrà molto tempo perché torni alla normalità, ammesso che si riprenderà completamente.»

Jane, che fino a quel momento era rimasta in silenzio, incalzò: «A quanto io ne so, in questi ultimi cinque anni le abbiamo sempre mosso le gambe e le braccia. E, benché i suoi muscoli si siano atrofizzati, abbiamo cercato di darle qualche aiuto».

«Sì, sono al corrente di questo, Jane. È stata una buona terapia per lei. A ogni modo, sono persuaso che ci vorrà parecchio prima che ricominci a camminare.»

«Sì, ma Carly è giovane, dottor Nelson.»

«Si direbbe che alcune parti del suo cervello si siano risvegliate. E sono certo che anche alcune delle sue capacità motorie riprenderanno, sia pure lentamente. E, a un bel momento, anche la parola e la memoria», spiegò il medico.

«Si direbbe che capisca che io sono io», mormorò Katie.

«Sì, le apparenze lo fanno credere, ed è molto importante, molto promettente.»

Tornò a guardare Carly e poi si avviò rapidamente alla porta. «Sarà meglio che telefoni a sua madre. Quando sentirà al notizia, la signora Smith sarà fuori di sé dalla gioia. E devo parlare al direttore», e così dicendo se ne andò.

Katie gli corse dietro. «Dottor Nelson, aspetti per favore. Devo dirle qualcosa.»

Si fermò in corridoio. «Sì, Katie, cosa c'è?»

Richiudendosi la porta alle spalle e deglutendo a fatica

perché aveva un nodo alla gola, Katie rispose: «Veramente lei, di questo, non può parlare con nessuno. Degli improvvisi segni di vita di Carly, intendo».

«E perché mai? È un... un miracolo, comunque sia successo. Un'esclusiva 'prima', a quanto ne so. Ho appena finito di spiegarglielo!»

«Carly è l'unica testimone oculare di un orribile assassinio, dottor Nelson. Prima di essere picchiata a sangue, ha visto l'uomo che ha aggredito lei e Denise Matthews. Perché c'è stata una lotta, una colluttazione di qualche genere, nel granaio, prima che le due ragazze corressero fuori verso il bosco. Denise è morta, e non può identificare l'assassino. Ma Carly sì.»

James Nelson rimase in silenzio, ma era impallidito perché capiva il sottinteso delle sue parole.

«Carly potrebbe essere in grave pericolo. C'è sempre un assassino in giro. Ecco perché lei deve mantenere il segreto su quello che è successo! E deve chiamare la polizia».

Tre quarti d'ora più tardi Mac MacDonald era seduto con Katie e James Nelson nello studio di quest'ultimo, nell'ala dell'ospedale dove si trovava il reparto neurologico.

«Grazie, Katie. Ci hai riferito tutto molto chiaramente», riepilogò Mac concentrando la sua attenzione sul dottore. «E anche lei, dottor Nelson. Grazie. Ma la prego, mi dica, secondo la sua autorevole opinione: pensa che Carly guarirà completamente?»

«È difficile affermarlo. Non ho ancora avuto l'opportunità di riflettere seriamente. Tutto è successo meno di un'ora fa. Potrebbe, certo. D'altra parte potrebbe anche andare a finire in un altro modo.» Tacque per un momento, e poi precisò: «In un certo senso, la cosa che mi fa sentire ottimista, riguardo a un eventuale recupero totale delle sue facoltà, è che ha pronunciato il nome di Katie, e più di una volta. Questo, per me, significa che la memoria è intatta. Ritengo che, forse, è come se alcune parti del suo cervello si fossero risvegliate».

«Per mezzo dell'amantadina?» domandò l'investigatore.

«È possibile. Anche se come le ho spiegato, gliel'ho fatta somministrare per prevenire un'infezione polmonare.»

«Capisco. Ma ciò a cui io voglio arrivare è questo: Carly sarà in grado di ricordare cosa le è successo dieci anni fa nel granaio e, successivamente, nel bosco? Ricorderà chi è stato il suo aggressore?»

«È possibile», rispose il dottore. «Come dicevo, sembra che riconosca Katie. A ogni modo, l'aggressione da lei subita è stata talmente atroce, ha provocato un tale trauma fisico e mentale, che potrebbe averlo volutamente cancellato. Bloccato. Non posso dirlo. Non posso prevedere niente.»

Mac rimase in silenzio per qualche istante, e poi rispose: «Ho intenzione di partire dal presupposto che Carly ricorderà ogni cosa, che succeda in questa stessa settimana o il mese prossimo. E quindi devo prendere alcune precauzioni, dottor Nelson». Rivolse al medico un'occhiata penetrante, e continuò. «Quest'improvviso sviluppo nelle condizioni di Carly deve essere tenuto segretissimo. Chi ha commesso l'omicidio è ancora libero e io non voglio che venga a sapere di quello che è cambiato nelle condizioni di Carly. È persuaso di essere in salvo, di essersela cavata anche se ha commesso un omicidio. Ora, forse, non è più così. Io non voglio che si metta a dare la caccia a Carly. Che la perseguiti. Quindi devo chiederle di mantenere il più assoluto silenzio su quanto è successo qui, oggi.»

Il dottor Nelson annuì, ma aveva l'aria preoccupata.

«Mi rendo conto che questo è importante per lei, dottore, dal punto di vista medico», continuò Mac. «Una scoperta, forse una svolta dal punto di vista clinico. Ma se aspettiamo a raccontarlo al mondo intero, proteggiamo Carly. Niente comunicati stampa. Ci siamo capiti?»

«Senz'altro», James Nelson rispose.

«Se i media avessero anche soltanto il minimo sospetto, si scatenerebbero e non avremmo più pace. Non solo, ma lei deve anche parlare al personale di qui. E metterlo in guardia. Non bisogna che ci sia, nel modo più assoluto, qualche fuga di notizie. Neanche una. E prenderò ulteriori precauzioni. Sto pensando di mettere quei due agenti, da subito, fuori della sua camera. Davanti alla sua porta, da adesso in avanti, ci sarà sempre una guardia. Non fosse altro che per non correre rischi.»

«Penso che sia una manovra saggia», convenne il dottor Nelson. «Per quel che mi riguarda, parlerò immediatamente al personale, mettendolo sull'allerta, e raccomandando di evitare qualsiasi soffiata. Non sarà un problema.»

«Bene.» Mac MacDonald si alzò. «Adesso vado a trovare la madre di Carly, per spiegarle che, almeno per il momento, deve tener segreto questo sviluppo nelle condizioni di sua figlia.»

«Grazie di essere venuto così prontamente, Mac», disse Katie, alzandosi in piedi anche lei.

Lui le lanciò l'occhiata di chi la sa lunga. «Ho aspettato dieci anni per risolvere questo caso e adesso credo che ci riuscirò, con l'aiuto di Carly e un po' di fortuna.»

«L'accompagno alla porta.» Katie lo stava seguendo mentre usciva dallo studio di James Nelson. Poi si volse ad allungargli un'occhiata. «Grazie, dottor Nelson. Quanto a me, tornerò domattina, prima di rientrare a New York.»

«Allora ci vediamo domani, Katie.»

James Nelson si alzò, andò alla porta e strinse la mano di Mac. «Ci fossero nuovi sviluppi, le telefono immediatamente.»

«Grazie. Lo apprezzerei molto.»

Katie e Mac MacDonald si avviarono all'ingresso dell'ospedale in silenzio ma, quando furono fuori, Mac si voltò verso Katie e disse: «Mi duole, Katie, ma in questo preciso momento neanche tu puoi parlare. Quindi, non una sola parola con i tuoi genitori».

Katie lo fissò. «Va bene, capisco. È talmente facile lasciarsi sfuggire qualcosa. Parlare a vanvera può costare vite umane.»

Stavolta toccò a lui guardarla con tanto d'occhi. «È una buona battuta, dove l'hai presa?»

«L'ho vista in un manifesto dell'epoca della seconda guerra mondiale, recentemente, in una casa nello Yorkshire. I proprietari hanno un'intera collezione di ricordi e altri oggetti memorabili del tempo di guerra. Mi è sembrata così... adatta.»

Lui fece segno di sì, e le sorrise. «Tuo padre è molto orgoglioso di te, Katie. Non sta più nella pelle dall'orgoglio.»

Lei ricambiò il suo sorriso mentre pensava che non era cambiato per niente. Mac aveva lo stesso aspetto di sempre. Dieci anni gli avevano portato qualche capello grigio in più, e perfino qualche altra ruga intorno agli occhi e alla bocca, ma era sempre un uomo simpatico e dall'aspetto piacente. «Come sta Allegra?» gli domandò, pensando tutto d'un tratto al medico legale della polizia. Sapeva che erano molto uniti, anche se non si erano mai sposati.

«Sta benone ed è sinceramente felice di questo nuovo sviluppo, te lo garantisco. Abbiamo conservato il DNA prelevato dal corpo di Denise all'epoca dell'omicidio. Se Carly potesse darci un nome, basterebbe un confronto del DNA per eseguire un arresto.»

«Vuole dire che i campioni di DNA prelevati durano tanto a lungo?»

«Come, no, Katie! Durano in eterno.»

33

SPOSTANDO, per metterli da parte, i barattoli dei cosmetici che le servivano per il trucco di scena, Katie trovò un po' di spazio per il suo diario sulla toilette. Dopo averlo aperto, si appoggiò allo schienale della seggiola per un momento, riflettendo, e poi cominciò a scrivere.

1°marzo 2000
Barrymore Theatre, New York

Oggi è mercoledì, il giorno dello spettacolo pomeridiano e dal momento che io non lascio mai il teatro quando c'è la matinée, ho il tempo di mettere qualcosa per iscritto.

Fare il mio esordio in una commedia in un teatro di Broadway è davvero la cosa più emozionante che mi sia mai successa. Letteralmente stupenda. Ma per me è stato non meno emozionante l'improvviso cambiamento nelle condizioni di Carly. Quando mi ha parlato questa settimana, qualche giorno fa, sono rimasta sbalordita. Anzi posso dire che quando ha pronunciato il mio nome, sono stata proprio io a rimanere senza parole! Che svolta, che meraviglioso passo significativo è mai questo. Sono sicura che Carly si riprenderà e guarirà, se non completamente, quanto basta per condurre una vita decente. James Nelson si mostra d'accordo con me. È ancora stupefatto e sconcertato, e non riesce a capire che cosa abbia provocato questo cambiamento improvviso in Carly. È convinto che l'amantadina sia stato il fattore scatenante. Quando Carly sarà in grado di affrontarli, ha intenzione di sottoporla a una serie di test neurologici approfonditi. Non solo, ma comincerà anche a metterla in terapia intensiva e di affiancarle un logopedista. Il dottor Nelson mi ha spiegato che potrebbe risultare disabile dal punto di vista fisico e menomata psichicamente dopo dieci anni vissuti in uno stato vegetativo. Io però sono pronta a scommettere su Carly. È sempre stata una lottatrice, e lotterà anche adesso. E ho intenzione di essere lì, con lei, ad aiutarla.

Mi sento un po' frustrata perché non posso raccontarlo a mamma e papà e Niall. Lunedì sera non stavo più nella pelle per la voglia di dare a tutti la notizia ma sono riuscita a tenere la bocca chiusa. Non posso far correre rischi a Carly, e parlare potrebbe portare a questo. Non che i miei genitori possano essere le persone che si lasciano sfuggire qualcosa, ma ho promesso a Mac che non avrei raccontato niente a nessuno di loro. E non mi sento di mancare alla parola data. Papà ha sempre detto che Mac è un buon poliziotto e un brav'uomo. È rimasto sbalordito quando ha visto Carly. Secondo lui, non era cambiata proprio per niente, era sempre una bellissima, giovane, ragazza. È vero, per quanto adesso sulla sua faccia ci sia il segno di qualche ruga. Come sulla mia. Mac non l'ha inter-

367

rogata e non le ha detto neanche una parola lunedì. E, a ogni modo, Carly non era più in sé, non era più sveglia, e quindi non aveva senso che rimanesse lì. Ma appena mostrerà qualche altro miglioramento, la sua intenzione è di presentarsi all'ospedale con il detective Groome, nella speranza che gli venga dato qualche indizio per scoprire l'assassino. Sono anni che mi domando chi è stato e non sono mai riuscita a venir fuori con un nome. Quel nome è custodito nel cervello di Carly, ma chissà che adesso non venga rivelato. Sono rimasta letteralmente stupefatta quando Mac mi ha spiegato che i campioni di DNA durano per sempre. Non lo sapevo. E suppongo che la gran parte della gente non lo sappia.

Lunedì prossimo ho intenzione di tornare a Malvern. Se Chris non può prestarmi la sua macchina, vuol dire che ne noleggerò una. Devo andare a far di nuovo visita a Carly, per incoraggiarla. Il dottor Nelson è persuaso che sia vitale questo, da parte mia, perché io sono quella che lei ricorda. E come potremmo esserci dimenticate l'una dell'altra? Siamo state insieme gran parte della nostra vita, vedendoci un giorno dopo l'altro, fino a quando abbiamo avuto diciassette anni. Io faccio parte della sua struttura psichica come lei fa parte della mia. Ed è un legame molto forte, quello che ci lega. È un legame che non può essere spezzato, così dice Nelson.

Tornando alla sera della prima, che esperienza splendida è stata per me! Emozionante. Sono piaciuta ai critici, si sono addirittura spinti a dire che ho un grande futuro come attrice. Mia madre era commossa, orgogliosa e diceva di sentirsi gratificata perché aveva sempre creduto in me. Aveva un aspetto stupefacente con quell'abito nero lungo, come zia Bridget in quello di seta rossa dal taglio scivolato, e gli orecchini di diamanti. Mi sono sentita veramente fiera della mamma e della zia, e di tutte le donne della nostra famiglia che avevano fatto uno sforzo per presentarsi al meglio. Perfino le nonne erano tutte e due in ghingheri, in abito da sera. Quanto a Xenia e ai miei amici inglesi, avevano qualcosa di favoloso, sensazionale. Naturalmente Lavinia era Audrey Hepburn fatta e finita in un tubino di seta nera, con lunghi guanti neri, orecchini a pendente e i capelli raccolti in un elegante chignon. Verity era sempre la stessa, ed emanava fascino dalla sua toilette di pizzo nero con la gonna longuette, di linea dritta, completata delle sue solite perle. Xenia si era superata, in seta blu savoia e gli orecchini azzurro cupo. Mi ha detto che non erano zaffiri veri, però a me hanno dato l'impressione di esserlo. Tutti gli uomini della mia famiglia erano molto belli, specialmente papà, Niall e Christopher.

Cosa fare riguardo a Chris?

La mamma mi ha messo una pulce nell'orecchio quando mi ha detto che devo affrontare i fatti così come stanno, particolarmente la questione che viviamo in paesi diversi. Io ci ho pensato di continuo in questi ultimi due giorni. Riuscirei mai a vivere a Buenos Aires? Non so. Chris dice che è bellissima, che viene considerata la Parigi del Sudamerica. Ma io faccio l'attrice, e quindi per me è indispensabile vivere a New York oppure a Londra dove ci sono i teatri. Anche a Buenos Aires ci sono teatri, ne sono sicura, ma io non parlo spagnolo.

Ieri sera ho domandato a Chris se continuerà sempre a vivere in Argentina, e lui ha risposto che non lo sapeva. Mi ha lanciato una strana occhiata, e così ho deciso di lasciar cadere l'argomento. Verrà di nuovo a prendermi stasera, dopo lo spettacolo, per andare a cena, ma non ho più intenzione di accennare al futuro. In fondo lui non ne ha parlato. Continua a dire che è innamorato di me, che ha bisogno di me, che mi vuole per sempre nella sua vita. Però, quanto a sposarci, non ha detto una sola parola. E io, voglio sposarlo? Non so. Quello di cui sono sicura è che lo amo, e andiamo talmente d'accordo che è una cosa incredibile. Vorrei che potesse tornare a vivere a New York, ma immagino che debba stare vicino alle foreste pluviali.

La cosa strana è che ho l'impressione di aver conosciuto Chris per tutta la vita quando, in effetti, lo conosco soltanto da cinque settimane. L'altra sera lui sosteneva che si può frequentare qualcuno per anni ma senza mai conoscerlo veramente bene e che il tempo, in sé e per sé, non è un fattore, non ha alcun significato. Suppongo che abbia ragione. Zia Bridget dice che noi siamo dello stesso stampo. Lei è il modello di successo nella nostra famiglia, un agente immobiliare ad alto livello a New York, uno dei più grandi che ci siano, a capo della sua propria società immobiliare. L'acqua trova il suo livello, è un'altra delle sue espressioni, e con questo lei vuole dire che in qualche modo Chris e io riusciremo a risolvere la questione. Come lo spero.

Posò la penna, chiuse il diario e lo fece scivolare nella sacca ai suoi piedi. Bevve un sorso di acqua minerale, mangiò il sandwich che si era portata da casa, e andò a sdraiarsi sul divano letto. Le faceva sempre piacere un breve riposo prima dello spettacolo serale; la ritemprava, e così poteva entrare in palcoscenico sentendosi di nuovo piena di energia. Due spettacoli in una giornata erano logoranti per gran parte degli attori, e lei non faceva eccezione alla regola.

«Dove vuoi andare a mangiare?» le domandò lui qualche ora più tardi quella sera mentre l'aiutava a salire su un taxi.

«Veramente non saprei, cosa ne dici di *Fiorella*? Mi piace, e piace anche a te.»

«Ottimo.» Si sporse verso l'autista per dirgli dove andare, e poi si accomodò sul sedile di fianco a lei e le prese una mano. «Com'è andata stasera? Com'è stato il pubblico?» La sua voce era calda e piena di affetto.

Gli sorrise nella tenue luce dell'auto. A poco a poco Chris era arrivato a capire che ogni pubblico poteva essere molto diverso dagli altri e in qualche caso influivano sulla performance di un attore. Bisognava non lasciarsi abbattere, ma risalire la china, di fronte a un cattivo pubblico, e lei glielo aveva spiegato. «È stato buono, come anche quello del pomeriggio», replicò. «Non ho avuto problemi di nessun genere.»

«Stasera ho parlato con Jamie Nelson, Katie.»

Katie si accorse di essersi irrigidita e, per un attimo, rimase con il fiato in sospeso. «Oh, e come sta?» Il dottor Nelson non aveva accennato sicuramente a Carly o a qualcosa che la riguardasse, vero?

«Sta benone. Dice che ti ha visto lunedì.»

«Infatti. Forse mi sono dimenticata di raccontartelo.»

«Ha detto che gli piacerebbe vedere la commedia, Katie. Così l'ho invitato a venire giù, in città, per lo spettacolo di venerdì sera, e per andare a cena dopo. Va bene anche per te? Non sarai troppo stanca?»

«No, affatto, e va benissimo. Combinerò le cose per fargli avere un biglietto omaggio. Sai se, per caso, porterà qualcuno con sé?»

«Non ne sono sicuro, tesoro, ma posso comprare il biglietto o i biglietti, senza che tu sia costretta a scocciare Melanie.»

Katie rise. «Non ci sono proprio più biglietti da comprare, Chris. Forse te ne sei dimenticato, ma abbiamo il tutto esaurito per parecchi mesi.»

«Ah, già, mi sono dimenticato.» Si strinse a lei baciandole una guancia. «Allora immagino che dovrai procurargli i biglietti.»

Erano seduti a un tavolo, da *Fiorella*, da una ventina di minuti e stavano sorseggiando un drink, quando Chris sbottò, di punto in bianco: «Oggi ho parlato con Boston, Katie. Devo partire domenica».

Lei alzò gli occhi a fissarlo, perché era seduto dall'altra parte del tavolo, e chiese: «Partire per Boston? Oppure per l'Argentina?»

«Per l'Argentina, amore mio.» E le rivolse un pallido sorriso.

«Suppongo che fosse quello che mi stavo aspettando», lei mormorò a fior di labbra e alzò il bicchiere. «Quanto tempo starai via?»

«Sei mesi. Tornerò a New York in agosto. Per un paio di settimane.» Si allungò ad appoggiare una mano su quelle di lei. «Probabilmente potrei venire in aereo per un fine settimana, magari anche due. E per quello che ti riguarda? Credi che potresti venire a Buenos Aires per un lungo fine settimana?»

Katie lo guardò di traverso. «Naturalmente no, Chris!

Recito in una commedia di grande successo. E sono la seconda attrice protagonista. Non posso prendermi nessuna vacanza adesso. E neanche in un prossimo futuro. Credevo di avertelo detto chiaro.»

«Sì, me l'avevi detto, ma tu fai tutti questi spettacoli pomeridiani, a volte anche due in un giorno, e Melanie non pensa che tu abbia diritto a staccare un po', a un breve periodo di riposo, di tanto in tanto? E non solamente tu, Katie, ma anche tutti gli altri?»

«Naturalmente lei non ci pensa affatto, come non ci pensa nessun altro produttore, perché Broadway non è come pensi tu. Non si possono avere fine settimane di vacanza e tutto il resto. Sì, se un'opera teatrale rimane in cartellone molto a lungo, a volte gli attori più celebri si prendono un paio di giorni di riposo. Ma questa commedia è andata in scena soltanto il venti febbraio.»

«Va bene, va bene, non è il caso di scaldarsi. Immagino di essere un perfetto ignorante quando c'è di mezzo il mondo dello spettacolo.»

«Io non mi sto affatto scaldando, Chris.»

«A sentirti, sembrerebbe di sì. E poi non capisco perché devi sempre metterti così sulla difensiva quando c'è di mezzo Melanie Dawson.»

«Io non mi metto sulla difensiva quando c'è in ballo lei», ribatté, tagliente. «Ti sto semplicemente spiegando le regole del gioco, se vuoi chiamarlo così. E in ogni caso, Melanie è stata meravigliosa nei miei confronti, e mi ha offerto la mia grande occasione.»

«Alla fin fine, saresti riuscita ad averla lo stesso. Ti sarebbe arrivata comunque. Sei talmente ricca di talento, che qualcuno avrebbe finito ugualmente per scoprirti. Un giorno.»

«Forse, o forse no. Se tu sapessi quanto talento non

ancora scoperto c'è in giro! Comunque, Melanie è stata una vera amica nei miei confronti, non ha mai perso d'occhio quelle che potevano essere le occasioni adatte per me, e me ne ha offerte altre che io non ho accettato. Come tu sai benissimo.»

Lui aprì la bocca per ribattere qualcosa quando arrivarono le loro ordinazioni. Così richiuse la bocca e non disse niente e cominciò a mangiare le sue lasagne.

Katie affondò coltello e forchetta in un pezzo di pollo ma, dentro di sé, fremeva di rabbia. Per qualche motivo che le sfuggiva, Chris sembrava intenzionato a litigare con lei quella sera. E di nuovo non poté fare a meno di chiedersi se James Nelson gli avesse detto qualcosa riguardo a Carly. Forse era stato proprio così, e forse Chris era furioso con lei perché non gli aveva confidato niente, non gli aveva mostrato fiducia. Ma d'altra parte, Nelson aveva promesso a Mac MacDonald che non si sarebbe fatto sfuggire niente in proposito, soprattutto per la sicurezza di Carly. E, a ogni modo, non sarebbe stata una mancanza di etica professionale discutere con un amico quel che riguardava un paziente? No, si disse subito, James Nelson non aveva detto una sola parola in proposito. Chris è di cattivo umore, ecco la vera spiegazione. Quella e nient'altro. Probabilmente è agitato perché deve lasciare New York, e lasciarmi.

Manifestò ad alta voce questo pensiero quando osservò pacatamente: «Sei agitato perché devi partire, Chris. Non litighiamo a questo modo. Non stasera».

«Ma non stiamo litigando, vero?»

«Veramente no, mi sembra. Però ci stiamo scambiando parole di fuoco.» Gli sfiorò una mano: «Per favore, Chris, vediamo di goderci questi ultimi pochi giorni che trascorri qui a New York».

«Va bene», bofonchiò lui, sforzandosi di sorridere e ricominciò a mangiare.

Katie lo osservò di nascosto da sotto le palpebre socchiuse e non poté fare a meno di pensare che non solo sembrava imbronciato, ma aveva anche l'aspetto di chi è di pessimo umore. Si dominò, preferì tacere e si gingillò con qualche altro pezzetto di pollo.

Una volta finito di mangiare, Chris bevve un sorso di vino rosso e le scoccò una lunga occhiata indagatrice. «Credi che questa faccenda durerà? Che noi dureremo, con me là, e tu che sei qui?»

«Non vedo perché non dovrebbe durare. Siamo tutti e due impegnati seriamente con il nostro lavoro. Ti vedrò in agosto...» Lasciò la frase a metà e la sua voce finì in niente. Aveva la sensazione che l'avesse sfidata e non ne capiva il perché. «Non abbiamo mai parlato del futuro, tu e io. E io non ho mai menzionato il matrimonio. Come non l'hai fatto tu, del resto».

«Pensavo che fosse una conclusione scontata», esclamò Chris, fissandola con aria grave. «Devi sapere che io voglio che ci sposiamo.»

«Be', non posso leggerti nella mente!»

«Eppure non c'è dubbio che tu sappia quello che provo?»

«Sì.» Katie posò forchetta e coltello. Lo guardò. «E io mi auguro che tu sappia quello che io provo. Ti amo, Christopher Saunders.»

Lui sorrise e i suoi occhi si colmarono di affetto. «E io amo te, Katie Byrne. Ma non sono sicuro che possa funzionare. Le storie d'amore fra due persone che vivono lontane sono difficili da accettare, e lo sai. E spesso vanno a rotoli a dispetto delle buone intenzioni dei due interessati.»

«Proprio l'altro giorno mia mamma diceva la stessa cosa. Le ho risposto che non ne avevamo mai discusso, ed è la verità; non lo abbiamo mai fatto fino a stasera.»

«Credo che sia stato un continuo rimandare l'argomento, da parte di tutti e due, perché non avevamo il coraggio di affrontare la situazione. Stammi a sentire, Katie.» Si protese verso di lei mentre parlava, e continuò precipitosamente. «Questo contratto che hai, è per un anno. Penso che potremmo reggere a un anno di separazione se io tornassi indietro una o due volte, non ti pare? Poi, dopo quello, puoi trasferirti in Argentina.»

Katie lo fissò stupefatta. Era indignata, offesa, e scrollò lentamente la testa. «Ma io sono un'attrice, Chris, è quella la mia professione, è quello che sono. È la mia vita. Toglimi il teatro, la possibilità di recitare, e non sono più Katie Byrne.»

«Ma certo che lo sei, sciocchina», disse lui, mentre le sorrideva e le dava una stretta alla mano.

«No, proprio per niente!» gridò lei, tirando via la mano che lui le stringeva. «Senza recitare, senza fare l'attrice, io non sono nessuno. Semplicemente un'altra donna con i capelli rossi e gli occhi azzurri.»

«Occhi bellissimi», disse accorgendosi dell'errore commesso e cercando di farle cambiare l'umore. Era su tutte le furie, e Chris non conosceva questo lato del suo carattere.

«Smettila di flirtare con me. Questa è una cosa seria. E io potrei dire anche a te la stessa cosa. Quando il tuo contratto è finito, potresti trasferirti di nuovo qui.»

«Ma, Katie, il mio lavoro è in Sudamerica.»

«E il mio è a Broadway. Oppure nel West End. O a Los Angeles. Vedi, il mio lavoro si svolge in un teatro in cui si parla inglese, Chris. Io sono un'attrice. Ecco cosa faccio, è quello che voglio fare. E se non recito, non sono più la persona che tu ami. Ma un'altra, diversa.»

«E io sono un ecologo, e prova a togliermi quello, e neanch'io sono più la stessa persona. Credo nel mio lavoro.»

«Non dubito affatto che sia vero.»

«Allora siamo in un vicolo cieco.»

«Suppongo di sì.»

«Io credevo sinceramente che l'anno prossimo ti saresti trasferita a Buenos Aires.»

«Non posso.»

Lui si frugò in tasca in cerca del portafogli. «Non ho più fame. Possiamo andare?»

«Sì. Prenderò un taxi. Sono molto stanca stasera, dopo i due spettacoli di oggi, Chris. E gradirei stare sola.»

«Nessun problema», rispose lui secco secco, lanciandole un'occhiata furiosa. «Ti accompagnerò a casa. Non ho intenzione di lasciarti andare in giro da sola.»

Katie finì per addormentarsi dopo un diluvio di lacrime. Sapeva che fra loro era finita, che non le avrebbe telefonato il giorno dopo, e che James Nelson non sarebbe venuto a vedere la commedia. Chris era uscito dalla sua vita.

Era testardo. Katie se n'era accorta subito, fin dal principio della loro relazione e, era anche un po' viziato. Voleva che tutto andasse a modo suo. E probabilmente era sempre riuscito a ottenerlo, a cominciare da sua madre e sua sorella Charlene, e le altre donne che aveva conosciuto prima di lei. Era sicuramente l'uomo più affascinante e interessante che avesse mai incontrato: affettuoso, pieno di calore umano, intelligente, e gentile. Altre donne dovevano aver visto queste stesse cose in lui, e così lo avevano viziato.

Sì, era finita, perché Chris si aspettava di vederla piegarsi alla sua volontà; e lei, questo, non poteva farlo. Era testarda anche lei, forse. E probabilmente viziata come era viziato lui. Viziata dai suoi genitori e dal resto della famiglia.

Come posso andare a vivere in Argentina? A parte il teatro, c'è anche Carly. Proprio adesso che era avvenuto questo cambiamento radicale nelle sue condizioni non se la sentiva di lasciare sola la sua amica. Di abbandonarla. D'accordo, nel giro di un anno, sempre partendo dal presupposto che tutto andasse bene, Carly sarebbe stata molto meglio di adesso. Ma anche così, lei era tutto quanto Carly aveva. Be', aveva anche Janet Smith, ma fra Carly e sua madre non c'era mai stata tanta intimità, tanto affetto reciproco. E lei non se la sentiva di lasciarla dopo quei dieci anni in cui era stato come se l'avesse perduta.

Katie affondò la testa nel guanciale e versò nuove lacrime. Sarebbe stato duro anche lasciare la sua famiglia; erano sempre stati così uniti. No, lei e Chris non ce l'avrebbero fatta mai a vivere insieme, inutile discuterne.

È finita, sussurrò nel guanciale umido di lacrime.

34

OGGI sembra primavera, pensò mentre passeggiava lentamente nel giardino della mamma sul retro della casa. Qua e là su alberi e cespugli cominciavano a spuntare teneri germogli verdi, e le giunchiglie mettevano fuori i loro boccioli sotto gli alberi in fondo, lungo il muro di cinta.

C'era una sensazione di rinascita, di rinnovamento nell'aria di questa luminosa giornata di aprile, piena di sole, e Katie si accorse di sentirsi meglio di quel che fosse stata nelle ultime settimane. Con sua grande meraviglia, Chris le aveva telefonato prima della partenza per l'Argentina, ma soltanto per dirle addio e augurarle ogni bene. Aveva colto una nota di disperazione e tristezza nella sua voce, ed era stata gentile con lui al telefono, ma senza offrirgli un'opportunità di continuare quell'ultima disastrosa discussione che avevano avuto. Da allora in poi, non aveva più sentito una parola.

Quasi un mese, pensò. Se n'era andato quasi da un mese senza più riprendere i contatti. Dunque è finita, né più né meno come mi ero convinta quella sera da *Fiorella*. Bene, tutto sommato, era meglio.

«Katie! Sono tornata!» Era la mamma. Si voltò di

scatto e s'incamminò per il vialetto verso la porta di servizio, dove Maureen la stava aspettando.

«Hai fatto in fretta», disse Katie fermandosi di botto. «Hai fatto proprio un una scappata. Come sta nonna Catriona?»

«Oh, sta bene, tesoro, ha soltanto un brutto raffreddore, niente di più. Ti manda tanti saluti affettuosi. Le ho spiegato perché non sei venuta con me a trovarla, cioè perché non ti volevo esporre ai suoi bacilli.»

Katie rise. «Insomma, mamma, non devi tenermi nella bambagia, te lo giuro! Non è il caso!» Poi, voltandosi a dare un'occhiata al giardino, continuò: «È tutto così bello. E si direbbe che tu stia cominciando a uscire vittoriosa dalla tua battaglia con i cervi».

«Finalmente, sì. Mi sono messa a usare un nuovo tipo di spray per impedire che mi mangino tutto. A dir la verità, quasi mi vergogno, perché quelle povere bestie hanno una tal fame d'inverno... D'altra parte non posso permettere che mi divorino tutto il giardino, dico bene?»

Katie scrollò la testa sorridendo e seguì la madre in cucina. «Ho fatto un po' di caffè. Prendo volentieri una tazza con te prima di andare a far visita a Carly.»

«È una vera dedizione quella che hai nei suoi confronti, Katie, con queste tue visite ogni lunedì e martedì, e anche rinunciando a quel poco di tempo libero che hai, per vederla. È un'ottima cosa che in teatro il lunedì sia giorno di riposo, dico bene?»

«Sono rimasta lontano per un anno a Londra, mamma, così adesso voglio recuperare il tempo perduto che non ho potuto trascorrere con lei.»

«Devo venire con te oggi?» le chiese, portando due tazzoni di caffè fumante alla tavola della cucina.

«Oh, no, non è necessario, però grazie ugualmente. Se

penso a tutto il tempo che le hai dedicato l'anno scorso, andando a farle visita una volta al mese! Adesso tocca a me. E sono felice di poterti sostituire, e fare la mia parte.»

Katie si sedette al tavolo di cucina e si versò un po' di latte nel caffè. L'ultima cosa al mondo era un'altra visita di sua madre a Carly. Maureen non sapeva niente del cambiamento delle condizioni di Carly, e Katie voleva che continuasse a rimanere all'oscuro il più a lungo possibile. Meno persone lo sapevano, meglio era. Mac Mac-Donald aveva parlato chiaro e spiegato che voleva Carly protetta in tutti i modi possibili. Il segreto, almeno finora, era rimasto tale. E dall'ospedale non c'era stata nessuna fuga di notizie.

«Hai sentito Chris?» Maureen domandò mentre raggiungeva la figlia al tavolo di cucina, e vi prendeva posto anche lei.

«No, per niente. E immagino che non lo sentirò neanche in futuro, mamma. Quella sera ci siamo accorti di essere finiti in un vicolo cieco e che non esiste un modo per uscirne. Chris lo sa bene quanto me.»

«Però è un vero peccato, tesoro, devo confessarlo. Qui in casa, era piaciuto a tutti! D'altra parte, eccoci di nuovo ad affrontare la realtà dei fatti, Katie: evidentemente, non era destino.» Maureen si accomodò meglio sulla seggiola e si mise a fissare la figlia con attenzione, studiandola con cura.

«Cosa c'è?» le domandò Katie dopo un momento, e proruppe in una risatina sconcertata. «Ho un baffo di caffè sulla faccia, o cosa?»

«No, no. Stavo semplicemente pensando quanto sei bella, Katie. Hai un aspetto favoloso. Se vuoi che ti dica la verità, sei bellissima. Da quando hai cominciato a recitare in quella commedia sei letteralmente rifiorita. E hai talmente tante cose a tuo favore! Una splendida carriera che ti aspetta, una famiglia e degli amici che ti vogliono bene. Dunque non devi affliggerti per Chris.»

«Io non mi sto affliggendo, mamma. Mi manca, lo amo, ma sono abbastanza pratica per tirare avanti con la mia vita. Qual è l'alternativa?»

«Non ce ne sono, e io sono felice che tu abbia come sempre la testa sul collo, Katie. Non sei mai stata quella che si crucciava, andava in giro compiangendosi, e ne ringrazio il Signore. A ogni modo, hai un gran daffare con la commedia, e continuerà a impegnarti per molto tempo. E poi un giorno incontrerai un altro uomo simpatico. Ce ne deve pur essere uno in giro per il mondo anche per te, tesoro mio.»

«È quello che spero», Katie rispose e poi si allungò ad afferrare una mano della mamma, e a stringerla. «Grazie per l'appoggio che mi dai. Tu e papà siete stati bravissimi in queste ultime settimane.»

Mentre parcheggiava la macchina fuori dell'ospedale un'ora più tardi, Katie vide James Nelson che attraversava la strada diretto verso il padiglione di neurologia, con il camice bianco che gli svolazzava intorno, gonfiato da quel po' di vento che soffiava. Scese in fretta dalla macchina che aveva preso a noleggio, afferrò la sua sacca e lo chiamò: «Dottor Nelson! Salve!»

Lui girò di scatto la testa alzando una mano in un gesto di saluto quando la vide.

Dopo un attimo Katie lo raggiunse, e continuò a camminare la suo fianco. «Mi sono decisa a fermarmi qui di nuovo oggi, mentre torno a New York. A me sembra che più Carly mi vede, meglio è, cosa ne dice?»

«Senz'altro. E poi sta facendo passi avanti sorprendenti. Non se n'è accorta quando è stata qui ieri?»

«Certo che me ne sono accorta. Nella settimana in cui sono rimasta assente, ha fatto progressi di ogni genere. Le giuro che non credevo ai miei occhi, ieri, quando l'ho vista seduta sul letto.»

«Neanch'io mi aspettavo che Carly migliorasse a questo modo», le confidò il dottore, mentre le apriva a porta per farla entrare nell'atrio. «Ecco una cosa che devo ammettere. Sono arrivato alla conclusione che non si può escludere che Carly sia rimasta in uno stato semi-vegetativo, ma nello stesso tempo anche molto più cosciente di quanto succedeva intorno a lei, e per un tempo più lungo, di quello che chiunque di noi ha creduto possibile.»

«Quindi la sua è una prognosi favorevole?»

«Sì, certamente. Credo che Carly avrà un eccellente recupero. Ci saranno problemi e difficoltà che dovrà affrontare e superare ma c'è una notevole possibilità che possa riacquistare la sua motilità e che le sue capacità motorie riprenderanno al cento per cento.»

«Che magnifica notizia!» Katie esclamò mentre i suoi occhi s'illuminavano. Il dottor Nelson le sorrise e le appoggiò una mano sulla spalla. «È stata sul serio un'ottima amica e io so che la sua continua presenza qui ha fatto miracoli. Continua ad aiutarla a riacquistare la memoria, di questo sono sicuro.»

«Parlarle del passato, mostrarle le fotografie, suonare la musica che conosce... Io credo che tutte queste cose siano state un fattore positivo, non crede?»

«Sì. E mi raccomando, continui a fare tutto quello che ha fatto finora.» Era arrivato davanti al suo ufficio e vi entrò dicendo: «Allora presumo che la vedrò la settimana prossima».

«Quello che lei presume è esatto, dottor Nelson.»

Katie si affrettò a imboccare il corridoio della camera di Carly, entrò e chiuse al porta. Come sempre si diresse subito verso il letto. La differenza era, adesso, che Carly stava appoggiata contro i guanciali e l'apparecchio della fleboclisi per la nutrizione era sparito. Il dottor Nelson le aveva fatto cominciare una dieta a base di cibi liquidi e lei se la cavava benissimo a mangiare. Un'altra sorpresa per tutti quelli che l'assistevano.

«Eccomi qui di nuovo, Carly», esclamò allungandosi verso di lei per baciarla su una guancia, e stringerle lievemente il braccio. Si tirò indietro, la fissò negli occhi e vi scorse quello splendido e luminoso barlume di vita.

Katie si rivolse raggiante alla sua amica. «Sono così felice, Carly, così felice. Stai migliorando molto rapidamente, sai. Molto più in fretta di quanto chiunque si aspettasse. Stai facendo passi da gigante verso la guarigione. Mi capisci?»

Carly tentò di sorridere, poi batté le palpebre. «Katie... ciao...»

«Brava.» Katie le prese una mano. E di nuovo ci fu una lieve pressione delle dita di Carly contro le sue; e Katie si sentì travolgere ancora una volta da una felicità grandissima. «Prima che te ne accorga, ti porterò fuori, in città, a ballare!» Da parte di Carly le giunse un lieve suono gorgogliante di gola, e Katie corrugò la fronte, guardandola con gli occhi sgranati. «Ti senti bene?»

«Den-ise», bofonchiò e ricambiò lo sguardo di Katie con occhi colmi di angoscia convulsa.

«Denise. È questo che stai dicendo?» Katie le domandò, sporgendosi un poco di più verso di lei.

Carly aprì e chiuse gli occhi più volte, rapidamente.

Era diventato uno dei suoi modi di comunicare. «Denise... Bene?» Enunciò con maggiore chiarezza.

Katie ricordò improvvisamente che aveva perduto conoscenza, nel bosco. Non sapeva che Denise fosse morta. Oh mio Dio. Come posso dirglielo? C'è il rischio che le faccia fare qualche passo indietro, mentre sta procedendo tanto bene sulla via della guarigione! Katie aveva sempre avuto la capacità di riflettere, e decidere, sui due piedi; così adesso disse subito: «Sì, è vero che Denise è rimasta ferita, Carly».

«Oooh.» Il suono che sfuggì a Carly sembrava quasi un gemito, e la sua faccia si corrucciò lievemente. Le lacrime colmarono i suoi occhi di quell'intenso azzurro-viola e scesero a rigarle le guance. «Povera... Denise...»

«Oh, tesoro, sì, povera Denise», Katie mormorò, e adesso aveva anche lei gli occhi lucidi. Andò a prendere la scatola dei fazzoletti di carta; tornò al capezzale di Carly, le tamponò le guance, asciugando le lacrime che aveva versato, e poi asciugò le proprie.

Ci fu silenzio per un po'.

Katie venne a sedersi vicino al letto, prendendo una mano di Carly, accarezzandola, ansiosa di confortarla.

Poi, all'improvviso, in Carly si verificò un cambiamento inaspettato. Tentò di sollevarsi, alzò la testa dal mucchio dei guanciali, i suoi occhi apparvero pieni di agitazione. «Denise... io... corriamo... Katie!»

Trasalendo, Katie si fece più vicina, chinandosi su di lei. «Tu e Denise vi siete messe a correre? È questo che stai dicendo, vero? Tu e Denise siete corse nel bosco.»

Carly batté le palpebre, rapidamente. «Sì...»

Dopo aver respirato a fondo, Katie disse guardinga, piena di attenzione: «Correvate via per scappare da chi?»

La faccia di Carly assunse un'espressione vacua. A sua volta lei guardò Katie con gli occhi fissi. Le labbra si mossero, convulse, poi tornarono immobili. Ma gli occhi erano, di nuovo, luminosi e pieni di vita.

«Un uomo vi dava la caccia. Vi stava inseguendo. Chi era? Dimmelo, Carly.» Katie le prese di nuovo la mano e gliela strinse. «Ci sono qui io. Nessuno può farti del male, adesso.»

«A Denise fatto male...»

«Sì. È vero, a Denise è stato fatto del male, e anche a te. Chi è stato l'uomo che ha fatto male a Denise?»

«Ha-nk... Hank... Fatto male... Denise... Fatto male... a me.»

«Hank? Stai dicendo Hank?»

Carly aprì e chiuse gli occhi rapidamente. «Hank...» ripeté, e si lasciò andare sui guanciali tenendo gli occhi fissi su Katie.

Katie era sconcertata. Si morse un labbro, si lambiccò il cervello chiedendosi a chi alludesse. Non conosceva nessuno che si chiamasse Hank. «Hank chi, Carly? Qual era il suo cognome?»

«Hank... Thurl-o.»

«Hank Thurloe!» gridò Katie. «Intendi Hank Thurloe?»

«Sì.»

«Oh mio Dio!» Per un momento Katie rimase strabiliata, e continuò a stare seduta, immobile, sulla seggiola, con gli occhi incollati su Carly. Dopo un momento si riscosse, e disse di nuovo: «*Hank Thurloe?* Hank Thurloe ha fatto del male a Denise e a te?»

Di nuovo Carly disse: «Sì... Katie...»

* * *

Un'ora dopo Katie stava salutando Mac MacDonald nell'ufficio di James Nelson. Mac era accompagnato dal detective Groome che aveva lavorato al caso dell'omicidio Matthews con lui, dieci anni prima.

«Mi spiace di averci messo tanto ad arrivare qui, da Litchfield, ma il traffico era terribile», si scusò Mac. «Ed è stata una fortuna che tu mi abbia chiamato in quel momento. Stavo proprio per andarmene a Sharon.»

«Quest'ultima ora è sembrata un'eternità», esclamò Katie, e poi si girò verso Dave Groome. «Piacere di vederla, detective.»

«Anch'io sono contento di vederti, Katie. Ti trovo molto bene. Sei splendida.»

«Grazie. Mi ascolti, Mac, ho intenzione di andar subito al sodo. Come le dicevo al telefono, Carly ha riacquistato in parte la memoria. Ed è stato sufficiente per raccontarmi chi le ha aggredite.»

Mac la fissò con uno sguardo penetrante. «Chi è stato, Katie?» La sua voce era ansiosa, fremente.

«Qualcuno che si chiama Hank Thurloe.»

«Chi è? Era a scuola con voi?»

«Sì, ma frequentava una classe più avanti, perché era maggiore di noi e, nel 1989, ormai se n'era già andato da circa due anni. Era il ragazzo più famoso della scuola, l'eroe di football, il celebre Romeo. Tutte le ragazze andavano pazze per lui.»

«E Denise, andava pazza per lui?» l'interruppe Mac in tono perentorio.

«No, no, era più avanti di noi a scuola. Come ho appena detto. Poi è andato via. Ma le altre ragazze, le ragazze più grandi, lo trovavano molto attraente e fascinoso. Avevano tutte una cotta per Hank. Come aspetto, è piuttosto bello, o perlomeno lo era a quei tempi.»

«Dimmi tutto quello che sai sul suo conto», fece Mac.

«Bene. Mi lasci ricordare.» Katie aggrottò la fronte e si morse un labbro, tutta assorta a riflettere. «Ecco, la sua era una famiglia facoltosa, questo lo so con sicurezza. Avevano una casa molto piacevole a Kent, un'antica fattoria. Fra Kent e Cornwall Bridge. Suo padre si occupava di non so più quali affari a New Milford, mi pare che avesse una tipografia.»

«A New Milford c'è ancora un tipografo che si chiama Thurloe», si affrettò a informarli il detective Groome.

«In tal caso dev'essere la ditta del padre.»

«Puoi farmi una descrizione di Hank Thurloe?» azzardò Mac, tentando di non far sentire l'eccitazione che vibrava nella sua voce. Capiva, che dopo tutti questi anni, era sul punto di risolvere il caso, e si sentiva percorrere da una scarica di adrenalina. Finalmente avrebbe ottenuto giustizia per Denise Matthews e Carly Smith. E dopo quanto tempo.

«Sì. Se non altro com'era a quell'epoca», replicò. «Alto, bel fisico, anzi addirittura corpulento, robusto. I capelli... castano chiaro. Non ricordo di che colore avesse gli occhi. Mi spiego, per ricordare quello, bisogna conoscere bene qualcuno, frequentarlo spesso.»

«Come si vestiva? Dici che la sua era una famiglia agiata, quindi doveva avere una preferenza per i bei capi di vestiario.»

«È vero, Mac. Jeans, naturalmente. Maglioni di cachemire d'inverno, e camicie sportive ma eleganti d'estate. Mi ricordo dei suoi vestiti perché Niall pensava sempre che Hank avesse l'aria di chi è un po' fuori dal suo ambiente. E diceva che Hank era uno al quale piaceva pavoneggiarsi, e cercava di far colpo. Specialmente con le ragazze.» Mac fece segno di sì con la testa, di nuovo, pensando al profilo dell'assassino tratteggiato da Allegra dieci anni prima. Mio Dio, aveva avuto ragione fin nei minimi particolari! Quando gli aveva descritto un profilo parziale di chi, secondo lei, era stato l'omicida, aveva descritto Hank Thurloe. Aveva detto che era alto, con un figura robusta, con i capelli castani e che doveva essere il tipo che portava i golf di cachemire! Sul corpo di Denise c'era stato qualche filo di lana cachemire, e anche qualche capello castano. Per non parlare, poi, dei minuscoli brandelli di pelle sotto le sue unghie. Il DNA avrebbe contribuito a spedire Hank Thurloe dietro le sbarre, di questo non aveva più dubbi, ormai.

A Katie disse: «Andiamo in camera di Carly. Voglio che me lo dica lei. Voglio che sia lei a fare il nome di Hank Thurloe».

I giorni che seguirono questa drammatica svolta negli avvenimenti furono pieni di tensione per Katie.

Si buttò nell'impegno del suo spettacolo, contenta di avere il lavoro in cui assorbirsi perché l'aiutava a tenere a bada l'angoscia e la preoccupazione.

Nonostante questo, c'erano momenti in cui si scopriva agitata e inquieta per Carly, e al pensiero di Hank Thurloe che veniva rintracciato e arrestato.

Ma aveva un'infinita fiducia in Mac MacDonald. Capiva fino a che punto fosse impegnato nelle indagini e come volesse arrivare alla soluzione di questo caso. Come le aveva detto, dopo che erano stati a trovare Carly nella sua camera: «Voglio poter scrivere CASO CHIUSO su questo dossier. Voglio che Carly viva senza paura, in futuro; e Denise riposi in pace nella sua tomba».

Mac le aveva telefonato una volta durante la settimana per raccontarle che avevano localizzato Hank Thurloe. Era sposato con due bambini e viveva appena fuori Litchfield. Lei, riagganciando, aveva pensato come quel posto fosse poco distante da Malvern. La mamma aveva avuto ragione, l'assassino non si era mai allontanato di lì. Lo avevano sempre avuto, praticamente, davanti alla porta di casa.

Un bel fuoco di ciocchi ardeva scoppiettando nel grande camino, le antiche lampade vittoriane allungavano sottili lame di luce a sfiorare le pareti, e la sensazione di calore, comodità e ospitalità cordiale, sembrava più pronunciata che mai.

Michael, Maureen e Katie, Byrne sedevano intorno al tavolo nella loro grande cucina con Mac MacDonald e Allegra Marsh e tutti avevano tazze fumanti di caffè davanti. Era un lunedì pomeriggio e Mac e Allegra si erano fermati alla casa di Malvern per ragguagliarli sul caso di omicidio.

«Come ti ho detto un mese fa, Katie, non ci abbiamo messo molto a localizzare Hank Thurloe. È ragioniere, ed ha una sua piccola società. Suo padre ormai si è ritirato dal lavoro, e il fratello, Andy, manda avanti la tipografia. È stato grazie al fratello che lo abbiamo trovato.»

«Sembrava normale?» domandò Katie, senza nascondere la curiosità che la divorava. «Oppure era un tipo strano?»

«È sembrato normale in apparenza, ma abbiamo presto scoperto che non lo era affatto. Comunque, sono andato a cercarlo con Dave Groome e gli ho spiegato che stavamo per dare inizio a nuove indagini relative a un caso di omicidio, che risaliva a dieci anni prima e non era mai stato risolto, perché erano venute alla luce nuove prove. Gli ho detto qual era il nome della ragazza morta e gli ho chiesto se era disposto a darci un campione del suo sangue per fare un test con il DNA. Gli ho spiegato anche che avrei dovuto procurarmi un mandato se mi avesse opposto un rifiuto.»

«Ed ha acconsentito?»

«Oh, sì, si è mostrato dispostissimo a farlo.»

Katie aggrottò le sopracciglia. «Ed è una reazione normale?» Chiese fissando Mac con tanto d'occhi.

«Sì, credo di sì, perché non sapeva di correre un rischio. La persona media non ne capisce molto di DNA. Per esempio, tu stessa ignoravi che i campioni di DNA durano in eterno, Katie. E, come te, la maggior parte della gente non lo sa.»

«Non si rendono conto che il DNA è un'impronta digitale genetica che fa di ciascuno di noi qualcosa di unico», intervenne Allegra. «Il DNA non sbaglia mai, e una persona può essere identificata con sicurezza mediante un piccolo campione di DNA, ed è quel che abbiamo fatto Mac e io con Hank Thurloe. Lo abbiamo confrontato con i campioni di DNA prelevati dal corpo di Denise, che erano stati conservati al quartier generale della polizia tutti questi anni. Erano il suo sperma, la sua pelle sotto le unghie di Denise, il suo sangue, i suoi peli pubici e i capelli della sua testa. Era perfino sua, la saliva sul mozzicone di sigaretta che abbiamo trovato sulla scena del delitto. Lo abbiamo incastrato con quel confronto dei campioni di DNA.»

«E così è stato arrestato, e adesso è in prigione», affermò Michael.

«Sì. Gli è stata fatta la relativa imputazione, e sta aspettando il processo», disse Mac.

«Non potrà cavarsela ed essere assolto, vero?» chiese Maureen, guardando l'investigatore con aria angosciata.

«Non se ne parla neanche, Maureen. La prova è schiacciante. Ma, in ogni caso, ha confessato.»

Katie rimase sbalordita ed esclamò: «Vi ha detto di aver violentato e strangolato Denise? Non posso crederci!»

«Invece devi crederci, Katie», rispose Mac. «Perbacco, se non ha confessato. Te lo garantisco. Pochi giorni dopo essere stato arrestato ha perduto il lume della ragione ed è andato in escandescenze. E non fingeva, te lo assicuro. Aveva perduto ogni controllo, veramente. Sotto quell'apparenza da atleta serio e impegnato, dell'eroe di football, c'è uno psicopatico. Si è messo a farneticare, a parlare in un tono delirante di Denise, sostenendo che era sua, gli apparteneva. Aveva una fissazione sessuale su di lei. È malato di mente.»

«E vi ha raccontato cosa è successo quel giorno?» domandò Katie, sporgendosi fremente verso Mac e Allegra, e fissandoli con gli occhi sbarrati.

«Una parte di quello che è successo, sì. Io sono anche riuscito a figurarmi la scena mentalmente, almeno in una certa misura. Hank è andato al granaio, e doveva avere di sicuro qualche intenzione. Lui dice che è andato a parlare a Denise. A quel che sembra, aveva cominciato a notarla durante l'ultimo anno di studio che ha fatto alle superiori, si era preso un'autentica sbandata per lei. A un certo momento mi ha detto che amava la sua bellezza bionda. A ogni modo, voleva fissarle un appuntamento, ma quando l'ha invitata a uscire con lui, Denise ha risposto di no. Lo ha respinto. L'ha presa per un braccio, cercando di convincerla ad andar via dal granaio subito, di trovarsi in qualche posto quella sera, a prendere una taz-

392

za di caffè. Ha continuato a ripetermi che non aveva la minima intenzione di farle del male. Ma lei lo ha allontanato con una spinta, e così è scoppiata una lite fra loro, sono venuti alle mani e poi, a quanto pare, Carly si è precipitata a difendere Denise. Fra tutti e tre, nel granaio, c'è stata una lotta, e poi le ragazze sono corse fuori. Lui sostiene di averle seguite, rincorrendole.

«Il mio convincimento è che lui si sia infuriato, che a quel punto abbia perso la testa, e credo che non abbia più saputo controllarsi», continuò Mac. «In mezzo al bosco, la prima che ha visto è stata Carly. Secondo quanto Thurloe dice, ha cercato di spingerla da parte, di allontanarla, ma lei ha raccattato un pezzo di legno e se ne è servita per picchiarlo. Allora lui glielo ha strappato dalle mani, e ha cominciato a colpirla alla testa fino a quando Carly ha perso i sensi, cadendo per terra. Poi ha inseguito Denise. Voleva avere un rapporto sessuale con lei.»

«Ma perché doveva proprio ucciderla!» gridò Katie.

«Io penso che la situazione gli sia sfuggita di mano. In un'escalation repentina. È chiaro che a quel punto doveva coprire il misfatto, e le proprie tracce. Dice che è stato preso dal panico. L'ha forzata, l'ha violentata. E ha capito che Denise avrebbe potuto presentare un'accusa di stupro nei suoi confronti, e non ha avuto la forza di affrontarla. Sembra che si fosse fidanzato da poco con una ragazza di una famiglia in vista di Sharon, Martha Eddington, che successivamente ha sposato. Così si è lasciato prendere dal panico, era allarmato, non poteva correre il rischio di venire identificato come violentatore. Ecco perché l'ha strangolata.»

«Oh mio Dio!» gridò Maureen coprendosi la bocca con la mano. Michael le mise un braccio intorno alle spalle per farle coraggio.

«E ha aggredito Carly perché si era messa di mezzo?»

«Sì, precisamente. Era sempre stata Denise quella che voleva, Denise che teneva d'occhio, seguiva furtivamente da anni.»

«E io, Mac? Sono mai stata in pericolo?» gli domandò Katie quasi in un sussurro.

«No, non credo.»

«Ma come spiega allora la faccenda della mia sacca dei libri? Perché tutte e tre le nostre sacche erano state messe in fila?»

«A suo tempo ti avevo detto che non avevamo mai trovato nessuna traccia di prove, quanto a quello. Solamente le tue impronte digitali, e le impronte di Carly e Denise.»

«Ma lui poteva avere i guanti, vero?»

«Sì, Katie, poteva. Ma io sono convinto che le ragazze abbiano trovato la tua sacca in quell'angolo che adoperavate come camerino, quando andavate lì a recitare, e l'hanno messa insieme alle loro con l'intenzione di portarla a te.»

«Credo che abbia ragione. È persuaso che Thurloe fosse ancora nel bosco quella sera? Voglio dire, quando Niall e io ci siamo andati e abbiamo cominciato a gridare, chiamandole per nome?»

«Sì, ne sono convinto. E non c'è dubbio che siate stati voi a salvare la vita a Carly. Probabilmente lui era tornato indietro a vedere se era morta. Si è accorto che respirava ancora e l'ha colpita di nuovo con quel pezzo di legno. Poi, quando ha sentito te e Niall, ha sentito le vostre voci, è corso via a precipizio fra i cespugli, portando quel legno con sé. Noi non l'abbiamo mai trovato.»

«E ha creduto di aver ammazzato Carly con quell'ultimo attacco?»

Mac fece segno di sì. «Ne sono sicuro.»

«Però non è morta», sospirò Michael. «Perché non ha cercato di arrivare fino a lei, in qualche modo, quando era ricoverata?»

«Perché Carly era in coma», rispose Allegra. «Se ben ricordate, i giornali ne hanno parlato moltissimo, e i media, come la TV, hanno dedicato grande attenzione, a suo tempo, all'omicidio e a Carly, nonché al modo in cui era stata assalita. La prognosi era delle più funeste. I medici che la curavano, hanno riconosciuto il coma di Carly e che ci sarebbe rimasta per il resto dei suoi giorni. Così lui si è convinto di poter stare tranquillo, perché non correva più rischi.»

«Certo che è stupefacente il modo in cui ne è venuta fuori tutto d'un tratto», Maureen si azzardò a osservare rivolgendosi ad Allegra. «Sono rimasta stupefatta quando, oggi, Katie me lo ha raccontato.»

«Mi dispiace, mamma, ma avevo promesso a Mac di non dire niente. Dovevamo proteggere Carly.»

«Non ha più ammazzato, dopo di allora?» s'informò Michael.

«Non credo.» Mac scrollò la testa. «Per quel che ne so, non è un serial killer.»

«Come puoi esserne così sicuro?» volle sapere Maureen.

Fu Allegra a rispondere. «Perché il suo DNA, la sua impronta digitale genetica, adesso si trova nella banca dati con tutti gli altri DNA dei criminali. E il suo DNA non ha avuto riscontro con quelli di nessun assassino che abbia ucciso altre giovani donne, più o meno in modo simile. E si tratta di una banca dati che serve tutto il territorio nazionale.»

«Dovrò testimoniare al processo?»

«Sì, Katie», rispose Mac. «E dovrà farlo anche Carly, se sarà in grado al momento in cui avrà inizio.»

«Allegra, puoi spiegare come mai Carly è uscita dal coma tanto improvvisamente?» Maureen aveva aggrottato la fronte rivolgendo questa domanda al patologo della polizia. «Io continuo a non riuscire a capirlo.»

«Ci proverò, Maureen. Nelle ultime settimane ho fatto qualche piccola ricerca sul coma e credo che nel caso di Carly, con molta probabilità, è stata fatta una diagnosi sbagliata fin dall'inizio. D'altra parte era un errore facile e poteva capitare a chiunque di commetterlo. Vedi, quando è stata ricoverata in ospedale dopo l'aggressione, era effettivamente in coma. Ora, un vero coma, in genere, si prolunga fino a sei-otto settimane per quanto ce ne siano stati alcuni che sono durati anche due anni. Ma se si tratta di questi casi che durano fino a due anni, quando il paziente esce dal coma, in genere c'è un autentico danno al cervello. Io sono abbastanza d'accordo con il dottor Nelson che è persuaso che Carly sia stata in coma ma, successivamente, sia entrata in uno stato semi-vegetativo. Non è escluso che possa essere stata pienamente consapevole di molte cose che accadevano intorno a lei, per anni, ma che non sia mai riuscita a farlo capire alle infermiere perché non era in grado di parlare ed era priva delle capacità motorie. Mi allineo anche con la teoria del dottor Nelson secondo la quale non è escluso che lei possa essere rimasta vittima di una specie di blocco del midollo allungato e ponte di Varolio, che ha impedito a ogni stimolo di arrivare al cervello fino a quel momento in cui ha parlato a Katie.»

«E cosa ne pensa dell'amantadina che le aveva fatto somministrare?» chiese Katie.

«Quello può essere stato benissimo un fattore. Proprio l'altro giorno ho avuto notizia di un caso simile, di una donna che è uscita dal coma, nel New Mexico», spiegò Allegra. «Anche lei era sotto una cura di amantadina per prevenire l'infezione polmonare. A proposito, quella donna era in uno stato semi-vegetativo da quindici anni.»

«Veramente straordinario!» esclamò Katie. «E adesso provate un po' a pensare che Hank Thurloe se la sarebbe cavata e nessuno avrebbe mai pensato ad accusarlo di omicidio... se a Carly non fosse tornata la memoria!»

«Giusto, nel modo più assoluto», confermò Allegra. «Perché noi abbiamo sempre avuto bisogno di una persona sospettata per poter fare un confronto con i campioni di quel DNA che io avevo prelevato dal corpo di Denise, e che abbiamo conservato tutti questi anni. Ma il sangue non mente... il DNA non mente.»

«Quale sarà la sorte di Thurloe, adesso?» Michael alzò gli occhi verso Mac, che sedeva di fronte a lui dall'altra parte del tavolo.

«Hank Thurloe passerà il resto della sua vita in galera. E senza la minima possibilità di ottenere la libertà condizionata. Di questo sono sicuro.»

Più tardi, quello stesso giorno, Katie prese la macchina e andò all'ospedale a far visita a Carly. Rimase per un po' seduta vicino al suo letto, tenendola per mano e parlandole. Poi, a un certo punto, quando Carly sembrò più rilassata e attenta a quanto la circondava, Katie disse: «Sono appena stata con Mac MacDonald, il detective che era venuto qui, a farti visita, all'incirca un mese fa. Ti ricordi di lui?»

Carly sbatté le palpebre. «Sì... Katie.»

«Voleva che tu sapessi che hanno arrestato Hank Thurloe per l'aggressione di cui sei stata vittima. Adesso è in carcere.»

Un lieve sorriso curvò le labbra di Carly, e tutto d'un tratto sembrò che i suoi occhi fossero più vivi e scintillanti.

Katie stava per spiegarle che Denise era morta, ma improvvisamente cambiò idea. Non c'era bisogno di raccontarglielo adesso. Una brutta notizia come quella poteva aspettare fino a quando Carly non fosse migliorata decisamente. Per lei sarebbe stata una cosa triste e tragica, e Katie non voleva che avesse una ricaduta al punto in cui era del suo miglioramento.

Invece si chinò verso di lei, l'abbracciò, la tenne stretta. E sussurrò contro i suoi capelli: «Giustizia è stata fatta, Carly, e adesso non hai più niente da temere».

35

Si sarebbe detto che le chiamate al proscenio continuassero senza smettere mai. Katie si rendeva perfettamente conto che l'intera compagnia aveva dato il meglio di sé, nel modo più totale e assoluto, e il pubblico aveva trovato splendidi non solo gli attori ma anche la commedia. Era stata una performance sensazionale.

Per quello che la riguardava, capiva di aver dato tutta se stessa. Ogni oncia del suo talento e della sua capacità artistica era stato sfruttato per trasformare Emily Brontë in una persona viva e autentica sulla scena. Le aveva dato la vita come mai, prima di quella sera. Anzi, in realtà, per le due ore dello spettacolo, stavolta, era veramente diventata Emily.

Carly era in sala, fra il pubblico, con Niall e i loro genitori; e in un certo senso aveva recitato per Carly, e per lei sola, perché aveva voluto superare se stessa per l'amica.

Dopo essersi inchinata per l'ultima volta, Katie era uscita in fretta e furia dal palcoscenico e aveva raggiunto quasi correndo il camerino. Sapeva di doversi struccare, e cambiarsi il più in fretta possibile. Papà e mamma volevano portarli tutti a cena a *Le Cirque,* sulla Cinquantacinquesima Strada, e lei intendeva raggiungerli senza perder tempo. Soprattutto perché voleva vedere Carly, sentire i suoi commenti sulla commedia. E sulla sua interpretazione, naturalmente.

Dopo essersi alleggerita il trucco, Katie si spazzolò i capelli e si infilò il completo pantaloni in cotone grigio chiaro che aveva addosso quando era arrivata in teatro qualche ora prima. Faceva piuttosto fresco per essere in giugno e mentre infilava una maglietta bianca, concluse di aver fatto la scelta giusta. Nel giro di pochi minuti si stava mettendo la giacca e, afferrata la borsa rossa a tracolla, si precipitava fuori a raggiungere la porta del palcoscenico.

Mentre usciva nella viuzza sul retro del teatro andò a sbattere con violenza addosso a un uomo e indietreggiò subito di qualche passo cominciando a mormorare qualche parola di scusa. Ma poi tacque, e rimase a guardarlo a bocca aperta. Era Christopher Saunders.

«Adesso sei tu a rischiare di far cadere me», lui le disse. «Ti ricordi il nostro primo incontro-scontro all'ospedale?»

Katie fu lì lì per ribattere con una frase tagliente ma dalle labbra non le uscì una sola parola. E come sarebbe stato possibile? Chris l'aveva presa fra le braccia e la stava baciando.

Dopo essere finalmente riuscita ad allontanarlo, esclamò: «Lo sai che hai una bella sfacciataggine, Christopher Saunders! Ti ripresenti qui dopo tutti questi mesi di silenzio e credi di poter riprendere le cose nello stesso punto preciso in cui lei hai mollate, andandotene via».

«Sì, certo, è quello che credo, perché ti amo. E tu ami me.»

400

«No, per niente. Non ti amo più!»

«Bugiarda.»

«Non sono una bugiarda!»

«E invece, sì. So che mi ami, perché me lo ha detto tua madre.»

«Mia madre. E cosa c'entra lei?»

«Ho il vago sospetto che mi voglia come genero.»

«Io non ti sposerò mai.»

«Oh, sì, mi sposerai, e prima mi sposi meglio è, per quel che mi riguarda.»

«Oh, torna alle tue foreste pluviali! Che liberazione sarà!» gridò lei.

«Non posso tornare alle mie foreste pluviali perché ci ho rinunciato.»

«Cosa?»

«Mi hai sentito. Ho rinunciato alle foreste pluviali. Per amore.»

«Davvero? Ma tu le ami, le tue foreste pluviali!»

«È vero. Ma amo anche le Everglades, e anche loro sono in pericolo. E poi la Florida è molto più vicina dell'Argentina.»

Katie ormai era stata ridotta al silenzio. Rimase immobile a guardarlo, e pensò che era bellissimo in blazer blu scuro e calzoni grigi.

«Hai capito? Ho lasciato l'Argentina, Katie. Sono tornato a New York. Ho intenzione di vivere qui. Con te. Se mi vuoi».

«Oh.»

«Non dire 'oh'. Dimmi sì.»

«Sì!»

Lui la prese fra le braccia e la baciò di nuovo. Lei gli si aggrappò forte. Dopo un attimo, Chris la staccò da sé e la guardò dritto in faccia. «Parli sul serio, vero? Vuoi sposarmi, Katie?»

Lei annuì. «Sì, certo che voglio...» Gli rivolse un'occhiata penetrante, la testa piegata da un lato. «Che cosa ti ha convinto a farlo, Chris?»

«Sei stata tu, Katie.»

«Io. E come?» gli domandò, senza nascondere fino a che punto fosse sconcertata.

«Sono venuto a New York in maggio. Per affari. E naturalmente volevo vederti. Ma sapevo che tu non avevi alcuna intenzione di perdere il tuo tempo con me, così non ti ho telefonato. Invece sono tornato a vedere la commedia. E ho capito improvvisamente tutto quanto mi avevi detto quando abbiamo rotto. Mi sono chiesto, stupefatto, come avessi mai potuto aspettarmi che tu rinunciassi al teatro e a fare l'attrice. Perché tu sei tutto quello, Katie, adesso lo capisco! Sarebbe stato molto egoista da parte mia toglierti dal palcoscenico. Tu sei un'attrice nata, fin troppo brava, troppo brillante. Io sono un ecologo appassionato al proprio mestiere, lo sai. Ma posso fare l'ecologo in un sacco di posti. Così ho deciso di fare uno scambio delle foreste pluviali con gli Everglades. In poche parole, ho domandato un trasferimento. E finalmente l'ho ottenuto. Sono qui per rimanere.»

«Oh, Chris.»

«Sarà meglio non star qui a parlare. Per farlo, abbiamo il resto della nostra vita. Sono tutti a *Le Cirque*, ad aspettarci.»

«Mio Dio, eravate tutti in combutta!»

«Più o meno. Vieni, tesoro, ho una macchina che ci aspetta.»

* * *

Suo padre e sua madre diventarono raggianti quando videro Chris e Katie presentarsi al loro tavolo. Altrettanto fecero Carly e Niall. Carly si volse lievemente nella sua poltrona a rotelle e disse: «Sei stata... grande... Katie». Parlava con cautela, lentamente, ma era molto migliorata nel modo di pronunciare le parole e di esprimersi, quasi tornata alla normalità, dopo mesi di terapia.

«Grazie, Carly.» Katie si chinò su di lei, le diede un bacio su una guancia. «Come sono felice che tu sia venuta finalmente a vedere la commedia.»

Carly fece segno di sì. «Tu sei... stata sempre... la migliore. Perfino allora... prima...»

«Eravamo tutte brave, cara», Katie mormorò. «Tu e io e Denise eravamo il meglio. Noi tre.»

Carly rispose semplicemente con un sorriso e spostò la sua poltrona a rotelle in modo che Katie e Chris potessero sedere insieme sulla banquette.

«Abbiamo ordinato dello champagne, Katie e Chris», li informò Maureen. «Abbiamo tante cose da festeggiare!»

Intanto che parlava, Michael faceva un cenno al cameriere che si avvicinò al tavolo per aprire la bottiglia di Dom Pérignon. Uno schiocco, il tappo che usciva dalla bottiglia, ed ecco che il vino spumeggiante veniva versato nei bicchieri.

Katie passò con gli occhi dall'una all'altra delle persone sedute intorno a lei. Sua madre. Suo padre. Suo fratello. La sua migliore amica. E l'uomo che avrebbe sposato.

«È proprio una grandissima festa. Una celebrazione della vita», sentenziò.

Ringraziamenti

Avrei piacere di menzionare un certo numero di persone che mi hanno aiutato durante le ricerche relative a questo libro e la sua stesura. In modo particolare, sono in debito con il tenente Eric C. Smith, comandante della Western District Major Crime Squad, della polizia di Stato del Connecticut, per avermi condotto passo passo ad apprendere quali siano le procedure della polizia sulla scena di uno dei crimini più gravi e anche per tutti gli eventi successivi. Il mio grazie a Bette Bartush, della polizia di Stato del Connecticut, per avermi spiegato altre procedure della polizia; ad Arthur D. Dietrick, presidente del settore Sviluppo e Valorizzazione, dell'ufficio del governatore dello Stato del Connecticut, per i suoi consigli su questioni relative a quello stato; a Fran Wessler per avermi chiarito determinati aspetti del teatro di Broadway; a Rosemarie Cerutti e Susan Zito della Bradford Enterprises per l'aiuto offertomi per molti diversi aspetti di questo libro, e a Liz Ferris per un lavoro di copiatura a macchina, che è stato una vera maratona, eseguito tanto meticolosamente e tanto in fretta. I miei editor, Deb Futter di Doubleday, New York, e Patricia Parkin di Harper-

Collins, Londra, sono casse di risonanza *par excellence*, e a loro vanno i miei ringraziamenti. E per ultimo, ma non assolutamente meno importante, mio marito Robert Bradford al quale devo esprimere la mia gratitudine per aver creduto che fossi in grado di scrivere un mystery, completo di relativo omicidio, e per il suo costante incoraggiamento a farlo.

Gentile lettore,

la ringraziamo per aver scelto uno dei libri della linea Economica.

Per poter soddisfare sempre meglio le sue esigenze e i suoi gusti, le chiediamo di voler gentilmente compilare il seguente questionario. Se ci fornirà anche il suo indirizzo, le invieremo le informazioni relative alle nuove pubblicazioni del gruppo Sperling & Kupfer e alle iniziative speciali rivolte ai nostri lettori. Se invece preferisce registrarsi sul nostro sito www.sperling.it, riceverà nella sua casella e-mail la nostra newsletter informativa.

Ho trovato questo questionario nel volume dal titolo

....

Ho acquistato questo volume

☐ in libreria   ☐ in edicola   ☐ al supermercato

Numero libri acquistati in un anno: ....

Il mio autore preferito è: ....

Il mio genere preferito è

☐ Narrativa   ☐ Narrativa per ragazzi
☐ Thriller   ☐ Saggistica
☐ Narrativa al femminile   ☐ Business

INFORMAZIONI ANAGRAFICHE

Età: Sesso: ☐ M   ☐ F

Professione: ....

FACOLTATIVO

Nome ....
Cognome ....
Via .... n. ....
Città .... Provincia .... CAP ....
E-mail ....
....

La preghiamo di tagliare lungo la linea tratteggiata e di inviare in busta chiusa e affrancata a:

Sperling & Kupfer Editori S.p.A. Ufficio Promozione
Via Marco d'Aviano 2 - 20131 Milano

Finito di stampare nel gennaio 2008
presso la Mondadori Printing S.p.A.
Stabilimento N.S.M. di Cles (TN)
Printed in Italy